青台梦

陈秀铭◎著

中国文史出版社

图书在版编目（CIP）数据

青台梦 / 陈秀铭著. -- 北京：中国文史出版社，
2024.12. --（实力榜·中国当代作家长篇小说文库）.
ISBN 978-7-5205-5129-8

Ⅰ. I247.5

中国国家版本馆 CIP 数据核字第 202533NT63 号

责任编辑：全秋生

出版发行：中国文史出版社

地　　址：北京市海淀区西八里庄路 69 号　　　邮编：100142

电　　话：010-81136602　　　81136603　　　81136606（发行部）

传　　真：010-81136655

印　　装：廊坊市海涛印刷有限公司

经　　销：全国新华书店

开　　本：787 毫米×1092 毫米　　　1/16

印　　张：20.5

字　　数：310 千字

版　　次：2025 年 3 月北京第 1 版

印　　次：2025 年 3 月第 1 次印刷

定　　价：68.00 元

一

一年多来，钱红一直没有从妻子离世的阴影中走出来，又加上年初他在正科级干部的竞聘中败走麦城，多日以来他心情低落，总是深居简出。可是，这几天，他似乎一反常态，心底那份即将泯灭的激情仿若又重新被激活。

连续几日，香满人间大酒店的自助餐厅里，钱红成了就餐的常客，但他不是偏爱上了琳琅满目的菜肴，而是沉浸在美妙的琴音里。

台上，一个姑娘在弹琴，钱红目不转睛。

是的，从姑娘纤细的五指下飞溅出的音符如行云流水，那种婉转、细腻、清脆、激越，缓缓流入了钱红的心池；弹琴姑娘的倩影里，那份端庄、曼妙、超凡脱俗，紧紧勾住了钱红的魂。

但钱红的神情是凝重的。

莫不是那略微悲凉的曲调、漫溢的缠绵激起了他忧伤的回忆？

是的，他爱妻子美菱，他们海誓山盟，爱得深沉，可是天有不测风云，妻子患癌撒手人寰。钱红四十三岁，青台市商贸银行长河区支行的副行长，事业有成，竞聘正科级本是众望所归，不承想最终与晋升失之交臂。

今天，灰暗的心，好像再次苏醒，一潭死水，仿佛又重新荡起了涟漪。

他缓缓从桌子上摆放的花瓶里抽出了一枝塑料花，站起身，是要向女孩献花么？是的，看来他是真的要去献花。这个女孩看着也就二十多岁，她的演奏柔美、清幽，扣人心弦、意境深远。

少顷，钱红又坐下了，唤来了服务员："请你把这枝花送给那个女孩。"服务员心领神会，接过钱红递来的花，趁着她弹琴换曲之际，递给了女孩，并向女孩回身指了指钱红。女孩抬头向钱红这边看了看，随即又把目光收了回去。

待演奏结束，钱红匆匆走向女孩，低声问："妹妹，晚上我能约你吃个饭么？"称"妹妹"似乎感觉不妥，可又想不起来有什么好的称谓，加上大厅里人多眼杂，钱红略显局促，但他顾不得这些，他只祈祷着眼前的女孩能点头，而不是摇手。

"谢谢你先生，只是我今晚还要上班。"女孩说罢又觉得话有点儿生冷，赶忙又追问了一句，"您有什么事么？"钱红急忙说："我只想向你讨教一下有关钢琴演奏的知识，不占用你太多的时间。但我希望咱们换一个环境，你看行么？"女孩犹豫了一下，"好吧。"她打量着眼前这个成熟的男子，显得稳重、大方，拘谨里又流露出几分洒脱，看着这个中年男子似乎并无恶意。钱红一看获得了女孩的首肯，急忙说了一声"一言为定"，然后要了联系方式，与女孩告别。女孩又用眼角的余光瞄了瞄钱红，发现他行走如风，有着与众不同的气质。

钱红走出了香满人间，他迈着铿锵有力的步伐，在设想着晚上约会的情景。多日以来，这个女孩的影子总在他的心头萦绕，不是因为她长得国色天香，但她很特别，她的靓丽让人赏心悦目，让人看一眼就忘不掉，钱红再也把持不住内心雪藏的沉稳。钱红边走边想，他还有一个奇怪的感觉，总觉得从前与她在哪见过。

太阳终于落在城市的林立高楼之间，渐渐地，从楼后天空的背景上，几缕残云被陨落的红日抹腻成一道道的红霞。钱红早早地来到了约定的酒店，找了一个比较僻静的位置落座。一下午的忙碌，让他有点焦头烂额，在外人看来，作为一家大银行的区行副行长，似乎风光无限，实际上银行的工作负重是外界无法感知的。

钱红的眼光透过饭店的玻璃窗凝固了，她来了。她换了一身素雅的连衣裙，外罩一件牛仔质地的暗灰色小马甲，前额刘海左侧编了一个小辫子，她的妆容不像其他女孩，没有一点儿描抹的痕迹，天生丽质。

"嗨！"女孩向他打招呼，他才从懵懂中醒悟过来。"你好！"钱红急忙站起身来，下意识地挪了挪侧面的椅子，示意女孩坐下。"你在发什么癔症？"女孩一句半开玩笑的话迅速把气氛烘热。

钱红说："你又变了一个人。"

"怎么变了？"女孩双手托着下颌，脸上露出了天真的笑，眼睛里一双柔光紧紧贴向钱红的双目。"你弹琴时非常文静，现在你活泼得像一只小鸟儿。"女孩说："呵呵，你真逗，我弹琴时又能怎样？总不能疯疯癫癫吧！而现在，我又不能绷着个脸与你聊天吧？"钱红不好意思地笑了，他在努力寻找一个恰如其分的开场白。

"你就不问问我叫什么？"女孩望着钱红的眼睛，反倒像一个大人在挑逗一个少不更事的小孩子一样，她脸上始终挂着笑，她的笑让人舒心，让人迷恋。"我一见到你，啥都忘记了，我似乎有点儿神魂颠倒。"

"哟！你不夸人则已，一夸让人有点招架不住了。"

钱红忙问："尊敬的女士，请自我介绍一下。"

"我叫陈梦寒，大学刚毕业，在此打工。"女孩说罢，向钱红伸出了手，钱红急忙伸出手握住了女孩纤细的五指，说道："很高兴认识你。"钱红含笑盯着女孩的眼睛又自言自语地说，"陈梦寒，你的名字很别致。"

"好多人说我的名字好听，但我不认为，因为意思不好。"

"为什么？"

"因为感觉自己总是走不出寒冷的旧梦。"陈梦寒说罢，脸上隐隐流露出一丝伤感。

"不，陈梦寒是相对来说的，正因为有了新的希冀，方感旧梦不堪回首，正因为有了当下的春风和煦，才昭示走出了夜的寒凉。这就是说，陈梦寒，征兆着有一个光明的未来。"陈梦寒蹙了蹙眉，想了想。"你说得也有道理。哎！我发现你说话还叠加着诗意。"钱红正要说什么，陈梦寒说："你还没有介绍你自己呢！"陈梦寒歪了歪脑袋，浅浅一笑。

"哦，光顾说话了，我叫钱红，比你大多了，你喊我哥吧，我在商贸银行工作。"

"先生，你们现在点菜么？"服务员在催促。"你看，光顾说话了。"钱红笑了笑，接过了服务员的菜单。

他们边吃边聊。"我怎么看你有点儿面熟，总觉得在哪见过你。"陈梦寒边说边思考。钱红半开玩笑地说："我也感觉好像我们已认识了好久，莫不是我们前生有缘？"陈梦寒用她柔美的眼睛盯着钱红，那是一双会说话的眼睛。

钱红接着说：《红楼梦》里贾宝玉初见林黛玉时似乎也是这种感觉。"

"你这话是什么意思？是不是别有用心？"陈梦寒脸上浮过一丝红云，"对了，你不是说要向我讨教钢琴么，你怎么不提这个话茬了？"陈梦寒盯着钱红笑，话中多少有点儿打趣的成分。

"不问了，怕你向我要学费，对了，你怎么会弹钢琴？"

"我是首都艺术学院毕业的，会弹钢琴有什么可奇怪的吗？"

钱红说："你弹钢琴简直让我陶醉了，不像有些所谓的钢琴名家，弹出的琴音一点儿也不中听。"陈梦寒说："不是人家的不中听，只能说你对我弹琴有偏爱罢了。"钱红不以为然，说道："我曾分析过，你看我说得对不对，有些名家总想独树一帜，不弹别人弹过的曲子，总是另辟蹊径。很简单的道理，就像一个雕刻大师，没有把精美的图案雕刻在名贵的木料上，而是雕刻在桐木上，又怎么能招致青睐！即使弹得再好，曲子不好一样会被冷落。你是让技艺与曲子的美妙水乳交融了，这样才能让人的灵感升华。"陈梦寒用天真的眼神看着钱红说："你的评论让我耳目一新！"钱红问："我说得不对么？"陈梦寒说："不是不对，没有想到一个干银行的，聊起音乐还是一套一套的。"

陈梦寒又想起来刚才钱红说的收学费的事，笑着说："怕我收学费，你还说呢，给人家送花还送那不值钱的塑料花。"

"放心，我一定送你最好看的花。"

他们吃着聊着，却没有发现远处有一双暗含幽光的眼睛在盯着他们。

二

天气越来越凉了，钱红带领着长河区支行营业室主任徐莹等人正在营销客户，忽然接到支行一把手王一飞的电话，要他马上到行里来，说省行戴玉龙行长来检查工作。

钱红来到支行门口，发现一众人马已来到院子里，领头的人戴着一副金丝边眼镜，气宇轩昂，一看就是在视频会中常看到的那个省行行长戴玉龙。钱红大步流星地来到戴玉龙跟前想打招呼，戴玉龙似乎没有察觉到钱红的到来，忽然转过身去，又继续与胡正强行长交谈。钱红一一看了看在场的领导们，省行一行人他一个也不认识，市行领导有胡正强行长、魏贤志副行长、办公室副主任、个金部经理、个金部副经理，再加上长河区支行一把手王一飞等，场面相当热闹。

钱红正在不知所措，戴玉龙行长的一个动作把他打蒙了，万万没有想到的是，戴玉龙行长双手把他的呢子大衣从肩头向后一甩，钱红来不及思索，条件反射地迅速接住了。这时，戴玉龙行长把头扭向了省行办公室主任，只见省行办公室主任脸上虚汗直冒，只有圈内的人知道办公室主任失手了，戴玉龙行长身上爱披一件呢子大衣，即使天气很冷或者已是春暖花开，他的呢子大衣很少离身，他总是披着，也许呢子大衣映衬的是一种风度吧。

办公室主任的失手让钱红给补救了。

再说钱红接住了戴玉龙行长的大衣，一脸的懵圈，他不明白为什么戴玉龙行长要把自己的大衣给扔了，要不是自己恰巧走到他身后，这大衣不就扔到地上了么？钱红正在纳闷的当儿，省行办公室主任赶紧伸手接过了呢子大衣。戴行长却不知道身后发生的细节，他只知道接大衣的人是这个年轻的基层小领导，办公室主任太没有眼色。于是他转过身来，开始打量起钱红。"你叫什么名字？"钱红赶紧向侧前方迈了一步，"戴行长，我叫钱红。"市行行长胡正强急忙补充："戴行长，他是我们长河区支行的副行长钱红，工作能力很强。"戴玉龙一听露出满意的微笑，看着钱红说道："钱红，这个名字起得好，我们银行就是与钱打交道的，红色就是开门大吉。"大家纷纷附和，然后戴玉龙行长转向大家，"我们今后干部的选拔、提升，都要注重这些优秀人才，让能干的人上，我们行的业绩才能突飞猛进。"大家纷纷点头称"是"。

一行人来到支行楼上进了王一飞行长的办公室，座位有点紧张，王一飞行长赶紧指使人到其他屋子里搬凳子。这时又陆续来了几个人，是几位支行副行长与办公室主任，他们或坐在沙发的一角，或站在门口，也不敢轻易插言。胡正强行长首先说话："今天省行戴行长在百忙之中带领省行几位领导来我行检查工作，这是对我们工作的极大促进，也是对我行业务发展的关怀，下面请戴行长讲话。"一阵掌声之后，戴行长说话了："我没有什么指示，我到咱们长河区支行就是来看看，听听基层的心声，我今天上午就是带着眼睛与耳朵来的，我少说话，把说话的机会让给大家。"

胡正强行长扭头看了看王一飞，王一飞行长向戴行长及几位省行领导开始汇报支行的工作开展情况。戴玉龙行长听着听着目光投向了倒水的"服务员"，因为他一看这个女孩的颜值，感觉一个支行的服务配备有点儿"超标"。他低声问坐在身旁的胡正强行长："你们还有专门的服务员？"胡正强赶紧解释："不，不，戴行长，她是我们新提拔的纪检书记，叫杨小妹。"戴玉龙问杨小妹："你有多大？"只见杨小妹急忙轻声细语地回答："戴行长，我今年二十三岁了，去年刚毕业。"戴玉龙行长听罢，"哦"了两声。

戴玉龙调研结束回到市行，进了会议室，市行机关副科级以上干部早已就座，等待着省行领导作指示。就在戴玉龙讲话的当儿，忽然市行通讯员推开了会议室的门，轻轻走向主席台到了市行胡正强行长的跟前半弯着腰把一张小纸条递了过去。如果递的是一张 A4 纸，戴行长也许不会太留意，正因为是一张小小的纸条，戴行长一眼便捕捉到了这个镜头，问胡正强行长"有什么事吗"？因为这次来是以调研为主，所以戴行长特别留意这些小细节。胡正强行长看了一眼纸条也不得不递给戴行长，戴行长习惯性地向上推了推眼镜，只见纸条上面写着：行长领导，你们这就走了么？不调研一下我们基层员工的工资么？

戴玉龙扭头看了看胡正强，便问起青台商贸银行职工的工资情况。胡正强一一作了回答，但看得出戴玉龙脸上露出些许不悦。会议不长，戴玉龙开完会直接走了。

戴玉龙行长走后，胡正强行长在悄悄查找递纸条的人。

香满人间大酒店在青台市几乎是家喻户晓，一楼是自助餐，二楼是包间，三楼是 KTV，四楼是健身房，五楼比较神秘，不知道是做什么用，也许是办公区，要么是大客户光临的贵宾区，这家饭店起的名字也是相当有见地，既体现出了饭店的香味，又寓意整个楼上的生意都是招人待见。钱红进了一楼餐厅，找到一个角落坐下，这时才扯掉了花上的黑色塑料袋放在了墙根，他要给陈梦寒一个惊喜。

钱红的动作，却没有瞒过藏在暗处的一双贼亮的眼睛。

十二点整，陈梦寒悠悠的步履出现在大厅，她仍然穿着一身素雅的连衣裙，外罩了一件藏蓝色的坎肩，低眉俯首，那么矜持、那么优雅，走到琴旁，向所有就餐的人深深鞠躬，然后坐在琴前，习惯性地按了一个长键，开始了她的弹奏。第一首曲子是《秋日私语》，钱红顾不得了吃饭，他的眼睛盯着陈梦寒，能看得出，他的思绪已随着琴音飘向了山间、花海、丛林、小溪。

钱红桌子上的餐点没有下去多少，他一年多来，在闲暇之余从来还没有这么轻松过，也没有像今天这样，心中的潮水又开始漫涌。他知道，自己的伤痛应该卸去，不能永久生活在伤悲的阴影里。

钱红看了看表，一个小时到了，演奏就要到了尾声。钱红悄悄把花拿在手中，准备起身。终于陈梦寒抬起了头，环视一周，起身，鞠躬，这是她的标准动作。钱红捧着花束大步流星地走向前去，这时陈梦寒也注意到了他，双手接过花，一脸灿烂。

"陈小姐，我是你忠诚的粉丝！"陈梦寒向钱红微微地躬了一下身："谢谢。"不知道为什么，钱红没有喊出陈梦寒的名字，却以"陈小姐"相称，也许这样的称谓在正式场合比较庄重。

钱红正要再说什么，忽听背后一声喊："不要他的花！"只见一个二十多岁的青年走到了跟前，伸手夺过了陈梦寒手中的花束扔在了地上，然后歪着头斜眼睨视着钱红。这时又围上来几个青年，从穿戴上看，他们统一的一身黑，戏台上的小生打扮，有人手臂上还露出了文身图案。"我只是向弹琴的小姐献花，我有什么错么？"

"献花？谁稀罕你的花？把你的花拿走，滚出去！"

"你这个小兄弟说话怎么这么不讲文明？我是客户，为什么让我滚出去！"

"让你滚你就滚，听不明白么？"另一个文身青年不耐烦了，伸手揪住钱红的衣襟往后推。陈梦寒盯着带头的青年，怒目相视，终于按捺不住心中的火气："王建国，我跟你啥关系？我的客户也是我的朋友给我献花，招惹你啥事？"这个称作王建国的不理会陈梦寒的发怒，双手叉腰，继续示威似的向钱红跟前凑，钱红静默地与之对峙。陈梦寒急忙站在了钱红的跟前，护住钱红。"你要敢动他一指头，我跟你没完！"钱红没有想到温文尔雅的陈梦寒发起威来也是如此地凌厉。"干啥了！"楼梯上一个人正从二楼下来，声音带着几分威严。这时大家纷纷扭头，称作王建国的青年赶紧退后，转过脸向那个人毕恭毕敬地倾了倾身："马行长！"

马行长？！钱红对"行长"这个称呼异常敏感，从这个阵势看，来人分明就是能震得住这帮人的"头头"，要么是老板，要么是长辈，为什么在商家里出来一个"行长"？钱红正在犹豫的当儿，这个"马行长"发脾气了："有什么问题不能在外边说，看看这是什么地方，看看这是什么时候！""马行长"虽然认识不了他所有的员工，但明显他看出来了是下边分公司的职员，"都给我滚！"一群人一哄而散。"王建国，你不要走！"陈梦寒脸上怒气未消。"马行长"从陈梦寒的脸色上已察觉出问题不是那么简单，所以他叫住了王建国。"你说说怎么回事！"王建国低下了头，右脚脚尖在地上崴来崴去。陈梦寒瞪着王建国，"以后我的事用不着你管！"说罢欲甩袖而去，当"马行长"握住钱红的手道歉时，陈梦寒才蓦然觉得钱红还没走，急忙回过身，向"马行长"介绍："对了，马行长，他叫钱红，也是商贸银行的，你们是一家。"陈梦寒向"马行长"笑了笑。"马行长"一听，紧紧握住了钱红的手，问钱红是哪个支行的，钱红回答后，"马行长"说了一些客套话，并嘱咐钱红"以后有什么需要的，只管说"。这时忽听一个顾客向钱红打招呼："钱行长，你也在这儿！"王建国一听来人是商贸行的一个行长，悄悄溜走了。在钱红回话的当儿，"马行长"与陈梦寒都把眼光投向了钱红，"马行长"在端详钱红，因为他退居二线早，对钱红并不熟悉；陈梦寒与钱红上次聊天时，也没有问钱红在商贸银行具体做什么工作。

"马行长"又回头拉住了钱红的手："走走走，到我办公室聊一会儿，不打不相识，尽管我们是一个系统，要不是这桩事，我们咋能在这儿认识。"钱红看了看"马行长"不容置疑的诚恳态度，又看了看陈梦寒附和示意的眼神，钱红跟着"马行长"上了楼。

"来来，这是朋友送给我的上等铁观音，平时我都不舍得喝，来，咱俩今天尝尝。"钱红落座后，半开玩笑地问："他们称你马行长，为啥不称你老板？""马行长"就把自己的情况完完全全地向钱红叙述了一番："我原来在孟州县支行当行长，也许我们曾见过面，只是不曾留意。在我四十二岁的时候退居了二线，现在屈指算起来已整整十年的光景了。"钱红一听惊讶不已，"现在都是五十岁退二线，你四十二岁就能退？不过那时我还没有当副行长，要不我们早已认识了。""是的。对呀，那时就是这么个政策，新来的领导为了让在位的行长为年轻人让位，是自愿的。我想了想，哎，下来吧，干着也没有啥意思，于是下来后就干了这么一摊儿。"

"马行长，你才是真正的成功人士，你现在是腰缠万贯呀！"钱红从心底不得不佩服。马行长叹了口气："说起来还得感谢党，让我拿着高工资，又不用干活，我才得以有空暇时间来忙活这一摊儿事。"钱红不解地问："我们商行不是规定不允许做生意么？"

"哈哈，"马行长笑了笑说，"兄弟，我有那么傻么？你嫂子是法人代表。"马行长接着说，"员工们起初并不知道我在银行待过，只有那个王建国知道，我的秘密工作做得还是很出色的，干了好几年都没有被商贸银行觉察出来，最近，好像商贸银行有人注意我了，哎！知道就知道吧，反正没有偷没有抢。对了，那个王建国他在商行下岗了，来到了我这里，原来就是我们支行的员工，既然下岗了，我看他怪可怜，就让他到我这里来了。因为他一直喊我'行长'，有些人也跟着喊了起来，后来一想，喊行长就喊行长吧，比喊老板还强呢，省得招摇，不然传出去我在做生意，万一跑到谁的耳朵眼儿里，惹是生非。"钱红问："马行长，你这一摊弄得不小啊？"

"叫哥就行了，对了，我的名字叫马中伟，以后别行长行长的显得外气。"马行长用手指轻轻敲了敲桌子，"兄弟，除了你今天看到的这一摊儿，还有你没有看到的。"马行长笑了，很得意地笑了。钱红实际心里也清楚，香满人间名声在外，谁人不知谁人不晓，只不过大多摸不清底细，还有一些商贸银行的领导是揣着明白装糊涂就是了，商贸银行的人做生意，严重违反规章制度，商贸银行有明确的内部条文，所以商贸银行的员工谁也不敢经商。话说回来，若真的哪个人违反规定被发现，只要不是有深仇大恨，谁也不会声张。钱红忽然想起了刚才的事，"马行长，你刚才说的那个什么建国呀，他今天怎么了，我与他素不相识，我咋得罪他了？"

"放心钱行长，你走后我还要继续说他的事，这个事包在我身上，保证给你处理好。"因为钱红已经吃过了饭，马行长也没有其他的项目来挽留太久，他们俩天南海北喷了一会儿，钱红就回去了。

香满人间虽然名气大，老板是谁，还真的没有几个人知道，更少有人知道后台老板是商贸银行退居二线的马中伟。

陈梦寒感觉刚发生的一场节外生枝，让钱红有点下不来台，陈梦寒深感愧疚，第二天，陈梦寒主动约钱红出去聊，钱红自然应允。

钱红如约来到了东湖边，看了看表，离约定的时间还有十几分钟，他独自沿着湖边在漫不经心地迈步。这是青台市东西二湖中较大的一个，因为天气已转凉，湖边游人稀少。钱红一直在想，那个王建国，本与自己素不相识，他为什么要找碴，莫非他与陈梦寒有什么特殊瓜葛，对自己与陈梦寒相约有什么误会？又想到马行长，正科级工资，比自己的还高，不用上班，却做着自己的买卖，这不是商贸银行特有的一种怪现象吗？

钱红看到陈梦寒过来，正要与她打招呼，陈梦寒说了一声"稍等"，一蹦三跳地跑到一棵小树旁，去摘那朵已干枯的花朵，"你看多奇怪，季节已这么萧条了，这朵紫薇竟然不落。"陈梦寒就是这样，在上班时间与业余时间判若两人，她这时天真得像一个孩子。她小心翼翼地托在手心，走到钱红面前，放在了钱红硕大的手掌里。钱红笑了："你说错了，这不是紫薇。"

"不是紫薇，那你说是什么花？"

"我也不知道。"

"好，那我以后见了这种花，就称它'不知道'好了。"陈梦寒用调皮的眼神盯着钱红的眼睛看，看得出，她在看钱红能说出一个什么样的答案。钱红只是笑了笑，若有所思地望了望湖心。陈梦寒终于话归正题："不好意思，你这次献花没想到出了这么一出幺蛾子。"钱红回过脸来："他是谁？他为什么不让我给你送花？"

"你还看不出来么？他是自作多情，我的事他什么都管，我从来没有拿他当一回事。我没有给你说，他原来也在商贸行上班，后来下岗了。"

"嗯，我听马行长说了。"

陈梦寒拽住钱红的衣袖示意他绕过地上的一片水渍："我不是嫌弃他，我们根本就不是一路人，我承认我家里条件也不好，但我们根本就没有共同语言。"

"你家里都有什么人？"

"妈妈和我自己。"

"你父亲咧？"

"不要提他，我没有父亲。"钱红发现一提父亲陈梦寒情绪不对，就不再问。"你妈有多大年龄？"一说到年龄，陈梦寒眼圈湿润了，她把母亲这些年独自养活她的艰辛一幕幕讲给了钱红听。看得出，陈梦寒太爱她的母亲了，她用"伟大"一词来比喻她的母亲。

"光说我了，你啥情况？"钱红望了望陈梦寒的脸说："什么啥情况？"

"你就不给我介绍你的家庭情况么，比如说家里人是不是党员，有没有敌特分子。"

"我父母都在农村，工作忙，很少去看他们，为此母亲对我有意见，说好像没有养过我这个儿子。"

"你妻子呢，小孩多大了？"

"很多年前，我有一个女儿，丢失了，与你年龄相仿。妻子离世了，还有一个不争气的儿子去外地打工了。上学时，因为不努力，我打了他，从此再不与我说话，也不再认我这个父亲。"说罢，钱红皱了皱眉头，沉默良久。陈梦寒惊愕得瞪大了眼睛，许久说不出话来。他俩并肩走着，湖水倒映着他俩的身影，步子很慢，空气似乎凝固了，只能听到湖水撞击堤岸轻微的声响。

陈梦寒有一种惺惺相惜的感觉，自己也有一个难以启齿的家境，只是她不愿意告诉钱红，现在看起来钱红的家境也不是多么圆润，但她不敢再问，也无须再问。她只是用眼角的余光扫视着钱红，在她的眼光里却含着一丝缠绵，她既怕钱红看见，又怕钱红感知不到，因为她很想与钱红深入交流，现在只能用眼神探路。

"梦寒，我真的很想让你在这湖边为我弹琴，我很想听《秋日私语》。"钱红确实爱听钢琴曲，只是他能说得出曲名的也寥寥无几。陈梦寒笑着说："可惜钢琴太重，我扛不过来。"忽然她抬起头，像发现了新大陆似的对钱红说："我可以给你演奏小提琴。"钱红很惊奇，"你还会拉小提琴？"陈梦寒带着自豪的神情说："可不是么！拉得不好，只是学过而已。"

"你有小提琴么？"陈梦寒摇了摇头，两手一摊，做无可奈何状。钱红试探地说："听说商贸行快要招聘人了，你有意参加考试不？"陈梦寒怔了怔说："我不是没有想过考一个正式工作，你看我是这块料么？再说了，听说无论考得多么好，面试一关没有关系是很难过线的。"

"你可以试试，万一成功了呢。"

临别，陈梦寒使劲瞟了钱红一眼，钱红与陈梦寒短暂对视，这短暂的对视，竟然是那样地让人回味。

钱红今天路过香满人间，顺道想拜访一下马中伟。他上了楼，走到马中伟门口敲了敲门，没有动静，轻轻推了推，推不开。他转过身，抽了一根烟点上，似乎在思索。他本不怎么抽烟，但有时出于社交礼仪也离不了，也得时常备着。今天，不知道为什么，在到了马中伟门前却不由自主地抽起了烟。

"吱呀"一声门响，钱红转过身一看，陈梦寒从马中伟办公室走来，陈梦寒抬头一看是钱红，有点儿慌乱，问钱红："你咋来了？"

"我找马行长有点儿事。"钱红对陈梦寒的异常表情并没有感到很特别，不过还是用尖刻的眼神扫视了一下陈梦寒的目光。

"哟哟，哪阵风把钱行长给吹来了？"马行长看到钱红进来立即放下电话，急忙让座。陈梦寒把钱红领到到门里，然后独自走了。

双方坐定后，钱红开门见山说："马行长，我是无事不登三宝殿啊，在我们商贸银行人的眼里，你就是我们的衣食父母呀！"

马行长马上截断了钱红的话说："你看看，钱老弟，你与我外气了不是，我是干什么的，我也是咱商贸银行的人呀，有什么事，只管吩咐就是了。"

"你们的户在哪开着咧？"钱红含着笑盯着马行长的眼睛问。

"钱行长，不用说了，我啥都明白了。"随即打电话把财务经理叫来，"这是商贸行的钱行长，你去准备一下，在长河区商贸银行开一个一般账户，然后尽量往上转一些钱，转多少与钱行长商量，让钱行长满意。"财务经理领命而去，钱红端起了马行长倒的铁观音茶水，呷了一口，满意地笑了笑。

"你咋这么磨蹭，看看几点了！"一个四五十岁的女人推门进来朝着马中伟发急，女人一看屋里有客人，不好意思地笑了笑。

"来来，介绍一下，这是商贸银行的钱行长，也是我的同事。"马中伟又向钱红指了指进来的女人，"这是你嫂子。"又打趣说，"别小看她，她是这儿真正的当家人，段红丽老板，我只是她的打工崽。"

"哎呀，别胡扯了，上午是我给你做饭还是在五楼吃，你们说吧！"

钱红一边与对方打招呼，一边站起了身："嫂子，谢谢你的热情，看来你们今天有事，我就不再打搅了，改天我一定再来拜访。"双方互相谦让了几句后，钱红就要离开。

这时只见马中伟向妻子段红丽使了个眼色，段红丽会意急忙打开柜子拿出了一个精美的罐子，双手递给了钱红，热情地说："这是你哥珍藏的好茶叶，他平时不舍得喝，我做主送给兄弟了，他有意见也白搭。"马中伟的脸上立马堆满了笑容。钱红礼让了一番，恭敬不如从命，接手后便离开了。这个女人是马中伟的老婆，名字叫段红丽，中等身材，雍容华贵，说话滴水不漏，看得出是场面上的人。

二月的天气，像小孩儿的脸，说变就变。今天，天气异常地冷，钱红正要去营业室，陈梦寒来了电话。钱红打开电话，听到了陈梦寒急促的声音："钱行长，我刚接到了电话，通知我的毕业证不符合报名条件，问我还有没有第二学历，因为我的毕业证是首都艺术学院，不是经济类院校。"电话里听出来陈梦寒异常焦急。

"梦寒你别着急，让我想想办法，一会儿我给你回。"上次钱红提建议让陈梦寒报名考商贸银行，陈梦寒真的同意了。

　　钱红不敢怠慢，拿起电话就要拨号，但他举着电话的手停在了半空，犹豫起来。也许省行人事处王爱霞一句话的事，她是从青台调走的，现在已是人事处副处长，走时她就是人事科的一个普通员工，大家都熟识。可是今非昔比，人家官大了，自己说话还灵不灵？钱红没有把握。为稳妥起见，找魏贤志行长，他是市行副行长，王爱霞曾是他的部下，魏贤志说话王爱霞还是不敢不听的。魏贤志行长是一个讲义气的人，很有办事能力，他手底下的人一个个都被提拔了。钱红与魏贤志拉上关系，还是因为钱红过世的妻子与魏贤志的妻子曾是同事，人情世故方面就是这个规则，当对方认为你是信得过的人选时，他就把你当作自己圈子里的人，正因为此，钱红竞选副科级的时候，魏贤志帮了不小的忙。今天是不是再用用这个关系？钱红脑子里急速地运转着。不行，得用。他想起了陈梦寒渴盼的眼神，这个姑娘，不，这个妹妹我得帮她一把。

　　钱红风风火火地赶到家里，打开柜子翻出了珍藏已久的茅台酒，拎到了车上，然后驱车到市行。钱红到了市行直接上了三楼，到了魏贤志行长办公室，正好没有其他人，把来意告诉了魏贤志行长，并要魏贤志行长的车钥匙。魏贤志行长知道他要钥匙的用意，打断了他的话："别说了，你拿的什么礼品？"

　　"我拿了几瓶茅台。"

　　"你到下边等我，等我处理完手头上的事，咱俩马上走，去省城。"

　　钱红心里一阵激动，但最多的还是感动，魏贤志行长真是一个可交的朋友，对人诚心一片。不过，他对魏贤志行长说了假话，他说陈梦寒是他表妹。

　　钱红远远看到魏贤志行长下楼了，马上发动车，用眼角瞄了一下表，已是下午五点半钟。待魏贤志上了车，钱红开车上路，如离弦的箭一般。魏贤志行长安慰了一下钱红不要着急，并且说："这次不是光说报名的问题，连面试的事一块说。"钱红听了魏贤志的话，激动得眼眶都湿润了。这时钱红又担心起陈梦寒的文化考试这一关，魏贤志似乎看透了钱红的心思，问"你妹子文化课怎么样？"钱红说："应该可以吧，只是学的专业不对口。"钱红不敢作否定回答。

　　"让她好好准备准备，一般都能过关，主要问题都在面试这一关，考试这一关越严，省行运作的空间越小，考试越是宽松，省行运作的空间越大，你想想，省行是不会在考试这一关筛下很多人的。"魏贤志的话句句在理，钱红对魏贤志行长佩服得五体投地。魏贤志补充说："现在只是报名，考试、面试时间会拉很长，有的是时间。"

魏贤志坐在车的后座，在闭目沉思，他觉得弄正科级的事，对钱红有亏欠，没有帮上忙，这次无论如何也得使使自己的面子，也算是对钱红的一次补偿吧。想着想着，他进入了梦乡。

到了省城，已是华灯初上，穿过拥挤的车流，来到了王爱霞处长的住宅小区附近。联系了王爱霞后，找到了楼号，这时王爱霞已在楼下等待。

"王处长你好。"魏贤志行长笑着向王爱霞打招呼。

"你看你魏行长，拿妹妹开玩笑咧。呀，还提着礼物，是不是怕妹妹到青台吃你的饭呀？"

"来求你办点事。"

"先别说了魏行长，快上楼快上楼。"

"不了爱霞，我们不上你家去了，这次来呢就是想让你帮个忙，一个叫陈梦寒的女孩，他的表妹，这都是咱自家的人，报名呢审核这一关给卡住了，说是专业不对口，想让你通通融融。"

"哎呀，魏行长你还亲自跑一趟，这钱红哥也都不是外人，打个电话就行了，你看这！"钱红把礼物递给王爱霞，王爱霞说啥不要，魏贤志轻声说："爱霞，接住，你想想我们跑这么远，你要不接住钱红心里会好受么？"王爱霞不情愿地接住了，临别，魏贤志行长又嘱咐王爱霞处长："到时面试这一关你也得操心啊！"

"好，好，魏行长，你的指示我敢不听么？"

两个人又连夜回到了青台，回来后已是凌晨一点。

第二天一早，钱红把这个消息告诉给陈梦寒，陈梦寒自然是喜不自禁。

钱红与客户部的人一起到啤酒厂做营销，忙活了半晌午，回来后碰到支行办公室主任，说王行长找，钱红到了王一飞行长的办公室，一看纪检书记杨小妹也在。

王一飞行长问："你到香满人间拉户了？"

"我也就是顺便说了一句，怎么了？发生啥事了？"

王一飞行长抬起眼皮看了一眼钱红说："市行办公室刘主任打电话说，张书记在追问此事。"王一飞说的张书记就是市行纪委书记张正彪。钱红不解地问："拉户怎么了？有什么错么？即使有错，也用得着纪委书记亲自过问么？"

"张书记说，这就是胡行长说的挖墙脚，违反了营销'三不许'。""三不许"是不许内部公关、不许挖墙脚、不许跨区营销。杨小妹看了看钱红，什么也没说，钱红也把注意力集中在杨小妹脸上，但杨小妹就是不与钱红的眼神相搭。

钱红说了一声"香满人间的事不办就是了"，扭头要走。

"你先别走。"王一飞叫住了钱红，"你给办公室刘主任回个电话，解释解释。"

钱红回到办公室，重重地坐在了办公桌后的老板椅子上，把胳膊直直地搭在办公桌上，怔了怔神，想和缓一下气头儿。钱红拿起了电话打给办公室刘利民副主任："刘主任，我给你说一下香满人间的事。"

"你别给我说，我只是一个传话的，你最好来一趟，去张书记办公室。"

钱红来到张正彪办公室，看了看张正彪的表情，心里也没有底，忐忑地顺着张正彪的手势坐下了，钱红在洗耳恭听。

"你现在是一个人过么？"

"是的，张书记。"

"你这个人我还是比较了解的，工作业绩不错，能力也比较强，对了，你们行那个叫什么李绪凡的人怎么样？"书记就是书记，开场白都是这么不愠不火，让人捉摸不透，但是问李绪凡不知道是什么用意，那是长河区支行风险部的经理，钱红边回答边揣摩张正彪问话的用意。

谈话渐入正题。"你与香满人间老板是什么关系？"

"那不是我们孟州县支行原来的行长么，我们商行都熟悉的。"说罢钱红赶紧改口，可是张正彪已经猛然扭过头来，用凌厉的眼光直射钱红。钱红说出口后马上就意识到失言了，怎么能提马中伟的名字？赶忙补充说："不对，说错了，她叫段红丽，一般熟人关系。"

"我也不管你与他们是什么关系，胡行长讲的话你不能当耳旁风呀，'三不许'制度你忘到哪了？"

钱红觉得一肚子委屈："张书记，这个事我不办就是了，能惊动您，我觉得有点小题大做。"

"你不要强词夺理，你想想你做的所有事都是正确的么？"张正彪的话威而不严，又似乎话里有话。钱红在思索，用疑问的眼神看着张正彪。

"他们送你东西没有？"钱红一听惊得合不拢嘴，蓦地站了起来："张书记，你可以派人调查，看看我收他什么东西了。"张正彪坐在办公桌前拨弄着手中的文件，耷拉着眼皮，并没有正眼看钱红，只是用抬得很低的手向钱红摆了摆，示意坐下说。钱红又重新坐下，坐下后好像反倒没有可说的话了，也许他不知道该怎么说了。钱红在想那一罐茶叶，哎不说了，那也算得是礼？说了更是扯不清。

沉默了一阵，张正彪站起身来，给钱红倒了一杯水，悠悠地说："不管你收没有收人家的礼，也不管你收的是什么礼，这事呀，既然有这样的反映，别人也不可能到我这来杜撰。这事我算压下去了，通知你来只说是营销违规的事，我谁也没有告诉他你收东西的事，是不？以后呢，你要多注意，不要动不动就让人给抓住把柄，记住没？"钱红连连点头。

"你回去吧，该下班了，中午时间很紧张，回去后不要再纠结此事。"

钱红立即起身，心里千恩万谢，只是不宜过分表露，很虔诚地向张正彪告别。

钱红没有了吃饭的心思，回到办公室，反锁起办公室的门，半躺在老板椅上望着斜上方的天花板，愣怔着眼神。是谁在背后告黑状？没有谁知道马中伟送自己茶叶的事呀，再说了，一罐茶叶，也值得小题大做么？张正彪书记问自己问题时为啥提起风险经理李绪凡？难道是暗示着什么？不，他没有向自己暗示的理由；是区行纪检书记杨小妹？不对，她不会知道这个事；那么是让香满人间的王建国给发现了，他在背后捣鬼？他也够不着与市行纪委书记说话呀！且陈梦寒已明确警告王建国以后不能管自己的事；莫非是马中伟？如果是马中伟，那就太可怕了，香满人间的水儿就太深了。他不敢想了，越想越头疼。

不，他还是想弄清，不然今后可能还要踩"雷"，尤其弄清是不是香满人间在自导自演。下午临到下班时间，他掏出电话打给了陈梦寒，说要见她一面。陈梦寒对香满人间应该知道不少事，那天锁门谈工作的一幕又浮现在钱红的心头，对，要问问陈梦寒。

陈梦寒从电话中的口气上，听出来钱红有当紧事要见自己，所以一见面就忙着问钱红什么事。钱红把自己被纪委书记约谈一事向陈梦寒叙述了一遍，然后把自己的想法说给陈梦寒听。陈梦寒听后连连摇头，说："马行长这个人很讲义气，坏主意也很多，但他从不在鸡毛蒜皮的事上纠缠，他看不上这些小动作，他要是使坏，下手会很狠，会把对方置于死地。一般这种情况，是对方挡道让他无路可走了。"

"那王建国咧？"

"他都没有长这个心眼儿，他是个没有脑子的人。"钱红一听，虽然排除了香满人间捣鬼，排除了两个可疑点，他却更加迷茫了。

三

天下起了雨，下得很细，也很紧。不是清明节，钱红总爱把雨与清明节联系到一起。他撑起雨伞，去了妻子的墓地。

来到墓地，泪水不自觉地流了下来。钱红用手抚摸着石碑上妻子的照片，泪水模糊了双眼，他爱他的妻子，他的妻子贤惠、漂亮、知情达理。他们俩是同学，经过了恋爱长跑，终于走向婚姻殿堂，他们共同经历了风雨、经过了坎坷，甚至经过了生死考验。不幸的是，他们一岁多的女儿刚刚会跑时在正月十五闹元宵时走丢了，保姆李阿姨由于自责哭得死去活来，可又有什么办法？钱红与妻子疯了一样地到处找，也没有结果。后来又有了一个儿子，但妻子总走不出丢失孩子的阴影，她的身体从那时起就吃亏了，到后来检查发现胃癌的时候，已错过了最佳的治疗时间，手术不理想，癌细胞已转移，病情越来越严重，可是自己由于工作实在太忙，无法脱身，没有尽力陪伴妻子。临终，她说下辈子不再找在银行工作的人做丈夫，妻子的话像刀子一样在剜自己的心。妻子的离世，成了他心中永远的痛。钱红把伞合上了，任凭雨水把头发淋湿、把衣服淋湿，他想让雨水洗刷自己的心灵，世上除了爱，还有什么比生命重要？可是妻子临终时钱红却不在身边，钱红没有送妻子最后一程。美菱，如若有来世，我们再相见。美菱，美菱，他一遍遍地从内心呼唤着他妻子的名字。

接连几天，小雨淅淅沥沥地下个不停。钱红正匆匆行走在雨中，忽听有人喊自己的名字，钱红停下扭头一看，是市行信用卡中心的风险经理张迎凯，钱红与张迎凯既是同学又是老乡，两个人的老家是前后村。

"你哪来的雅兴呀，冒着这么紧的雨？"

钱红说："你不也在淋雨么？"

"我家就在这儿。"张迎凯拉住钱红不让走，非要钱红到他家坐坐，一边说，"你总不能当了官儿就不认老同学了？"又说，"平时见面都是公事，不好与你细聊，现在下班了多好的机会，趁着下雨咱俩喝两杯。"钱红不好再拒，只好跟着张迎凯走。

两个人边喝边聊，酒过三巡，开始海阔天空了，喝着聊着，聊着喝着，一会儿一瓶半酒已下肚。

"钱、钱红，你、你说再亲、亲哪还有同学亲？我在同、同事之间，在、在市行各、各个科室，都、都在为你、为你唱赞歌。为、为了什么？为你再、再一步高、高升，给、给你打群众基、基础。"钱红的酒量并不大，但钱红在酒桌上总能想起逃酒的办法，用钱红的话说，不能喝酒的人终究喝不醉。张迎凯喝得已无法站立，但钱红没有想到他喝得竟然连话也说不囫囵。钱红正在思考这个酒局怎么结束的时候，电话铃响了。

钱红打开电话，是陈梦寒的声音，"钱——红——哥——哥，我——过——线——了。"陈梦寒拖着长腔，调皮地把自己考试过线的消息告诉了钱红，钱红第一次听到陈梦寒喊哥。

钱红问："什么时候面试？"

陈梦寒说下个月。钱红一惊："还得等这么长时间？"

"长么？不长，今天都十八日了，到下个月也就十多天。"陈梦寒解释说。

"那也怪长的！"

陈梦寒笑了笑说："你这个笨哥哥，人家得为你留下送礼的时间啊！"也许由于钱红与魏贤志事先的活动工作已让陈梦寒心里有了底，要不然陈梦寒这时也没有心思开这样的玩笑。钱红嘱咐了陈梦寒几句后，走进屋里假装有别的事，把张迎凯扶到床上，向张迎凯告辞。

虽然已是暮春，只要田地里的小麦不收割，天就热不起来，尤其是夕阳西下时，风还是有点儿凉。钱红下班路上，正要关上窗户的时候，忽然瞥见对面一个车窗里坐着段红丽。段红丽自己在开车，一辆很不起眼的桑塔纳，更让他奇怪的是从后车窗看到里边坐着的是市行副行长王新悦。因为前后车窗都开着，能清楚地看出，车里只他们两个人。钱红又否定了自己，不可能的，是不是没有看清，钱红开始怀疑起自己的眼睛。

钱红找了一个停车位，锁车上楼，忽然电话铃响了，钱红打开手机，只听陈梦寒几乎是在呼喊："钱红哥……！！！"天哟，是陈梦寒急促的声音，吓死人了，怎么了这是？"我考上了。"钱红一听，也掏出钥匙急急地开门，进门后才敢无拘无束地问："真的？"

"嗯，真的！"后边说的什么话，钱红放下电话后一句也记不起来了，只是默默地重复着："好，终于过了！"

钱红打开冰箱，看了看有什么菜，特意多做了点菜，他要喝酒。他其实很少喝酒，钱红这个人对酒烟都不太感兴趣，他讲究养生，只要他独自抽烟准是心里有事，只要他独自喝酒，准是心有惊喜。陈梦寒又来电话了："钱红哥，我要到你那去。"

"什么？到我这儿？到我家里？"电话那头的话音里含的都是笑："是的，我要去找你！"

钱红告诉了陈梦寒详细住址后看了看杂乱无章的家，简单收拾了一下，等待着陈梦寒的到来。

敲门声响起。钱红打开门的那一刻，陈梦寒的脸上洋溢着喜悦与激动的红云，她没有随即进屋，而是在门口怔怔地望着钱红，停顿了几秒钟，然后一步跨进屋里，把外罩脱掉，放在沙发的一角，没有等钱红让座，就一屁股坐在了沙发上，嘴里一边说："怎么，你自己在喝酒？"

钱红笑了笑说："不是高兴么今天！"陈梦寒盯着钱红的一双眼睛笑得像两弯月亮。"怎么，到你家了，还得我让你坐么？我反倒像主人似的。"陈梦寒略显羞涩。钱红说："我真的高兴，为你高兴，当然了，也为我俩高兴。"钱红注视着陈梦寒，竟然忘记了自己在干什么。

陈梦寒收住了笑，又站了起来，像是与钱红比个头似的，对着钱红说："我这一辈子，遇到两件高兴的事，一是接到大学录取通知书时，再就是这一次，而且这一次是更高兴，是真正改变我命运的时刻。"她凝视着钱红，停顿了一阵子，郑重地对钱红说，"多亏了你，谢谢你！"

两个人都坐下后，陈梦寒说："来，我陪你喝，一个人喝酒是浇愁，两个人喝酒才是……"钱红一看陈梦寒顿住了，抬起头看了看陈梦寒，陈梦寒笑了，说："两个人喝酒就能看到天上的月亮。"钱红看她说得八下不连襟，也禁不住笑了起来。陈梦寒把钱红的酒杯斟满，又把自己的杯子倒上酒，先端起了酒杯，对钱红说："来，庆祝成功！"

在喝酒的当儿，陈梦寒把自己该说的不该说的都说了，钱红也是敞开了胸怀，真是酒逢知己。钱红看到陈梦寒如此海量也是非常吃惊，不过，陈梦寒还是明显的不胜酒力，从她说话的语态上看，钱红已感觉到她已过量了。

"哥，你、你说，我漂亮么？"她又自言自语地说，"我肯定漂亮，我遭到了很多人的嫉妒。"然后用迷蒙的眼睛抬头看了看钱红，"哥，你说失去第一次的女人还有人要么？"钱红吃惊地盯着陈梦寒，不知道如何回答，显然，钱红思绪僵住了，只能傻傻地望着陈梦寒的眼睛。

陈梦寒瞬即哭了起来，哭得很伤心："我的父亲，不，那是个禽兽，他在我十二岁的时候侵犯了我。"说罢，哭得更伤心了，"他本来就在外边鬼混，经过这场变故，我妈与他离婚了，一个人供养着我上中学、上大学，我妈与同龄人比起来非常苍老。"陈梦寒哭得话已不成句，钱红扶她到沙发上休息。钱红收拾完茶几上的杯盘，发现陈梦寒没有醒的迹象，钱红只得扶她到次卧床上，让她躺平然后把一条厚毛巾被轻轻盖在她的身上。

钱红没有离开，站在床边静静地看着陈梦寒，丢失的女儿要是在也这么大了。他在想着为什么自己总是感觉与她似曾相识，对，她更像自己离世的爱人。陈梦寒啊，我遇到你，究竟是福还是祸？

陈梦寒身上盖着的毛巾被，无法掩藏她凹凸有致的曲线，她白皙的面庞，弯弯的眉毛，柳叶似刀，一双风情万种的眼睛，总是那样含情脉脉。钱红傻傻地看着，像等待一位神的苏醒。她的发色淡淡，垂耳飘飘，前额头上的公主辫在发中掩映，自然奔拉到枕边，这是一幅画。钱红想靠近她，坐在她的床边，他想让这缕仙气围绕着自己，但他又怕打破了平静，怕触伤了这美丽的画卷。钱红越来越发现陈梦寒的美，是藏在骨子里的美，他痴痴地看着，像是在做梦。

客厅里电话铃声响起，拽回了钱红的思绪，谁在这个时候来电话？钱红有一种不祥的预感。钱红一看号码，是父亲的电话，急忙问："伯，有什么事？"钱红称父亲都是称"伯"。

"小儿，你妈病了。现在在咱县医院。"

"怎么了？伯，你别慌，我马上去啊！"钱红老家在外地，历山市横水县，老家距离青台市有一百多公里，他带上门立即打电话叫来司机，对司机说："我喝酒了，不能开车，你开我的车送我到老家一趟，老人生病了。"

车飞快地到了老家的横水县人民医院，司机开车又连夜回去了。钱红找到急诊室，远远地看到父亲蹲在墙脚，怀里抱着一个老棉袄靠着墙睡着了。

母亲在输液，钱红不忍心把父亲叫醒，看了看输的药名，再看看母亲，母亲知道是钱红来了，睁了睁眼，又闭上了，轻轻叹了口气。

"你现在啥感觉？"

"胸闷。"母亲有气无力地说。钱红又走进诊室问医生，医生说可能是心衰竭。钱红不懂，以为心衰竭是生命晚期，赶紧给在外地干活的弟弟打了电话。

父亲醒了，忽然想起输着液体的母亲，佝偻着背急急忙忙挪到输液床边，仰着脸用惺忪的眼看看液体还滴不滴，一看还滴着，长长叹了一口气坐在了地上。钱红与医生再次交流后，知道了病情大致情况，又来到床边，这时看到父亲坐在地上已醒了，赶紧扶他起来，"伯，你咋坐地上呀？"父亲一看钱红来了，才放下心来。钱红问："你们咋来的？"

父亲仰头说："我骑着三轮车给你妈拉来的。"

"怎么？二十多里地，你怎么骑三轮车来？"钱红摸了摸父亲的衣服，看得出曾湿透了，现在暖得多半干了。

"开始是到咱们集镇上诊所看的病，诊所大夫说看不了得到大医院，我就骑着来了。"父亲边说边用纸擦着鼻子里快要流出来的鼻涕。

"那你去找个座位坐那歇歇吧伯。"钱红要他把棉袄放床上。

"小儿，这里边有钱啊。"随即抱着棉袄选了离床较远的座位上坐下了，转眼之间他就已经熟睡在座位上。是的，老人太累了，七十多岁的人了，骑着三轮车拉着母亲来县城。在城市，也许七十多岁的人看起来没有多么苍老，在农村，七十多岁的人看起来已是年纪一把的人，毕竟农村人经历的风雨要比城市人多得多，岁月的摧残，对农村人从不怜悯。

第二天大夫上了班，入了住院部，医生又诊了诊母亲的病情，配药继续输液。钱红已吃过饭多时了，发现父亲端着碗蹲在过道中还在吃。只一碗饭，竟然吃了这么长时间，钱红也没有在意，也许父亲年龄大动作慢，只顾忙自己的了。晚上，钱红弟弟从外地赶来，弟媳也跟着过来了，弟弟一家就住在县城，但钱红父母对二儿媳妇不感冒，什么事都不愿意与她掺和。其实，也不全是二儿媳妇的错，二老总是当着二儿媳妇的面夸赞大儿媳妇，二儿媳妇会不多想才怪咧！现在再也不能提大儿媳妇的名字，谁要是提起美菱的名字，二老就禁不住悄悄抹泪，大儿媳妇美菱是确实孝顺，这是钱红姊妹们公认的。用二老的话说天底下难找的好媳妇，可惜，早早过世，成了二老心中的痛。钱红说他们年龄大了，到青台来住吧，父亲说再也不愿意去青台市，早年小孙女的丢失已让她身体吃了大亏，儿媳妇的离世，他们心中又多了一重永远的殇。

住了几天院，母亲病情渐见好转，终于等到出院的一天，钱红要走，让弟弟办理出院并扫尾。钱红去看了看在外边端着饭碗的父亲，发现还在吃着饭，今天钱红才得有心思观察父亲的吃饭慢。都过半晌了，这是怎么回事呀？钱红问父亲，父亲才勉勉强强地说了真话："小儿，我吃饭噎呀！"钱红这几天只顾忙活母亲的事了，忽略了父亲的状况，经过这一说，钱红才注意到父亲每咽下一口饭都需费很大的劲。钱红一问弟弟，弟弟说噎了好长时间了，钱红吃惊了！！可是自己必须回青台了，行里有一堆的活儿等着自己去处理。他嘱咐弟弟母亲出院后需抓紧给父亲作检查，并说自己等待着检查结果。

钱红忙于工作，老家的事向来没有管过，有啥事都是弟弟妹妹们传递。但这次，他的心再也放不下，总感觉有一种不祥的预兆。终于，家里来电话了。"哥，咱伯检查结果出来了，是癌。"钱红听弟弟传来颤抖的声音，心里一下压上了一块千斤巨石，感觉喘不过气来。钱红老半天才缓过神来："确定了么？"

"嗯，火检结果，中晚期。检查失误的可能性很小。"

"我现在就回去，你在人民医院等着我。"

钱红立即赶了回去，到了人民医院，弟弟已拿着医院打出来的报告单。钱红看了看，写得清清楚楚，"贲门癌"，钱红脑子里一片空白。钱红看着穿白大褂的大夫就像看到大救星一样，总想从白大褂嘴里听到一丝希望，可是钱红也清楚这个希望是多么地渺茫。

钱红带着这个不愿接受的诊断结论与弟弟一家人都回到了老家。一进院门，父亲看到儿子儿媳还有孙子都齐刷刷地回来了，似乎他已意识到了问题的严重，如果是小病小恙在电话里说一声即可，尤其是钱红是不会在百里之外赶回家的，也不会儿媳儿孙这么齐地来送一纸报告结果。他在院中的土灶前，久久地低垂着头，六神无主，他的背驼得更厉害了，双手交替着在身上仅有的两个兜中反复摸索，钱红似乎能感觉到他那颗蓦然跌入深渊的心是那样地惶惑与无助。钱红问："伯，你找啥了？"他缓缓地说："我找……火机。"他又说一些不愿意插管不愿意治疗之类的话，既像宽慰自己，又像宽慰儿孙们，让儿孙们明白他已猜到了检查结果且向儿孙们表示他不怕死。但钱红还是决定不告诉他，也不知道是不是瞒得住他。

两个妹妹也来了，大家团聚一起吃了一顿饭，假装其乐融融，父亲独自到街上转了一圈，趁此机会钱红对弟弟妹妹包括母亲几个人发了脾气："你们一个个都知道他吃饭噎，为什么就我不知道？从去年就开始噎了，为啥没有一个人告诉我？"钱红几乎是吼出来的声音，气得上气不接下气。"哥，是咱伯不让给你说，他说所有的事都压在你的身上，他心疼你忙，他总是这样矛盾，他想你还不说。"

四

晚上，陈梦寒来了电话，说她被分配到泉溪县十八里乡分理处，泉溪县是青台市最偏远的一个县，离青台市一百多公里远。钱红这一段忙得焦头烂额，竟忘记了还有分配这一关，陈梦寒分配不理想但已经成了定局。陈梦寒见钱红听过她的话长时间静默，也许猜透了钱红在想什么，随即又对钱红安慰了一番。

钱红不死心，还是拿起电话打给了泉溪县行的郭法东副行长，对方一听就听出了是钱红的声音，问有事么，钱红说："老兄，有一件事我可能说晚了，你看还有没有补救措施，就是那个陈梦寒，听说她被分到十八里乡分理处，一个小女孩，我的意思看看能不能把她调到县城里的某个分理处。"对方急忙说："钱行长，你看你，咋早不说。找机会再调动吧，行不钱行长？"钱红无奈，只能作罢。

青台的夜，本来是寂静的，打破这种寂静的不仅仅是车水马龙，更有香满人间的声色犬马。香满人间属于中丽集团，在青台也是响当当的娱乐场所。

香满人间一楼歌舞厅，一个长得肥头大耳的人正在"摆谱"，他不耐烦地一拍桌子，"叫你们领班来。"一个干净利落的小伙子走了过来，他脖子上的领结似乎与众不同。"先生，您有什么吩咐？"肥头大耳的人瞧了瞧这个服务生，"你是领班？"

"是的，先生，您请说。"

"我是你们这儿的VIP客户，常来消费，认得我不？"肥头大耳歪着头，用眼的余光扫视着领班。

"先生，是的，很面熟，对不起，需要为您提供什么服务？"

"什么服务？我点陈小姐唱歌，点几次了，都没有看见陈小姐出来，你们服务员也不给我说出个所以然来。嫌我给的钱少么？看看这够不够？"肥头大耳把一沓百元现钞"啪"的一声摔在了桌子上。领班转头看了看桌子上的一沓一百元的人民币，弯下腰说："先生，不好意思，她今天没有来上班。"领班与服务生一样，也不愿意说出个所以然，他说的陈小姐就是陈梦寒。

"没有上班？给她叫来，路费我包。"

"先生，你看这样好不好，我再叫一位小姐，她唱得也很好。"

"不，我就要陈小姐，只有陈小姐的歌能打动我的心，你哪怕把电视里的歌星叫来我也不稀罕，那些靠包装上台的歌星，唱的是狗屁啥，陈小姐没有包装，包装上台让那些歌星们黯然失色。你去、去把陈小姐叫来。"领班无奈，几乎把腰弯到了九十度，恳切地说："先生，她真的来不了！"肥头大耳也不耐烦了，收起钱，起身走出了香满人间。

钱红领着父亲到省城中医院做保守治疗，回来后把父亲每半月的药单输进自己的电脑。

黄芩十克、姜厚朴十克、酒黄精十五克、炒僵蚕十五克、瓜蒌十克、党参十克，钱红一想，克数不写了，只输药名算了，觉得自己研究也探不到克数的变化规律。

他往表格里继续输入醋莪术、甘草、玄参、砂仁、旋覆花、陈皮、醋五灵脂、木香、皂角刺、茯苓、生蒲黄、清半夏、紫苏梗、浙贝母、黄柏、生地黄、生白术、紫苏梗。钱红把每一个药名的功效都翻找出来，记在电脑中，不需加班时，能研究到深夜。

医生根据老家传去的舌苔照片，每半月调药一次，钱红根据每次的药名增减来揣测父亲营养需要的调整，然后往老家打电话告知家里人。后来知道这是徒劳的，外行人又哪能判断出这些中药的道道？可是钱红多么想替天掌握父亲的命运，他时时在捕捉上帝手中掌管的亮光，哪怕能有一丝丝的奇迹出现。

又一次正科提拔，钱红与之失之交臂。他的心都放在父亲的病上，无暇顾及工作以外的风风雨雨。

钱红来到湖边，想把心中的惆怅哭诉给水。

常言说男人是钢，女人是水，只有在厄运中的人才知晓，男人更加脆弱，男人脆弱的时候比女人更加无助。

钱红的手机响了，是杨小妹的声音："钱行长，市行通知开会，要立即去，六楼主会议厅。"钱红心中一惊，感到很反常，这是晚上要休息的时间了。"都有谁参加？"

"副科以上。"

钱红又核对一遍："是现在么？现在开会么？"钱红再次确认，杨小妹再次作肯定回答。

钱红赶到会场，台上已坐了三个市行副行长，个个神情严肃。会场里先到的人，有的正在交头接耳、窃窃私语，刚来的人坐下第一句话就是问，发生了什么事，毕竟已是晚上十点多了。

一会儿，徐徐进来一队人马，领头的比较面生，大概是省行的某领导。后边跟的几个人，钱红一个也不认识，走到主席台跟前，他们没有上，坐在了会场的前排，再后边跟的是胡正强行长和纪委书记张正彪。六位领导在台上坐定，会议开始。

"同志们，这么晚让大家来开会，大家可能很吃惊，是不是发生什么事了，对，我们青台商贸银行发生了一件大事。"胡正强行长今天声音有点儿沙哑。这时会场上寂静无声，静得落下一根针也能听到。胡正强顿了顿接着说："孟州县支行五里河分理处，发生了挪用库款买彩票的案件，分理处一共六个人，有四个人参与，四个人参与串通作案。"

"啊——！"胡正强话音刚落，立即引起会场上一阵骚动，并伴随议论声嗡嗡作响。

胡正强行长通报了五里河分理处挪用库款案件，从声音中能听得出他非常疲惫，然后介绍说："下边有请省行监察室刘理主任讲话。"刘理主任抬起头，先望了会场一圈，开门见山，一字一句地说："要求以下三点：一是五里河事件现在司法部门已介入，要求有关支行网点、有关人员作好配合工作；二是青台市全体员工在五里河事件调查期间，除极个别情况一律不准请假，工作时间必须到岗；三是青台市分行、各县区支行、各营业网点需立即开展自查自纠。

五里河事件像一声炸雷，在全省甚至在全国都振聋发聩。在金融系统，青台一举成名，只不过不是好名声罢了。

青台市马路上的路灯平常亮得很准时，今天，不知道为啥夜幕已完全笼罩了青台市，大街上还是黑灯瞎火。在青台市一条小巷里，有一家很不起眼的宾馆叫向阳红宾馆，八点钟左右，宾馆来了一位老太太与一位小女孩在登记住宿，小女孩看着像是一个小学生，两个人登记后上楼进了房间。老太太二人进房间后，拍了拍墙面，自言自语地说："墙怎么是空的？"

是的，这家宾馆是城中村一户人家把自家建的住宅楼改造成了宾馆，把大一点儿的房间用宝丽板隔开成为两间房，节约了地方，变相提高了房价，虽然简易但还比较卫生，很适合大众消费。不过在这儿住宿的并不都是平民百姓，一些有头有脸的人也会光顾，原因是在这里休息不会引起注意，现在人们理念变了，爱低调的人多了。另外，一些游客、学生、临时休息的人等等专挑这样的地方住宿。

这里的房间档次也不一样，好一点儿的与大宾馆相差无几。当然一般的房间居多，老太太与小女孩就住在一个没有卫生间的房间。老太太安顿好后，就去楼层公共卫生间洗漱去了。

小女孩百无聊赖地在摆弄自己的提包，忽然听到隔壁传来异样的声音。"我真想用红缨枪扎死你。"

"——你扎吧，扎吧，狠劲地扎，扎死我。"这是一个女人歇斯底里的叫喊，接着是一个男人喘着粗气的吼声："我扎，我扎，扎穿你，扎死你——。"又是女人的声音："你个王八蛋，扎死我你就更痛快——我想让你扎死我——使劲——你弄死我吧——扎死我吧——。"然后是一声惨叫。

小女孩吓得脸都变色了，赶紧去叫老太太："奶奶，奶奶，杀人了，杀人了！"

"哪呀？哪呀？"老太太吓得六神无主，急忙问小女孩。

"隔壁，就咱那隔壁。"

"打电话，打电话……"老太太一边说，一边哆嗦着手拿出手机拨打了110。

一会儿听到了脚步声，老太太探了探头一看，是宾馆服务员领着公安人员来了，老太太便用哆嗦的手向隔壁房间指了指。公安人员按照老太太的指点走到"出事"房间，便先敲了敲门，里边传出声音："谁呀？"不大一会儿门开了，一个女士站在门口，看着几个公安人员，很诧异。

"你们有事么？"女士问公安人员。

公安人员相互交换了眼色，问女士："请问，这里刚才发生什么事了么？"

"没有呀，什么事也没有发生啊！"公安人员问里边还有谁，里边的男士也出来了，向公安人员点头示意。

公安人员走进房间，四处看了看，没有发现可疑问题："请把你们的身份证拿出来。"二人都不情愿地拿出了身份证。公安人员一看"段红丽"，又看了看男士的身份证"王新悦"。一个公安人员向其中另一个公安人员耳语了一句，然后返还身份证，"谢谢配合，打扰了。"便自行离去。

段红丽、王新悦。那天钱红看到段红丽开了一辆普桑，后座上坐着一个男人，像市行副行长王新悦，是的，他没有看错，确实是王新悦。

香满人间五楼办公室，段红丽正在向马中伟说道从商贸银行打探的五里河案件情况，因为马中伟的堂弟牵扯案件之中。他们二人之间想说什么事，往往是在办公场所，在家他俩很少见面，要么是段红丽回家时马中伟已经睡觉，要么是马中伟回家时段红丽已经休息，更多的是，马中伟总是睡在办公室的里间卧室，工作的繁忙是夫妻二人"聚少离多"的最好托词。

从段红丽探听的口信里，知道了当前案件大致的进展情况，司法部门介入后，案件一切消息封锁，商贸银行需要做的是核实四人挪用的具体金额以及对人员责任的界定，商贸银行对案件插不了手。下一步，案件中涉及的四人各自所负的法律责任轻重，也许商贸行的意见司法部门会作参考，只是现在还到不了那一步，还需要根据司法部门对案件的侦办过程及进展情况而定。段红丽说她再到司法部门去了解，看能否做一下工作。

马中伟坐在老板椅上斜眼听完段红丽的叙述，一句话也没有说。段红丽看马中伟没有任何表情，不耐烦地扭头走了。

全省开展银行业务大检查。

芜阳市的大检查正在如火如荼地进行中，这里的检查组是青台商贸行组建的。长河区支行负责检查芜阳市镇东县支行，由钱红带队。

镇东县支行检查组办公室，设在县支行的小会议室，钱红正在与镇东县支行领导交谈，钱红忽然接到由镇东县支行转交来的一封信，钱红接过一看，不显示来信人的地址，钱红也没有顾得看邮戳，他以为是一封举报信一类，当着被检查人员的面，就先装在兜里了。等吃过饭，回到宾馆住地，钱红拆开了信封，原来是陈梦寒的信。不打电话写信？也许文字更能把心中的缠绵描绘得淋漓尽致。

钱红哥：

尽管我们有电话互通，今天不知道为什么，忽然有给你写信的冲动，也不知道乡邮电所还有没有邮信业务。

上班以来，我操作业务逐渐熟练，这是我感觉自豪的一件事。与同事的关系处得很好，我爱唱爱说爱笑，我开朗的性格让大家喜欢上我，同事对我都很好，包括分理处住宅后院的退休老同志，在生活上也都对我很照顾。

可是近来的大检查，确实让人很不愉快。检查组是从新中市来的，因为我们这儿五里河案件的发生，他们说我们青台市是案件的重灾区，这些检查人员来到我们分理处，一个个铁青着脸，神经紧绷，好像看着我们分理处每一个人都是挪用库款买彩票的犯罪分子一般。

听我们主任说，他们吃饭时不敢与我们主任多说一句话，检查时给他们买了水果，没有一个人敢吃，唯恐我们下毒似的。检查时，哪怕一张小纸片他们都得看罢正面看反面，用他们的话说，不能漏掉任何细节。问我们问题时，像审犯人一样，对我们说的任何话，他们都是思考再三，他们不相信传票的真实性、不相信登记簿的签字笔迹、不相信我们提供的任何资料，他们怀疑一切。

一个检查人员还质问我，问我是不是商贸银行的员工，我说怎么会不是，他说我不像商贸银行员工，我们分理处的同事都在偷着笑。又问我什么时候入职的，还问我入职以前是干什么的，我心里委屈得都想掉泪，我入职前上什么班也属于检查内容么？检查业务又不是揪敌特分子。我不想回答，又不好发作，只能强忍着回应他，我说我以前只是个打工的。

事后同事安慰我，说是我长得太漂亮了，引起了他们的注意，他们认为一个乡下分理处不可能有长得这么漂亮的人。我都纳闷，长得漂亮也是一种罪过么！

不管怎样，我都要努力适应角色，适应工作，你放心，我不会让你失望，相信我钱红哥。

你虽然远走了才几百公里，但我近来总觉得你离我很远很远，让我有一种遥不可及的感觉，尽管你在青台时我也不能够天天看到你。钱红哥，不知道你在闲暇时能不能想起我，哪怕一瞬间。我不知道怎么回事，在夜深人静时，老是想你，想你这个大哥哥。我的心很空，从来没有感觉如此空虚，从来没有感觉空虚是如此地让人恐惧，我真的害怕自己被这种莫名的恐惧压垮。

我是一条飘摇的船，没有舵，我不知道会漂到哪里？

不说了，再写多少字信也写不到头。你要照顾好你自己。

妹：梦寒

夜

钱红读罢信，熄灯。他并没有睡，望着窗外的月色，似乎听到了海的潮水声。只是那月色，显得很淡，淡得像被县城的灯火湮没。

经过一个月的大检查，终于按照原计划结束。钱红回到单位，来青台检查的新中市检查组也已踏上归程。

"五里河事件"过去的时日也不短了，但案件仍然没有出结果，就像一个真空期，现在谁也不提这事。每个人都好像处于静默状态，班还是一天天地上，日子还是一天天地过。

泉溪县商贸支行正在进行演讲比赛。

"尊敬的同事们、敬爱的领导们，大家好，我是陈梦寒，我给大家演讲的题目是《我的母亲》……。"

她的演讲与前几位演讲人风格迥异，让人耳目一新。大家都来了精神，紧盯着陈梦寒。

"我出生在邻省一个普通的小县城，虽然与大家不在一个省，离家的路途也就三百里地，与我们市隔了一条大河。我的母亲是一个很普通的下岗职工，现在年纪已经大了，身体不好，她自己一人在家。我也知道她需要女儿在身边，但我确实没有时间去陪伴，我时常为此感到愧疚，但我又有什么办法？我只能把压在心底的爱化作缕缕思念，在夜深人静时为她祈祷、为她祝福……"看得出，陈梦寒眼圈红了，台下很静很静，人们全神贯注地听着陈梦寒的演讲，个个目不转睛。

"我的父亲在我很小的时候就与我母亲离婚了，母亲把全部的爱都叠加在我的身上，她不仅爱我，还试图把我缺失的父爱由她一人来补偿。当时我还不太懂事，还没有意识到缺少父爱是一种什么样的状态，只顾自己去继续享受无忧无虑的生活，母亲无论自己多么辛苦，她呈现给我的都是灿烂的笑容。

"我后来上了高中、上了大学，母亲给我说在父亲离婚时留下一笔巨款，让我只管花就行了，只要不浪费。我也真的以为我的家庭非常优渥，在高中时，总是向别人炫耀自己生活条件的优越，上大学时，总是与别人攀比，别人有的东西，我必须有，别人没有的，我也要有，花钱如流水，每次往家要钱，母亲都是爽快地打了过来。

"可是，有一天，我放假提前回来了，没有给母亲说，当我回到县城走在大街上时正巧看到了我母亲，我这次与母亲的邂逅，没有让我惊喜，而是让我惊愕，因为她正在翻垃圾桶里的酒瓶。当她看到我时也怔住了，她低下了头，只说了一声'回家吧妮儿'。我哭了，我当时就哭了，我知道她哄骗了我！"陈梦寒用两只手背摁在眼上，她已说不下去，又怕过于失态，就这样静止在那，足足有半分钟。台下鸦雀无声，个个目不斜视，每个人都生怕被别人发现自己眼眶里抑制不住的泪水。这时的会场里，静得掉下一根针也能听得到。

"我拉住她的手，一把扯到我的跟前，问她：'妈妈，你说，你为啥要骗我？'我妈说：'妮儿，我怕你在学校让人家说你穷，看不起你，让你受屈。'我责备她：'那你也不能骗我呀妈，你这样在家受苦，我却在学校大手大脚地花钱，你让做女儿的怎么心安？妈，你害了我呀！'我使劲握着她的胳膊。

"回到家里，我几天都没有好好吃饭，躺在床上也不愿意出门，她怎么劝我我的情绪都过不来。有一天，她坐在我的床边，拉住我的手说：'妮儿，你知道做母亲的，怎么最幸福么？'我盯着她等待她解释，她说：'孩子幸福就是做长辈的最大幸福，如果你在外边省吃俭用，挨饿受冻，我在家过得再舒服，我的心能好受么？'我哭了，我搂着妈妈的肩膀放声大哭。"

陈梦寒抹了抹泪水，继续说："我爱我的母亲，我爱我的母亲胜过我的生命，我为自己有这样伟大的母亲感到自豪，如果有人与我比家庭的优越、比美丽漂亮，也许我都不敢比，但我有一件事敢与任何人比试，就是我有一个亲爱的、伟大的母亲。"

全场掌声雷动，陈梦寒走下讲台，走向自己的座位，可是掌声仍没有停止。邻座的人拍了拍陈梦寒的肩膀，想说句安慰的话，可又哽咽了，赶紧把头扭了回去。

该下一个演讲的人上台了，可主持人却僵在了台侧，好大一会儿才走向台中央，站稳了又不说话。他低着头轻声说："王晓阁上台讲。"幕没有报完整，就匆匆去了台侧。台下的人看到这个情景，不禁又红了眼圈。

演讲全部结束，台上放起了音乐，暂时休会，计票时间开始。

奇怪的是，这次计票时间格外地长。

公布结果的时间到了，有的人不自觉地看了看陈梦寒。

一把手让身边的副行长宣布，只见副行长走到台上，拿着结果宣布："一等奖三名：秦雪玲、陈晓丽、王昌鹤；二等奖六名：王韦峰、郑小天、吴东英、张卫刚、李玉民、李伟。"宣读完毕，陈梦寒竟然榜上无名。台下众人一听结果，一片哗然。大家不知道发生了什么，大家都想知道发生了什么，也有的人摇头说，不想知道发生了什么。

计票人知道大家想问什么，主动说出来："陈梦寒超时半分钟，属于违规。"

"她超时半分钟，你为啥不提醒？"郭法东副行长不好意思在会场发作，会后他气呼呼地问。

计时人说："我觉得她自己记着呢。"

"其他有人超时，你为什么提醒？"

计时人说："我只顾听了，忘记看时间了。"支行行长刘强正好路过，听到他这样回答，狠狠地向计时人瞪了一眼。

陈梦寒因为超时半分钟，又没有得到提醒，与奖项无缘。

五里河挪用库款案终于尘埃落定，四个当事人已被判刑，里边有一个职工是马中伟的堂弟，除了马中伟的堂弟被判了七年外，其他三人均被判刑十年。

商贸行处理的情况是：市行行长胡正强受到记大过处分，孟州县支行行长白冰免职处理。

如果说五里河案件发生时，像爆炸了一颗原子弹的话，公布的案件处理结果就像爆炸了一颗更厉害的氢弹，只是后者局限于对领导层的震慑。这一声响雷对公众来说只是耳膜嗡嗡，对领导层的敲击才是让那脆弱的心灵四角落土。因为，大家都清楚了一个事实，就是哪个支行管辖的网点一旦出事，便乌纱不保。

胡正强在办公室里踱着步，尽管有心理准备，这个处理结果还是让他震惊。他对已发生的事情无能为力，他需要考虑今后该怎么办，如果再出现一起这样的事，他自己就只有跳楼的分，他越想越感到毛骨悚然。不行，他要做出大动作，安全是第一位的，发展是第二位的，没有安全作前提，发展变得毫无意义。怎么办？砍营业网点，把有风险隐患的营业网点儿砍掉，有风险隐患比没有发展潜力更可怕。

砍！大刀阔斧地砍！

他下定了主意，坐下点燃了一支烟，长长地吐出一旋旋的烟圈，全市一百零八个网点，尾大不掉啊！胡正强把自己的想法在行委会上与大家通了气，便驱车去了省行。

戴玉龙行长办公室门前，胡正强心里正在发怵，青台捅了这么大的娄子，见了戴行长是不会有好脸色看的，胡正强长吸一口气，敲响了门，待有回声开门走了进去。

胡正强还没有开口，戴玉龙行长先说话了，直截了当："啥事？"戴玉龙行长既没有提起五里河事件的事，也没有一句寒暄，胡正强也不敢正视戴行长的脸色是阴是晴。胡正强坐下后，把自己的想法向戴玉龙行长作了简要汇报。戴玉龙行长听后，从座位上站了起来，盯着钱正强说："这次，你工作算是抓到点子上一回，省行也有这个意思，把那些有风险隐患业务指标又上不去的网点撤并，尤其是你们青台市，更应该撤。"戴玉龙行长拿出一张抽纸，在桌子上一边擦一边自言自语地说："省得给我找事。"

胡正强屁股如坐针毡，两眼盯着戴玉龙行长。戴玉龙行长不说话，胡正强也不敢多说。胡正强也不知道戴玉龙行长的话有没有说完，也想不起来自己还有什么话要说，气氛静止了一会儿，胡正强颤颤巍巍地说："戴行长我回去吧？"只见戴玉龙行长挥了挥手说："走吧。"连头也没有抬。胡正强站起身，退出了门。

出了省行的大门，胡正强咬牙切齿地说了一声："日它娘了！"他这一声，并不是特意骂谁，而是要决心破釜沉舟。

青台市大张旗鼓地缩编网点，在社会上像刮起了一阵旋风，成了轰动一时的新闻，商贸银行即将倒闭的传言甚嚣尘上。随着网点撤并，大量商贸银行员工需要待岗，待岗就是失业的过渡阶段，待岗实际也是失业的代名词而已。

陈梦寒这几天心里也是七上八下，惴惴不安，尽管她是通过考试招聘就业上岗，尽管分理处的一些同事们有的连ABC中C的肚子朝哪个方向开都把不准，但下岗目标并不一定是谁。陈梦寒上班这么长时间，里边的门道也摸得差不多了，尤其是最让人头疼的关系网，任何一个人都挣不脱这张大网。陈梦寒辗转反侧，夜不能寐。

她所在的十八里乡分理处也要撤掉，这已是板上钉钉的事了，据传，只要离县城远的网点都要撤并。十八里乡分理处的业务平时非常繁忙，当地老百姓出于对国有银行的信任，都愿意到商贸银行办理业务，而对面的兴农银行则是冷冷清清，原因就是兴农银行是私人银行，人们信任不过。如此业绩的分理撤掉实是可惜。但又没有办法，这是上级领导层的决定，基层机构谁又能左右得了大局？

就在陈梦寒心里没有底的时候，钱红来了电话，问了她一些情况后，对陈梦寒安慰了一番，同时嘱咐陈梦寒，有什么风吹草动要及时告诉他。钱红吸取了陈梦寒分配时的教训，以免在一些节骨眼儿上再次陷入被动，陈梦寒当然知道钱红话里的含义，越是这样，陈梦寒又越是替钱红担心，总怕有钱红扛不动的沉重。

怕啥来啥，县支行行长刘强打电话，直接找陈梦寒，要陈梦寒办理交接班后到县支行，刘强要找陈梦寒谈话。陈梦寒猜测凶多吉少，立即把这一情况告诉了钱红。

泉溪县支行副行长郭法东还是钱红能说得着的人，两个人关系不错，有什么事情，都是一五一十地相告。钱红迅速给郭法东打了电话，探听虚实。郭法东说："这几天刘强行长频繁找人谈话，我们这几个副行长也摸不清他的真实意图，比如说如果谈话就是一定下岗，那无论如何也得经行委会讨论研究，不能他自己说了算，问题就在于弄不清他葫芦里卖的什么药。"郭法东顿了顿，又说，"不过，你最好还是来一趟，直接与他见见面，梦寒的事，我也没有向谁透露过你们的关系。对了，钱红，我问你个题外话，陈梦寒到底是你什么人？前些日子我们这里演讲比赛，她讲的身世有点苦，我们许多人都听得掉泪了。"

钱红急忙转换话题:"好的,以后我们再聊,现在顾不得给你解释,那么好吧,我去一趟。"实际上陈梦寒讲她母亲的事,钱红也有所耳闻,看来陈梦寒与她母亲感情很深。

钱红忙完手头的活儿,就急匆匆地向泉溪县赶去。

到了泉溪县支行,钱红与郭法东打了个照面后,就直奔刘强的办公室。钱红上了楼,正碰见陈梦寒,陈梦寒正在犹豫着准备进刘强的办公室,当她看到钱红的身影,陈梦寒就像见到了久别重逢的亲人一样,百感交集,她那一双温柔的眼睛看着钱红,那两道淡淡含愁的弯眉,像蕴藏着无限的哀愁,看得出她现在如释重负。钱红悄声说:"你先别进,在外边或下楼等着我。"陈梦寒像小鸟儿一样听话地迅速转身,向门的远处挪了挪,两条伸直的胳膊交叉放在胸前,十指相扣,手心朝外,又像一个撒娇的小女孩。

钱红走向前去,敲了几下门,没有动静,又停了一会儿,门才开了。从里边走出来一个四十多岁的女士,嘴里小声嘟囔着:"王八孙!"尽管声音很低很低,钱红听得清清楚楚,因为钱红与她几乎是擦肩而过,一看身上的工装便知是商贸银行员工。

钱红从刘强屋里出来,到楼下找到陈梦寒,耳语了几句,便让陈梦寒回去了。

刘强仍然一个个地找人谈话,用他自己的解释,他一是为了摸摸底,二是在没有好办法的情况下进行投石问路,毕竟突然宣布某一个人下岗,会让人猝不及防,无法接受。他的谈话实际上也是想体现出他的权威,让人知道每个员工的前途都掌握在他的手心。

由于时间紧迫,这几天的谈话不只局限在上班时间,晚上他办公室也是人迹不绝,刘强已到了废寝忘食的地步。

这天,已到晚上十点了,厨房魏师傅觉得时间差不多了,怎么还不见刘行长下来吃饭?魏师傅这几天也是跟着辛苦,每天晚上等着刘强吃过饭他才能下班回家,可今天刘行长找人谈话时间有点儿长,他决定上楼去问问。魏师傅敲开了刘强行长的门,一看屋里也没有被约谈的人,问刘行长是否吃饭,刘强说稍等,马上来一个员工,很快就谈完。魏师傅下楼,正好与大概是刘行长正等待的员工打了个照面,只见这位女员工没有穿工装,大概有四十来岁,打扮得很时尚,很有女人的韵味,魏师傅下来很久,还能闻到满楼梯的香水味。

魏师傅单等着这位员工离开，一离开他就马上开火下面条，刘强行长爱吃魏师傅做的面条。魏师傅习惯性地一会儿一伸头，这是个单面楼，在院里看刘行长办公室门看得一清二楚，他在观察着那位员工啥时候离开。不大会儿工夫，刘行长办公室的灯灭了，魏师傅心想好快呀，赶紧就点火。面条做好了，还不见刘行长下来，左等右等，咦，这就怪了。他急忙上去，敲了敲刘行长的门，没有人应答。魏师傅一边下楼一边纳闷，回到厨房再等一会儿，如果刘行长走了，是绝对不会连个招呼也不打的。他也不能打电话，这也属于职业操守。

一会儿，刘行长屋里的灯光又亮了，那个女员工走了出来，魏师傅疑惑不解地回到厨房，准备重做，面条已糊了。

长河区支行的裁员撤点也在进行中。

钱红对裁员撤点工作不积极，他的观点是裁员撤点主要是针对乡下业务量较小的偏远网点，这些网点管理成本高，长河区支行的网点都是在市里，没有必要撤再说了网点又不多，总共才六个网点，再撤撤到什么程度？

撤点的事王一飞已经拿定了主意，令他犯愁的不是撤几个点的事，而是裁员，裁谁不裁谁，是一个很棘手的问题。长河区支行与其他县支行情况还不一样，长河区支行离市行近，员工都是"皇城根"下的人，不管动谁都不是一句话那样简单，关系网啊，就像一面蜘蛛盘的丝，它能网住比蜘蛛大许多倍的昆虫，一旦被网粘住，会被困死、被饿死。

王一飞想了想，尽管私底下与各位副行长、纪检书记都有沟通，但还是召集领导班子正式定一下，该拿到桌面上说的内容必须拿到桌面子上说。

王一飞把主题意思说给大家后，钱红把自己的意见也说了说。在座的人，既没有对王一飞的提议表态，也没有人对钱红的主张发表意见，停了一会儿，王一飞打破沉默说："不然这样吧，我说的撤并三个网点，改成两个吧，咱们撤并两个，保留四个。"钱红还是不让步。钱红的理由一是六个网点的业绩不相上下，需要撤哪个网点？二是网点的多少与风险发生概率并不是同比例增减。

他们两个争得面红脖子粗，杨小妹与另一位副行长坐在那一声不吭，王一飞问她俩："你们俩没有一点儿意见？没有一点儿看法？"杨小妹接了一句："既然上级行要求以防风险为第一，我们就执行呗，至于怎样才能做到最好的风险防范，就像打靶，为了打中目标，就多打几颗子弹呗。"王一飞看了看杨小妹，似乎明白她的意思。

王一飞又让了一步，看了看钱红说："这样吧，我们先把开德路分理处撤并吧，那个分理处离其他行的距离太近，其他的以后再说。"

钱红听了后，端起水杯，也不说话，使劲喝了一大口，走向门口，故意长时间不咽下去。

这一段时间，对青台市的普通大众来说，是最平平常常的日子，可是对商贸银行的人，却是一段难熬的日子，竞聘上岗是一种折磨。有人哭、有人笑、有人闹、有人看热闹，一个县支行，就是一个舞台。

一阵电话铃声打断了钱红的思绪，他打开电话，一听是公安局的同学。"钱红，咱同学冯良才调到青台了，是市常委委员并任纪委书记，今天晚上在河上园为他接风，你有空没有？良才点名想让你去。"钱红犹豫了一阵，冯良才？同学？我怎么一点也不记得呀？哪个班的？他怎么知道我？

钱红下了班，驱车去了河上园。河上园是个旅游景点，这里有一家饭店在湖心岛的一角，一般的游人发现不了，很隐蔽，外观就是几间不起眼的茅草屋，这个地方不对外营业，政府专门接待一些重要客人，饭店经理就是副处级，也是钱红的同学。钱红知道这个地方，在一次周末游玩时，钱红曾误闯入，一看一群就餐人的派头，钱红马上明白了这不是平民百姓消费的地方。

钱红进了栅栏门，马上有一个穿戴非常整齐的青年从树丛后闪了出来，看打扮也不像是饭店的人，问钱红："请问你是刘处长约的……"钱红没有等到他说完，就点了点头，他说的刘处长就是这儿的饭店经理刘新堂，钱红的同学。青年随即恭恭敬敬地作了一个"请"的姿势，钱红大步流星地进了院子，再下一个小斜坡，进了一间"茅草屋"。

钱红一进屋，发现桌子周围已坐满了人，再用眼一扫，在座的大多是副处级以上，钱红知道自己的迟到与自己的身份不相衬。钱红顾不得表歉意，两眼只顾瞅正位上坐着的那位"重量级"同学，他大概就是冯良才，故作熟悉地说："良才，你还是原来那模样。"正位上的同学笑着说："你应该说'你还是那么帅'。"冯良才一句话，逗得大家都笑了。

冯良才问："都到齐了没？开始吧？"刘新堂接话："开始吧，就差吴书记，他说不用等他，让我们先进行。"冯良才说："那不等他了，咱开始。"

　　刘新堂打开了酒瓶，凉菜早已上桌。刘新堂倒酒，钱红下意识地挪了挪面前的酒杯。刘新堂并没有给冯良才倒，看来他们都知道冯良才不喝酒，只是钱红猜不透他不喝酒是出于身份的自律，还是想显示出身份的特别。

　　前三杯，钱红只是听别人说话，时间长了，感觉自己一言不发也不合时宜，找了个话茬，提了一句与冯良才相关的事。刘新堂的座位紧挨着钱红，钱红话音刚落，刘新堂用胳膊肘悄悄碰了碰钱红，钱红扭头看了看刘新堂，表示不解，刘新堂也不顾钱红是否明白他的用意，只管接着添茶倒酒。钱红对刘新常的暗示感觉不悦，冯良才官再大，在这儿都是同学关系，大家放开着说话，不该有什么繁文缛节。刘新堂的暗示包含了两层意思，一是在冯良才面前不能随意地唠嗑，二是自己的身份不适合在冯良才面前无所顾忌。不管是哪一层，钱红感觉刘新堂的心态与今天的气氛不太谐调，钱红觉得这顿饭吃得太憋屈，让自己来陪酒纯粹是活受罪，有这时间还不如自己去钓鱼或跳跳广场舞。

　　不知道是冯良才看出了钱红这边的动静，还是从钱红的神态上看出了异常，冯良才把目标转向钱红说："钱红，在学校我爱看你写的文章，那时校刊上、屋山黑板报上常登你的文章。"也许冯良才这句话不仅向钱红，也向在座的所有人诠释了为什么今天的接风宴点名叫钱红来的原因，有几个同学会意地互相交换了一下眼色。不错，写文章是钱红唯一可以炫耀的资本，但是在今天这个场合，哪允许钱红卖弄，钱红赶紧岔开话题，唯恐别人认为自己不分场合胡乱翘尾巴。

　　开始轮番倒酒了，挨个过圈。轮到钱红过圈了，钱红先端起水壶，为冯良才添了添水杯，然后从钱红的左手按顺时针方向依次倒上三杯，当倒到门口的位置时，急匆匆进来一个人。这时大家都扭头向门口看去，顿时满桌的人堆满了笑脸，还有的与来人开玩笑，钱红不得不中断了"过圈"。来人就着距门最近的位置落座，正坐在钱红的右手。

　　落座后，钱红竟然忘记了刚才有人提到的什么书记到底是个什么姓，左看右看，也没有发现有谁对他进行正儿八经的称呼。钱红夹了一口菜放在嘴里，然后用眼的余光注视着他，等待着倒酒程序继续下去。

　　钱红看着见面的寒暄话题说得差不多了，就立起身拎起了酒壶，准备继续倒酒。且倒酒还必须从他开始，因为酒才倒了半圈，也正好轮到了他的位置。当着大伙的面，钱红不愿意问客人的姓名，钱红只好硬着头皮对来人说："我倒两杯酒吧"。来人不知道之前倒酒的进度，还以为是先给他敬酒呢，就很不情愿地嘀咕道："给我倒酒？"头也没有抬，犹犹豫豫不想站起来。冯良才说话了："怎么？给你倒个酒不行么？"来人一听冯良才说话了，也不好找理由搪塞，尽管他可能是哪个县的什么书记，可冯良才毕竟是纪委书记、市委常委。

但是也别小看了县委书记，一个市也就那么几个县委书记，县委书记都是一把手，县太爷，市委领导班子里除了市委书记与市长外，其他官员一般都不愿意对县委书记指手画脚，唯恐自己的指挥力不足以推得动县委书记这样的一方大员，但作为市委常委里的任何一个人，一旦真的与县委书记较起真儿，县委书记也是不敢造次的。钱红为来人倒过酒，说了声谢谢，继续往下轮。

财政局的同学问来人："听说韩佩增到泉溪县了？"

"对，他去给我当县长了。"来人话中的"给我当县长"几个字，让钱红彻底明白了，他确是泉溪县"最大的官"，至于他是不是高中同学，是不是横水县的老乡，钱红不得而知，截止到现在，也没任何人作介绍，可能大家都认为不必要介绍，相互之间都很熟络，他们忽略了钱红并不是他们"圈子"里的人，不常参加这样的酒局。

喝着聊着，聊着喝着。当县委书记了解到钱红是商贸银行的人时，却来了气，头一昂地说："你给你们泉溪县行长捎个信，他只要敢撤一个乡镇网点，我们全县所有的财政性存款都要搬家，在兴农银行开户。真不像话，好好的商贸营业所，说撤就撤了！"从他那怒气未消的表情上看，仿佛商贸银行撤点都是钱红造成的一样。钱红也不便说什么，按理说，钱红是副科级，与县委书记之间的级差也没有天壤之别，问题是副科级与副科级的含金量不同。作为一个商贸银行支行副行长虽然与县城里的一个副局长是平级，问题是银行的副行长太多了，"含金量"似乎与副局长不匹配，因此在今天这个场合，钱红在县委书记面前只是一个小"芝麻官"。

钱红听了县委书记的话只是笑了笑。

这时，冯良才用手轻轻敲了敲桌子说："我说呀！你们几个以后干什么事都要低调些，不要给我找事，不然到时还得我来给你们擦屁股。"大家纷纷附和。冯良才接着说:"有些事呀,你看着是小事,大大咧咧不在乎,有好些大事都是从小事上查出来的。像犯案的那些官员,许多都是从偶然中发现的,如果你不出那个小事,还想不起来找你的事,也不知道你有事,一旦你出了点儿小事,要查你这个小事,结果越查越大。问题都是这样出来的。"大家聚精会神地听着。"像平时聚个会了、打个麻将了、娘生孩子满月了等等,这一类事尽量少掺和,年龄也都不小了,啥意思呀!家里办事能省就省,又不需要炫富,多一事不如少一事,我说这些还是为了你们好,不然你麻烦我也麻烦,是不是?"从大家的表情上能看出,个个对冯良才佩服得五体投地。钱红无意中瞄到县委书记,唯独他在低头应承,不像其他人对冯良才毕恭毕敬。

钱红回去后正在想是不是把泉溪县县委书记的话捎带给泉溪县支行副行长郭法东,郭法东却先打来了电话。郭法东一是向钱红诉苦,说各个乡镇政府部门对商贸行表现得不友好,尤其近几天特别明显,甚至有使绊子的苗头,二是想探听一下长河区支行撤点情况如何,压力有没有泉溪县支行大。钱红在交流了一些日常情况后,点了一下泉溪县县委书记的事,当得知县委对商贸银行的态度后,郭法东才蓦然醒悟,郭法东把这个消息传递给了刘强行长,刘强听后陷入沉思中。

但是,大方向不能变,撤点裁员仍然按照既定方针走。

泉溪县商贸银行的撤点裁员工作,像与季节遥相呼应一般,网点一个个关起了大门,宛如秋风扫落叶,映射出一缕凄凉的景象。泉溪县十八个网点,撤并掉九个,少了一半的营业机构。

十八里乡分理处撤并,陈梦寒调到了圪塔营乡分理处。圪塔营乡分理处的对公业务会计身体不好,一直请长假。暂时顶替会计角色的柜员在这次撤点裁员中被裁掉,陈梦寒任对公业务的会计。

中秋节就像给炎炎的夏日画了一条楚河汉界一样,它宣告了酷热难耐的日子结束了。"钱红哥,今天是中秋节,我晚上想到你那里去行么?"陈梦寒打来了电话。"梦寒,我得回老家去,得陪陪老人,你看我们改天再见面好么?"陈梦寒只能作罢。

中秋的月亮异常皎洁,望着这一轮圆月,人的心境又因人而异,古人说几多欢乐几多愁，有的人为有家不能团圆而愁，有的人为圆月下情隔断于千山万水而愁，有的人为不能静享月下的欢愉而为钱愁，有的人一切满足了却在圆月下徒生闲愁。

薛鸿依的愁与别人的愁都不太相同。她望着一轮秋月逡巡着，最后还是去了王一飞的办公室。

王一飞还没有回去，还在办公室忙活，他生来就与风花雪月无缘，对中秋也没有多少雅兴。这时有人敲门，王一飞回应一声："请进。"来人推开门，犹豫片刻。王一飞一看是沙河路分理处的薛鸿依，便问："这么晚了，有事么？"薛鸿依也不说话，进来后就把门给反锁了。

王一飞一看发急了："你想干吗？锁门干吗？快点把门打开。"薛鸿依也不管王一飞的呵斥，径直向王一飞走去，王一飞立即站起身，警惕地瞪着薛鸿依，薛鸿依想拽王一飞的胳膊，王一飞急忙向后躲闪。

薛鸿依娇声娇气地说："王行长，我有事想给你说。"

"有事明天说，今天晚了，你快回去，我要走，我要锁门了。"王一飞连撺带推地把薛鸿依轰了出去。

钱红说起来也是一个性情中人，爱思想，忠诚于生活，只是他对妻子的怀念仍然不绝如缕。他的妻子在学校是校花，是大众的梦中情人，他们的相恋，曾引起了多少人的羡慕与妒忌。他妻子的音容笑貌若即若离，他现在正努力走出妻子离世的阴影。近期，他父亲的病情又牵扯了很大的精力，面对几乎已被宣读了死刑判决书的亲人，那种情感上的摧残、那种心灵上的煎熬，是没有经历过这种过程的人难以理解的，他为此流泪、流泪，他的泪水几乎流得快要枯竭，而且都是在没人的时候，没有人看得见的地方，他心中的苦有谁能懂？只有他自己知道。

钱红对陈梦寒曾说的"改天见"，改在哪一天？一忙又拖了好长时间，陈梦寒每一次的等待都是一种渴盼。陈梦寒白天上班，很少有休息的时间，晚上离青台市路途遥远又无法赶过来，陈梦寒几乎每天晚上都要与钱红通电话，没话找话地说上几句，只有这样，陈梦寒才能获得些许的满足。

天又下雨了。

也就怪，天一下雨，酒局就多，只要是下雨天很多饭店都满员。钱红也有了酒局，横水县来了三个同学，卫生局的同学打电话让去作陪，钱红本来对一些无聊的应酬就不感兴趣，家乡的同学来了，也不能驳了面子。说实在的，有的人就是没事找事只为喝酒而喝酒，即使这样，钱红也得逢场作戏，不然就显得与世俗格格不入。

这一次的酒局，让钱红给低估了，酒桌上的人把钱红的喝酒潜力给挖掘得淋漓尽致。这里有知道他底细的人，有能把他扒拉得只剩底裤的人，说到了他的疼处，也说到了他的动情处，别人不往他嘴里灌酒，他自己都一直地往自己嘴里倒。

青台的夜，路灯像瞌睡人的眼，朦朦胧胧。酒局结束了，钱红的酒量原来连他自己都低估了，他自己还能走路，且还走得稳稳当当，只是他没有回家，他回了行里的办公室，他自己也说不清为啥又回到了行里。

打开办公室的门，刚刚坐下，有人敲门。钱红又起身去开门，一看是沙河路分理处的薛鸿依："这么晚了，你有事么，鸿依？"钱红赶紧让座，想倒水一看水瓶里没水，他打开了水壶的开关。"钱行长，我想问问，这次裁员的事，能不能裁到我？"钱红带着安慰的口气说："你怎么这样想，就撤并一个网点，裁人很少，怎么能这么巧就裁掉你咧！"薛鸿依说："不管能不能裁到我，钱行长，我想求你照顾照顾我，千万别裁我。"

"这个事，你得给王行长说呀，人的事，还得给他说，还是他掌握着大局。"薛鸿依一听钱红的话，露出几分失望，但她坚信，只要钱红作为副行长铁了心要管的事，那离事成也八九不离十，于是又求钱红："钱行长，你可能也听说了，我家那口子，身体不行，每一周都得进行一次透析，他的病说到底也是早晚的事，可他只要有一口气儿也不能不给他治呀，因为他的病，花钱花得我实在招架不了，小孩他奶奶身体又不好，也是一天三顿大把大把的药吃，小孩才上初中，现在就靠我一个人，我要是再下岗了……"薛鸿依低下了头，揉起了眼睛，长时间说不出话来。薛鸿依抹着泪正想继续说，抬头一看，钱红依着沙发睡着了。

薛鸿依一进门就知道钱红喝酒了，但她不知道钱红喝了多少，现在看来，钱红是不胜酒力。

"钱行长，钱行长！"薛鸿依叫了两声没叫醒，又用手抓住他的胳膊摇晃了一下也是无动于衷，薛鸿依就想扶起他，可扶不动，薛鸿依便使出吃奶的力气把他拉起，又搀着他一步步走到里间卧室，把他放到床上，然后把两条腿也搬到床上。薛鸿依知道外间的水已经烧开了，她想去给他倒一杯水，这时钱红一把抓住了她的胳膊，迷离着眼睛轻唤着："梦寒，梦寒，你别走。"薛鸿依本来被钱红一抓，浑身的荷尔蒙已有开始流淌的迹象，但却听到他喊"梦什么寒"，心潮随即又冷却了下来。

薛鸿依拿起他的水杯，给他倒了一杯水，放在他的床头柜上，准备离开时，又怕他把水杯打翻，烫着他，向里挪了挪，便起身向门口走去，就在她准备开门时，胸中一股不能自已的热浪突然爆发，她反手把门给锁上，走进里间，把灯熄灭。

第二天，薛鸿依请假来到行里，她鬼使神差地上了钱红办公室的楼层，很显然，她要去见钱红，见钱红干什么？不知道，她自己也不知道。女人身体上一旦沾染上男人的味道，就会自然地对这个男人产生一种心理依赖，现在薛鸿依既害怕见到钱红，又急切想见到钱红。

薛鸿依敲响了钱红的门。

随着里边的应声，薛鸿依推开了门，钱红一见薛鸿依来了，热情地让了进来。薛鸿依坐下后，钱红说："昨天你什么时候走的？我都不知道，我是不是睡着了？"薛鸿依抬头用疑惑的眼光打量着钱红，竟忘记了回答，她在猜想钱红话里包含着几层意思。薛鸿依不相信钱红能把昨天晚上的事情忘得一干二净，她不知道男人在醉酒状态下究竟是一个什么情状，昨晚他虽然醉了，可他为什么碰到女人时是那样有活力，根本不像一个醉酒的人，醉态下扶都扶不起来，碰到女人时像火山喷发一样疯狂，事情过了竟然一点儿都记不起来？薛鸿依不相信，她认为钱红是假装的。假装也好，省得以后抹不开面。不，如果不点透这层纸，那自己不是白白地……她并不是说不点透感觉自己吃了亏，而是那种在惊雷下懵懂地拱破地面的春芽被一阵风连根刮走会空落遗憾。女人畏惧狂风暴雨，一旦大雨催生了绿色的希望，那就不再抗拒雨的浇灌。

薛鸿依蓦然发现钱红在看着自己，也许他在看自己发呆。薛鸿依不知道该说什么，她也直直地望着钱红，想从钱红的眼睛里看看自己的影子，想看看钱红眼珠子上那个晃动的影子，究竟是人还是鬼。

钱红从薛鸿依的表情上似乎也看出了问题，按正常情况一个员工到了他的办公室里，虽然不会像到了王一飞办公室那样拘谨，但也不至于如入无人之境似的随心所欲，想说话就说不想说话就缄默不语，钱红似乎也在努力回忆昨晚到底发生了什么事。钱红的神态也在逐渐变化，他看薛鸿依时已不敢正视，他有点慌乱。薛鸿依从钱红的举止中观察到了他尽量掩饰的窘态，这时薛鸿依反倒心情坦然舒畅了许多，她不禁"扑哧"一声笑出声来，然后自己的脸刷地红了，看着好像是害羞，实际上是向钱红传递一个明明白白的信息，告诉钱红自己已知道你钱红回忆起来了昨天晚上床上的翻云覆雨。

既然事已至此，薛鸿依觉得也没有必要再给钱红絮叨什么了，她看着钱红给她倒的一杯水说："走咧，怕你给我下药，我又走不了。"她侧过脸含着诡异的笑瞪了钱红一眼，带上门走了。

五

泉溪县商贸银行圪塔营乡分理处。

分理处办理业务的客户络绎不绝，时间到了十一点多，陈梦寒才得以有了喘息的机会，她伸了一个懒腰，忽然听到窗口外有人在直呼她的名字，她好奇地向外望去，在这个偏远的乡镇，除了同事很少有认识的熟人。"梦寒，是我。"这时陈梦寒才看出来是王建国，她惊奇地瞪大了眼睛。

"怎么是你？你怎么来了？"陈梦寒离开柜台，打开两层防暴门，走了出来。如果是在市里，陈梦寒对王建国的到来也许不屑一顾，但在这个离市一百公里的"异国他乡"，能遇到"老家"的人，还是多了几分亲切感，"你来有事？"

"没有事，我只是来看看你。"

"哟！谢谢你这么老远来看我，空着手来看我的？"陈梦寒笑了笑。

"我不知道给你拿啥，就空手来了，一会儿到街上，你想吃啥我给你买啥呗！"王建国认起真来。

"那你先去街上转悠一会儿，马上下班了，下班我给你打电话。"王建国很听话地去了。

中午吃饭时间，陈梦寒不愿意跟着王建国到街里饭店吃饭，圪塔营镇巴掌大一片儿，不管到哪家饭店人家一眼就能认出穿着工装的陈梦寒是商贸银行的人，单独与一个男的吃饭不管人家认为两个人是什么关系，陈梦寒都不乐意让别人瞎猜测。陈梦寒提出到乡政府食堂就餐，因为分理处没有内部食堂，分理处的员工们都是在乡政府食堂吃饭，既然陈梦寒不愿意到街上吃饭，王建国哪有不听从的分。

到了乡政府食堂，二人非常引人注目，陈梦寒倒不在乎，在这儿不管别人怎么注意也是光明正大的。说是这个理儿，吃饭时还是引起人们纷纷侧目，不过，人们观察的焦点并不是来了一个陌生人，只是想多看一眼陈梦寒罢了。虽说陈梦寒常来常往，大家也都已熟悉，但人们还是想找到一个仔细欣赏陈梦寒的理由与机会。陈梦寒穿着深蓝色的西装，戴着褐红色的领带，领带上点缀着白色小碎花，头发向后梳，用象牙白的布条绑成一个簪，衬托得大方、典雅。

"你准备在这儿待多长时间，什么时候能调走？"王建国低声问。

"什么时候能调走，不是我说了算啊，我也光想着能调到市里，可我又有什么办法？"

"你不能找找关系，比如那个叫钱红的。让他给你想想法呗。"

陈梦寒犹豫了一下说："调动的事，不是一句话就能解决的。慢慢来吧，实在不行，就在这儿待一辈子。"陈梦寒说罢这句话，做无可奈何状。

"要不然，你找找马行长试试，他的能量你可不能小看。"

"别提他，我宁愿在这待一辈子我也不去求他。"陈梦寒知道他能量大，但究竟有多大，陈梦寒并不清楚，所以对王建国说的去求马中伟，陈梦寒觉得不值。

吃过饭，王建国走了，陈梦寒的同事纷纷打趣道："那是谁呀梦寒？"

"熟人。"

"啥呀！准是你男朋友。"

"不是，就是一般熟人。"

"哎呀梦寒，这有啥不好意思的？是男朋友就是男朋友呗！我看长得还挺帅的。"其他人也在帮腔，说长得确实帅。还有的人后悔刚进门时没有留意，因为有的人家在后院，无须到食堂吃，所以没有见到。

陈梦寒也在想，王建国人长得还算帅，就是空长了一副好皮囊，要说对他不屑一顾，似乎也不真实，但要说爱根本谈不上。陈梦寒也知道王建国这个人很实在，有时傻得可爱，他对自己也是真心，但不知道为什么，陈梦寒对王建国就是没有感觉。

陈梦寒送走王建国，乡财所的所长与会计已在等着自己，陈梦寒感到好奇，所长与会计同时来还是第一次，虽然陈梦寒调入圪塔营乡分理处时间不长，但凭着她的知觉，必是有什么事情要发生。"两位领导一起来看来是要办理重要业务！"会计看看所长，所长看看会计，两个人看起来都不愿意说

第一句话。陈梦寒盯着他们，从他俩的脸色上观察，似乎有难言之隐。陈梦寒笑了笑说："两位领导是不是有啥重要指示？"

"陈会计，实在是不好意思，我们的户头要换个地方。"陈梦寒以为是自己听错了，"啊"了一声再次确认。"这是县里通知的，让我们所有的财政账户都得在兴农银行开户，你看，我们也不愿意换地方，这都打交道这么多年了，没办法。"陈梦寒感觉事关重大，赶紧给二位倒了两杯水，劝他们稍等，就直接跑到后院找主任了。分理处主任吴桂芬进了营业室，与财所所长先开了一句玩笑，然后就问事情的原委，待财所所长讲完后，吴桂芬急忙把情况汇报给郭法东副行长。郭法东说："你先把财所的人稳住，让他明天再说此事。我现在给刘行长汇报，研究对策，无论如何今天他的户头不能动，听到了没？"吴桂芬说明白了。

郭法东不敢怠慢，急忙敲开刘强行长的门，把情况说给刘强后，刘强说："你赶紧向其他几个乡镇分理处打电话，问问还有没有类似的情况，我现在给县政府打电话，先打听一下。"郭法东向几个乡镇分理处问了一遍，还有两个分理处遇到了类似情况，他们只是听乡政府的人说过此事，还没有人真的去动账户。郭法东回到刘强的办公室，两个人一碰头，赶紧把王副行长与邢书记叫来商量对策。

人来齐后，刘强让郭法东把大致情况向大家讲了一遍，然后征求每个人的意见，正在大家一筹莫展时，郭法东忽然想起了长河区支行副行长钱红曾给他传递过信息，说县委书记下一步要做出对商贸行不利的决策，就包括挪动财政性户头的问题。既然钱红与县委书记有一面之交，是不是动用一下钱红？经过你一言我一语的一番讨论，最后确定先由刘强行长与郭法东副行长去泉溪县县委、县政府正面汇报工作，在汇报工作中见机行事。

他们直接敲开了县委书记吴兴林的办公室。进了办公室，刘强心里一慌，把原定的计划给弄反了，他开门见山地先说了来意，刘强、郭法东把来意向县委书记说明后，又说同时想汇报一下工作。本来在刘强说明来意时，吴兴林书记就已经不耐烦，想找一个搪塞的借口，又一听刘强要说汇报工作，终于发作了："你们汇报工作找对口副县长去，怎么轮得着给我汇报？我要是啥事都管面面俱到，还把我给累死咧？甭说你们轮不着给我汇报，副县长也轮不着给我汇报，我能把几个常委管了就不错了！你们去吧，找对口副县长去。"吴兴林也不说个道别话，只向刘强二人挥了挥手。实际上，行长到县委书记那汇报工作，县委书记再不情愿也不会这样冷淡，以前也不是这样的，这次，吴兴林书记看来是带着情绪的。

刘强二人找了对口副县长，副县长说着说着脾气就发作了："你们撤点裁员给谁汇报了？你们连吭都不吭一声，你们把县政府看在眼里了么？不错，你们是垂直领导，垂直领导咋了？就不在泉溪县的地盘上了，你们商贸银行不会悬在空中，脚不着地吧？"副县长用食指敲了敲桌子，"地盘，还是泉溪县的。"副县长刚刚坐下，又重新站起来说，"退一百步说，我管不了你们，我管得了你们的妻子儿女，你们妻子要上班，儿女要上学，能离得开我泉溪县么？"

刘强二人看着副县长发罢火了，想解释一通，又被顶回来了。"你们不用解释，我知道是你们上级行的意见，我不管你们上级行是怎么要求的，也不管其他县是怎么做的，这些我都不管，我只管我这泉溪县，你们到底还设不设营业点儿，不想设，连你们县行一起搬走算了。"

刘强二人来政府这一趟算是空手而归。回到行里后，他们在商量是不是向市行汇报此事。刘强正好接到开会通知，要求支行全体领导班子成员明天上午到市行开会。

会议还不到点儿。刘强走进胡正强的办公室，想简略汇报一下泉溪县撤点后业务出现的新苗头，实际上还是想反映泉溪县委、县政府的责难。胡正强一听，说了一声"先别说了"。不知道是他已知晓这个情况还是市行也拿不出什么好对策，看来他不愿意听。他拿起开会用的一堆纸纸本本就准备起身，刘强也只好退出了他的办公室。

会上，胡正强发了脾气。

"我们撤点裁员，是要撤掉那些经营指标完成不好的网点，撤掉那些不好管理的网点，也就是存在风险隐患的网点，为什么有的行本来有十五个网点，撤得只剩下三个，你们真敢撤呀！你们真舍得撤呀！你们撤掉的网点都是经营指标完成不好的么？都是有风险隐患的么？像宾西县洪村分理处经营指标完成得不好？我不信，却撤掉了。我知道，它是乡镇分理处，离你们县城远，不好管理，你们怕出事，出了事你们就丢了头上的乌纱帽，宁愿多撤点也得保护好你们头上的乌纱帽，那我们要是都这么想呢？我们青台市商贸行还发展不发展了？"

胡正强喝了一口水，把声音稍微压低了一点："就我本人而言，你们撤

046

点对我没有任何利益冲突，因为你们出了事，我也得跟着栽跟头。我也知道营业点越少，出事的概率就越低，我承担的责任就越小，可我们这样做，对得起我们商贸银行么？对得起我们这些商贸行的员工么？他们靠这个工作养家糊口呀！他们兢兢业业这么多年，就这样无情地把他们的饭碗给端走了，同志们，你们真下得去手呀？"胡正强顿了顿又说，"撤点儿是省里的决定，裁员也是省里的决定，我作为青台市的一把手，对省行的政策举双手赞成，但问题是我们不能做得太过火呀！现在有的行已经进行完，有的行还正在进行，根据初步统计，我们的撤点裁员步幅是不是走得太大了？我们本来一百零八个网点，要是撤得剩下几个网点，你说我们行委会成员到省里去汇报工作时，怎么说？怎么向省行领导交代？"

"下边，对下一步的撤点裁员工作，我做一下要求。"胡正强这时稍微按捺了一下火气。

"鉴于当前的撤点裁员工作进展情况速度不一，幅度不一，经市行行委会研究决定，各行在该项工作中，需注意以下几项：一是各行撤点后保留的营业网点数不能低于四个，括号，单点支行除外；二是不经市行同意，不能先行关闭网点，不能擅自停业……"胡正强的话还没有讲完，下边的人都已嚷嚷了起来，有不少的行在说自己不是步幅大了，而是小了，胡正强行长到底是在批评一些支行撤点裁员太多，还是变相督促一些行进度太慢，或是二者均有？胡正强这一通讲话，会场上的人开始琢磨起来。

散会后，各支行依据会议精神，大多又重新修正了本行的撤点裁员工作蓝本。

六

长河区支行。

看来长河区支行行长王一飞还是有谋略的，尽管区行要比县行的网点少，裁员撤点任务没有那么艰巨，但长河区支行却没有盲目实施，王一飞行长实际上是一直处于观望准备的阶段，只是长河区支行员工的压力一点儿没有减轻，尽管原来只是放言撤掉一个网点，依据"饥饿法则"，员工竞争激烈，公关场上暗流涌动。

但现在他的主意又变了，他决定要撤掉两个网点，保留四个，符合市行的要求。多撤一个点就少一个风险点，多裁一个人就少操一份心。他把其他三位班子成员叫来商量此事。钱红不同意，他急切地说："市行的意思是最少不能少于四个，并不是多一个就不行，我们何必非要用'四'来套呢？"王一飞说："我们只要不违背市行会议精神，网点还是越少越好，少一个网点就少一个风险点。"钱红不认同。王一飞听了钱红的话很不悦，又说道："你说说我们本来就是个小行，人家一二十个网点的行才保留没几个，我们何必保留这么多？"

"胡行长不是批评这种行为了么？"

王一飞站了起来，红着脸说："钱红，听锣鼓声，听话听音啊，你咋就听不出来行长的本意呢？"

杨小妹看着两个人争得脸红脖子粗，插言道："钱行长，还是按王行长说的吧，我们裁员时少裁几个，这样也能加强保留网点的力量。"钱红不再吱声。

消息不胫而走，第二天，全行的人都知道要撤掉两个网点，六个网点撤掉两个，相当于裁员要裁掉三分之一，每个人听到这个消息心里都是惴惴不安。

夜已深了，王一飞办公室的灯光还亮着。王一飞坐在办公桌前在苦苦思索，因为有一件事让他犯难了。他从抽屉里的本子上记载的名单上看，全行打招呼的人也就二三十个人，问题是不能把没有打招呼的人都裁掉呀！没打招呼的人里边，有相当一部分都是业务骨干，把这些人裁掉，是说不过去的，甭说各部门经理主任了，就这几个副行长也不会同意呀！如果是这些人不裁，那打招呼的人里边就得有裁下去的，如果这样事情就麻烦大了。想到这儿，他赶紧给家里打电话："你睡了没？"

"几点了你还打电话，怪吓人咧！"这是王一飞的妻子。

"你千万给我记住，你再也不能给谁打招呼了哦！谁的面子也不行，你再这样，我这儿的工作就没法做了。"

"黑家半夜咧，就这事呀？烦人！"砰的一声对方把电话给挂了。

钱红在家里，到了晚上总是随便吃点儿东西就对付过去了，一个人很少正儿八经地做过饭。钱红正在想吃点儿什么东西，忽听有人敲门，开门一看是沙河路分理处的内勤主任郑丽丽，把她让进屋，问郑丽丽有什么事，郑丽丽说："钱行长，这次裁员幅度不小吧？能裁多少人呢？我真的很担心我自己。"她问话很婉转。钱红知道郑丽丽的情况有点特殊，按理，她作为一个内勤主任裁掉的几率不算大，问题是她受了处分，现在还在处分期，钱红非常明白她的心思。

"丽丽，我知道你是担心你受处分这个事会影响你的去留问题，你受处分这个事，确实发生的时间点儿不巧，正赶上这个撤点裁员，但是呢，我们从上级行的精神看，并没有说受处分了就一定要被裁员，没有这样说，总体原则是按照业务能力来说的。不过我们行里人事方面的事，都是王行长拿大主意，有些事，我们这做副手的也只能发表自己的意见，听不听也由不得我们。你这个事，我明白，我会与王行长充分沟通。你看行不行？"郑丽丽说"谢谢"后，把手里拎的东西放在了客厅的角落里，钱红赶紧抓住了郑丽丽的手，坚决不收。

郑丽丽说："钱行长，我知道你不是一个走上层路线的人，我们这些员工在私下里都很敬佩你，说你与员工很贴心，无论什么事与你都好沟通。不管我最后能落个什么结果，我相信你是一定尽力了。"郑丽丽还想把东西强行放下，钱红却死活不要。

钱红的办公室，员工们进进出出，都是为裁员的事求情。到家里来找，这是为数不多的几个人之一。钱红就是这么一个人，太耿直了，市行胡正强行长喜欢他是因为他这一点儿，不喜欢他也是因为这一点儿，人呀，太复杂了，有时你想简单，又简单不了。

钱红随便吃了点儿东西，躺在沙发上翻看着电视，一个台一个台地换，总也没有找到可值得看的节目。他在想，好几天了，陈梦寒为啥没有来电话？想着想着，就这样睡着了。

陈梦寒的确好多天没有给钱红打电话了，这几天，她的情绪不好，总是胡思乱想。在王建国走后，隔壁的王姐就着王建国来看陈梦寒的话题，以过来人的身份给陈梦寒讲了许多生活中的事，王姐名字叫王红燕，陈梦寒总是喊她王姐，现在，王姐的话总是在陈梦寒的耳畔萦绕。是呀，自己也不算小了，该考虑嫁人的事了，可自己究竟何去何从，她感到一片迷惘，陈梦寒像过电影一样又从头到尾地回忆起王姐说的每一句话。

"梦寒，现在就咱俩，你给我说实话，来的这个人到底是不是你对象？"

"不是，姐，真的不是。"

"那不是的话，我看他对你的眼神可是不一样，我是过来人，你可骗不了我。"陈梦寒看她不像跟自己开玩笑，也就认真地回答她："也许他对我有那层意思，但我对他没有，我就是把他当成普通的朋友。"

王姐说："我还准备给你介绍对象咧，你要是这样说，我就不敢介绍了，你是不是要求条件特别高呀？"

"不，我不要求啥，只要是两个人能对眼就行，也就是看两个人是不是有缘分了。"

"我给你说啊梦寒，女人呀与男人不一样，男人多大都能找，而且还有年龄比他更小的人都愿意嫁给他；可女人不一样啊，年龄与机会有时就像刮走的风，过去了，你想再赶，就晚了。再说，男人都太精明了，我们女人太傻，爱自己的人有时你又不喜欢他，找自己喜欢的人吧，他又不一定能看中你，问题还不在这儿，他看不中你他还不说，与你捉迷藏，最后吃亏的还是咱们女人，哎！"陈梦寒一边听，一边皱眉在思索。

"王姐，你说如果嫁给一个自己不爱的人，尽管他很爱你，以后的生活会是什么样的情形呢？"

王姐抢着回答似的："什么情形不情形的，过日子没有你想象的浪漫，人都是这样，在谈恋爱时许多美好的愿景，到头儿会发现那都是虚的，生活不是天天看天上的云彩，是要买柴米油盐，养家教子的。"王姐看着陈梦寒在沉思，又接着说，"男人，只要条件差不多，只要他爱你，真的爱你，就嫁给他。要知道，找一个真爱不容易呀，你得珍惜。别人爱自己才能谈得上真爱，自己爱别人那不叫真爱，那只是个影子，影子能不能成为现实，那得靠运气，运气就是赌博，钱赌输了还能再挣，我们女人的年龄赌不起呀！"

我是真的爱上了钱红么？我为什么爱他？究竟他哪个地方吸引了我？我们年龄悬殊到底是不是障碍？钱红对我究竟是什么心态？

陈梦寒总感觉钱红在看自己时，在脑袋的另一面还长着一双眼睛。也知道他思念他的妻子，如果真是这样，也可以理解，问题是不是真如自己猜想的一般？女人啊女人，真是邪门了，为什么男人越是漫不经心，你怎么越是放不下他呢？他长着一双细如女人的眉毛，清秀也并不缺少刚毅，他的眼睛看着你像会说话一般，据说男人如果有一对双眼皮的眼睛，就能把女人的魂勾走，尤其是他那高高的鼻梁，也许会遭到很多人的嫉妒，让每个女人见了都难以忘怀……陈梦寒又想，之所以这么评价钱红是不是出于自己对他的偏爱呢？是不是让其他女人看，根本就没有自己发现的这种"亮点儿"呢？她多么想找到一个证据，来证明爱钱红是一个错，可惜，她找不到。

"梦寒，梦寒！"王姐急促的声音打断了陈梦寒的回忆。陈梦寒赶紧打开了门，让王姐进来，问王姐发生了什么事。王姐气喘吁吁地问："你听说了没？我们这个分理处也得撤！"

陈梦寒用犹豫的眼神看着王姐说："不会吧？我们撤点的事不是已经结束了么？这人刚调整好。"陈梦寒对王姐的话感到有点儿诧异。

"哎呀，你还不知道，人家昨天都听说了，说咱县所有的乡镇分理处都得撤，还说县行刘行长与县委、县政府闹僵了。你没看见？这几天桂芬姐的脸色很难看。"陈梦寒怔了怔，那么这一段时间一直维护的财政性存款及阻止户头挪动的努力不是白费了么？

时间又过了两天，什么动静也没有，分理处照常上班，客户照常来办理业务，桂芬姐的脸色还是一样没有笑容，不过，她本来就是一个不爱言笑的人。

中午快下班的时间，昊桂芬问陈梦寒一些数字，问得格外详细，陈梦寒疑惑地看着昊桂芬，这时，所有的风吹草动都会引起陈梦寒往撤点儿上靠。昊桂芬察觉出陈梦寒的异样，便说："下午县行领导与市行领导要来。"

刘强依着靠背眯缝了一会儿眼，他这一趟陪着王新悦来，并不知道王新悦的真实意图，他只是猜想王新悦要做撤点调研。至于刘强本人的意愿对乡镇网点是撤是留，他自己也捋不出个头绪，因为撤与留各有利弊，若是留，其他的支行都基本只剩下城区网点，唯独泉溪县支行还保留五个乡镇网点，每个乡镇都有网点的时候倒不觉得有什么不妥，现在剩下五个乡镇网点，反倒有一种孤军深入的感觉，总感觉风险隐患丛生，让人提心吊胆；如果不保留，乡镇网点全部撤掉，势必又要重新下岗一批员工。如果刚开始时就大刀阔斧地裁员，也没有什么可顾虑的，现在问题是大多保留在岗的人，都经过自己的一番"折腾"，要是现在再次让大量员工下岗，那等于受到自己承诺的人将会把自己骂得狗血喷头。他心事重重，越想越纠结。

到了圪塔营分理处，分理处主任已在门口等着。简单寒暄后，王新悦进了营业室，向大家打了招呼后，四下看了看便走了出来，刘强紧跟在后边。分理处主任昊桂芬建议到她屋子里坐，于是一行几个人都到了昊桂芬的屋子里，女人的房间就是与男人的房间不一样，虽然条件简陋可收拾得整洁有序。昊桂芬主任先做了简单的汇报，然后王新悦又提问了一些问题，问了一些数字，昊桂芬出于数字准确性考虑，便把陈梦寒也喊了过来。

陈梦寒正与王新悦交谈，忽然外边有人说话，听声音来者是一个有派头的人，昊桂芬主任向外一探头，赶紧迎了出来。"李乡长，您也过来了！"刘强一听说是乡长，也站起身来走了过去，赶紧握手打招呼，然后把李乡长引进屋子，向王行长介绍说："这是李乡长。"又转身介绍，"这是我们市行王行长。"李乡长急忙与王新悦握手，并说："我们虽然没有见过面，但我听说过我听说过。"说话之间，不自觉地把另一只手也搭了上去。然后李乡长说："这样，王行长，你们检查工作，我先回去，我让许秘书等着你们，一会儿到乡政府，咱们晚上吃个便饭。"说罢就向外边招了招手，一个年轻人过来了，他就是许秘书，许秘书向大家点头示意。李乡长又对分理处主任昊桂芬说，"这个事我就交给你与许秘书，你们俩负责把任务完成，不然我可不依哦！"说罢笑了笑，向大家双手作了个揖走了。

分理处的同志汇报后，刘强说："这个地方的业务指标与其他乡镇网点相比完成得不太理想，当然不能说圪塔营分理处的同志工作没有努力，原因是多方面的，天时地利人和等因素不考虑是不公平的，从总的发展趋势上看，圪塔营分理处不占优势。"昊桂芬主任与陈梦寒注视着刘强，恨不得把每一句话每一个字都细嚼慢咽，从而体会出里边的含义，因为她们把刘强的每一句话都与是撤是留挂起钩来。

王新悦向刘强摇了摇手说："乡镇网点要撤，这是当前的大方向，但不等于全部撤完，更不是说一个不留。圪塔营这地方，我还是有感情的，我也曾在这儿工作过，也在这当过分理处主任。"这一席话，让刘强茅塞顿开，这是王新悦行长的老家。昊桂芬与陈梦寒似乎从王新悦的话里又听出点儿名堂来，她俩暗自庆幸了一阵。

许秘书从门口发现几个人谈话完毕已起身，一看表也到了下班时间，就迎了上去，向每一位堆着笑脸，毕恭毕敬地说："那我们去乡政府吧？"临行刘强又向昊桂芬主任交代了几句，走了几步又回头说："桂芬，你也去吧。"昊桂芬也就跟在后边一同前往。

到了乡政府，食堂的包间里李乡长已在等，大家依次落座，桌子上已上了几盘凉菜。自然是王新悦坐在正当中，两边分别是刘强与李乡长，许秘书与客户部经理坐在两侧，昊桂芬主任坐在下首，只是留了个上菜的路，一桌六个人，司机不上桌，一会儿在外边大厅吃。

待许秘书把酒打开，给每个人斟满酒后，李乡长说话了："今天我代表圪塔营乡政府对商贸行领导的到来表示欢迎。"李乡长带头举起了杯，大家纷纷举杯。李乡长接着说，"王书记恰巧不在家，刚才给王书记打了电话，王书记嘱咐我要一定招待好。"

酒过三巡，大家都打开了话匣，刚开始谈的都是正事，随着杯杯烈酒下肚，几个人东拉西扯起来。话最多的还是李乡长和刘强，王新悦喝的酒也不多，话也不多，他大多时间都是听别人说话，当然了，每逢王新悦说话，大家都聚精会神地听，尽管李乡长喝得已经有点儿高了。

吴桂芬主任看着自己插不上话，悄声对刘强说："刘行长，我先回去吧？"刘强想了想，点了点头。就在吴桂芬主任站起身与大家告别之际，李乡长指着吴桂芬主任说："你们那个小、小陈，让她过来。我有、有话说，只要她、她过来，我叫你们王、王行长刘行长都、都满意而归。"吴桂芬主任犹豫了一下，心想：我走了，叫我的员工来，这不是给我难看么？李乡长看吴桂芬不爽快，急了："叫你们小陈、那个梦寒过来，没听见呀？"李乡长这最后一句看着是想发急，说出来的话就像不合格的小号子弹从枪膛里不是蹦出来的而是滑出来的一样溜。

不大会儿工夫，陈梦寒来了。一进门，李乡长屁股立即从凳子上弹了起来，"来，小陈，我没别的意思，我对你的印象很好，就是想让你喝一杯酒，你太辛苦了。"这时也许有人已觉察出李乡长有点儿奇怪，刚才说话都不利索了，见到了陈梦寒，他酒醒了！至于刚才他是不是假装的，那别人也只能猜。

陈梦寒话也不多，自觉地从许秘书手里接过酒，自己倒了一杯："李乡长，我敬你一杯，我先喝。"说着就举杯一饮而尽。李乡长端起杯，爽快地喝了下去。陈梦寒正准备给李乡长添杯，李乡长将了刘强一军："刘行长，我问你，圪塔营这个商贸行点儿能不能不撤？不撤，小陈给我倒几杯我喝几杯。"刘强一听，愣到那了，能看出刘强被难住了，有王新悦在场，他怎么回答都不是恰当答案，局面略显尴尬。王新悦一看悠悠地说："那你喝吧。"这算是为刘强解了围。王新悦这个话正是李乡长想要的回答，李乡长刚才的话实际也是说给王新悦听的，只是不好直接问市行领导，只能针对刘强问。而李乡长的提问，也正中了王新悦的下怀，王新悦正需要一个人问来带出他的答案，他的答案实际也是指示，只是不便直接命令刘强，现在正好回答李乡长，让刘强听。陈梦寒一听王新悦这么说，也来了劲："李乡长，你说吧，给你倒几杯，说过的话不能不算数吧？"

"小陈，你倒几杯，我就喝几杯。"陈梦寒连倒了五杯，李乡长还在等着倒，陈梦寒不倒了，便说："李乡长，你虽然不是我的直接领导，可还是我的地方领导，我可不敢得罪我的地方领导呀！"李乡长一听笑得嘎嘎响，"小陈呀，你说的话我很爱听。"

这时，李乡长开始出题了："小陈，你要是能喝三杯酒，我们乡财所的户头就不往其他行挪了，你要是能喝六杯酒，我们乡所有的行政事业户头都不往其他行挪了。"陈梦寒端起杯站了起来，像要赴刑场一样，做出大义凛然状。这时许秘书赶紧示意陈梦寒先坐下，然后小声对李乡长说："李乡长，这事要跟王书记通过气儿再说。"

"嘻！"李乡长一拍桌子指了指王新悦说："你还不知道吧？王书记是王行长的二哥，亲二哥！"许秘书、刘强行长一听都惊得合不拢嘴，李乡长露出了得意的笑容。李乡长接着说，"今天，我们这儿没有外人，实际上你们王行长我应该称三弟才对，所以我喝了这么多酒，许秘书，平时我喝过这么多过么？"

"没有，确实没有。"许秘书回答。刘强问王新悦："王行长，你弟兄俩都怪优秀咧！"李乡长哈哈大笑："给你们说吧，知道大哥是干什么的么？哈哈，大哥是省发改委副主任！厉害不？"又把头扭向另一边发问："厉害不？"故意把脑袋往前伸，做出一个怪形，像考官出了一道高深莫测的题把考生给难住了一样得意。这时人们才知道原来王新悦确实不简单，大家回过神来又看看李乡长，知道他已喝醉了。

李乡长继续说："商贸行、圪塔营乡，不能脱钩，脱得了么？我们是亲上加亲，谁也离不了谁，咱泉溪县老一，吴书记，知道与你们商贸行的谁是自家么？白冰，表兄弟！"哦，就是五里河事件中被免职的孟州支行行长。李乡长还想继续爆料，王新悦对众人说："他已喝多了。"许秘书赶紧晃他的胳膊："甭说了，甭说了，你还喝不喝？"李乡长一听埋怨道："你以为我喝多了？没有。小陈，你的程序还没有进行，你自己说吧，到哪地方了！"陈梦寒重新站起来，端起杯把酒喝讫，正要自己倒，许秘书抢过酒瓶，为陈梦寒斟酒，一连六杯，陈梦寒真的喝了。李乡长一看，对许秘书说："说话算数，算数……"李乡长歪在了椅子上，对许秘书说："你、你把小陈的电话号码给我记上。"还知道把手机递给许秘书，又朝着陈梦寒说："小陈，我不是李乡长，我是你哥，以后叫我哥、哥就行了。在圪塔营这个地、地盘上，谁敢欺负你就是、是欺负我。"猛然他又睁开了眼一把推开了许秘书，结结巴巴地说："我跟小陈喝个交杯酒、交杯酒……"身体又不自觉地软了下来。陈梦寒一听，脸色一下红到了耳朵根，一是自己还是个姑娘怎么能经得起这样的玩笑，二是市行领导、县行领导都在场，她一下慌神了。这时，陈梦寒羞得恨不得有一条地缝钻进去，可又不能表现得过于失态，她犹豫着，实在不知道该怎么收场。

这时，王新悦悄悄对刘强说："结束吧！"刘强便对许秘书说："结束吧，谢谢领导的招待，如果这个分理处不撤的话，我向乡领导表态一定服务好我们当地的经济建设，行不？"许秘书赶紧作揖，笑着说："谢谢谢谢！"王新悦、刘强、客户部经理、陈梦寒向乡政府院门外走去，车在外边等着。许秘书说不能送了表示道歉，搀扶着李乡长一瘸一拐地向乡政府后院走去。商贸行一行人走出大门口了，还能听到李乡长醉醺醺的声音："你起来，让小陈扶我，让小陈扶我！"

泉溪县支行的撤点裁员已进行到第二轮，长河区支行该项工作还在第一轮中挣扎，进展很慢。王一飞把钱红、杨小妹，还有新调来的副行长薛智卿叫到自己的办公室，想正式商讨人员的问题与网点的问题，王一飞说："我先草拟了一份名单，大家看看行不行，都发表一下意见。"王一飞把名单亮了出来，一式四份，每人一份。新调来的副行长薛智卿不了解情况，他不持异议，杨小妹一贯是怎么都行，很少有自己坚持的意见，显然就看钱红啥态度。钱红一看，微微摇头，静默了好长时间，王一飞一直盯着他。僵持了好大一会儿，钱红说话了："这名单里边，我认为有五个人都不应该裁掉。"钱红把这五个人点了出来，其中包括沙河路分理处的郑丽丽与薛鸿依。钱红列举了这几个人不能裁的原因。王一飞听过钱红的意见，铁青着脸，好长时间不说话。

"这样吧，钱红，你按照名单上一个个地说，看哪个人能裁吧！"王一飞变了个招。钱红一个个地看，画出了十几个裁员的对象。王一飞看着钱红用红笔画掉的名单，摇了摇头，他一个一个地向钱红及杨小妹、薛智卿介绍："红笔圈的第一个人，这是市行财务部经理的表弟，第二个人是市行张正彪书记打过招呼的，第三个人是长河区区长打过招呼的，第四个是长河区财政局长的堂弟打过招呼的，第五个是长河区检察院检察长打的招呼，第六个是卫都区办公室主任、我的熟人，他打招呼我又怎能不给他点儿面子？第七个……"王一飞把钱红圈的名单从头说到尾，除了三个人没有关系外，其他均为关系户。杨小妹与薛智卿同时把目光转向钱红，钱红看了看王一飞说："全行这么多人，这么说都有关系？"王一飞说："大部分，大部分都有关系。只是有人没有找，觉得自己应该没有裁员的风险。"钱红在思忖，他对王一飞的话半信半疑：王一飞说的关系是不是真的？也就是说比如长河区区长真的打没有打招呼，会不会王一飞打着区长的旗号来唬人？

　　钱红说："一个人不裁肯定交不了差，那也不能把那些业务熟练的员工裁掉吧！"这个问题王一飞不是没有考虑过。几个人都不再说话，因为都想不出一个好办法来，大眼瞪小眼，薛智卿的腿，在那无聊地抖着。

　　散会后，王一飞看着撤点裁员的工作确实是一个出力不讨好的活儿，他改变了主意，不撤了，六个网点全部保留。他把这个想法与其他几位行长进行了交流后，便自己一人驱车到市行，找到了胡正强行长。把撤点裁员中遇到的困难向胡正强行长作了汇报。胡正强一听，站起身，从桌子后边走了出来，在屋子里边踱步边说："这个问题不是光你们长河区支行遇到，其他行情况大致都一样，尤其是几个城区支行，扯不断的关系网，但问题是现在省行政策有变化，原来对我们青台市撤多少网点、裁多少人员是由我们青台市自己掌握，现在给了我们硬性指标，这样，市行就要指标分解。鉴于这样的情况，恐怕不是你们能做得了主的事了。"

　　几天后，市行分解的指标下来了，长河区支行保留四个网点，也就是必须撤掉两个网点。

　　王一飞实在没招，与其他三个班子成员商量对策，"不行了就投票选举。"钱红发表意见说。王一飞认为这是推脱责任，是对长河区支行的不负责。商量来商量去，也没有商量出个结果来。杨小妹说："不然我们就用选举的方法，但我们几个投票的比重可以占得大一点儿，这样好处是既显得它的公正性，能堵住那些走关系一类人的嘴，我们领导班子也可控制住大局。"王一飞犹豫了半天说："那就这样定吧。"王一飞总是惦记本子上记载的名单能不能全部选上，这已成了他的一块心病。

　　方案一公布，长河区支行炸锅了似的。几个分理处的员工相互之间都认识，但要说对每个人都了解，就过于勉强了。凭什么？凭各人的人缘，工作好坏已不重要。

投票后，王一飞暗暗对出了他本子上记的名单里，有的已落选，黑板上选出的名单中有的不是他期望的人。他反复看着名单，目光落在了沙河路分理处的郑丽丽与薛鸿依的名字上。郑丽丽受处分还在处分期内，王一飞不希望她选上，她在工作上的失误，让王一飞的政绩溅上了污点，王一飞一直耿耿于怀；薛鸿依三天两头请假，事情多得不得了，沙河路分理处主任对她有意见。可是这次的选票，竟然没有把她俩过滤掉。

王一飞对现场的所有人说："这样，今天的结果暂不公布，现场的每一位员工包括唱票的、监票的都要保证不能泄密，都记住了么？"每一个人都无异议，每一个人也都没有点头，现场一片静默。

保守秘密？能保守得了，纯粹是太阳从西边升起。

当天晚上钱红的家，薛鸿依就找到了钱红。薛鸿依问钱红是不是王一飞对她有成见，钱红只能如实回答，说有成见不一定谈得上，但行长对某一个人的印象往往会形成刻板的认识也并不稀罕，让薛鸿依还是先耐心等待一下。薛鸿依一把拽住钱红的袖子，轻声说："钱行长，不，钱红哥，我知道你一定在为我努力，但我真的不能下岗呀，我真的不能！"薛鸿依说话之间泪流满面。这时有敲门声，薛鸿依赶紧用手抹去眼泪，与钱红拉开了距离，立即装作无事人一般。随着钱红的应声郑丽丽进来了，她也不管有人在场，任凭心中的火气爆发："钱行长，我什么都知道了，就是那个王一飞看我不顺眼，你说他能一手遮天？为啥投票不算数？这不是愚弄长河区商贸银行的员工么？"这时郑丽丽才发现旁边的人是薛鸿依，"鸿依，还有你，他要是让咱俩下岗，咱就是告到北京也得告。"钱红也是无话找话地说："先别急，听我说，这个最后结果还没有出来，也不一定就怎么着。"

钱红给她俩每人倒了一杯茶，尽量用暖心的话安抚情绪，可是她俩却都不说话了，都捧起了水杯象征性地品着茶。实际上，她俩心里都明白，都在等待对方先离开，好独自一人说话方便。钱红的人缘确实很好，不是因为他是副行长，主要是他办事比较务实，看问题比较深，作为领导善于理解人，这也是钱红作为一个男人的魅力所在。

钱红似乎看出了她俩的心思，耐心地说："你们看这样行不？咱今天先不谈工作的事，我到现在还没有吃饭，你们俩陪我喝一杯怎样？"两个人都没有表示赞同，也许心里的气还没有撒，但也没有人表示不同意，她们也许在想喝酒期间也能聊，只是脸色都不那么好看。心里不干净呀，涉及人的饭碗问题，搁谁谁能心情开朗？可是她们现在像掉入浪涛里的人，任何一根救命稻草都不会放过，她们既然把钱红当成了这根草，还在乎喝酒么！

钱红简单地备了两大盘菜，拿出了两瓶干红。郑丽丽一看钱红拿出了红酒，急忙对钱红说："不，钱行长，不喝红酒，喝白的。"她又扭头向薛鸿依看了一眼，薛鸿依也勉强地点了点头。钱红看郑丽丽如此豪爽，反倒犹豫起来，这是在家啊，要是她们谁喝多了该咋办？郑丽丽看出了钱红的心思，但还是坚持要喝白酒，并说："钱行长，今天晚上虽然你是一人，我们是两个人，放心我们也不会欺负你的。"钱红一听笑了笑，他在想，只知道郑丽丽性格爽快，没想到在这个节骨眼儿上，她还有心开玩笑。

钱红在这个关键时间点儿，愿意与她俩长聊，是钱红从心底认为郑丽丽与薛鸿依不该下岗，更何况票数也已过关。他从内心为她俩鸣不平，只是不能明说，作为一名班子成员，还得维护班子的团结。

郑丽丽的酒下得很快，钱红不知道她的酒量，总担心她喝多。薛鸿依一会儿看看郑丽丽，一会儿看看钱红，她看钱红不是怕钱红喝醉，而是怕郑丽丽喝醉钱红不好收拾。

害怕的事还是来了。郑丽丽说话有点儿不照头儿了，明显她已经喝多了。钱红不让她喝了，她几次把酒瓶夺了回去，一杯一杯地与钱红碰，钱红的酒量虽然不算大，但郑丽丽作为一个女人想与钱红杠酒，还不是钱红的对手。郑丽丽借着酒劲，一会儿说的话是正题，一会儿成了胡诌八扯，薛鸿依心事重重，她现在已不再想工作的事，她的注意力都落在今晚这个酒局上。本来在三人中，她既不是喝家儿，又不是陪家儿，她完全可以当个局外人，可连她自己也说不清，她的心一直在悬着，她像在掌舵一艘风浪里摇摆的船，总怕这艘船在这个仿若只属于她薛鸿依的领海上倾覆。

夜已深了，钱红与薛鸿依搀扶着郑丽丽下楼，叫了个出租，二人把郑丽丽送了回去，然后再送薛鸿依。薛鸿依下车，钱红也下车，他要步行回去。薛鸿依说："你送我到楼门口吧。"薛鸿依家属院的院墙没有门，夸张地说就是一道半截墙，钱红随着薛鸿依走到楼梯门口，薛鸿依回过头，用一条胳膊搂了一下钱红，像闪电一样头也不回地上了楼梯，眼睛还不时四下里张望，唯恐被人看见。

钱红不知道的是，喝酒时门外发生了一件事。李绪凡不知道有啥事竟然到家找钱红，当他走到钱红家门口正在犹豫是不是敲门时，似乎听到里边有熟悉的女人声音，他侧耳倾听，听出了是沙河路分理处郑丽丽的声音，而且是在喊"喝"，他止住了脚步，一想钱红与郑丽丽两个人在喝酒，大晚上的孤男寡女，是不喜欢被人打搅的，当然他不知道屋子里还有一个薛鸿依，犹豫片刻，扭头回去了。

自然，第二天钱红与女下属单独喝酒的事就跑到王一飞的耳朵里。

这个事也影响了王一飞的决策，王一飞思忖再三，对杨小妹说："按票数多少公布吧。"

至此，长河区支行撤点裁员工作算是尘埃落地，至于机构撤并的后续工作，都不算难点了。

可是，王一飞的"工作"还远没有结束，他要做自己的"扫尾"工作，他怎么想都想不出个头绪来。这上级行也是的，撤点就撤点呗，非要把多少个网点对应多少个人，卡那么死干啥？王一飞为此伤了不少的脑筋。

王一飞拿起手机走到里间，拨通了他妻子的电话："你拿起笔，我给你念几个名单，你先记下来，然后再给你说干什么。"王一飞把经妻子打招呼又没有过关的人名一一说给她后又一字一句地说："你看看这几个人都拿的啥，一一还给人家。"

"你说这话！我咋能记住谁拿的啥，当时只要把名单报给你，我就再也不记了。再说了，让我还，我咋还？！"王一飞急了："你这个傻蛋！"

"你这个傻蛋！"她妻子也急了，面对王一飞的骂怼了过去。王一飞走了出来，往椅子上一躺，"哎"地叹了一声。

天下起了雪粒，人们望着这细小的雪粒，谁也不指望它能下多大，大家都已知晓了老天爷的心，它很吝啬。钱红听到手机响，打开一听是郑丽丽高兴的声音："钱行长，谢谢你啊，我请你吃饭，我请你吃饭。"钱红笑了笑，没有多说，把电话挂了。薛鸿依也打来了电话。"钱行长，钱红哥，我、我谢谢你……！谢谢你……！"薛鸿依哽咽得说不出话来，钱红自然安慰她一番。

日子就这样一天天过去，王一飞心中的歉疚宣泄得也差不多了，他看着什么也没有发生，纠结着的心也慢慢松散开来，只是总想凑个什么机会能退回人家的礼品。

真是三十年河东，三十年河西。阴差阳错，郑丽丽成了沙河路分理处主任。

七

再说泉溪县商贸行，本来他们的撤点裁员工作是个先进行，早早就按百分之五十的比例完成任务，没想到的是最后上级行定任务划指标，这样等于重新来一遍。刘强这一段时间根本就露不出笑脸，用他自己的话说快愁死人了，这重新来一遍要比第一遍困难得多。

这些天也就怪，支行的办公楼上很静，人很稀，空寥得就像可可西里无人区一般，几个行长不露面，各个部门也不见人出进，就像都在躲避这个谈话通道。也不知道是人们有意想避开相遇的尴尬，还是怕楼层上大白天碰到鬼。

刘强忙活归忙活，也不是所有的"活"他都能忙活得了的。如果每个人都听话还好，但谁能保证每一个人都是"顺民"呢？他怕的是有些人叫不过来，不打照面。那也不行呀，实在是没有办法，九个网点再砍下去五个，除去部室人员，去一半人还多，遍地都是关系，想让四个分理处来额外吸纳五个分理处的人，那是痴人说梦，上级行的政策也不允许。

随着刘强"收尾"工作越来越难，他的心，也越来越阴沉了。他真的怕出事，怕有收拾不了的残局。

怕啥来啥，还是出事了。

一天，魏师傅正在伙房忙着做饭，忽听办公楼上有吵架声，魏师傅腾不出手，也没有在意。这时门卫进来了，带着幸灾乐祸的神态说："哼！早晚得出事，吵架咧。""谁呀？"

"谁，女的。行长光想吃了，有些卡嘴不能吃，吃了吐都吐不出来，如果人家爱人知道了事才大咧！"边说边点着头，像小鸡啄米一般。

魏师傅听他这一说，似乎明白了："哎呀，我知道是谁了，那个女的是不是长得挺那个咧？"

门卫听到最后也没有听出魏师傅说的"那个咧"究竟是指"啥个咧"，不耐烦地说："你看看，你认识不，这能看到。"魏师傅向外一探头，看了看，随即又把头缩回来了，对门卫说道："不是，还不是那个人，那个人那天晚上我看得很仔细，这又是一个。"门卫看来也是一个爱打探小道儿消息的人，听魏师傅这么一说来了兴致，想听魏师傅讲下文，可惜魏师傅在忙，没空儿与他闲扯。

门卫出来了，上了楼，管治安是他的本分。他上楼后，发现邢书记也出来了。是的，邢书记再装聋作哑就有点过了。只见邢书记拽住那个女员工的胳膊在劝，看得出来劝也劝不住，女员工的火气到了极点："王八孙，你黑天半夜找我谈工作，你说你谈了我多少次了？你答应好的不裁我，说话不算数，你要脸不要脸。"女的看有人劝架，就更来劲了，脱掉鞋向刘强门上扔了过去。她知道扔也是白扔，刘强的门是关着的。最后，邢书记费了九牛二虎之力与门卫合力把她劝走。

今年的天气格外地冷，都说地球变暖了，看来也不准。钱红坐在办公室，感觉暖气不太热，他时而站起来活动活动。

"钱行长！"郑丽丽的电话，"给你汇报两个事，一是我们抽出来两三个人去薛鸿依家吊孝，让你知道这个事；二是薛鸿依爱人去世了，我们行里有啥表示没有？这个事是给你说还是给王行长说？"

钱红回答："我去问问王行长吧。"其实，薛鸿依的爱人去世，钱红是第一个得到消息的，只是钱红没有声张。

钱红到了王一飞的办公室，把情况说给王一飞，王一飞说："按照惯例，分理处主任家有事，我们行领导班子去，员工家有事，我们行领导不去。"钱红回到办公室，给郑丽丽打电话："行里没有表示，但我个人与你们一起去。"

钱红吊孝回来后，找王一飞谈工作，发现屋里没有人。

下午，钱红又去敲王一飞的门，还是没有人。

第二天，钱红再次敲王一飞的门，仍然没有人，打电话，电话关机。

钱红感觉有点儿奇怪，这时方想起来问杨小妹，敲杨小妹的门，也没有人。给杨小妹打手机，关机。

钱红去问薛智卿，薛智卿也不知道他们去哪了，薛智卿也感觉奇怪。二人商量，盲目问市行不合适，要么问家人？王一飞不是本地人，不知道他家里的电话，"杨小妹……"薛智卿忽然想起来，前些日子在市行开会期间杨小妹手机没电，曾用过自己的手机给她爸爸打了个电话，薛智卿像发现新大陆一样赶紧翻手机，薛智卿认为只要找到了杨小妹，也许王一飞便也就有了下落。找到了，但薛智卿有点儿泄气，是固定电话，并非手机号。钱红说："打一下试试，看看是什么人接听。"薛智卿回拨了电话，那头儿应声了：

"你好，杨书记不在，请问您是哪一位？"杨书记？薛智卿愣了愣神说："你这儿是哪？"

"宾西呀，这是宾西县呀，这是宾西县委，这是杨书记办公室。"对方又继续问，"有什么事能跟我说么？我是办公室主任，我姓吴。"

"那请你转告他，回来后方便的话请回个电话。"

薛智卿放下电话对钱红说："杨书记？难道是杨小妹的父亲？"钱红摇了摇头说："不知道，从没有听过杨小妹聊她家里的事。"

"昨天所有的荣誉，已变成遥远的回忆……"薛智卿电话响了。打开电话那头儿在问："谁找我了，我是杨青林。"

"哦，您是杨——书记，请问杨小妹是您——？"

"那是我女儿，请问你是谁？"薛智卿简单地把情况介绍后，那边听出来有点急切，"好，好，我也想法联系联系。"

不大会儿工夫，胡正强把电话打到钱红的手机上，问杨小妹怎么了。"消息好快呀！"钱红与薛智卿交换了眼色，钱红便汇报起二人失踪的事，钱红还没有汇报完，胡正强就要钱红马上到市行来一趟。

胡正强听了钱红的汇报，也感觉到纳闷，打电话问其他副行长，王一飞与杨小妹请假没有，其他副行长都说没有批假，当问到纪委书记张正彪时，他说他知道。胡正强有点儿不乐意，轻声说道："你也不说一声！"胡正强正欲放下电话时忽然想起还没有问完："他干啥去了？杨小妹与他在一起不？"

"嗯，一起，检察院给叫走了。"

"什么？出什么事了？"胡正强有点儿着急。

"不清楚，他们只通知了一声，没有说具体情况。"

胡正强犹豫了一会儿，拨通了一个电话："杨书记么？是这样啊……"胡正强边说边向钱红挥了挥手，示意钱红可以回去了。

情况已明了，王一飞与杨小妹被检察院传唤走了。

青台市丘陵路中段，有一个小胡同口，顺着小胡同往里走，有一个不起眼的院门，进了这个院门，里边别有洞天，是一个大院，大院里是一栋错落有致的小楼房，楼房不高，但能看得出房间并不少，布局很特别，曲曲折折，像迷宫一般。王一飞与杨小妹就关在这里的某两个房间，但这里并不是铁窗高墙，而是谈话的场所，每个房间里桌椅齐全，只是没有床。大门有看守，不是任何人都能出进的，但里边相对宽松，只不过让你待在哪个房间，你必须待在哪个房间罢了。

王一飞的房间里，气氛有点压抑，检察院的人也不问，也不离开，只是坐在那喝茶水、看报纸，一张报纸，检察院的人轮换了好几轮了都在看，还是那张报纸。王一飞一直不说话，一个字都不肯吐，不管问他啥他都不吭一声，检察院的人就陪着干熬。看得出，王一飞有恒心，检察院的人更有耐心。

杨小妹的房间，气氛比较轻松，杨小妹面对检察院工作人员的质问，平心静气地回答，像在拉家常，甚至检察院的人都感觉到奇怪，小小年纪，沉稳得像久经沙场的老兵。"你来到这个房间几十个小时过去了，如果你现在回心转意了，还不晚，说说吧。你要知道，什么事最后都能查清，我们这儿的工作人员不是吃素的，这你懂的。"

杨小妹平静地说："是呀，正因为你们啥事都能查清，我才放下心来，我相信你们能查清。"

"杨小妹，有些话我们不说，是想让你自己说出来，你要知道，我们说出来与你自己说出来，那后果的严重性是不一样的，你明白不？"

"明白呀！"

"你说你作为一个副行长，在你们商贸行人员大调整、大裁员的情况下，你都没有收到一些员工或一些什么人的一点表示？我不信。你自己信么？"

杨小妹不慌不忙地回答："那如果你来当这个副行长，你会接受别人的表示么？"

"杨小妹！你严肃点儿，我在问你问题！"

杨小妹也不急，继续说："我也是正儿八经地回答你问题的，我的意思是说你当这个副行长你也不会接受别人的表示。"问话的人一时语塞，停顿了一下又问："你到底收没收员工的酒？"

"没有收。"看得出来问话的人感觉到对这个女孩的审讯不太顺手。

"你一瓶都没有收？"

"一瓶都没有收。要收也得收两瓶，谁会拎一瓶酒送人呀？"

"杨小妹！"问话人急了，用手往桌子上使劲一拍，站了起来。随即又坐下继续问，"你见到没有见到过一些人拎着东西到别人那送礼？"

"没有，就是有人送，我咋能看到，又不是每个人的家都在一栋楼上。"

"办公室呢？"杨小妹差点没有笑出声来，心想，谁会往办公室送大件东西呀，这个审家儿看来是个新手。她抬起头，回答道："没有。"

检察院的人终于使出撒手锏："王一飞收了整箱的茅台酒。"

杨小妹说："啥意思？王一飞收了与我啥关系？"

"你应该知道。"

"我怎么会知道？"

"你喝过没有？"

"我都不会喝酒。"杨小妹这时脑子在飞速旋转，她想了想说，"也可能喝过，不记得了。如果喝过也是假的！"王一飞一直不开口，杨小妹并不知道，她怕说出对王一飞不利的证据。杨小妹在想，问话人说自己喝过，是不是王一飞说收了酒拿到单位大家喝了，所以杨小妹改口说可能喝过，但记不清。

问话人之所以拿这个问题问，是怕以后王一飞借口把酒拿到单位大家喝了，现在如果杨小妹说没有喝过，就截断了王一飞的退路。没有料到的是杨小妹的回答模棱两可，还是没有啥新鲜东西。问话人紧接她的话茬问："你怎么知道是假的？"

杨小妹甚至面带微笑说："我说茅台是假的，你不奇怪，我若说是真的，你不感到奇怪么？你喝过真茅台么？"杨小妹这一手儿真厉害，问得问话人哑口无言。

问话人站了起来，走了出去，对外边的备审人员说："去球！费劲。"又换了人进去继续进行。

"杨小妹，长河区支行裁员的事，是不是你说了算？也就是说你说不裁谁就不裁谁？"杨小妹笑了笑说："您太抬举我了，我在行里是个四把手，我有那么大的权力？"

"我不管你是几把手，你说是不是这个情况？"

"可能有这样的情况，就是我想让特指的某个人留下，他就不被裁下，这种情况只是个别的。如果全行这么多人都由我说裁谁不裁谁，那还要一把手干吗？再说了我又图的啥？我有那个精力还不如去谈恋爱咧，我这么大了，到现在还没有找到对象，都忙到工作上了。"这话是出自杨小妹的真言，她说罢低下了头。

"杨小妹，你年纪轻轻就提拔成了副行长，谁提拔你的？"

杨小妹心里有点怒了，她尽量克制，抬头说了一个字："党。"

问话人也有点不耐烦，"我问你是不是王一飞？"

杨小妹也强压怒火说："不是，上级行领导。"杨小妹已表现得不想配合了，故意转换话题，"领导，我想要求一下，今天能不能给我的饭里多盛一点菜？"问话人站起来，啥话也不说，一拍记录员走了出去。看起来问话人已失去耐心。

青台市检察院检察长的办公室电话响了，检察长拿起电话听到门岗的声音："领导，有人找，他说他是杨青林。"

"哦，让他进来。"待电梯升上来，电梯门一开，检察长已在电梯门口等着，来人看见检察长已在迎接自己，脸色马上变得灿烂无比。两个人见面后，亲热的样子就差拥抱了，尽管没有真的拥抱，杨青林还是抬手摁了摁检察长的肩膀。进门时检察长赶紧又把杨青林推到前边，两个人落座。"杨书记你是无事不登三宝殿呀，说吧，啥事？"杨青林说："司总，你以后不要书记长书记短的，叫我老杨多好呀，原来你是称呼我老杨的，你啥时候变了？"杨青林称司检察长司总，司检察长比杨青林大两岁。

"书记吧老杨吧都一样意思。"司检察长解释说。这时，杨青林话入正题："司总，我这趟来主要是妮儿的事，妮儿不是在咱检察院传唤着咧么？我主要是来看看她。"

司检察长一脸诧异状："妮儿？在哪了？我们传唤她了么？哦……！"司检察长一拍脑瓜说，"好像有这么个事，是三科办的，让我问问。"司检察长拿起电话，打给三科，回过头又问杨青林："咱妮儿叫啥名字？"

"杨小妹。"杨青林赶紧回答。司检察长向电话里问："一个叫杨小妹的案子谁负责的？"

"司检察长，我们科长去办案现场了，要不要我给他打电话？三科科长不在。"

"你让他回来一趟，我有事情问。"

杨青林把茶水向外一推，准备起身，对司检察长说："司总，这样，今天我大老远来了，你得管我饭吃，我呢，现在去订饭店，你该办公办公，一会儿下班之前，我给你打电话，我在饭店等你。"

司检察长说："怎么？我管你饭还得你订饭店？不合适吧？"

杨青林说："我订饭店没有说我拿钱呀？"司检察长笑了笑，杨青林把话说到这分上，司检察长也不好拒绝，只好点了点头。

杨青林走后，三科科长回来了，司检察长问了杨小妹与王一飞案件的情况，然后向三科科长交代："该了的赶紧了结，别被这破事耽搁太长时间。"三科科长点头走了。

冬天白昼太短，不到下班时间，天就已经黑了下来。司检察长按照约定的地点驱车前往。

到了饭店，酒店服务员礼貌地让进去，也就奇怪了，没有等司机开口，服务员就知道他们要到哪个房间。一进房间，杨青林赶紧站起来迎接，一边说着："哟，你看看，司总你先给我打电话吧，让我下楼接吧！"这时，一个年轻人慌慌张张地跑来，上气不接下气地说："我一直在下面等着，上了一趟厕所工夫，您可上来了，不好意思。"司检察长扭头问杨青林："这是……？"

"哦，这是我们县委办公室吴主任。"吴主任几乎是搀扶着司检察长入了座。

"小吴，上菜吧。"吴主任随即喊服务员上菜，然后把服务员服务的项目几乎自己全包了。一会儿服务员进来了，他一看客人在忙活，自己也赶紧下手，好像自己反倒是一个助理似的。

菜一下就上齐了。

菜不多，做得倒很精致，看来这大领导请客吃饭，也不见得都是山珍海味。这时，酒也已经斟上，就等着开场白了。

吴主任说："两位领导，今天没有别的人，咱们开始吧？"

"好，开始，来。"杨青林带头举起了杯。

三杯酒下肚，司检察长说话了："我刚才问了问大致情况，是这样的，商贸银行这次裁员裁得多一点儿，许多人有意见，挡不住有脾气大的人，想把这事捅个窟窿。有人举报王一飞收礼，这个礼品倒也没有什么特别的，点明的主要是涉及一箱茅台酒，在举报信中又把妮儿给捎带上了。"

杨青林一听，有点儿激动，仍不忘含着笑容向司检察长说："司总，今天来呢，我不是来给妮儿说情的，我今天来是一个表态，一个要求。表态呢，就是这个事查到最后，如果发现咱妮儿有贪污受贿行为，哪怕收了人家一块钱，那司总……"杨青林一拍胸脯说，"说明我杨青林经常受贿。"他又接着说，"一个要求呢，就是咱妮儿从小娇生惯养，吃饭挑剔，还望你这大检察长能关照一下，让她吃饱睡好。行不行老哥？"

说着，杨青林端起了酒杯，三个人又一饮而尽。司检察长看着杨青林的心态有点冷静不下来，就宽慰他："老杨，你的心情我理解，你的闺女不就是我的闺女么？这个不用你。关键是事既然出了，我们也得往前走啊！"杨青林与吴主任不断地点头。司检察长又接着说，"妮儿的事，不要太担心，你要是非得逼着我得说得再清楚，我还能咋说？还能说到啥程度？是不是？"

杨青林又有点儿激动，握住了司检察长的手说："老哥呀，其实，我不来，给你打电话说透，我都会放心，问题是不由自主呀，他要是个男孩子，我也不管他个球，让他经经风雨，说不定对他还有好处，可是小女孩不一样，从小我是含在嘴里怕化了，捏在手里怕碎了。"说着说着把头低下了，要不是怕失身份，他真的就要掉下眼泪了。

"老哥，我多说几句啊，我在她成长教育上一点儿没有放松，她上班后，我反复教育她，公家的钱一分不沾，不该得的钱一分不得，在她提拔副行长时，我给她说，'妮儿，我以前教育你的话一定要记住，如果你实在受不住诱惑，收了人家的钱，哪怕就一块钱，你也得事先打电话问我一声。'老哥，像咱这儿，都是靠自己摸爬滚打混出来的，家里老人文化水平低，没人教育咱，全靠咱自己的悟性来理解对世事的认知，走弯路是避免不了的。可这种路不能叫咱的下一代再这样去摸索呀，我给她说过，我留给你最大的财富不是钱，是怎样做人。"司检察长点头，深有同感。

司检察长看他这么担心女儿，又继续安慰她："喂，老杨，给你说个事，你女儿不简单啊，我看将来像你，问她话时，一点儿都不软。"杨青林笑了笑。

"至于那个王一飞……"杨青林打断了司检察长的话说，"王一飞这个人，很不错的一个人，平时他对咱妮儿呀，像对自己的闺女一样照顾，咱这儿没有外人，我实话实说，这人呀，得讲点儿良心，得知道知恩图报，我这趟来不是给妮儿求情的话是真，可对王一飞的事，要是说没有一点求情的意思，那就算我老杨不实诚了。"说罢，杨青林不好意思地笑了笑，这一转移话题，他的心情也变过来了。

司检察长说："他要是真的收了茅台酒，那是够'线'了呀！"杨青林一听笑了笑说："老哥，看来你的数学比我学得好呀！叫我说呀，能过关就过关吧，他就是收个仨核桃俩枣咧，没有多大意思。人家举报，也可以理解，端掉人家的饭碗了，人家发发心中的怒火不正常么？咱也常说换位思考，站到下岗人的角度，恨王一飞正常，站到王一飞的角度，他不得罪人谁得罪？谁让他是行长了？没有办法。"

司检察长终于说："甭说了老弟，我明白了，你还让我咋说，我总不能给你说，'好，我现在就给他放出来'是不是？"杨青林屁股下像有弹簧一样，立即向上欠了欠身子说："妥了，不说了，那啥都有了，来，端杯。"三个人端起了杯，杨青林很虔诚地把杯慢慢抽了个底朝天，司检察长很认真地也把酒喝了，吴主任立起身，再半躬起腰，面朝司检察长，脸上堆着笑，一饮而尽。

这时，杨青林抓着司检察长的手，一字一顿地说："老哥，我给你带了几瓶酒，绝对是你没有喝过的，你喝吧，很好喝。"随即向吴主任使了个眼色，吴主任会意，马上喊司机。司检察长一听马上做拒绝状，没有等到司检察长把话说出口，杨青林说："怎么老哥，我三元钱一瓶买的，要不你照价给我钱？"司检察长一脸浅笑，杨青林也跟着笑了，说道，"就是嘛！这不妥么！"

吱呀一声门开了，一看司机抱着一箱酒进来了，吓得吴主任疯了一样把司机挡了回去，退到门外后吴主任气得直跺脚："找司机，找检察长的司机，你咋这么笨呢！"吴主任进来后，尴尬地向检察长笑了笑，不住地点头："新手儿，新司机，没有见过世面。"

八

长河区支行各项业务指标在青台市商贸银行系统还算说得过去，尤其是前台部门的几项主要指标完成情况一直都处在全青台的前列，在前台业务主管行长开会时用同行的一句话说，王一飞又"遭"到了表扬。王一飞对钱红还是比较认可的，他认可钱红的业务能力，他认可钱红共事中的人品，尽管王一飞对钱红在一些人情世故中的表现常常感觉不满意。青台市商贸银行业务通报会上，长河区支行受到了嘉奖，只是王一飞没有参加会，他本人还不知道，他与杨小妹才刚刚回来。

王一飞与杨小妹安然无恙地回来了，王一飞回到行里，看了看周围的一切，都还是老样子，人还是按部就班地上着班，老李师傅还是一如既往地忙活着，哪怕中午就下几碗面条，他也像是一上午有忙不完的活一样。王一飞来到自己的办公室，看了看还是原样的摆设，感觉走了几天就像分别了一个世纪。

王一飞首先想到的是急需办两件事，一是赶紧到市行向领导汇报，消除误会；二是需要开个会，找点儿要说的内容，目的是以正视听。

王一飞到了市行胡正强办公室想汇报一下近几天发生的事，没想到胡正强对王一飞啥都没有问，也啥都没有听，只说了一句话："你到张书记那汇报吧。"

王一飞便去了张正彪办公室，王一飞到了张正彪办公室，把长河区支行发生的情况与事件背景向张正彪书记前前后后做了详细的汇报。张正彪听着王一飞的汇报，一句话也没有插入，待王一飞汇报完，张正彪呷了一口茶水，慢悠悠地说："有一件事啊，需要给你说一下。是这样的，前一段时间呢，就是撤点裁员之前，咱们青台发生了个事，又有人向省行告状咧，说发的工资低。当然了，他告的状是支行，在省行来说，那就是告的咱青台商贸银行的状，这个事情发生后，省行及时与我们青台进行了沟通，我们青台市也很重视这个事，通过初步甄别，是市区这几个支行，与几个县支行的员工无关。现在通过我们细致排查，基本断定就是你们长河区支行员工干的。至于怎么排查的，就不需要你知道了，市行有关部门也不是吃干饭的，至于是哪位员工，市行心里也有数，不具体给你们说了，不说了啊，这也算是纪律。"

王一飞插话说："那我们可是排查不出来是哪位员工呀！"

"不，不。"张正彪书记接着说，"你们知道也好，不知道也罢，不是让你们来处理这个员工的，我们的宗旨是，你们要开会说道一下这个事，提意见可以，问题是为啥要越级向省行提，向你们本行提不行么？再不行向市行提意见不行么？为啥一下就想把天捅个窟窿？再说了，你提的意见是不是实事求是，说一个月发几百元，难道就这几百元么？我问你一飞，你们是不是就发这么多？"王一飞说："年底还有奖金咧么！当然了，有高有低，那就看各人的任务完成情况了，低于一千元的是极少数，是个别情况。"

"那不就得了！"张正彪说，"告状的人肯定每月工资不会高于千元，不上千元的工资多不多？不多的话不就知道是谁了么？"王一飞非常赞同张正彪的分析，他心想，这个怀疑圈又缩小了，他想回去查一查到底是谁在"多事"。张正彪发现王一飞在愣神，停了停继续说："所以，反映问题要实事求是，不能说假话，你自己的工资低，不能说大家伙的工资都低，说假话是什么行为？如果上纲上线，那说明这个人品质有问题！"

张正彪看讲得差不多了，喝了两口茶水，往后一躺，倚在了靠背上。又点燃了一支烟，使劲吸了一口，望着天花板，吐了一个烟圈，马上又闭住了嘴，觉得吐烟圈不太恰当，便让口中的烟儿按照惯常的方式徐徐喷出。

王一飞坐在沙发上，在权衡是不是自己可以离开了，平时张正彪对人布置什么任务完毕后都是示意得很干脆，这次不知道为啥他竟然悠闲地抽起烟来，竟然对王一飞不管不顾。王一飞在想，也许张正彪这种表象本身就是一种信号、一种态度，领导有时对事情的本身并不一定明说，而是用另外一种隐晦的表达方式让你来揣测、来权衡，会起到一个无法言表的效果。

王一飞这时似乎也明白了，告状一事，既不是什么大事，因为它不是要揭发谁搞了什么阴谋诡计，但也不是一个小事，毕竟是在省行抹了青台的黑、向省行揭了青台的短儿。换个角度说，即使这个事也算个事的话，按理也不至于通过纪委这条线来处理，大不了由工会出头儿，但既然交给了纪委出面，这就不仅仅是不按常理出牌一样简单，而是说明把这事上升到了政治的高度。王一飞看张正彪长时间不说话，便说："那我走了，张书记！"

"嗯，回去说一说。"王一飞便走了，他知道这个"说一说"中的"说"字的分量。

王一飞回去后，正要准备抽时间召开全行员工会，又接到了市行通知，次日市行要召开会议，要求市行全体员工及支行领导班子、网点主任参加。从接到会议通知开始直到第二天的会议召开，王一飞心里是七上八下，如吊桶一般，一是市行领导会不会在大会上数落自己，尽管自己没有被检察部门认定触犯法律，但毕竟不是什么光彩的事。二是员工告状的问题，屋漏偏逢连夜雨，不顺的事都出在了长河区支行。晚上，王一飞睡不着觉，越是欲拿捏住不再胡思乱想，越是没有一点儿睡意。

王一飞仿若掰着手指头一分钟一分钟地挨到了会议的时间，与参会的人打招呼时，王一飞显得特别敏感，他在端详每一个与自己寒暄的人的表情，里面如果含着哪怕一丝异样的眼神，都会感觉后背像被撞钟的木檩条给撞击了一样难受。王一飞在劝慰自己，如果再停三个月，或者两个月甚至一个月，这个让人煎熬的时期也许就会过去，到那时自己会与从前一样见了谁都可任意地谈笑风生，他在祈祷，时间快快过去，快快跳过这段尴尬的时日。

会议一项一项地进行，魏贤志副行长没有提长河区支行的事，王新悦副行长没有提长河区支行的事，顾宇江副行长没有提长河区支行的事，张正彪书记竟然也没有提长河区支行的事，最后是胡正强行长作主题报告。王一飞看了看表，已近中午十二点钟，在平时这个点儿就是快下班的时间，可是开会不一样，每次开会都不会在十二点之前结束，十二点才是主要领导讲话的时间。不知道行领导是不是想与大街上川流不息的车辆错峰下班的原因，开会都是开到太阳偏西，每一个副行长都是把自己对口的业务对参会人员千叮万嘱，总怕回去给忘了似的。

终于说到长河区支行的事。

"有个别人嫌我们商贸银行工资低，还把信写到省行戴行长那里，你也别管我知道不知道你是哪个支行的，你也别管我知道不知道你是哪位员工，我想说的是，你只说自己工资低了，你有没有说你自己干了多少啊！为什么有的人比你的工资高，你都没有扪心自问么？"

这时，会场上开始交头接耳，王一飞似乎也听到一些轻声议论，有的在问是谁干的，这明显是以一种惊愕的神态来表明事不关己，也有的声音似乎在说工资确实太低了，这是在借此话题来发泄一下心中的郁闷。这些嚷嚷王一飞都不挂心，他挂心的就是胡正强提不提长河区支行，更挂心的是这个话题之后胡正强行长还有没有更大的爆料，因为他知道若有更大的爆料肯定就要牵扯出自己被监察院传唤那一桩事。

王一飞重新把心绪拽回到胡正强的讲话上。

"你不要说我们青台商贸银行工资低，因为我们的价值不能只用工资高低来衡量，饭店服务员工资比我们高，但这能比么？哪位员工愿意辞职去饭店当服务员？没有吧？为什么没有？就是我说的，有些东西是不能用钱来衡量的。"会场又一阵骚动，议论声四起。

"静一静，静一静。我讲话时不要在下边说话，这件小事都做不到么？"胡正强行长顿了顿环视了会场一周。

这时张正彪书记插话："新中市的工资多高大家知道不？他们还不如我们的高，虽然每月发的都差不多一样，但他们今年年底都没有发奖金，一分都没有发，有的只是每个人不同的跟单计件工资。"

胡正强行长接着说："我们不能说哪哪的工资比我们高，见不得别人的工资比我们的高，这个思想要不得，我们要向工资低的兄弟行看齐，人家工资低都能过，怎么？我们工资低就不能过了？想想当年红军长征的时候，那个时候红军没有吃的，连身上的皮带都吃光了，谁给发工资了？有哪位战士向领导要求发工资了？"场下开始小声哄笑。"不要说话，不要说话。咱们现在的条件是不是比那个时候强多了，想想革命先烈，为什么我们有些个别人就这么多的怨言呢？"

王一飞一会儿一看表，他的心悬得老高老高的。忽然胡正强行长提高了嗓门："这次，是谁向省行告的状，不再点她的名，今后，谁要是再盲目地'冒尖'，那下一个下岗的就是你，我们青台商贸银行装不下你，你太有能耐了，哪地方工资高你到哪地方去，哪地方能施展你的才华你到哪里去。我们这儿庙小，供不起你这样的神！我的讲话完了。"

"下边……"顾宇江行长忽然觉得少了一个礼节，把话停住了，然后又一个个地问了问其他三位行领导还有什么话讲，只见他们都摇了摇头，便继续讲了下去。"下面，我再强调一下，一要认真落实胡行长的讲话精神……"王一飞行长悬着的心一下落地了，他顿感到自己异常疲惫，他又在看表，不过，他这次看表是真的饿了，几天来他第一次感觉到饿。

市行会议后，长河区支行利用晚间下班时间也召开了全体员工会，会上，王一飞行长把市行的会议精神原原本本地作了传达。最后，王一飞行长终于要说出自己认为的重点："有的人对我有意见，让他下岗了，没有让别人下岗，为什么让你下岗不让别人下岗，不要问别人，得问你自己。"王一飞猛然觉得在这儿说这个事也没有多大意义，又简略了，"这个问题我也不再讲了，反正下岗的人也听不到了，有些人对我泄私愤，你泄私愤又有什么用？我也没有办法呀，要是我能做主的话，我一个人也不让下，但这不是我王一飞能左右的事。"王一飞扫视了一下会场继续说，"再一个事，有一个人向省行告状，嫌工资低，这种行为是极其遭人嫌的，说明这个告状的人人品有问题，是谁，我不点名了。市行开大会，本来胡行长要点她的名字，我在会前一直求情，才没在大会上点名。点了名不是光她自己的名声臭，连我们长河区支行也跟着丢人。"王一飞喝了一口水，使劲把水杯往桌子上一磕，继续说，"以后，任何人不能盲目地越级告状，屁大一点儿事闹腾得就像自己是窦娥一样。"

下边听会的人坐在椅子上个个都佝偻着腰，缩着脖子，总怕自己无意之间成了"出头鸟"，无端遭到怀疑。

次日下午，钱红接到了薛鸿依的电话，薛鸿依要求见钱红，并约好了饭店。从薛鸿依的口气上可知非常急迫。钱红下班后驱车如约而至，这是一个接近城郊的地方，一家很普通的饭店，规模不大，但看起来很干净，钱红看看表离约定时间还有一刻钟，便找了一个空位坐下等待着薛鸿依。

这时，桌旁坐着几个老人，他们的对话渐渐吸引了钱红的注意力。他们在比子女给自己买的衣服，有的说自己的衣服是杭州产的，有的说自己的衣服是上海产的，还有个老人说他的衣服是美国生产的，并让人看衣领标签上写的都是美国字。钱红听着他们的对话，感觉很有意思，心想即使想买青台市产的服装也买不来。这些老人，一个比一个虚荣心强，闲着没事了，也可能就剩下这么多的心事了。说着说着，扯到了钱上，有一个老人说："孩子每次回来都给我钱，我不要硬塞，给我那么多钱干吗？我也花不完，去存钱吧，原来还方便，这儿有一家银行，现在，砍了，存一回钱得跑好远好远，麻烦！"有一个仿若退休老干部模样的人接着说："哼！现在这人光为自己的乌纱帽着想，商贸银行砍了好些呀，现在全青台市所有的县，乡里的商贸银行基本都砍完了。为啥砍了呢？因为怕出事，一出事，那些县里的行长们都当不成了。像我们老家生意多么好的商贸行都砍了，生意不是行长自家的呀，要是自家的生意，他哪里舍得砍呀？"

另一个老人问："你们老家哪的？"

"孟州。"

"孟州县城的不是？"

"离县城不远，孔庙乡，我们那做生意的多，好些药厂，那原来商贸银行大屋子里的人都是排好长的队，硬是砍了。"

老人叹了一口气说："哎，只要一碰着公家的事，谁管了？没有人管，扔再多的生意也没有人心疼！都是只管自己能不能当官，对当官的来说，只要官帽不掉，其他都是小事。"

另一个老人气冲冲地说："老李，你说这话不中听！"这个老人姓史。只见老史说："咋知道恁些事？你说我说的对不对？"老李说："你说这个汇演中心的事，我倒是听说一点儿，但你说的商贸银行的事，说得有鼻子有眼儿的，就像你知根知底一样。"老李笑了笑露出不屑一顾的目光。

"我当然知根知底了。"老史接着说，"我儿子，商贸银行的行长。你要是不说这我还从来没有提过呢！就像我炫耀似的。"一直没有发言的那位老人接腔了："行长，哪的行长？""哪的，宾西县咧行长。"钱红暗自笑了，宾西没有姓史的当行长。问话的老人又说："你才胡说咧，宾西县的行长姓王，老史，你说，你的儿子是姓啥的行长？"老史说："我儿子当然姓史呀！"钱红又暗自笑，宾西也没有姓王的行长也没有姓史的行长。老史补充说："副的。"钱红心想，副的也没有姓史的。

"大爷，你们今天不要在这聊天了行么？今天是周末，吃饭的人多，现在正是上人的时候，你看你们几个天天在这儿喝茶，也不吃饭，不是不舍得供你们茶水，问题是您老占住个桌子，俺还做生意咧呀！"也不知道这是个服务员还是老板娘实在看不下去了，下了逐客令。"好好，我们走，我们走。"几位老人站起身，前脚跟着后脚，一崴一崴地徐徐朝着门外徐徐走去。

钱红这才如梦初醒，薛鸿依已经超延半个小时了怎么还没有来？钱红刚才打电话考虑到薛鸿依骑电动车不好接电话，现在看来得打电话问问了。"鸿依，走到哪了？"

"钱行长，倒霉死了，我在医院，叫车撞了，还没有顾得给你说。"钱红一听有点儿惊，待问清薛鸿依是哪个医院在哪个科后，急忙向医院赶去。

钱红到了医院，一看薛鸿依的腿刚刚包扎好，问了原因后，就帮薛鸿依打了热水，为薛鸿依倒了一杯水放在桌子上。薛鸿依说："也不怨人家，是我自己没有注意。"出事司机已走了，薛鸿依说司机很仗义，留下了钱，给了电话号码。薛鸿依又说："我骑着车脑子走神了，大街上看见的人可能还以为我是碰瓷的。好在伤势不重，医生说骨头没事，但医生说也得静卧两天。现在就是疼得厉害。"

"对了，你约我出来从你口气里看好像有什么急事？"钱红刚问出口，薛鸿依就有点儿想掉泪。她说："告状的事，是我写的。"钱红啊了一声问："你怎么让市行发现是你写的告状信？"

"我也不知道，老早的事情了，都几个月以前的事了，不知道过了这么长时间又翻出来了。"

钱红安慰她说："以后不要出这头，有些事呀！你再反映也不行，现在咱商贸银行这个机制就是这样，每一级行领导的工资都是上一级银行发，这个事就不好办，就好比做饭的厨师不吃他本人做的饭，这个饭的味道他还敏感么?"

薛鸿依听后连连点头,说道:"我现在很后悔,我为啥要做这傻事呢?工资低又不是我自己低。不过当时真的心里很不平衡,我们银行外表看着光鲜,谁知道里边的事呢!到了外边,我们也不敢说工资的事,不,是不好意思说。哎!我的负担可能比别人家的重,有时想一想,光觉得委屈得慌。不过,现在好了,没有那一口的拖累了。"

钱红问:"我本不想提你的伤心事,他得了癌后你们花了很多钱么?"

薛鸿依说:"没事的,你怎么提我也不伤心了,因为我即使有眼泪也早流光罢了。都说久病床前无孝子,当你被一个病人拖累得身心俱疲时,再亲的人你也不会为他的离世悲伤过度,因为你有一个很深的感触,就是离世是一种最好的解脱。至于他的病,他是结肠癌,发现得并不算晚,做过手术后不知道怎么就转移了,他年轻,体力好,所以他比其他同样病状的人撑得时间都久,但长期的治疗,花光了我所有的积蓄。"

"有没有外债?"钱红问。

薛鸿依说:"外债倒没有,原来他做点儿小生意,存了些钱,可是他是一根独苗,他没有姊妹。我的弟弟妹妹都借着我的钱,多年了都不还,他生病后曾给他们要过账,但没有一家还,他们认为借钱是帮他们,现在再要账就等同于说话不算数。他们认为帮他们是应该的,他们认为的帮就是给,而不是借。"

钱红说:"老家人的思维常常就是这样,都说救急不救穷,他们认为帮他们钱就是无偿地赠与,再要账就是不厚道。"

薛鸿依说:"可让你说对了,现在我们姊妹几个都不与我来往了,嫌我向他们要账了。结果是我账也没有要回,反把姊妹们给得罪了。我现在教育小孩子说以后永远不要借给亲戚钱,你如果借,就要先有打水漂的心理准备,不然金钱与亲情两落空。"

"我给你弄点吃的吧?"钱红问。"不,我不饿。"薛鸿依说:"你走吧,明天班上的事还需要你忙。我这里没有事。"

钱红考虑到薛鸿依身边没有人,放心不下,次日早上与中午,钱红都去了青台市人民医院。

第二天中午,钱红从医院出来,接到陈梦寒的电话问钱红在哪里,钱红说在人民医院,陈梦寒一听在人民医院,惊得说话声音都变了。钱红说:

"甭害怕，病得不重，你来吧。"陈梦寒叫了一辆出租车，立即向人民医院奔去，路上，陈梦寒一个劲地催促出租车司机加快车速。

到了人民医院，陈梦寒一溜小跑进了大门，跑到住院部大门口，一看钱红在门口站着等她，陈梦寒脸都快气歪了，伸手就打钱红，一想又把手缩了回去，四下看了看，不好意思地低了低头，钱红只是笑了笑。

"你咋回事呀？你怎么能开这样的玩笑，你知道我刚才……我刚才……，哎！"陈梦寒气得直跺脚，不过，一看钱红没有事，马上又露出了笑脸，"你在这儿干吗？谁住院了？"

钱红说："一个员工，被车蹭了，无大碍，我来看看她。"

"你跟我出去吃饭呗！"钱红一挥手，示意陈梦寒往外走。

"我想调到县城的网点，我找刘强了。"陈梦寒斜眼看了一下钱红的表情，像在征询意见似的。

"他怎么说？"

"他没有怎么说，却净问我些不靠边的话，说我的事他一定会让我满意，我也不敢问让我满意什么。"

钱红狐疑地问："他没有详细说是行还是不行？"陈梦寒摇了摇头说："没有。"陈梦寒又补充说："我看刘强这个人爱耍心计，让人摸不透。"钱红想了想，对陈梦寒说："行就行，不行就先待着，我也一直挂想着这件事。你在那除了偏远一点儿，其他不是都挺好的么？"

"嗯，同事对我都很好，就是我们主任，桂芬姐，我对她的感觉说不上来，表面上吧，她对我也很好，但是从事上说，也没有体现出她的友善。比如说，平时没有休息日，有事就请假，但她总是劝我避开周六周日请假，说是照顾年龄大的人，照顾年龄大的人有必要非得享受周六日请假么？就我这年龄小的员工实际上是不是周末也没有多大意义，更别说年长的人了。"钱红笑着问："那你还争周末不周末干吗？"陈梦寒嗔怪地盯着钱红说："你看你！因为你是周末休息呗！我要是周末请假就能与你待的时间长么？平时请假来了你都是在忙，也没有时间陪我，只是中午见见面就走了。"静默了一会儿，陈梦寒笑着对钱红说："不过，还有一个办法。"钱红看了看陈梦寒撒娇似的神态，在听她的新主意。"你过周末时去看我。"陈梦寒歪着脖子用她的媚眼观察着钱红有什么反应，等到钱红说"好"，陈梦寒像孩子一样高兴得跳了起来。陈梦寒又嘱咐钱红："说话算数！"钱红说："算数。"陈梦寒向前一蹦一跳地哼哼起歌来，然后不好意思地弯着腰笑了起来。当她发现钱红也在用挂满笑意的眼看着她，她赶忙用右手捂住眼睛，又故意把手半移开，露出左眼，让钱红知道自己虽是捂住了眼，还不忘记偷瞧着他。

陈梦寒走后，钱红还是惦记着薛鸿依，没有人照顾，确实是个问题，可钱红又找不到解决的办法，老家的人指望不上，与断亲无异，婆婆身体不好，能给孩子做熟饭就不错了。可自己又不能总是往医院跑，如果让探望病号的同事看见他这个当行长的照顾过于贴心，避免不了会让人感觉怪异。

晚上，郑丽丽来看薛鸿依，薛鸿依为自己不能上班感觉很歉疚的样子，郑丽丽是个爽快人，劝薛鸿依静心养病就行了，不要多想。薛鸿依又试探地问郑丽丽告状的事，郑丽丽说她找行长了，她给行长说了这事与沙河路分理处的员工无关，郑丽丽还给薛鸿依说，她看出来了，行长说知道是谁干的是诈，实际他也不知道是谁写的。郑丽丽又说："知道又能怎样？不是啥大不了的事，说员工的工资低，我看说得一点儿都不错。领导是站着说话不腰疼，要向工资低的地市看齐，讲奉献也不是那个讲法！"薛鸿依听着听着笑了起来。郑丽丽问："你不方便活动，你吃饭怎么买来的呀？又没有人照顾你？"薛鸿依顺嘴回答："是钱……。"说了半截又把后半截咽到了肚子里，郑丽丽一听"钱"字似乎很敏感，马上注视着薛鸿依的眼神，薛鸿依随即避开了郑丽丽的视线。薛鸿依也不知道自己说漏嘴没有，她不想把钱红的名字亮出来，就连钱红来看过她的事她也不愿意提，她自己都不知道自己是不是心虚。

九

胡正强正在与顾宇江副行长商讨业务上的事，门卫来电话说有人找，称是市委宣传部的人，胡正强答应让其进来。一会儿工夫，来人敲门。胡正强把来人迎了进来，只听来人自我介绍道："你好胡行长，我是宣传部张部长的秘书，我姓王。"胡正强赶紧说："你好你好！"然后让座。

"是这样胡行长，我们张部长今天下午想去你们孟州商贸银行作一个调研，你看你能不能陪同一下！"

"可以可以。"

王秘书说："那你今天下午上了班到市委去吧，张部长等着你。"

下午上班时间一到，胡正强就已来到市委宣传部，王秘书早早就等着，看到胡正强后，就给胡正强倒水让座，并说让胡正强稍等，张部长马上就到。一会儿，王秘书把胡正强领到了一个没有门牌的办公室，一进门，张部长马上站了起来，紧握着胡正强的手说："胡行长你好，我是张伟民，可能是我们见面的机会少，早就听说过你，就是一直没有真正地与你聊过。"张伟民虽说是市委常委、宣传部部长，看来没有一点架子。"请坐请坐胡行长，我呀，得给你道歉了，本来我是下午想去孟州商贸银行调研，可忽然又有别的事了，多遗憾你看看，要不是我准备咱俩坐我的车，正好一路与你聊聊，你看，身不由己，这样，我想委托郑副秘书长代替我去，你看行不行，我尊重你的意见。"胡正强还能怎么说呢？只能说"可以可以"。看胡正强答应了，就又与胡正强聊了几句，"胡行长，虽然，我们不直接管你们银行的事，以后，但凡需要我们、需要我支持的工作，别管了，胡行长，你只需一个电话就行了，我对商贸银行是有感情的。你们商贸银行的人自律性高，我们有一个同学，原来也是商贸银行的，他在新中市，我们同学说有个什么行动时，准点儿到的必是我这个商贸银行的同学。我们政府部门的人啊，胡行长，这咱私下说咧，有些人工作很疲沓，要是都像你们商贸银行的工作作风一样，市委也就省心多了。呃，我光顾得说话了，小王，我那抽屉里有好茶叶，给胡行长沏上一杯，对了，左边抽屉里有新茶杯，给胡行长沏上捎到车上。"张部长的热情，就连王秘书都觉得部长的话像春风一样直暖心窝。

　　两个人又促膝长谈了一会儿，郑副秘书长进来了，张部长赶紧介绍。郑副秘书长与胡正强打过招呼后，对胡正强说："那我们出发吧？"两个人出门，张部长把他们送到楼梯口。

　　下楼后，郑副秘书长的车也已发动。各自上车后，两辆车一前一后出了市委大门，向孟州县奔去。

　　车到了孟州支行，刚一进院，就看见孟州支行一干领导都已在院中等着。车停下后，一个穿着西装打着蓝色领带的高个子一个箭步向前，打开了前车的门，这是孟州支行行长齐拥军。胡行长还没有顾得下车就用手往后一指，这时已有另一位副行长打开了后车的车门，郑副秘书长从车上缓缓而下，胡行长与齐拥军握过手后，赶紧把齐拥军引荐给郑副秘书长，郑副秘书长点了点头，在齐拥军的引导下，大队人马上楼到了二楼会议室。

　　二楼会议室，是一个长椭圆形的会议桌，也叫回形会议桌，当中摆放的是几盆塑料花，桌上已布置好了座签与水果。郑副秘书长与胡正强行长的座签在桌子一侧的正中位置，两个座签并排摆放，中线正穿过两个座签的当中。其他的人都在长椭圆形的会议桌两头与对面落座，还有一部分人坐在对面靠墙的位置。每个人都在翻着手中的笔记本，尽管会议还没有开始，还没有内容可记。

一个小青年拎着热水壶过来，先给两位领导倒水，然后看看周围谁的水杯空着，就主动向前问是不是要水。实际桌子上已摆放着瓶装水，考虑着天冷，就双配套，用热水为每一位参会的人添杯续茶。人们抬头看了看两位领导，胡正强行长还正在与郑副秘书长小声交换着意见。

胡正强行长终于开腔了："人都齐了吧？齐行长！"

"齐了齐了。"齐拥军半立起身回答。

"向大家介绍一下，这是我们青台市市委郑副秘书长，今天到我们孟州县行来作调研，大家欢迎！"胡正强说完，掌声鼓起。胡正强接着说，"我们孟州支行曾走过弯路，但我们市委领导仍然很重视我们的业务发展，这充分说明了市委对我们商贸行的关怀，这也不是仅仅对孟州支行的关怀，也说明了领导对我们整个青台市商贸银行的关怀。下边请郑副秘书长给我们讲话。"

郑副秘书长清了清嗓子，象征性地挪了挪话筒，微笑着说："孟州商贸银行的同志们，大家下午好，我受张部长、宣传部张伟民部长的委托，来咱们孟州支行做一下调研，调研的目的呢，一是想看看我们基层银行员工的精神风貌，二是来学习学习我们银行，啊，银行都是号称'铁算盘'是吧，来学习学习我们的工作典范。"郑副秘书长边说边扭头看着胡正强，胡正强脸上堆满了笑意。郑副秘书长又看看听会的人，每个人的眼角也都挂着微笑，大家都在掂量着领导的讲话内容，市领导原来也这么谦虚！

郑副秘书长讲到关键地方，把大家的心都说暖了。"大家知道，我们孟州商行曾出了一件让人痛心的事，但我们不能因为孟州出事，就把我们青台市商贸银行全盘否定，也不能因为孟州出事，就把我们孟州县商行的工作全盘否定，也不能因为孟州商行出事，就把我们孟州商行领导班子全盘否定。是不是？我们共产党人，要实事求是，是不是？我们市委也听取过孟州县委的有关同志汇报过，说以前我们孟州县商贸行的工作做得还是有声有色的，对我们县行领导班子的工作还是肯定的，包括我们原来县行行长白冰同志。是不是？"

郑副秘书长的眼光扫视了整个会场后,又继续说:"一个领导,也不管他是哪个级别的,看他是不是个好领导,不能看他犯没有犯错误,而是看他犯的什么错误。一般的工作失误,哪怕损失稍微大一点儿,那它的性质也不算太严重的,谁敢保证自己永远不犯错误呢?对犯错误的同志不能一棍子打死,是吧!如果有的错误,用你们银行的话说存在道德风险、道德问题,那就是另一回事了,是不是?……"

临到讲话快结束的时候,郑副秘书长笑着说:"再强调一下,我今天来不是做什么指示,做指示的活儿是你们市行省行的事,我只是来调研,顶多也就是连带着吹吹'风',大家有什么话,有什么好的建议都可向我提,我从市委的角度来给咱们的工作进行支持,好不好?"

会议结束,胡正强与郑副秘书长并肩下楼,下楼一看,孟州县委办公室主任在院里等着,县委办公室主任一看郑副秘书长走下楼梯口,急忙上前伸出了手,握手后,县委办公室主任解释说:"刚才书记们在开会,特意让我来接。我们不知道你来,刚刚听说。"郑副秘书长说:"我只是来作个调研,没必要再让你们全程陪同。"说罢扭脸对胡正强说,"那咱们到县委去吧?"这时齐拥军赶紧凑上去说:"胡行长,我们已经安排好了!"胡正强用探询的眼神看着郑副秘书长,郑副秘书长对齐拥军说:"谢谢你们,这次就不用了,我与你们胡行长到县委去,不去人家该有意见了!"

他们说是去县委,实际上直接去了酒店,也难怪,已到了下班的时候。到酒店后,一个体态臃肿的人已在那等着,这个人一看郑副秘书长进来,急忙伸手要与郑副秘书长握手,郑副秘书长竟然没有与他握,只是把伸出的手向后指了指说:"这是市商行的胡行长。"这个人一听赶紧握住胡正强的手说:"你好胡行长,我是县委的祁志远。"郑副秘书长补充道:"祁书记。"胡正强说:"你好祁书记。"郑副秘书长看他二人握过手后,才向祁书记伸出了手。祁书记一边握手一边对郑副秘书长说:"刘书记临时有点事,他赶不过来了,嘱咐我要陪好郑秘书长一行。"郑副秘书长向祁书记点了点头,又扶着胡正强的胳膊,向最里边的座位侧身挪了过去。

县委办公室主任把每一位的酒杯倒满后,问郑副秘书长:"郑秘书长,因为你没有到县委大院里去,你看看还需不需要见什么人?"祁书记也猛然醒悟似的说:"对,还需不需要见其他人?"郑副秘书长摆了摆手说:"我今天来的目标就是孟州商贸银行,今天咱这顿饭呢,唯一的客人就是胡行长，只要把胡行长陪好了，那就是我最大的心愿。"几个人同时笑了起来。祁书记于是说："那咱们就开始吧？"郑副秘书长兴致很高："好，开始。"

酒过三巡，郑副秘书长盯着胡正强，然后把头稍微压低，凑到了胡正强的耳畔，轻声说："胡行长，有一件事还需求你！"胡正强看着郑副秘书长只喝了三杯酒脸已通红，他在听郑副秘书长有什么指示。"原来你们这儿的白行长，白冰，因为买彩票案被免职了。这个事，他的确有责任，但是呢，我觉得他不是有什么渎职了、玩忽职守了等等，他呢，正是干事业的时候，如果一下把他贬到十八层地狱，是不是有点可惜呀？你说呢，胡行长。我的意思看能不能重新启用一下。"胡正强一听，犹豫了一下，然后说道："白冰这个免职的事，连省都知道，如果再启用，恐怕得经省行同意。"

"那当然，那当然。不过不管经哪一级同意，最根本的、从老根儿上说，咱们青台不同意，那哪一级也白搭，你说是不是？"

如果说胡正强对郑副秘书长这趟的调研认识，像雾里看花一样模糊的话，现在他算彻底清醒了，他终于明白郑副秘书长这次调研的真实用意。但这个问题对胡正强来说，还真是一个难题，因为他不是一般的提拔，一般的提拔，只要胡正强同意，基本上就没有跑儿，可这次郑副秘书长提出的人选是涉及一个重新任命的问题，胡正强不免感觉到有点儿棘手。

"这也是张部长的意思。"胡正强抬头看了一眼郑副秘书长，郑副秘书长用眼神向胡正强示意并点了点头，意思是确实是这样的。胡正强又看了看祁书记，祁书记正在向他传递着期盼的眼神。

胡正强为了坚持住自己的"底线"，还想做最后的"垂死挣扎"，强找理由地说："那来时张部长没有给我提这个事呀？"

"嘻！他好意思直接给你说么？在为他自家人说情，怕你为难不是？"

"他自家人？"县委办公室主任小声插话说："白冰是张部长的内弟。"胡正强现在如醍醐灌顶，他只知道泉溪县委书记吴兴林是白冰的表哥，他可从来没有听说过市委宣传部部长张伟民是白冰的姐夫。

这时的胡正强，好像长在他鼻子下边的嘴，根本就不属于他自己的一样，嘴里发什么音，他自己就根本无法左右。

这顿饭，不知道怎么吃到了最后，胡正强像做梦一样，直到饭局结束，他才像恢复了点儿意识。这时，郑副秘书长悄悄给胡正强说："张部长让给你捎来了几瓶酒，嘱咐我一定要转到，张部长那一副认真劲，你不知道，要不是人家张部长是领导，我都差一点没有笑出来。我心想，人家胡行长还能轻易驳回你的面子么？"郑副秘书长还没有等到胡正强表态，就急忙喊司机，司机会意，胡正强的司机马上被郑副秘书长的司机喊走了。

胡正强回来后，与几位副手通了通气儿，驱车去了省行。

白冰的事再次惊动省行高层。

薛鸿依出院后，精神状态比前些天好多了，也不是仅仅因为告状事件的思想顾虑被郑丽丽一席话给解除，更多的还是她得到了钱红的照顾，那种温暖长久地停留在她的心中，她感到欣慰、感到自豪、感到从来没有过的满足与激动，先不说钱红作为自己倾慕的男人给予的温情，仅仅作为自己的领导，能对自己体贴入微，就已经是自己最大的荣幸。

如果说男女之间生理上的交合是一种强大的黏合剂，那么心理上的交融更会让人无法自拔，薛鸿依虽然不知道自己在钱红心里究竟重几斤几两，但他钱红起码也是自己浪里风流中的俘虏。她下班后，给孩子老人做好饭，换上衣服，她身不由主地下了楼，在街上漫无目的地游荡。她走过川流不息的人群，逛着灯红酒绿的夜市，一切都无法在她脑海里停留，她只想着钱红那幅让她着迷的神态。

鬼使神差，薛鸿依不知不觉来到了行里，她老远就看到钱红办公室的灯亮着，她上来了，她要再光顾钱红的办公室。

钱红对她的到来既感到惊讶又觉得顺理成章，钱红心想，不管自己认不认，薛鸿依是自己生命中一个特殊的女人这已成铁定的事实，他给薛鸿依倒了杯水，没有泡茶，钱红总觉得女人是不喝茶的，以前如果为她倒过茶，那只是出于一种礼节罢了。

"你咋总在加班？"薛鸿依问。薛鸿依进来也不等钱红让座，就一屁股坐下了，她觉得自己可以在钱红这儿随随便便，她不需要再装扮拘束。

钱红说："晚走也不都是为了加班，我在研究我父亲的中药药方，每次寄药药方都在变化，我想从这变化中看出父亲需要什么样的疗理。"

薛鸿依微微笑了一下说："你能看出来那你也成大夫了，尤其是中药，又没有明说是什么功能。"

钱红心里一沉，悠悠地说："如果能救我父亲的命，我甘愿去改行当大夫。"这时薛鸿依也低下了头，钱红一看猛然醒悟自己是不是失言了，触到了薛鸿依的痛处，赶紧聊了几句其他的事。

薛鸿依说："不知道为啥，我这一段时间总是感觉心里空落落的，想找机会与你说话，又怕耽误你的事。"薛鸿依说罢抬头看了看钱红的脸。钱红没有接话，他不知道怎么接话茬，他也不敢接。

钱红看着薛鸿依，心率好像已稍微加快，他明知玫瑰尖刺扎手，但又经不住那香气袭人的诱惑。钱红今天忽然发现，薛鸿依长相还算耐看，也许是从前没有过多留意使然。他又把薛鸿依与陈梦寒对比，感觉两个人截然不同，前者像一块红烧肉，她不需要施放俊俏与艳丽，但吃起来很香；后者像一个熟透的红苹果，让人馋涎欲滴，但吃起来不知道是甜是酸。是啊，薛鸿依三十多岁，比自己小不到十岁，论年龄，差不多还算同时代的人，且薛鸿依与自己都是过来人，有些东西无须太多的磨合，就像跑了一万公里的车，远比新车好开得多；陈梦寒年龄才二十多，与自己相差二十多岁，是正儿八经的两代人，陈梦寒对自己有点儿痴情，这能看出来，如果与陈梦寒在一起，生活的路终究能走多远？也许是一个未知数。一个女孩，是一时兴起，还是真的爱入骨髓？这个疑问实际在钱红心中已萌生了很久，他怕陈梦寒是心血来潮，年龄的悬殊，会不会成为一条鸿沟？钱红感觉与陈梦寒的双向奔赴，酷似相爱的男女深陷的一场赌博。

薛鸿依看钱红脑子在走神，她也不吭声，就坐在沙发上，抿着水杯，盯着钱红看。她在猜想钱红的思绪飘到了哪里，她在看钱红最后是怎样把走失的魂魄再重新附体。她把水杯紧贴着自己的下颚，上身靠着沙发背稍稍后倾，目不转睛，纹丝不动，那种从沉思里溢出来的呆萌，如果拍成照片，准是一幅能获奖的摄影作品。可惜，她薛鸿依缺少的是观众。

钱红意识到了自己的走神，他扭头看薛鸿依时，发现她也呆得像一尊雕塑，好奇地与薛鸿依对视了几秒钟。

薛鸿依正要说什么，忽然听见敲门声，她多少有点慌乱，毕竟时间有点儿晚。随着钱红一声"请进"，门被轻轻推开，薛鸿依与来人对视，双方都愣了一下：

"郑丽丽！"

"薛鸿依！"薛鸿依急忙站起身与郑丽丽打招呼。钱红让座，郑丽丽盯着薛鸿依，竟然忘记了答话，半晌才反应过来。"鸿依，你也在这儿啊？"

薛鸿依说："我刚来，刚坐下，你也来了？"

"嗯。"郑丽丽不知道如何是好，匆忙地说，"鸿依，你先说！"

"不，我不急。"薛鸿依急忙说。

郑丽丽入了正题："钱行长，我就想说一个事，我们门前道路当中的护栏本来有人行通道，可是呢，他们最近给堵住了，这样的话，对面的居民想到我们网点办业务，就得绕到东西两个路口红绿灯那里，让客户绕这么远的道，这不人为地制造麻烦么？后来呢，我说人家交警是官方，胳膊拗不过大腿，封就封吧，反正全市都是一样，可近几天我发现，人家香满人间、其他银行所在的不同路段，都把门前封住的路口又重新扒开了。我有意打听打听是什么原因，一问其他银行的熟人，人家说是领导走了关系。也就是说，咱这儿要想重新扒开的话，得去交警部门活动活动才行。你说这交警，咋这么气人呢！"

钱红让其消消气儿，问道："交警支队具体是哪个部门管着，知道不知道？"郑丽丽怒气未消地说："好像是什么交通科技科，现在改成交通科技大队了，好像才改的。"钱红说："先别急，他既然已封住了，明天扒也是扒，后天扒也是扒，先观察观察，一是看其是不是做工作就能真的扒，二是看这是谁的主意，咱做工作也得找对人呀，究竟是交通科技大队管还是他的上级交警支队管，咱先弄清再说。明天我就先打电话问问，你看行不？"郑丽丽这才平静了一点儿。

郑丽丽接下来与钱红有一句没一句地聊起天来，郑丽丽一边聊还一边斜眼瞅着薛鸿依。薛鸿依虽然表面上看无事人一般坐在沙发上喝水，实际上她也在观察着郑丽丽，把郑丽丽观察得一清二楚。

郑丽丽与薛鸿依同在一个分理处工作，二人的关系也情同姐妹，可今天这个场合，二人的心理都发生了质变，也许女人天生就有嫉妒心，她们互相嫉妒对方出现在这个错误的时间错误的地点。郑丽丽在想：我是分理处主任，到行长这儿汇报工作还轮不到你薛鸿依，我来了，你该赶紧把你要说的话说完自觉地离开，然后我单独给行长专心地汇报。是的，薛鸿依在边上坐着看郑丽丽汇报，郑丽丽总感觉自己酷似没有穿衣服被看光光一般地难受，我汇报完了，偏偏不走，我就搁这儿聊天，我看你就坐那默不作声地等吧！薛鸿依也在想：我知道你是怎么猜想我的，好像我大晚上坐在行长的屋里不应该，你越是认为我不应该我就偏偏坐，看你怎么着？还一边汇报一边观察我，我今晚没有做什么违法的事，反倒是你，你在这儿一直磨叽着不走，必定心里有鬼。

三人聊天，主要是郑丽丽说话，钱红是配角，薛鸿依是听众。墙上挂钟的表针在不停地走，时间在随着表针不断流逝。

郑丽丽边聊边联想着近日发生的事，有的事似乎有一种特殊的味道，尤其是在人民医院看薛鸿依时，问薛鸿依谁买的饭，薛鸿依说了个"钱"字。而今天自己来到行长办公室，一看薛鸿依竟然在里边坐着，这一连串的事，郑丽丽越想感觉越蹊跷。郑丽丽想到这儿反倒觉悟起来，站起来说："那钱行长我走了，鸿依你与钱行长聊吧！"

薛鸿依也是个明白人，如果再待下去也略显出格，就站了起来，平淡地说："我也没有什么事，想问问行里关于住院报销的事，时间不早了，改天再说吧。"郑丽丽与薛鸿依一前一后地出了钱红的门。

两周后，白冰重新启用。

市行信用卡中心总经理王彦林调到泉溪县支行任行长，白冰调到信用卡中心任总经理，泉溪县支行行长刘强退居二线。

几日后，正式下文。

白冰复职的消息，像长了翅膀。

刘强四十八岁，离退居二线的规定年龄还差两年，既然领导做工作说服，哪有赖着不走的理儿。这几天，不管刘强心里多么难受，表面上，都是一副笑容可掬的样子。

刘强是一个不甘寂寞的人，但这次的人事变动对他的打击如五雷轰顶。就在前几天，他还是一个年富力强的青壮年，英姿勃发，风流倜傥，一个堂堂的县商贸银行行长；仅仅交接完手续的两天后，他感觉自己老了，如风烛残年一般。

青台市商贸银行每到四月份，就要召开一季度"开门红"总结表彰大会，今年的表彰大会上，长河区支行、长河区支行沙河路分理处都在表彰之列。

钱红作为先进典型上台发言，他的发言，打动了会场上每个人的心。他讲了薛鸿依的故事，感人至深。钱红讲罢，台下掌声雷动。

有人在台下悄悄地议论，怨不得王一飞行长当初说她三天两头请假，原来是迫不得已呀！

散会后，乘着兴致，沙河路分理处郑丽丽等几个人要求钱红请吃饭，当吃过饭，钱红又主动提出请大家唱歌时，几个人齐呼"钱行长万岁"。

他们去了香满人间。

穿过大厅，再走过一个长廊，右拐，上楼梯，上了楼梯才发现人家都是乘的电梯，他们不免暗自发笑。服务员问过房号后引领几个人来到对应的KTV包厢，进了包厢，墙上是面影屏，影屏对面是一溜长沙发，房子的空间比一间卧室大，比两间卧室小，六七个人活动还算阔绰。有人把瓜子、水买来了，钱红感觉自己没有尽职，大家也看出了钱红的意思，忙劝钱红不要管。

大家开始点歌，有的会点不会唱，有的会唱不会点，结果会唱的没有唱到自己拿手的歌，不会唱的是乱叫唤，大家胡乱喊了一阵子，兴头又转到跳舞上，有人主动邀请钱红起来跳舞。钱红的舞姿还算可以，他上大学时这是一门必修"课程"。

在钱红与人跳舞时，有一双眼睛在紧盯着他，只是包厢内的灯光有点儿昏暗，其他人不易察觉罢了，这双眼睛属于薛鸿依的。她不会跳舞，也不擅长唱歌，她只是默默地坐着，别人让她唱她也是婉言推辞。不跳舞她也不感到孤单，因为不会跳舞的不只是她自己，眼下只有钱红在与人跳，看得出，她在欣赏，也在嫉妒，她嫉妒每一个与钱红跳舞的人。钱红就像已被她薛鸿依画了圈，不管自己能不能得到，她不允许任何人染指。

"鸿依，请你跳个舞吧？"钱红的邀请声音打断了她的思绪，一看钱红邀请跳舞，既高兴又羞涩，还是难为情地站了起来，很自觉地把手搭在了钱红的肩头。"钱行长，我不会跳舞！"

"没关系，来，我教你。"薛鸿依只顾得随着钱红的舞步走，忘记了踩点儿，由于达不到"心灵契合"，难免要踩钱红的脚，但她的心里充满了幸福。

乐曲终了，钱红自然地拉住薛鸿依的手坐下，与她闲聊起来，薛鸿依说话时总是目不转睛地盯着钱红看，她也不顾及别人发现什么端倪。

忽然，一个人推门进来，直接坐在了沙发上，搂住了钱红的脖子："哥，我要、要沉船了，你、能不能、托起来我，救救我吧。"来人眯着眼睛，一看就是喝醉了，年龄也就二十三四岁，长得小家碧玉，衣着性感暴露。然后，她又想哭似的，"哥，我知道、我们陌生，我、我……"一个人站起来，把她从钱红身上拉开，拉得虽然不生硬，但拉得坚决，这是薛鸿依。

这个女孩依靠在沙发上，表情极其痛苦。这时，郑丽丽盯着这个女孩，惊讶得嘴都合不扰了，用手指着她，扭头对其他人说："她、她、她是泉溪县行的，她叫秦雪玲！"这时众人都看了过来，大家都觉得面熟。有人认出她来，说道："不错，她就是泉溪县行的，全市演讲比赛她得的是第一名。"女孩一听有人认出了她，猛地睁开了眼，迅即又合上，喃喃地说："你认错人了。"但就从她嘴里迸出的这几个字里已听出来她似乎一下清醒了许多。这时门外有人又敲门，不等回应来人就把门猛地推开了，大家扭头一看是一个膀大腰圆满脸络腮胡的彪形大汉，他抓住这个女孩像老鹰抓小鸡儿一样，提溜着就走，出门时还不忘记回头道歉："不好意思，她走错门儿了，走错门了。"郑丽丽想上前制止，钱红向她使了个眼色。

女孩被那个男人给挟走后，大家的脸色有点儿凝重。郑丽丽说："我记得很清楚，她演讲的标题是'我为自己是一位商贸银行的员工而自豪'。"大家纷纷附和，都说也记得，钱红似乎也有印象。钱红看了看表，天已经晚了，给泉溪县支行副行长郭法东发了一个短信：你们行里有一个叫秦雪玲的员工么？一会儿郭法东回复：原来是有一个，裁员被裁掉了。

待几个人退房出去的时候，路过了一个包厢，只见门敞开着，几个人下意识地往里扭头看，沙发上孤零零地躺着一个女孩，四仰八叉，头发凌乱，在熟睡。哦！这就是刚才那个女孩。

十一

一场小雨下来，薛鸿依的住房又开始漏雨。

她找物业已不是第一次了，物业总是推托。薛鸿依这次不依不饶，非要见老板，她特意看了看营业执照上的名字，她知道眼前的物业经理只是一个前台负责人，想解决问题非得找到物业老板不可。物业经理说老板不在，薛鸿依非要他的联系电话，物业经理无奈，只能说给了薛鸿依。薛鸿依拨通了物业老板的电话，但她忽然发现手机上出来一个人名字——王梅香。

"鸿依，多天不见了，你咋想起给我打电话了？"

"梅香姐，真的是你呀！我打的是我们小区物业老板的电话呀？！"

"是，是，不错，就是我的电话。"薛鸿依一听有点儿惊奇："你成了物业老板了？这是你的物业公司？"王梅香笑了，"我哪有这个本事，我也是打工的，只是管着这一摊事罢了。"薛鸿依说是不是给营业执照上那个人干的，王梅香说那也不是真老板，她只是挂个名字。薛鸿依好奇劲上来了，问王梅香："那真老板是谁呀？"王梅香压低声音说："真老板是石行长，他不让说，你知道就是了，千万不能说出去。"薛鸿依兴致来了，"就是宾西县那个石行长是吧？"

"对，就是原来宾西县石行长，他不是退居二线了么，人家开发的房地产，开发好卖完后，物业这一摊也是他的，但明面上开发商与物业不能是一家，他又用他姐的名字注册了物业公司，但他没有时间管理这一摊事，我不正好也退居二线了么，他听说了，就让我给他管理，原来关系都不错，石行长这个人挺好的。"

"梅香姐你才多大了啊，就退二线了？"

"哎呀，不小了，我都四十五岁了！"薛鸿依又问："那石行长还怪有能耐的呀，退二线没有几年，生意做恁大！"

"哎，哪呀，人家早就做，当副行长那时候就做着呢，只是人家保密好罢了，都说冰冻三尺非一日之寒，做生意就得早下手，那时候人家宾西行商贸银行放贷业绩好，石行长还受市行嘉奖，实际上都是贷给他自己，只是名字不是人家石行长的，谁都没办法，敢说人家不合规？"薛鸿依又问了一句："那你现在是不是比上班忙？"王梅香说："忙也不算很忙，但操心多，这儿的活真得操心，有几分劲得用几分劲，人家石行长把这么一摊子的事交给我了，这是对咱的信任，干好的话，从良心上也说不过去，你说是不鸿依？当然了，不能与上班比，上班那都是公家的事，我在公司部整天都没有事干，哪像这儿呀天爷吧！"

王梅香原来是公司业务部的副经理，退二线了，薛鸿依很敬佩王梅香，她认为王梅香人品好。

"对了，鸿依，你刚才说找我有啥事？"薛鸿依只顾与王梅香聊天了，竟然把正事给忘记了。不知怎么地，这时薛鸿依反倒没有气了且还有点不好意思，她把要找老板的目的柔声细语地说给了王梅香。王梅香一听赶紧安慰薛鸿依："鸿依，放心吧，小事一桩，给我说就行了。"

当天就来了工人，上了楼顶，把薛鸿依跑了多少天都解决不了的事当天就解决了。

薛鸿依房子的事解决了，心情格外舒畅，她到街上吃了点儿饭后，在慢悠悠地溜达。

"鸿依，你这么晚了要到哪去？"薛鸿依一听就是钱红的声音。"我去吃饭了，现在回家。"

"走，我捎你一段。"薛鸿依用不着与钱红客气，默不作声地打开后车门，上到了车上。

"我去过一次忘记了，你家在哪条路？"钱红问。薛鸿依半晌不作声，停了好长时间才说了一句："不知道。"钱红一听，赶紧放慢车速，向后扭头观察着薛鸿依。"没啥事吧鸿依？"钱红断定薛鸿依遇到不开心的事了。"钱行长，我想与你多聊几句行不？"钱红看出来薛鸿依情绪好像有点儿低落。

钱红开车绕了一个弯，来到河边，这条河是流经青台市的唯一一条河，名字叫沙河，河水很小，但政府在河里间隔地修了几条拦水堰，把水位抬高，河面变得宽阔起来，最终流到东湖。从东湖再继续流出的水，实际已成为一条小溪，向市郊流去。

钱红把车开到河边的一个停车场，停车场周围长满了高大的树木，树叶虽然刚刚长出来不久，就已是遮天蔽日，晚上，这个停车场灯光昏暗，阴森森的。好在有钱红在身边，她薛鸿依什么也不怕。

"钱行长，你看我漂亮么？"车停好后，薛鸿依问的第一句话就是让钱红对自己品评。钱红心想，这女人，怎么都是这一句话？回答道："漂亮。"

"那你说我哪漂亮？"

钱红说："你人实在，心眼好。人的心灵美，就会把人衬托得美丽无比。"

薛鸿依叹了一口气，悠悠地说："哎，我真想听你的真心话。"

钱红静默了一会儿，想不起来该怎样回答。

"你扭着头说话多么别扭，能不能坐后排，我又不是老虎，吃不了你。"钱红下车，开后车门上来，与薛鸿依并排而坐。

"钱行长，我感觉你总是躲着我，是不是？你为什么老是躲着我？我不理解。"钱红急忙解释："没有没有，我平时只是空儿很少，整天瞎忙活，所以对你的关心很少。"

"唷！"薛鸿依带着复杂的感情问，"你还知道对我关心？钱行长，你说这句话会让我今夜激动得睡不着觉的！"钱红听着薛鸿依的话味不对劲，便动了真情地说："鸿依，我不是不明白你，是我这个人不值得你这样关爱，我说的是真心话。"

"你这话是从哪说起呀？"薛鸿依问。钱红扬起脸看了看车顶，好像回忆着什么，语速很慢地说："鸿依，你看我这个人整天劲头十足，无论公事私事，都是满腔热情，那都是我伪装的一面，实际上我是一个颓废的人，我正在做的事情往往与我的初心不一致，我始终处于矛盾当中，有时自己想想为什么是这样，我自己也回答不上来。"薛鸿依看着他说："你是不是还在思念失去的妻子？对不起我提了不该提的事。"

"没关系。我也不知道。反正现在我的感觉是，我好像对所有与我亲近的人负不起责任，所以，我不敢有任何非分之想。说实话，我感到害怕！"

薛鸿依沉默了。

"钱行长，我们先不讨论那么深奥的话题，那些内容有时不能想，越想越无解。我们现在就说现实一点儿的问题。你比如——，你说，你说。"薛鸿依看着钱红要说什么，就想让钱红说下去。

钱红又刹住不说了，对薛鸿依说："没事，你继续说。"薛鸿依看了看钱红又继续说："你比如，钱行长，你现在一个人过，你不觉得少点儿什么么？"钱红回答："算是已经习惯了吧。"

"你胡说！"钱红惊异地看了看薛鸿依，在等着薛鸿依叙说下文。

"你是个男人吧？男人需要什么？你就没有生理需求？打死我我都不信。"钱红低头，沉默不语。

"钱行长，我对你很倾慕，但不是我非要死皮赖脸地缠着你，我有自知之明，你是行长，你的学历高，我不配成为你的另一半。但我是女人，我也有女人的需要，我靠近你，没有多想，只是那一点儿女人具有的小小需求，你不能给予我的，我不强求，但你能给予我的，你也那样吝啬么？我才三十多岁，有生理需求这不是天经地义的事么？我不感觉自己有了这样的心理就是无比丑陋，我多少时日了，没有得到这些，你知道，他在世的时候，我们已经没有了这方面的事，他的身体状况不允许。只有那天晚上，谢谢你，你给予了我想要的。从他离世后，我也再不想他，因为我已对得起他了，我感觉他的病把我折磨得苍老了十年。可我每天晚上却想你，想那天晚上的事，每想起来就激动得长夜难眠。人常说，男女之间一旦有这层关系，就不会刹闸，有了一次就有一百次，可你没有主动接近过我一次，我不理解，我不理解！"

薛鸿依趴在前座后背上，长时间不说话，钱红看不出来她是不是在抹泪。"钱行长，如果咱俩有一个不是单身，那我薛鸿依就是一个不道德的人，包括上一次咱俩在你办公室，我那一口还没有离世，那次也算我做得不对。可现在，我们之间无论做什么，也不算不道德。我承认，我只是为了一时的贪欲，你可能以后与别人结婚，我能不能找到另一半那是以后我自己的事。但只要你没有结婚，我就是你的女人，从你与别人结婚的那一天起，我会毅然决然地离开你，我薛鸿依绝不侵害你的家庭。"薛鸿依说罢，把手搭在了钱红的胳膊上，扬起脸盯着钱红的眼睛，柔声细语地说，"行不行，钱行长？"她一边说，蹙起了她弯弯的眉。

钱红沉默了许久许久。

车窗外下起了蒙蒙细雨，那是春天久旱迟来的甘霖。

夜，原来这么美好！

第二天，是一个艳阳高照的日子。

薛鸿依一进门，分理处的同事就听见了薛鸿依哼着歌声而来，郑丽丽忙着问："鸿依，有啥高兴的事呀，听你哼歌，这是太阳从西边出来了？"

薛鸿依一边打开双层门，一边竹筒倒豆子般地说起来遇到的事："刚才遇见一个算卦的，一边敲着梆子嘴里一边嘟囔着'世人皆醉，唯我独醒！'人家一看他是个算卦的，从后边叫住他说'先生来给我算一卦吧'，他向后扭头看了看人家，不理会，又继续敲着梆子往前走去，仍然念叨着那一句'世人皆醉，唯我独醒！'我看着他笑得肚子疼，有钱不挣他靠啥吃饭呀？"大家一听也确实觉得可笑，又有人说了一句："不错，我也见过这个老头儿。"

十二

钱红被王一飞叫去商量事，到了王一飞的屋子里，薛智卿、杨小妹也陆续进来。王一飞说："昨天刚刚下的通知，竞聘副科，昨天我一忙给忘了。报名条件刚才也已通过邮箱发了下去，现在我们需要做的一个事是推荐一个人，市行要求每个支行推荐一个人，推荐这个人不一定就会被市行看中，但可以作为参考。时间紧，我们呢，也不等着报名后依据报的名单来推荐了，我们现在就提前把这个人给定下来，你们说行不？"都表示没有意见。王一飞提出了三个名单，从中选一。这三个人是营业室主任徐莹、沙河路分理处主任郑丽丽、风险经理李绪凡，王一飞让钱红、薛智卿、杨小妹三人议一议，看看推荐谁。薛智卿问："郑丽丽的处分期限过了没有？"杨小妹说："早就过了。"薛智卿接着说："郑丽丽的业绩还是不错的。"王一飞看着薛智卿有推荐郑丽丽的意思，忙接话茬："郑丽丽能干是能干，就是干事毛手毛脚的，上次提拔她当主任，是因为市行王行长力荐，不清楚她与王行长啥关系，我们不能说谁有关系就推荐谁吧？是不是？当然了，王行长要是这次再说情，那咱也得考虑，问题是没有，所以我觉得她不太合适。"钱红不理解，既然你王一飞不同意推荐郑丽丽，你为何要把她作为推荐人之一来让大家议呢？钱红说："那徐莹呢？"薛智卿由于推荐郑丽丽被王一飞变相否决，钱红换了推荐目标。薛智卿不再发言，杨小妹是开会决策什么事从来都不先表态的，如果钱红再不坚持推荐徐莹，李绪凡就有百分之五十的概率被推荐，因为现在就看王一飞与钱红的意见了。钱红对李绪凡不感冒，郑丽丽与徐莹二人推荐谁钱红都同意，唯独不同意推荐李绪凡，钱红对李绪凡早已看透，他格局太低。钱红直截了当地说："我推荐徐莹。"王一飞一看钱红的态度，知道自己再说不同意徐莹，就显得自己太武断，且在薛智卿与杨小妹不表态的情况下，即使自己推荐李绪凡，也只能是一比一，还是解决不了问题。于是王一飞说："咱们投票吧。"

王一飞拿出一张白纸，一撕四份，每人拿去一份，填名字，折叠，混在一起，然后打开看，结果是：徐莹与李绪凡各得两票。总共四个人，实际上没有什么秘密，四张票，谁选的谁，几乎一目了然。钱红与薛智卿选的徐莹，王一飞与杨小妹选的李绪凡。

票数持平，无法决断。王一飞面无表情地说："先这样，等报了名再说吧。"

钱红回到办公室，手机响了，电话接了一个又一个，手机都接热了。钱红在想，市行每当提拔干部总是留的活动时间太短，要不是电话也不会这么集中。一会儿，有敲门声，让进来后一看是单独来活动的人："钱行长，这次竞聘我参加，请钱行长多多支持啊！"钱红自然是客套一番。

打招呼的人、打招呼的电话络绎不绝，钱红没有心思干别的事情了。

长河区支行报名的总共是十人，经市行审核剩余九名。这九名中，郑丽丽、徐莹、李绪凡在列，当然了，郑丽丽没有被支行班子推荐，成功率微乎其微。

下午临近下班时间，薛智卿来到钱红办公室对钱红说："王行长找我，做我的工作，说李绪凡如果这次弄不成，下次就没有机会了，因为他年龄不小了，与我商量看能不能同意推荐李绪凡。既然话说到这个分上，我能怎么说呢？我就同意了。"钱红说："这么说，你们三个都同意了，咱们是三比一！"薛智卿不好意思地低了低头。薛智卿又劝钱红："哎，不行就这样吧，你也别太固执，因为这事弄得太僵也不好看，再说了，推荐上去也不一定就有十分把握。"钱红看了看薛智卿没有吭声，这时薛智卿又压低声音说："听说王行长与李绪凡是亲戚！"钱红吃惊地看着薛智卿说不出话来。钱红终于明白了，王一飞也是像模像样地抬出来三个人的名单，原来郑丽丽与徐莹都是陪衬！

长河区支行正式向市行报送了推荐名单：李绪凡。

当然了，这个名单是直接报给胡正强，要是推荐名单被公开了，长河区支行还不得炸锅！

市分行这边也是在紧锣密鼓地进行"协商"。胡正强、魏贤志、王新悦、顾宇江、张正彪五人坐在四楼小会议室里拿着名单在看，办公室副主任刘利民出出进进，为各位行长端茶倒水。当刘利民走到王新悦跟前要给王新悦倒水的时候，王新悦一只手捂住了茶杯，头也不抬。这一幕正好被胡正强看见了，胡正强向刘利民使了个眼色，刘利民便把水壶放下，拧开门知趣地退了出去。

胡正强开始说话了："这次的竞聘规则还是老样子，每个人上台五分钟的演讲，然后全体打票，打票的权重还是我们五个占六十分，全体科级干部占三十分，市行员工占十分。当然了，只要我们班子成员思想统一，基本上就是我们决定，因为我们的分数占绝对优势，除非某人被全体科级干部与全体市行员工一致否定，我们班子成员意见又不统一，这样，就不是我们几个能左右了的事了，但是这种情况出现的概率几乎是零，是不是？现在呢，为了防止这种情况出现，我们班子成员统一一下思想，看看我们定哪些人。这次报名竞聘的一共是六十二个人，各科室、各行推荐的名单总共是二十五个人，这次副科的名额是十五个人，我们原则上是从这二十五个人员中挑出十五个，同时兼顾不在推荐名单上的其他的报名同志。我们现在首先看看，不在推荐名单上的人有哪个需要挑选到推荐名单里边，推荐名单里边的人有哪个现在就需要否决了，我们先画一下。"

胡正强手里拿着笔，一个行长一个行长地问，结果没有人说要删除哪个名单，只有需要添加的名单。几个行长都发表过意见后，名单增加到三十四个。

胡正强说："第一轮算结束，下一步，我们从这三十四个人中挑选出十五个。"大家都没有拿出怎么挑选出这十五个人的意见，胡正强想了想，对大家说，"本来我们的做法是有先例的，但在我们班子中有新来的同志，没有参加过我们以前提拔干部的过程，我再说明一下。现在有两种方法比较科学，一种是我们投票，每个人投出十五个人，最后根据得票多少来定；再一种方法就是每个人推荐三个人，我们班子五个人，正好推荐出十五个人。要是按照客观公平的方法我觉得还是投票，你们说呢？"大家都不说话。少顷，魏贤志说："不妨这样，我们先投票，看看投票结果，每个人再发表意见，如果结果理想，名单就用，如果不理想，就换方法，你们看行不？"胡正强说："倒是个办法。你们说呢，行不？"大家都点头，说可以试试。

投票后，画票，名单出来后，有的赞同，有的提出不同意见。

胡正强说："投票得出的十五个名单仍然作为蓝本，如果谁还有需要推荐名单之外的人，可把名单往前提，最后再按顺序把得票少的人员去除。"

胡正强说："如果都没有意见，咱就进行下一轮。贤志、新悦，我看刚才你两个有不同的意见，你们先说吧。"

魏贤志说了没有入选的两个人，他说一个是市银监局孙局长打的招呼，另一个是市政府王副秘书长打的招呼，这面子不能不给呀！

胡正强拈笔把两个人的名字记了下来。

接下来，王新悦说了没有入选的两个人，他说一个是财政局刘局长打的招呼，另一个是泉溪县县长韩佩增打的招呼。

这四个名单往前边一加，得票倒数四个名单就要拿下。这一看，张正彪不同意了，拿下的四个名单里边有两个都是他要推荐的人，胡正强让张正彪发表意见。

张正彪也说了被拿下名单中的两个人，说这两个人需要添上，并说出了打招呼的关系人。

胡正强又把这两个人添加到前边。胡正强这一捋，发现新挤掉的两个名单中有他需要推荐的人之一。说道："好了好了，再把李绪凡添上去，就这样定了啊！"忽然想起顾宇江始终没有吭声，问顾宇江："宇江，你有什么意见没有？"顾宇江摇了摇手，大概他需要推荐的人已在名单前列，不再担心。胡正强又说："那就这样定了啊！"

从表面上看，托胡正强关系的人并不多，实际上有好几个竞聘者都托了胡正强的关系，问题是有些人不一定就找一个行长，只是胡正强不先出手罢了，他让其他行长定，如果其他行长伸出援手了，就不需要他胡正强再出面说情了，或者是被其他几个行长都认可，打票分数超前，也就用不着他胡正强提出单独议了，这类人等于自然入了"内定"圈。至于说牵涉的外部关系，有的是真的，有的只是借口罢了，胡正强心知肚明，行长们之间自然是心照不宣。

胡正强看了看表，已是晚上十点钟。"那就散会吧，到时我们投票就投这十五个人就行了！"

投票定在隔天的周五下午进行。从这天的晚上到次日、到周五上午，在这段时间里，市行办公大楼直到五个行长的住宅，六十多个竞聘者的足迹覆盖了大半个城市，竞聘的战场暗流涌动。他们被一颗吊悬的心折磨着，但他们一个个都是无畏的勇士，战场上的拼杀是明刀明枪，他们却是在风浪里搏击而又不看不到海岸，这是一场没有硝烟的战争，每个人都自觉地把所有的艰难困苦深埋在遥不可及的未知里。

而行长们对每一位来访者心明如镜，知道哪位访客不能招惹、知道哪位求情者是自己篮中的菜。

六楼主会议厅座无虚席，工会上的人发票，票分红、蓝、白三个颜色，分别是行领导、科级干部、一般员工需要投的票。票上印着六十二个人的名字，每个人投票需在要选择的名单后划勾。一张票只能画十五个人，多画少画均为无效票。

很快，票画完了，人事与工会联合收票，会场上的人纷纷离场，行长们也走了。

唱票、监票、画票，一气呵成。

最后票要封包存档，经得住历史验证。

晚上，市行办公大楼的一楼大厅贴出了公示名单。

名单不出领导们的意料。

这样的速度让每个人都不会怀疑这次的竞聘有作弊的行为，只是有些多事的人总觉得哪里不对劲，感觉归感觉，现实中哪能真的跟着感觉走呢？

半月公示期过，行长们该讨论谁到哪里任职的问题，这个问题相对简单多了，领导班子几乎是在谈笑风生中商定的。原则上是：女同志就近任职，以部室为主，男同志到边远县支行去，把原来分到边远支行任期较久的同志调到市里。比如，李绪凡就分配到泉溪县支行任副行长，泉溪县支行副行长郭法东调到市行营业部任副主任。营业部主任虽然称作主任，但它与区行支行的级别是一样，重要但不亮眼。

新一批副科级干部陆续到任，也就意味着又有一批科级干部退居二线，这一批退居二线的科级干部们，正在经历一场思想变革。有的高兴异常，终于自由了，终于不再为那可恶的没完没了的指标任务愁眉不展了；也有的感觉到失落，就像一个正在奔跑的运动员，遇到了悬崖，没有缓冲的余地，忽然急刹车，浑身感觉不适，尤其是原来指挥着"千军万马"，现在要解甲归田，心里的落差，堪比黄果树瀑布。不同的人有不同的心境，不同的人却有一个相同的忧虑，那就是下一步干什么？男同志才五十岁，女同志才四十五岁，说起来应是干事业的黄金年龄，只是在商贸银行随着退二线的风气，心理上甘愿"沉沦"而已。退二线后一旦准备干自己的私活，哪个人都还是生龙活虎一般，只是这个奋斗目标极其难以捕捉。

十三

钱红洗漱后，就要上床休息，陈梦寒来了电话。他感到奇怪，平时来电话都是在刚下班的时间或者是吃过晚饭的当儿，今天为何这么晚了来电话？钱红打开手机问："有事么梦寒？"只听陈梦寒有气无力地回答："是不是，把你、吓着了？这么晚、给你、打电话。"钱红一听陈梦寒的声调，心立马悬了起来。"你怎么了梦寒？是不是身体不舒服？"陈梦寒说："没、没有。做噩梦了，气醒了，再也睡不着了，给你打电话，本来、怕把你、也吵醒，但，还是、憋不住、就豁着、把你给弄醒咧！"

"做啥噩梦了？"钱红问。从电话里听得到陈梦寒打了一个哈欠，再听她说话就好多了，只是这时的声调变得带哭腔了。"钱红哥，我做了个梦，梦见你了。"钱红问："梦见我什么了？梦见我咋就还不高兴了？"陈梦寒呜呜着说："梦见你跟着一个女人走了，她还挎着你的胳膊！"然后陈梦寒长时间静音。钱红开始催促："往下说呀！"陈梦寒说："完了。"钱红哭笑不得，问陈梦寒："什么？完了？就这？"电话里听出来了陈梦寒的惊讶："完了。这还不够？"钱红再问："你的噩梦就这么长？"陈梦寒生气地说："你还想让我做多长？"钱红哈哈笑起来，逗陈梦寒说："陈梦寒呀陈梦寒，这是我听到的，天底下，最短的噩梦！"钱红禁不住又在电话里大笑起来，笑得眼泪都快出来了。陈梦寒看钱红笑得都说不出囫囵话了，不解地问钱红："你咋就那么可笑，我咋就笑不出来呢？"钱红一听陈梦寒的认真劲，又憋不住笑了起来。钱红笑罢问陈梦寒："你是不是担心你梦中那个挎我胳膊的女的，会把我给卖了呀？"陈梦寒说："谁不怕呀！不过，不管她给你卖到哪，我都得想法把你给赎回来！"钱红问："你有钱赎么？"陈梦寒回答："有。你以为给你赎回来还需要许多的钱呀？"陈梦寒说罢自己咯咯笑起来。然后又补充说："不过呢，谁要是真的把你买走，我就是把我自己卖了也得把我钱红哥赎回！行了吧？"

钱红有意准备一些"正儿八经"的话题给陈梦寒说，"李绪凡到你们那当副行长了，知道吧？刚提的。"

"听说了，从你们那提的？"

"嗯。"

"这个人怎么样呀？"

"不要操那么多的心，反正他又不直接管你。"

"嗯，也是。对了，钱红哥，我问你，你说我漂亮不？"

钱红一听感到奇怪："怎么半晌不夜的问这个问题？"陈梦寒悠悠地说："我总感觉女人长得漂亮了也是罪过！"

钱红问："为啥这么说？"

陈梦寒叹了口气说："这分理处的人呀对我都很好，像桂芬姐了，王姐了，对我都很好，但是呢，我从她们的神态里看出，假设我要是长得不漂亮，她们会对我更好，长得漂亮成了我与人沟通的障碍。比如说，晚上下班了，我们几个在院子里聊，来了个熟悉的客户，就是种子站的人办业务来晚了，一看我们在聊天也加入了我们的行列，可是这个客户很烦人，老是盯着我说话，人家几个人陆陆续续地走了，弄得我很尴尬。"钱红说："可是你也不漂亮呀！"陈梦寒一听生气了，怒怼钱红："你烦人！！"说罢还带着撒娇的哼哼声音。等钱红笑过后，陈梦寒说："你得哄哄我。"钱红问："咋哄呀？"陈梦寒带着气还没有消的样子说："我不管！"钱红说："到时我给你买一串糖胡芦。"

"不，那是以后，我要现在。"钱红看了看表夜已深了，对陈梦寒说："明天还要上班，睡吧，不早了，行不？"陈梦寒也怕影响休息时间太长，对钱红说："那我就要你哄我一句话，我就睡觉。"钱红问："哄你一句什么话？我想不起来。"

陈梦寒撒娇似的说："笨！"陈梦寒看钱红还是想不起来说什么，便提醒钱红："我想叫你说 Baby！"钱红就跟着说："Baby。"陈梦寒说："不行，用中文。"钱红笑着说："我不知道中文是啥意思。"陈梦寒知道钱红在装，无奈地说了一句："我真是拿你没办法！好了好了，不聊了，睡吧！"钱红听到对方挂断，自己也挂了电话。

一般来说，新报到的领导在报到的当日，是不会停留的，他会借故再回去准备准备，停一两天再来。可是李绪凡报到后，就直接不走了，就开始工作了，弄得支行有点被动，泉溪县支行行长王彦林赶忙让办公室主任带了几个人掇弄他的住处。

李绪凡搬进去后，也不顾得收拾，他敲开了王彦林行长的门，对王彦林行长说："王行长，下午或什么时间你看我们是不是召开一个全体会？"王彦林一惊，丈二和尚摸不着头脑，盯着李绪凡，问："开全体会作甚？"李绪凡笑了笑说："大家互相认识认识呗。"王彦林："哦，这个哟，这样吧，我们凑个时间吧，要是单独为这事开会，怕有的网点赶不过来。"王彦林怕扫李绪凡的兴，又补充一句："没有多少人，我们就四个网点。"

中午吃过饭，李绪凡怎么睡也睡不着，不知道是换了新环境不适应，还是竞聘的兴奋劲还没有消散，他总是浮想联翩，本来他从家来时，夜里也没有睡好觉，他像打了兴奋剂一样，昂扬无比。他拿起业务报表，看了又看，看了半天也没有看到心里，他的心总是在空中飘着。

下午，他又敲开了王彦林办公室的门。"王行长，我想到各个分理处去看看，熟悉熟悉情况。"王彦林说："那你去吧，你给司机说吧。"

他先到了县城一个分理处。

他一进门，大堂经理走了过来，问："您是……？"

"哦，我是新来的副行长，来看看。"大堂经理说："哦，不好意思，我们也听说了，就是不知道您贵姓？"李绪凡一听不乐意了，他在想，连新来的副行长姓啥都不知道。他便没有好气地问大堂经理："你们主任呢？"大堂经理回答："她去见客户了。"李绪凡犹豫了一下，想想也没有啥意思，就甩袖走了。大堂经理一看新来的行长要走，也不知道咋说了，说"您慢走"也不合适，那是对客户的用语，要是说"您啥时候再来吧"也不合适，大堂经理还没有想起该怎么"送客"，李绪凡一溜烟没影了。

次日，李绪凡把想去圪塔营的事报告给王彦林，然后他想叫住办公室主任或者客户部经理陪同，有人员陪同方显得能压住阵脚。可是，李绪凡喊谁谁没有空儿。

办公室主任与客户部经理不是不愿意跟他去，是真的腾不出手。

李绪凡无奈，只能由司机开着车，自己一人去几十公里外的圪塔营分理处检查工作。

到了圪塔营分理处，去营业厅看了看，然后进院子。分理处主任吴桂芬要向李绪凡汇报工作，李绪凡从兜里掏出了笔记本。吴桂芬简单地把分理处的大致情况说了一下，有些具体数字她有意等待李绪凡问的时候再回答，吴桂芬没有料到直到汇报完，李绪凡也没有问。

李绪凡说："什么时候能把人都叫过来，我想强调几件事。"吴桂芬一听很疑惑，心想有什么事不能给我说？还非得把全体召集起来？吴桂芬很为难，她对李绪凡说："李行长是这样的，现在是营业时间，不能关门。中午下班时间她们好几个人都需要到乡政府食堂吃饭，如果去的晚了就没有饭了。你能不能把指示精神传达给我，我再抽时间传达给她们？"李绪凡说："一个也抽不出来么？"吴桂芬说，我去把对公会计叫过来吧，就她还能离开一会儿。"吴桂芬不想打电话叫陈梦寒，她要到营业室看看这会儿她能不能离得开再说。

一会儿，吴桂芬领着陈梦寒来了。待到她俩进了屋，李绪凡把目光落在了陈梦寒的身上："你也是我们商贸行的？"陈梦寒不解地说："是呀！行长。"李绪凡盯了陈梦寒好大一会儿又问："你是正式员工么？"

"是呀！行长，怎么了？"李绪凡转头问吴桂芬主任："你们没有外聘人吧？"吴桂芬笑着说："李行长，你真会开玩笑，我一个分理处主任有多大的权？你当行长的还不知道么？乖乖！我哪有那么大的权力呀！"李绪凡这时也不说工作上的事了，好像兴致来了，闲聊起来，吴桂芬被李绪凡刚才那一席问话给搞蒙了，现在才想起来向李绪凡介绍："这是我们会计陈梦寒。"吴桂芬又向陈梦寒指了指李绪凡说："李行长。"陈梦寒随即与李绪凡打招呼："李行长好！"李绪凡盯着陈梦寒说："我觉得你不像商贸银行的人。"吴桂芬暗自笑了笑，陈梦寒不好意思地看着李绪凡笑了笑。"你入职多长时间了？"李绪凡问陈梦寒。陈梦寒说："我是前年入的职。"

"你家是哪的？"

"我家是咱东边邻省的，只隔着一条河。"吴桂芬坐在边上感觉有点尴尬，打趣地说："李行长，梦寒还没有对象，你给介绍个对象呗！"李绪凡意犹未尽地应付："好说好说。"李绪凡又接着问："小陈，你说吧，你要找啥样条件的？"李绪凡这一问，问得吴桂芬坐在一边都不好意思了，吴桂芬在想：这个李行长咋就顺杆爬呀？她不可思议的是作为支行领导的李绪凡，说话跑题跑得也太远了！

陈梦寒也发觉李绪凡说话有点儿离谱，就大方地说："不要求啥条件。"然后故意把话题一转，"桂芬姐，你给我叫来是不是有啥事呀？"吴桂芬正要准备说什么，李绪凡赶紧插话说："是这样，我刚才看了看你们营业，我发现你们存在一些问题，我现在指出来，希望能引起你们今后的注意。"这时吴桂芬陈梦寒都在盯着李绪凡。"一是你们与客户交流用语，说'你'，这样不对的，应该说'您'；二是要用普通话，你们怎么能说方言？展示不出我们商贸行的形象。"

李绪凡说罢，吴桂芬与陈梦寒本想辩解，两个人交换了个眼神，又都沉默不语了。

陈梦寒看着李绪凡东一榔头西一棒槌的，她在这儿待着也没啥意思，就对吴桂芬说"桂芬姐，想问问李行长还有啥事没？我能走不？"吴桂芬转脸问李绪凡："李行长，能叫梦寒走不能？"李绪凡迟疑地说："好，好，你走吧。"

吴桂芬心里暗自发笑，这个李行长，也是想召集全体做指示咧，原来就两句话！她又想到陈梦寒，这个陈梦寒，真是让人嫉妒，不但人长得漂亮，说起话来也是滴水不漏。

李绪凡看着陈梦寒走了，还想问吴桂芬陈梦寒的情况，吴桂芬看出了他的心思，打断了他的话："李行长，中午在饭店吃饭吧？"李绪凡看了看表，还不到十一点，唯唯诺诺。吴桂芬说："要么找个男同志来作陪，喝一点儿？"李绪凡赶紧截断吴桂芬的话说："不，不，就是吃饭也不喝酒，男同志陪女同志陪都一样，我看你们这儿女将多呀！那个小陈平时在哪吃饭呀？"吴桂芬也不绕弯了，直接回答："马上就下班了，一会儿把梦寒叫过来，连司机咱们四个在街上简单吃点儿吧。"看得出李绪凡对吴桂芬的安排非常满意。

中午，四个人饭店落座。乡镇的饭店规模都不大，也谈不上豪华，能在这雅间里就餐，对远道的贵宾来说，在规格上就已是天花板了。吴桂芬边征求着李绪凡的意见，边点着菜。可李绪凡的回答三心二意的，他时不时地盯着陈梦寒看，总是像有很重要的话说似的，等说出来后也没有发现什么惊人的语句。陈梦寒也早已发觉李绪凡的眼神在飘，但她装作若无其事，有一句没一句地搭讪着。吴桂芬点完菜，把精力收回，才有暇与李绪凡聊了起来。

李绪凡问："你们对口的副乡长是哪一位？"吴桂芬皱了皱眉头说："对口的副乡长？我们分理处有对口的副乡长么？我还不知道。"李绪凡说："县里有对口的副县长，乡里也应该有对口的副乡长呀？乡里没有召集开过会？"

"没有呀，乡里给我们开会干吗？"李绪凡吞吞吐吐地说："省行行长到青台市，有时市委书记都陪同吃饭。"话说到这里，吴桂芬如醍醐灌顶，为难地说："李行长，你是不是想请乡政府来个人与我们一起吃饭呀？"吴桂芬说得很委婉，她话中不敢带"让副乡长来陪同"的字眼，那样说显得生硬，怕有怼人的嫌疑。李绪凡说："没有关系，来不来都行。"吴桂芬竭力解释说："李行长，不好意思，我们与乡政府的人都没有打过交道，我们到乡政府是两眼一抹黑，谁都不认识，有时在政府食堂吃饭，也见过不少人，但不知道他们都是干啥活的，很少说过话。"李绪凡看吴桂芬真的很为难，有点泄劲，便说道："算了算了，无所谓。"陈梦寒把头抵住两个交叠的手背，趴在桌沿，她已忍俊不禁。

在聊的过程中，吴桂芬发觉李绪凡的话题总是向陈梦寒的身上靠，吴桂芬便下坡推驴，就以陈梦寒为话题与李绪凡聊了起来。吴桂芬说："李行长看出来没有？我们梦寒很优秀。"李绪凡说："看出来了，我有个猜想，是不是你们这儿好些客户都是被小陈给吸引过来的？"吴桂芬笑着说："李行长是不是领教梦寒的魅力了？"陈梦寒也笑了笑，但笑得并不自然，她感觉李绪凡这句话很不中听。吴桂芬察觉出来陈梦寒的表情异常，知道李绪凡的话说得有点儿"错辙"，便转移话题。"听说李行长原来是在长河区支行？"李绪凡本不愿意聊自己提拔前的历史，就借题发挥说："要说从前，从前我是当兵，我曾在部队当兵。"

"那李行长当兵时也一定很优秀吧？"李绪凡来了兴致："优秀谈不上，但要说是一个好兵，实不为过。怎么说呢？当年部队大比武时，我曾把比武第一名给打败过。"昊桂芬说："唔嗨！那你不是比第一名还第一名的么？""遗憾的是，正当报名参加比赛的时候，我腿受伤了，没能参加。"司机插话了："那你咋知道能打败人家？"李绪凡不屑一顾地说："我与他打过！"李绪凡不知不觉地在桌子下挽起了一条裤腿，猛然感觉不妥，又重新放了下来。然后，李绪凡把当兵时怎样一气跑了三十公里、怎样一人扛起上百斤重的轮胎等等，向几个人炫耀了一遍。

　　"小陈，你找对象想找什么条件的？"李绪凡看陈梦寒始终未插话，想听听陈梦寒的声音。陈梦寒看李绪凡针对自己撂话题了，不说也回避不过去，便轻声说道："不要求什么条件，我自己条件不高。""不，"李绪凡说："必须找一个好条件的。你尽管说，我给你操心。"陈梦寒浅浅一笑作为回复。昊桂芬说："李行长，要知道，我们梦寒的眼光可高着呢！"李绪凡回答："起码得找一个副科级干部。"昊桂芬不以为然地说："那找一个正科不行么？李行长画的圈儿是不是也太大了！"李绪凡赶忙说："我说是起码，起码。"司机看着昊桂芬与陈梦寒对李绪凡有戏谑的成分，便想催促李绪凡快点儿吃，找了个话题说："李行长，我们下午还到其他分理处转不？"李绪凡看了看表，说了声"转"，便大口大口地吃了起来。

　　下午，李绪凡回到了县城。

　　返回的路上，李绪凡似乎意犹未尽，又想起了什么事，司机一看急忙说："咱赶紧回去吧，说不定哪个行长又用车咧！"司机说罢感觉话有点儿直，看了看李绪凡的脸，又解释说，"咱行里就这一辆车。"

十四

　　长河区支行。

　　自从钱红在市行表彰大会上发言介绍了薛鸿依的情况后，王一飞对薛鸿依转变了看法，在王一飞的建议下，薛鸿依被指定为职工代表参加市行职工代表大会。

　　薛鸿依按照通知要求的时间地点，准时走进青台市商贸银行的大院。薛鸿依正要迈上台阶走进办公楼大门时，忽然看见右边走来了范丽娜，她应该是刚刚从大楼后边的停车场过来。薛鸿依高兴得老远就喊了起来："丽娜姐！你也来开职代会是不？"范丽娜看了看薛鸿依淡淡一笑，挥了挥手说："你好。"薛鸿依正要等着范丽娜走到自己身边搂着她攀谈呢，不料范丽娜却停下了脚步，她在等市行办公室副主任牛静雯。牛静雯是办公室真正干活的人，她很有才，是行长跟前的笔杆子，只是她的名次排在刘利民之后，刘利民唯一的活儿就是绕着行长身边转，办公室具体的乱七八糟的事情也都是牛静雯操心。

范丽娜等牛静雯走近，搂着牛静雯的肩膀进了办公大楼。走了好远了，想起了身后的薛鸿依，向薛鸿依摇了摇手，迅即背过脸去。

薛鸿依一脸的茫然。她在纳闷，范丽娜怎么了？怎么像变了一个人？上次见面才没有多久，那时候还好好的。难道我做得有什么不妥，把她得罪了？可也不像！薛鸿依百思不得其解。薛鸿依一直思索着，她带着这个不解走进了会议室。

到了会议室，薛鸿依在会议室的一角挨墙落座。她坐下后望了望范丽娜，这时已不见她刚才并肩而进的办公室副主任牛静雯，薛鸿依在等待，她很希望这时的范丽娜能走近自己与自己并肩而坐，因为在以前的任何场合，只要范丽娜看到了薛鸿依，范丽娜铁定的要与薛鸿依簇拥在一起，但是，薛鸿依发现范丽娜用眼角的余光瞬间扫过自己，然后若无其事地挨着回形会议桌坐下了。薛鸿依一看靠墙的外层椅子上坐了没有几个人，而挨着会议桌坐的大都是科室经理及各支行的副行长，且已坐满了，薛鸿依不明白范丽娜为何非要选择里层的座位去挤。

会议开始，自然是固定的程序，办公室副主任刘利民"报幕"，行长讲话。待报过幕，薛鸿依一听，是王新悦行长在讲，这时薛鸿依才抬头发现，胡正强没有参加会议。

行长讲的啥，薛鸿依一句也没有听到心里去。下一个环节，让每个代表发言，不是必须，是自愿发言。

薛鸿依有话要说么，当然有，只是她不说了，她最关心的就是工资问题，但一朝被蛇咬，十年怕井绳，她再也不敢提工资的事了，哪怕人都饿死在路上，她也不再多事，大不了就去啃草充饥。

"我想提点儿意见。"这时，一个老员工站了起来，他是市行个金部的申放，听说明年他就要退休了。

薛鸿依抬头看了看，继续想自己的心事，过了好一阵子，思绪才回到会议会场，抬头看了看，申放还在发言。

"二是，我们行常提'减员增效'，我们已经撤点裁员了，我们青台市原来一百多个网点，现在撤得只剩下三分之一，裁下的员工数更不用说了，员工裁下的比留岗的多得多，'减员'，我们做到了。'增效'没'增效'我不知道，反正我们员工的工资没有提高，如果我们工资比社会上高好些，那也就算了，提高不提高也没有多大意见，问题是我们的工资不高，现在每到过年走亲串友，我都不好意思说我的工资，人家都知道银行的工资高，实际发多少我真的说不出口。'减员'干什么？是为了'增效'，'增效'干什么？'增效'增不了工资，当个屁用？"这时前桌子上有人扭头在向他使眼色，他左邻坐的人也挪向他的身边拉他的衣裳角。他也不听劝，接着说，"我有啥说啥，我不怕，反正快退休了。年轻的员工不敢说，他们知道了我替他们说这话，等将来有一天在街上碰面，起码他们不会骂我。"王新悦行长轻声说："别激动，该反映反映，别激动。"有人也附和着说："你这一说领导也知道了，说别的吧。"申放还意犹未尽地说："我觉得，衡量一个领导的好坏，不要看他摆什么花架子，理论一套一套的，没有用。衡量一个领导是不是称职，只有三条，一是员工的工资是不是上去了；二是向国家交了多少税；三是不是给所领导的企业打好了发展基础，这家企业有没有发展潜力。我觉得这三点儿最能衡量出领导的水平。"会场上出奇地静，也许在座的参会人听了申放的发言都在等待看领导怎么接话茬。

王新悦问："说完了没有？"

"别慌，最后一点儿（问题）。三是，我们今天的会是职工代表大会，我咋发现在坐的大部分都是领导呀？除了我们四个，大家看看，除了我们四个靠墙坐的，其他的都是部门经理副经理、行长副行长，下一次开职代会能不能增加员工的占比？"这时大家都互相扭头看。王新悦看了看人事部经理吴洪生，吴洪生看王新悦在看他，就插话说："是这样的，县行的员工代表确实占比少了点儿，市行的代表问题是本来科级干部占比就大，我们市行机关只说副科级干部就占百分之七十五，今天参会代表是依据干部与员工的比例来定的。"申放说："那也少，你算吧，她们俩是支行的员工，除了她俩，市行机关一般员工代表就我们俩。你看看部门经理副经理是多少人？"王新悦说："这个问题提得很好，下次要注意，要注意。"

这时心里最不是滋味的还数薛鸿依，因为她从申放的发言中才刚刚获知，范丽娜坐在里层位置的原因是她升迁了。薛鸿依暗自想，都怨自己的信息闭塞，青台市商贸行谁升官了，谁让位儿了，除了她本行的知道，其他行的人事变动薛鸿依一概不关心，但她错就错在该'关心'的人她却没有'关心'。薛鸿依想了很多，从范丽娜今天的表现上看，人呀，永远都分三六九等。

会议结束时，人们陆续走出了会议室，尽管参加会议的人也就三十多个人，但会议两扇门只开了一扇，且会议室门小，薛鸿依等着其他人陆续离开，她才跟在后边走出会议室。她在走出办公楼时本不想再与范丽娜打招呼，但范丽娜又搂住另一个副科级的肩膀，边聊边走，走走停停，没办法，又碰上了。这回反倒是范丽娜先开口，扭脸向薛鸿依打了个招呼，又继续与那个副科级掏心掏肺地窃窃私语起来。

十五

泉溪县支行。

李绪凡上次到各个网点巡视才过去没有多久，现在他又想"动一动"了，便向王彦林请示，说想去各个网点督促工作，得到王彦林的许可后，与司机一起出发了，但这次他选择了下午，且他的心思都在圪塔营分理处。

到了圪塔营分理处，昊桂芬把她迎接到住处或者叫作办公室，自然客套了一番，然后就谈工作。李绪凡这次来非常地和蔼，没有一点儿行长的架子，与昊桂芬像拉家常一样聊，东拉西扯一阵子后，不知不觉已到了快要下班的时间。李绪凡忽然提出想到营业厅看看，昊桂芬实际上已看出了他的心思，便大胆地与李绪凡调侃起来。"李行长，别去看了，那儿也没有啥好看的，现在柜员说不定正在盘库，一看行长来了，心一紧张，再出差错就麻烦了！这样吧，一会儿我还把梦寒叫过来吧，你不是想问一些数字么，我还没有她掌握得精准、全面，你看行不？"李绪凡一听，正中下怀，还特意做了一个他自认为很幽默的动作，竖起大拇指说："言之有理！"

陈梦寒来了，李绪凡象征性地问了几个数字，又与陈梦寒攀谈起来。昊桂芬对陈梦寒的待人接物非常赞赏，她稳健、周全。"李行长，今晚上喝点儿？"李绪凡看着昊桂芬撺掇，半推半就地说："哎呀，吃点儿饭就行，喝不喝酒都无所谓。"

昊桂芬又叫上分理处的两位男同事一起去，喊王姐等几个女同事，她们都一一谢绝。昊桂芬领着李绪凡，后边跟着陈梦寒、分理处的两个男同事、司机，向饭店走去。

菜上齐，男同事把捎来的酒打开，把酒倒满，开始边吃边喝了起来。李绪凡象征性地说了几句闲话，然后左拐右拐又拐到了陈梦寒的身上。"小陈儿，有对象没有？"昊桂芬立马把李绪凡的话截断了："李行长记性咋恁不好呀，你前几天来时不是刚问罢小陈这个问题么？咋又问起来了？"这时司机也笑了，对李绪凡说："李行长，你对小陈儿要是有话题就说，没有话题就不要搁住小陈儿一个人踹。""踹"是方言，是欺负人的意思。李绪凡一听司机说话竟然没大没小，脸一下红到了耳根，他有些生气，又不好发作，只能强忍下，抄起筷子狠劲地夹了几口菜塞入嘴中。两个男同事看着事情不对头，赶紧为李绪凡倒酒，又顺便恭维了几句。

昊桂芬说："李行长，两个男同事倒罢酒了，是不是我也得倒三杯呀？"李绪凡很顺利地迎合着昊桂芬倒来的酒。等昊桂芬倒过了酒，自然轮到陈梦寒倒酒了，不知道为什么，却迟迟不见陈梦寒有动静。她若无其事地翻看着手中的一张画报，时不时夹一小口菜，像是局外人一般。李绪凡的眼一直地瞟陈梦寒，现在是既想与陈梦寒搭讪，又因刚才让司机伤了自尊而变得畏首畏尾起来。

"哟！光看画报了，忘记给行长倒酒了，来，李行长，我给你倒酒，你喝几杯我就给你倒几杯，不为难李行长。"陈梦寒站了起来，一手端起酒壶，另一只手还恋恋不舍手中的画报。李绪凡赶忙站了起来，陈梦寒却说："哎！李行长不能站，站起来你把杯子往上一举，我看不见，有作弊的嫌疑。"李绪凡一听，赶紧坐到了座位上。

"梦寒，梦寒！"陈梦寒往门口一瞅，是乡政府许秘书。陈梦寒停下手中的活儿，走向门口，只听来人对陈梦寒说："来客人了，李乡长想让你去倒杯酒。"陈梦寒随着许秘书走了出去。乡里的饭店与城里的饭店不一样，就这么大个地方，饭店里不管哪个雅间坐着什么人，在这不太嘈杂的门店内，雅间门外一听便知里边是不是熟知的张三李四，所以陈梦寒在此吃饭是保不住密的。

李绪凡看有人把陈梦寒叫走了，出门时他还有意听了听来人说的话，没有听清，但他却分明听见了"李乡长"三个字，他因此也猜到了，那个所谓的李乡长在另一个包间有酒局。

一会儿工夫，陈梦寒过来了。"来来，李行长，接着进行。"陈梦寒连续为李绪凡倒了好几杯。这时的李绪凡已经有了几分醉意，他趁着酒劲，想多与陈梦寒聊几句，他要捞捞自己已"矜持"了好长时间的本。可唠什么？他还真的想不起词了，不知道为什么，在陈梦寒面前，他竟然有小学生见了老师一样诚惶诚恐的感觉，又害怕别人看出来他自己的不自然，便尽量装扮出居高临下的样子，可越装说话越结巴，气得他都想自己打自己的嘴巴。

"梦寒！"他不喊"小陈儿"了，他看着昊桂芬几个人都喊"梦寒"，他也跟着喊"梦寒"咧。"你想不想调到县城里边？"昊桂芬一听，马上警觉地看向了李绪凡，在听他说下文。陈梦寒一听他当着这么多人的面说这样的话，就先仔细研判他是不是喝醉了，然后笑着说："李行长，哪能不想呀？谁不想往县城调呀？"李绪凡听了陈梦寒的回答，又停顿了好长时间，难不是他说罢这个话又反悔了？这只有他自己知道，他是想用这句惊人的话来掩盖自己慌乱的阵脚。

李绪凡忽然灵机一动，说道："只要你能喝三杯酒，我让你调到县城。"陈梦寒对李绪凡又激了一将说："李行长，我听说过你的'来头'，凭借你的能力，把我调到县城里，是你举手之劳。我希望的是，李行长，我要是连喝六杯，你能不能把我调到市里头？"陈梦寒说的'来头'，是指他与王一飞有亲戚，但别人都不明白是啥意思。这时昊桂芬已插不上话，因为这样的话题她无法对接，已超出了她能调侃的边界。"好，梦寒，你喝，你喝！"陈梦寒也不管他是醉还是醒，反正这样的话题即使不赚也不会赔，便说道："李行长，你说话可得算数呀！"李绪凡说："算数！"不知道他是不是想让陈梦寒知难而退，好让他说过的话顺理成章地收回去，但他太小看陈梦寒了，酒桌子上这一班人，谁都不知道陈梦寒是经历过沙场的人。陈梦寒自斟自饮，一气儿六杯酒下肚，众人看呆。李绪凡惊叹地说："好酒量，没想到，没想到。"陈梦寒说："这还不是为了让你给我操心往市里调么？李行长，你如果能把我们分理处这几位同事也调过去，我再喝六杯！"陈梦寒说罢做出端杯状，问李绪凡："李行长，让我喝不？"李绪凡赶紧摆手说："算了算了。"众人笑，昊桂芬看陈梦寒话说得那么巧妙，不由得暗自赞叹。

　　李绪凡还有一件念念不忘的事，就是隔壁的什么李乡长。他刚才看到陈梦寒去倒酒了，觉得自己身为行长，更应该去倒，再说了，人家是正科，自己是副科，当然得自己主动了。想到这儿，便对吴桂芬说："桂主任，我想去乡长那倒个酒。"吴桂芬说："李行长，我看你没有喝多呀？我不姓'桂'，我姓'昊'，你看别人称我桂芬就以为我姓'桂'呀？那照你这样的逻辑，梦寒是不是还姓'梦'咧呀？"大伙都笑了，李绪凡也跟着笑。笑毕，吴桂芬却没有答话，李绪凡又问了一句："我想去乡长那倒一杯酒。"吴桂芬有意不接话，现在李绪凡撵着问，不接也没有办法，可自己也确实不知道怎样回答他。"李行长，我对那屋子里的人不熟悉呀！"李绪凡看吴桂芬如此说，便回答吴桂芬："那不然就让梦寒跟我去。"陈梦寒一听立马站了起来说道："不好意思，去趟卫生间。"陈梦寒说罢躲走了。吴桂芬这时的脸色很是不自然，她感觉李绪凡心眼缺数似的，暗自感慨，这李行长咋就掰不清瓣呀？便对李绪凡说了一句："李行长，你要想让梦寒跟着你去，你自己给她说，我真的与他们那边的人不熟，那边乡长陪的是谁我都不知道，再说了，我这小小级别怎么能够着与人家说话呀？"李绪凡不甘心，可能在想，那陈梦寒咋能够着去倒酒？

　　李绪凡的眼一直往外瞧，陈梦寒去了一趟卫生间，时间不短了，怎么还不回来呀？便给司机说："你去看看梦寒怎么回事，咋还不来？"司机没好气地说："李行长，你让我到女厕所去找小陈么？"李绪凡不吭声了，在座的人都用眼角的余光偷偷地瞧他。

　　"桂芬姐，我已把账算过了，谁要是再点啥东西，不要紧的，我再付款就是了。"陈梦寒露了露头，又出去了。

　　李绪凡思来想去，自己大小也是个副行长，与乡长无非就是正副级别之分，既然来到了圪塔营，不行，我得见见。他说着就站了起来，拎着酒瓶，走了出去。这时，吴桂芬为李绪凡捏着一把汗，正不知所措，陈梦寒走了进来。吴桂芬把陈梦寒拉到身边，与她耳语了一阵子，陈梦寒看着桂芬紧张的样子笑了，说道："只要我们看不见，就没有什么事。"吴桂芬一想陈梦寒说的话有道理，就安下心来。

　　眨眼工夫，李绪凡拎着酒瓶回来了。看得出，满脸的失落，坐在那足足有一分钟一句话也没有说。吴桂芬按照陈梦寒的话该干啥干啥，她只当什么事都没有发生。陈梦寒始终就没有抬头，仍然看着她的画报。

李绪凡第二天还真的找了王彦林，想把陈梦寒调到县城，他努力想把陈梦寒调动的事撮合成，并不是因为对陈梦寒做了信誓旦旦的承诺，而是从心眼儿里真的想把这样优秀的女孩调到县行或者起码调到离县行较近的地方，把这样才貌双全的员工"贬"到那穷乡僻壤去摸爬滚打，李绪凡有点儿怜香惜玉，于心不忍。

但他为稳妥起见，他找王彦林没有直接说陈梦寒的事，而是建议进行人员交流。王彦林一句话把他挡了回去，"以后再说吧。"

李绪凡想，关于陈梦寒调动的事在泉溪县不好办，那就找市行去。但他又一想，若真的把陈梦寒调到市里，自己又图的啥？那不与圪塔营相距一样远么？不，那也得试，起码落了陈梦寒一个好儿。在他心里，甚至陈梦寒的一颦一笑，都能勾得他魂牵梦绕。

他来到市行，到了王新悦副行长的办公室，王新悦正与市行营业部主任刘富敏交谈着，王新悦示意李绪凡先坐。刘富敏看着又有人来汇报工作，欲起身告辞，他对王新悦说："王行长，商议商议这个事吧，营业部主任这个称谓没有支行行长响亮，这在外头说起来既不顺耳又显得身份低微，工作麻烦点儿麻烦点儿呗，还是向省行通融通融把营业部的名字改一下吧，改成支行就顺理成章了。"说罢刘富敏告辞。

李绪凡说是汇报工作，没说几句就说到陈梦寒调动的事了。王新悦一听，原来"落脚点"在这儿，便对李绪凡说："人员调动的事，你找人事部经理去说。"

李绪凡到了人事部经理办公室，开门见山地说："吴经理，我想求你点儿事，看看能不能帮一下忙。"吴洪生问什么事，李绪凡便把自己的来意完整地说给了吴洪生，吴洪生听罢对李绪凡说："这事你得找行长呀，你找我有用么？你还不知道我这人事部经理就是具体办事的，再往好上说，就是行长拍板的事我来落实。你以为人事经理想调动谁就调动谁呀？你先回去吧，以后有机会我想着就是了。"

李绪凡看着事难办，就站起身子给吴洪生嘱咐了一句："等有机会你一定要帮忙啊吴经理！"吴洪生点了点头，啥也没有说。等李绪凡开门走出了屋，吴洪生不屑地撂了一句："傻屄！"

十六

胡正强接到省行电话通知，说戴玉龙行长来了青台，现在已在高速上。胡正强赶紧高声叫喊办公室刘利民叫车下楼到高速口，胡正强几乎是一溜小跑上了车。

奇怪了，平时来都是提前通知甚至前几天就已通知到位，这次怎么搞突然袭击！

到了高速路口，戴玉龙的车也正巧下高速。戴玉龙行长下了车，握手寒暄，也握了握刘利民的手，刘利民赶紧把另一只手也准备搭上去，可是就在左手伸出去的瞬间，戴玉龙的手已抽了回去。胡正强正准备在前引路，戴玉龙行长却表示没有去行里的意思，他问胡正强："你们最远的县是哪个县？"胡正强回答："是泉溪县。"戴玉龙右手一挥说："走，去泉溪县行。"两辆车一前一后去了泉溪县行，路上胡正强在纳闷，戴行长这次来竟然没有一个人陪同，感觉这次他来检查工作，非比寻常。

到了泉溪县行，支行全体领导班子出来迎接。戴玉龙没有上楼，在院中简单问了一下泉溪县的大致情况，便提出到圪塔营分理处去。几辆车直接到了圪塔营分理处，昊桂芬把省行行长、市行行长引到她自己的屋子坐下，然后戴玉龙问了问圪塔营分理处的经营情况，经营中遇到的问题以及今后的建议，昊桂芬都一一作了回答。昊桂芬总感觉自己说得不到位，便又把陈梦寒叫了过来。昊桂芬有个毛病，遇到上边来检查，都要唤陈梦寒过来，好像陈梦寒不在场就感觉心里没底一样。

陈梦寒进了门，找个位置坐下，这屋子一下挤进了五个人，显得有点拥挤。戴玉龙看着一个小年轻会计来了，又很感兴趣地问了一些相关问题。这时，王彦林来了，两个副行长一个纪委书记也都跟来了，大家一看屋子里容不下这么多的人，就出去在外边的院里站了一会儿，又准备去看看营业的地方。

戴玉龙一扭脸，看见陈梦寒还在后边跟着呢，问陈梦寒："你们的工资发多少一个月？"陈梦寒说："我本人的工资是八百元，大家都差不多少，年底还有奖金。"戴玉龙一听感到惊讶，问桂芬："才八百元？奖金多少？"昊桂芬如实回答了奖金数。戴玉龙脸色立马变了，问王彦林："你们柜员工资都这么低？这够生活用么？加上年底奖金也没有多少钱呀？"戴玉龙看王彦林不吱声，又转身对胡正强说："以前不是有员工把意见提到省分行了么？我不是转给你们让你们解决这个问题么？这还非得让我签字逼迫你们一个月发多少钱么？"胡正强靠近戴玉龙行长轻声说："如果每月发得多了，到年底奖金就不好出了，没有奖金无法激发员工的积极性。"戴玉龙行长生气地说："他哪怕额外工作一点儿不干，每月也得达到一千五百元不？一千五百元是基本的，没有奖金可发的话你们自己想法去！员工的基本生活保障还得让我这个远道而来的行长给你们说这么具体么？一个饭店服务员基本工资是不是一个月还拿一千多元，刚才我路过县城时看到门头上招工的横幅，写得明明白白'一千二百元加提成'，你们想过没有，没有我们员工勤勤恳恳的工作，我们商贸银行从哪来的收入？从哪来的利润？我们应该拍拍自己的良心，学会换位思考呀！"

胡正强急忙表态："我们改进，这一块事我们改进。"王彦林站在胡正强后头吓得大气不敢出。

戴玉龙走进营业厅，大致看了一眼，似乎也没有心思看别的内容了，扭头出去了，看得出，他的气还没有消。

然后，向胡正强一行人等交代了几句，饭也没有吃，直接抄近路上高速回去了。

晚上，钱红接到了陈梦寒的电话，陈梦寒的语调有点激动："钱红哥，我真的很佩服你，你看人真准！"钱红不知道陈梦寒说的哪门子的事，便问陈梦寒什么意思。陈梦寒说："你前些年见了这个戴行长，说好些人对他的作派都不感冒，耍官架子，可你认为戴行长这个人不一般，一是有气魄二是有正气，我今天对他的看法与你完全相同。"接着陈梦寒把戴玉龙来圪塔营分理处的调研情况说了一遍，陈梦寒说的时候学得有鼻子有眼儿的，惹得钱红忍俊不禁。

陈梦寒聊罢戴玉龙行长的事，又问钱红："你说来看我的话，到现在也没有兑现。不知道为什么，你原来要是不说这个话，我还真没有想过让你来我这儿，自从你提出了这个话题，我就一直盼着你来，我认为在这儿见到你与在市里见到你的感觉是不一样的。"钱红问："有什么不一样？"陈梦寒说："别问了，我也说不上来，反正想在这儿见到你。"钱红说："好，说话算数我去看你。"陈梦寒一听，喜不自禁，钱红从电话里分明地感觉到陈梦寒已心潮澎湃。

次日，陈梦寒正在乡政府食堂吃饭，听到迟来的王姐在喊："梦寒，有人找你，是从市里来的，现在在我们院里等着你。"陈梦寒一听，急忙狼吞虎咽地吃了几口，饭菜还剩余一多半，她再也没有心思吃下去了，与王姐打了个招呼就向餐厅外走去，出了餐厅，她几乎是一溜小跑出了乡政府院的大门。

陈梦寒走到分理处的大门口，就急忙往院里张望，她的心快要跳出来了，脸上早已是红光满面。待陈梦寒走进大院，映入眼帘的是王建国，陈梦寒不免有些失落。"你咋又来了？"陈梦寒轻声问。"来看看你，我来的趟数不算多吧！"王建国看着陈梦寒的脸，一副真诚的样子。陈梦寒不知道该把王建国领到哪地方说话合适，在自己屋子里吧，怕人家说闲话，到镇外一个较偏僻的地方吧，又怕人家指指点点。陈梦寒的思想并不是封建意识作祟，而是觉得因王建国让人家乱点鸳鸯谱不值。王建国的到来，并不让她烦心，平心而论，王建国还不算死皮赖脸的人，她也很尊重自己，只是在王建国的身上，陈梦寒找不到自己想要的那种发光点。

分理处大院的后一排房并不紧挨着院墙，从最后一排房的东头再往后走，是一个后花园，只是这个后花园不是种的花，都是各家一片一片的菜地，陈梦寒把王建国领到这个菜地头儿，两个人就站在那说起话来。

两个人当说到圪塔营太偏僻，不能一辈子待在这儿的时候，王建国说："我看你还是得想法子走，早走晚走都得走，晚走不如早走。"陈梦寒回答："那又有什么办法，调动的事是最难为人的事！"王建国还是建议利用一下马中伟的关系，他相信这事对马中伟来说，难不住他。陈梦寒说："我真的不愿意找他，我承认，像你说的，这个人也讲义气，他对人也不错，不然他的生意不会做恁大。问题是我烦他，我都不愿意看到他那一副嘴脸。"王建国劝道："有点儿小矛盾也正常，说开了就好了，不能因为一点儿小隔阂就记一辈子吧！"陈梦寒沉默，他在想这个王建国确实有点儿傻，但他这个傻劲倒让陈梦寒对他没有厌恶感。

王建国说："你要是不想找他，我去找！"陈梦寒一听眼都瞪圆了，他没有想到王建国能说出这么执拗的话。陈梦寒说："恐怕你找也是白找。"王建国说我现在就去，陈梦寒差点儿笑出声来，他大老远地从市里来到这儿，还没有说几句话说走就要走，陈梦寒越发觉得王建国脑子太单调了，怨不得商贸银行第一批下岗的就有他，哎，长就的这么样的人，你让他学他也学不会。

隔日，陈梦寒中午在乡政府食堂吃完饭，回到分理处大院。"梦寒，恭喜你呀，你成市里的人了！"王姐看见陈梦寒回来了大老远就喊。院里的住户一听陈梦寒回来了都从屋子里走了出来，露着兴奋的表情看着陈梦寒。吴桂芬对陈梦寒说："你调走了，调到市里了。好像是市行营业部吧！""哎呀，梦寒，以后到市里去找你可不能不认识俺哦！"出来凑热闹的人大部分都是家属或退休的人。陈梦寒这时的脑子好像是一片空白，谁说的啥，她是咋回答的，她根本就记不起，满脑子都是兴奋，她本来对王建国说的话就没有放在心上，总觉得调动不是一句话就以能办成的事，现在不但成了，更让她感到意外的是竟然这么快。

她悄悄看了看天，看是不是自己在做梦，天蓝蓝的。她知道，梦里是根本看不到天的。

十七

陈梦寒终于离开了这个穷乡僻壤。

陈梦寒到市行营业部报到，被分配到老市口分理处。住的地方还好，就在市行机关大院的西楼顶层，这一层是市行机关与营业部的单身员工宿舍，陈梦寒与市行机关一个尚未结婚的年轻员工一个房间。陈梦寒安顿好住宿，心里长舒了一口气，她这时的心情与上大学入校第一晚上的心情是何等地相似，她现在是一个真正的城市人了，从前在香满人间虽然也在市里，那时候的她只不过是这座城市的一个过客，彼时城市的繁华还不属于她陈梦寒。

太阳已落下，陈梦寒下了楼，匆匆向钱红家赶去，她不打电话，想给钱红一个惊喜。她走在大街上，感觉眼前的一切既熟悉又陌生，熟悉的是她曾生活在这座城市，陌生的是她还是第一次真正静心地来欣赏这座城市夜的灯火。

钱红听到敲门，打开一看是陈梦寒提着一兜子菜过来了，只见陈梦寒的双目熠熠生辉。陈梦寒进来后，一屁股坐在沙发上看着钱红边笑边说："我再也不回去了。"当钱红问清是陈梦寒调到了市里，着实让钱红既惊又喜。

陈梦寒问："是不是饿了？让我给你做饭吧。"钱红点了点头说："你做吧，真想尝尝你的手艺。"陈梦寒说："你这屋里太热了，有没有衣服让我换上？我可不想在厨房里把我这宝贵的衣服溅的都是油。"钱红一听陈梦寒找换穿的衣服，发愁了，心想自己的房子里哪会有女人的衣服！陈梦寒看出了钱红为难的表情，便说道："你在外边穿的短裤背心一类的都行。"钱红拿给她自己的短裤背心，陈梦寒接过后去卧室换上，出来让钱红看合适不，钱红一看愣住了，他的目光停在了陈梦寒的胸部。

陈梦寒发现钱红在盯自己的胸，也下意识地低头朝胸前看了看，一看不当紧，陈梦寒脸一下红了。在卧室里陈梦寒刚穿上衣服时，胸部的背心是在乳房上饬着呢，她一边往下拽一边走出卧室门，没想到自己与钱红的身高不一样，背心穿上有点儿长，这一拽几乎大半个乳房都弹在了外边，又加上她的胸围较丰，乳罩材质较薄，那屏不住的风韵让钱红看了个透。陈梦寒向钱红努了努嘴说："看啥了看！"便把背心又往上掂了掂，一头钻进了厨房。

饭菜上桌，几乎满满的一桌子。"我原来是会做饭的，只是近些年没有机会做，在乡里偶尔帮桂芬姐、王姐她们做一次，也就是打打下手活，今天希望你不要给我打不及格票。"钱红问："你做这么多，咱俩能吃完么？"陈梦寒不以为然地说："吃不完也得吃。"又像对钱红公布独家新闻一样补充道："知道不？只有多吃，才有力气，才有能量。"陈梦寒一看钱红笑了，笑得却不自然，赶紧补充说道："我的意思是说，就像写东西，只有多读书，才能下笔如有神。"钱红问："那你现在的意思是让我多读书呀还是让我多写东西呀？"陈梦寒一听狠狠地往钱红身上拧了一下，娇嗔地说："你烦人！咋学咧一肚子坏水呀！"

"快拿酒快拿酒！"陈梦寒一边催促钱红拿酒一边装作看着这一桌子菜垂涎欲滴的样子。钱红拿出酒，各倒了一杯，两个人一边吃着喝着一边聊着，陈梦寒把在圪塔营分理处甚至远到十八里乡分理处的故事一件件地讲给钱红听，陈梦寒言谈的幽默，彻底让钱红折服。钱红听得津津有味，时而哈哈大笑。

"咚咚，咚咚。"有人敲门。陈梦寒一听吓得像世界末日到来一样飞也似的往卧室里跑，慌乱之中她跑错了卧室，跑到钱红睡觉的卧室，陈梦寒一看，坏了，衣服不在！她"砰"的一声把卧室门从里边给锁住了。

钱红把门打开，只听来人说："抄气表。"等抄气表的走后，钱红敲卧室门喊陈梦寒出来，陈梦寒才慢悠悠地把锁拧开。钱红一看，陈梦寒那狼狈劲，就像战场上的残兵败将一样，陈梦寒抬头看钱红时，那眼神中的无助劲仍然昭然若揭。钱红笑了笑说："看把你吓的！"陈梦寒说话带着哭腔还不忘调侃道："我刚才自杀的心都有！"钱红更憋不住笑了起来，问陈梦寒："至于么？"陈梦寒这时也缓过神来，对钱红说："要是你什么人来我可咋办，我还穿着你的衣服，走错房间了也没有办法换衣服。"钱红安慰她说："我能有什么人？你不知道么我是单身！"陈梦寒缓了一口气，像是忽然明白过来。"那要是同事呢，你的其他熟人咧，哎呀，真的吓死我了！"她看着钱红，后怕地说："要是同事，我可真的说不清了！"钱红逗她说："你想说多么清？"陈梦寒笑着瞥了钱红一眼说："坏！"钱红又说："你就是换上了你的衣服你也说不清，大晚上的，你一个女人待在行长家在干嘛？"陈梦寒说："是副行长行不！"说罢，陈梦寒猛然感觉失言，怕伤了钱红的自尊，一只手抓住钱红的胳膊，另一只手从后边搂住了钱红的背拍了拍，想安慰一下钱红。可是拍的动作轻得让钱红给忽略了，他只感觉到一个女人从后边几乎是抱住了自己，那来自女人身上的一种天然的体香，侵入了钱红的大脑中枢，钱红迅速转过身，把陈梦寒一下拥在怀中。陈梦寒伸开双臂紧紧抱住钱红，把头埋在钱红的胸前。少顷，陈梦寒感觉钱红的胳膊收回了力度，这时，陈梦寒看到身后的墙上挂着一个镜框，镜框里的女人显然是钱红的妻子。陈梦寒松开了钱红，说了一声"你妻子很漂亮"便走了出去。

陈梦寒到另一间卧室换好自己的衣服，走了出来，对钱红说："你收拾吧，我有点儿不舒服，我走了。"便开门要走，钱红半天才反应过来，没有说话，向陈梦寒点了点头。陈梦寒打开门，回头看了一眼钱红，闪身出去了。

最近提拔的一批副科级干部，大部分已到位任职，还有几个因为特殊原因处于待分配中，其中就有范丽娜。范丽娜要求去长河区支行任职，市行行委会参考范丽娜的意愿，决定把范丽娜分配到长河区支行，但在征求长河区支行意见的时候出了点儿问题，王一飞不同意，不接受范丽娜。胡正强无论怎么做工作，王一飞始终不松口。王一飞称，让谁来都欢迎，唯独不愿意与范丽娜打伙计。胡正强问啥原因，王一飞拒绝回答不接受的理由。

王一飞拒绝接纳一事肯定是保不住密，最终还是避免不了跑到范丽娜的耳朵里。范丽娜可不傻，她是一个八面玲珑的人，她不会直接去找王一飞刨根问底，她找到了李绪凡，想问明原由。她之所以找李绪凡问，是她清楚李绪凡与王一飞的关系。

李绪凡哪经得住范丽娜哥呀妹呀的一阵哄，经过范丽娜的一套操弄，李绪凡乖乖就范。

但范丽娜太轻看王一飞了，王一飞对范丽娜的抵触，可不是一个小小过节那样简单，再难打开的结，也有解的一天，但王一飞对范丽娜的成见可是根深蒂固的。李绪凡对这件事也不知底细，他就很守信地去找王一飞，看看能不能通融一下，李绪凡与范丽娜并不曾有什么交集，只是在近时，李绪凡对范丽娜抛来了橄榄枝，凭借李绪凡那二两心智，又怎能拒绝得了！

李绪凡来到王一飞的办公室，先是汇报了一下自己近时的工作情况，论年龄，王一飞年长于李绪凡，论辈分，王一飞需要喊李绪凡'舅'，平时当着外人的面，李绪凡照样喊王一飞为行长，没有人的时候，李绪凡见了王一飞干说话不喊称呼，当然了王一飞绝对不喊李绪凡'舅'。正因为这样，李绪凡没有提拔副科级还在长河区支行上班的时候，还真的很少有人知道他两个这层关系。

现在当然李绪凡要向王一飞汇报工作，无论从年龄上来说还是从资历上来说，尤其是在商贸银行，没有王一飞哪有他李绪凡的今天。所以，李绪凡见了王一飞都是恭恭敬敬的。当李绪凡把话题转到了范丽娜要求来长河区支行任职的事时，王一飞一听，摇了摇手，没有丝毫的缓和余地。

王一飞鉴于二人这层亲戚关系，就把真话说出来了。王一飞看着李绪凡的脸，用手向门口指了指，压低声音说："她，你不了解，与她父亲一个德行！"

一提到范丽娜的父亲，李绪凡"闷顶"了，他对范丽娜的父亲连听说过都没有听说过。王一飞说："有些事，你不知道，不知道也好，以后记住少管闲事，把自己的事做好就行了。"范丽娜的父亲是商贸银行的老行长，早已退休，但是这个人可不简单，说他好的人能说得天花乱坠，说他不好的人能恨之入骨。他是一个让人捉摸不透的人，一些与他搁伙计的人都畏惧他三分。

李绪凡回去把这个失望的消息如实告诉了范丽娜。

十八

天已立秋，尽管白天还照样热得人们喘不过来气，但晚上的温度已好多了，不再是一动就一身汗的感觉了，郑丽丽等到分理处一天的工作结尾，如约与范丽娜去逛商场，范丽娜说非常喜欢郑丽丽身上穿的一件衣服，问清在哪买的后，就想让郑丽丽陪她一块去看看。

两个人进了商场一边逛一边聊。范丽娜问："你记不记得原来你营销的一批信用卡，说是假的，申办的客户都不是新源保险公司的人，因此你受了处分？"郑丽丽一听脸上马上没有了喜色，她说："咋着就不记得呢！哎，该倒霉，那个人拿了一堆资料，谁能想到他都是在外边找的人呢！那人用别人的信用卡透支后透支款又还不上了就被抓起来了，我又有什么办法？"范丽娜说："嘻，给你说吧，那都是真的，确实是新源保险公司的人，并不是商贸银行定性的虚假单位。"郑丽丽一听愣住了，"你说啥？是保险公司的人？"范丽娜点了点头。郑丽丽疑惑地问："你怎么知道是那个保险公司的人？"范丽娜笑了笑说："小姑子在那上班。"郑丽丽问："你小孩儿的姑姑？在那上班？"范丽娜又点了点头，紧紧盯着郑丽丽的眼睛。郑丽丽想了一会儿说："你怎么知道这件事？当时怎么说那个保险公司没有这些人呢？"范丽娜便把事情的原委向郑丽丽诉说了一遍。

当时长河区支行的风险经理是李绪凡，李绪凡办事倾向性很强，他当时负责透支催收。在他经办的催收案例中，许多资料都被李绪凡称为虚假资料，这些虚假结论是怎么得出的呢？用钱红评价李绪凡的话说，他习惯让客户做判官，也就是申办的真实性以客户说辞为准。比如，他到一家公司去催收，先问某某人是不是你们单位的人，他的问法很容易引起人家的警惕，人家反问他干什么，有的还以为他是地痞流氓，人家立马说"不认识""不知道""不是我们公司的人"，这种护短的情况很正常，换位思考，谁不偏袒自己身边的熟人或同事呢！还有的是公司新入职的员工根本就不认识几个人，李绪凡打听后只要得不到肯定的回答，他就断定透支户不是该单位的人，扭头就走。所以，经李绪凡催收的透支户中，出现了好多所谓的"虚假"资料。作为营销人，他接收的资料是不是真实，他自己还真的不一定心里有底，因为大多是经过别人转交过来的，对李绪凡判定的虚假也没有产生过怀疑。所以，问题的症结恰恰是李绪凡，他的判断依据就是客户的嘴，堂堂的商贸银行竟然让客户来判定资料的真实与否，这不是笑话么！

郑丽丽问："我营销的那些户中，能不能确定是那公司的人呢？"范丽娜说："当然能了，那些人名字我都让我小姑子看了，就是她们公司的人。

你想想，不是公司的人，人家会盖章么？那人家不成傻子了么？除非有一个例外，就是公章是假的，为了这些事私刻公章，恐怕概率不大吧？"郑丽丽点头称是。范丽娜又说："退一步说，如果真像李绪凡说的这么多的假资料，你又见过谁因私刻公章入狱了？"郑丽丽双手一拍说："哎呀，你说的真是这么回事！"

郑丽丽又问："那你当时咋不说呢？"范丽娜马上截断郑丽丽的话："我不知道。后来我出于好奇看都有哪家支行哪些人受处分了，无意间看到关于你的处罚文件中涉及的公司，因为小姑子在那上班，所以我很敏感，就把这些人名让她看，她说都是她公司的人。可当时我再说不合适，你也知道，我再说出来，那王行长、钱行长、李绪凡这些人……你明白，面子上多不好呀！我与你也不外气，我给你说实话，我与王行长、钱行长他们的关系很好的，我不能为了你这个朋友，得罪另一些朋友，你说是不是？"郑丽丽频频点头。

郑丽丽又自言自语地说："那么你说对我的处分是冤枉的？！"范丽娜说："丽丽，我把话说到这个分上了，我对你够意思了，有些事我不能说得太明，你懂得下一步该怎么办！"郑丽丽沉默不语。

范丽娜牵了牵郑丽丽的手，又向前挪动了脚步，也自言自语地说："嘻，丽丽，我发现你这个人太善良了，善良被人欺呀！哼！要是我，我是不会善罢甘休的！"

到了衣服店，范丽娜三心二意地看了看郑丽丽买的那件衣服，与售货员聊了几句，随意地找了个相不中的理由，拍了拍郑丽丽的肩，示意可以回去了。

"丽丽，我今天可是什么也没有给你说呀，要是你给我卖出去，我可对不起一飞行长钱红行长，尽管这些事是李绪凡办的，可负责的是他们。"郑丽丽让范丽娜尽可放心。

郑丽丽说："我得去找王行长，还得说说这个事呢！"范丽娜说："丽丽，这你就傻了，到时你会偷鸡不成蚀把米，把领导得罪了不还得给你小鞋穿？""那怎么办？"郑丽丽咽不下这口气。范丽娜说："听说快审计了，到时你可反映一下，咱不为别的，扣你的绩效工资总得返给你吧？"

郑丽丽陷入沉思中。

范丽娜第二天上了班，给审计上的王跃东打了个电话，她在电话里说：

"跃东，你看啥时候有空儿，有人想请你们审计一班人一块坐坐，她表示对你们的照顾很是感谢。"王跃东问是谁，范丽娜说："我也不认识她是谁，但她说她认识我，好像是什么公司的。"

次日，范丽娜去了审计办事处，蹭到了王跃东身旁说："哎呀，跃东，实在是不好意思，我弄清了，是新源保险公司的人吵闹要请吃饭，今天又给我打电话说，他弄错了，请的是王一飞、钱红两位行长，说是李绪凡帮他们忙了，好像是说他们信用卡透支以假冒为名给核销了，我也说不清。我说你看你弄得多不好，这边我都给俺审计上的人说罢了，你又改家了。"范丽娜说这话的时候声音很高，屋子里的几个人全都听得一清二楚。范丽娜说罢就要走，并说："不与你们聊了，我走了，真是啥稀罕事都有！"

王跃东本来与钱红就有过节，听范丽娜这一说，像猫嗅到了鱼腥味一样，范丽娜走后，他立即来到皮青山办公室汇报信用卡核销发现有虚假线索。

下午，审计队伍开进了长河区支行，经过内查、外调，查清了原来新源保险公司一批员工办卡，说是假冒给核销了，实际上不是假冒。原来处理假冒办卡时问题并不是多么严重，无非是经办人郑丽丽没有做到亲见客户签名，对郑丽丽的处分并不涉及行长，而现在已核销，问题就不是那么简单了，性质有点儿严重，不仅仅是经办人李绪凡有责，主管行长钱红、一把手王一飞都脱不了干系。

问题很快反馈到王一飞那里，王一飞坐不住了。王一飞害怕的不只是他自己有责，自己无非是受到警告处分，反正自己也不准备晋升，且干不几年就该退居二线了，他最担心的是涉及李绪凡、钱红，尤其是李绪凡。李绪凡在这件事上是最主要的责任人，这是板上钉钉的事，究竟问题多严重、处理到什么程度，王一飞心里没有底。李绪凡提个副行长不容易，现在才刚刚提升没有多长时间，因为这事栽跟头，就太可惜了。钱红这个人很正直，尽管有些事他不善于变通，显得灵活性不够，但这人品质不错，王一飞从心眼儿里对他还是比较认可，处理钱红也不是他希望看到的。

王一飞与皮青山本来关系也不错，按理说通融起来也应该不太困难，但问题是皮青山就像山中的"大虫"一样，嗅不得血腥味，一旦嗅到了血腥味，他会把其他所有的都置于脑后，全力去撕扯目标中的猎物。只要在业务上查出了一点儿问题，他会像发现新大陆一样找到了兴奋点，这时什么关系他都不会顾忌，他能做到六亲不认。

王一飞在屋子里抽着烟，一根接一根。一会儿踱步，一会儿坐下陷入沉思之中。

还好的是皮青山遇到这样的"局"，他不慌忙处理，他会静默一阵子，他这个节骨眼儿上的静默，也会让你有逢凶化吉的机会，也会让你倍受煎熬，不管你在这段时间内怎样地挣扎，他皮青山都会居高临下地审视着你，悠闲地吐着他那缭绕的烟圈。

郑丽丽原来想得简单，只是希望能把她扣掉的绩效工资补给她，处分撤不撤无所谓，这事又没耽误她提拔分理处主任，在审计人员来调查时，她并没有多说什么。但审计办好像是有目的而来。郑丽丽并不知道，范丽娜在审计部门已暗自发力。她现在想补救，但此时局势已远非她郑丽丽所能左右得了。郑丽丽听闻这个事情闹得有点儿大了，她后悔了，她最怕涉及钱红。

十九

陈梦寒在嘀咕王建国，这个王建国是傻得出奇，从圪塔营回来的那一天就已经告诉他调到市里的事，几天了，自己不给他打电话他竟然也不给自己打个电话问一声，这样的人到时候娶个媳妇在他眼皮子底下被人给拐跑了，恐怕他也不知道去找。也许是王建国怵陈梦寒，假若王建国在陈梦寒面前真的是畏首畏尾，那么陈梦寒会对他更加不屑。

陈梦寒一边思考着一边拿起手机，把电话打给了王建国，陈梦寒约他出来吃饭，说是约实际没有那么郑重，约是提前说的事，她陈梦寒打电话却是让他现在就出来。王建国听到陈梦寒约饭，高兴异常，说马上出来。陈梦寒打罢电话，正在往饭店走，有一个陌生电话打了过来，陈梦寒问："请问哪一位？"

"是梦寒么？你调过来了是么？我是李绪凡呀！"

"哦，李行长唷，你好李行长，有事么？"只听李绪凡比他自己调到市里边都高兴，说道："哎呀，我去找了人事部经理，也找了行长，我原来还以为他们不当一回事咧，没想到这么快他们就兑现承诺了！"陈梦寒一听蒙了，他曾去跑了自己调动的事？不错，他酒桌上确实说过，不过陈梦寒可没有当一回事，今天，他来邀功，按理说应该不会平白无故，那么说自己的调动到底是王建国的功劳还是李绪凡的功劳？不可能，他李绪凡没有这么大的能量！但陈梦寒又不能绝了他的好意，只好敷衍地说："哦，谢谢你李行长。"

陈梦寒的一句谢谢，并不是发自内心的，但李绪凡却牢牢地记在心上、喜在眉梢。李绪凡又想既然人家把陈梦寒的事给办成了，对几位领导们总得有所表示。

他晚上，拎了两瓶酒，找到人事部经理的家。进了门，说明了来意，人事部经理吴洪生一听非常客气地让座。吴洪生前几天还在暗自思忖，这个李绪凡的能量还真是不小，他找自己来说陈梦寒调动的事，自己把他给推了，让他找行长本就是一句托词，没有想到他还真的把行长给说动了，莫非他与王新悦有什么关系？看来李绪凡这个"傻屌"还真的不能低估。

吴洪生知道了李绪凡的来意，说道："哎呀，绪凡，调动人的事，是最麻烦的事，好在现在办成了。你看你，不必客气，只要能帮上忙的事，我能不帮么？只是没有十分把握的事，我是不会许诺你的。"李绪凡赶紧说："是的是的，吴经理，你真是费心了！"李绪凡丢下东西，千恩万谢地出门走了。李绪凡走后，吴洪生弯下腰一看，发现李绪凡拎的两瓶酒还没有人家办婚宴用的酒上档次。

李绪凡从吴洪生家出来，马不停蹄，又拿着东西去了王新悦的家，他轻轻敲了敲门，开门的是一个中年妇女。"请问您有事么？"李绪凡点头哈腰地说："请问王行长在家么？"中年妇女把他让进屋后便向里边的卧室走去，她向里边喊："老王，有人找。"王新悦从里边出来，一看李绪凡，说道："你好，绪，绪凡。你坐。"李绪凡重新坐下，对王新悦说："王行长，我来就是说陈梦寒调动的事，已办罢了，谢谢你，谢谢你！"王新悦一听，皱起了眉头，忽然想起来，前一段他曾为陈梦寒调动的事找过自己，把他给推了。可陈梦寒调动的说情人，与他八竿子打不着呀！中年妇女大概是王新悦的妻子，她给客人倒上水，就自顾地回里间去了。王新悦不解地问："你与陈梦寒啥关系？"这一问把李绪凡问卡壳了，李绪凡只能硬着头皮胡扯道："表妹。"

"表妹？"王新悦看着李绪凡怔了半天，李绪凡以为自己的说辞露出了破绽，脸上虚汗直冒。

王新悦不是发现了什么破绽，而是在想李绪凡扯出的关系链。前一段，段红丽给王新悦打电话说陈梦寒调动的事时，说的是省里的"大人物"打的招呼，至于这个"大人物"是谁，王新悦也没有多问，也不便问，她段红丽神通广大，这并不稀奇。陈梦寒现在就是一个普通员工，也没有特别需要关注的点，问题是李绪凡是个副科级干部，他是陈梦寒的表哥，那这个李绪凡应该不简单，是不是与省里哪个大人物有瓜葛？

段红丽所谓的"大人物"是谁？纯粹是子虚乌有，那么段红丽为何要杜撰一个"大人物"？是不是想用"大人物"来压王新悦以便陈梦寒调动的事能顺利办成？非也！拿段红丽与王新悦的关系，想调动一个普通员工，那是一句话的事，杀猪焉用宰牛刀？那么段红丽又是何种用意呢？实际上她是想一石二鸟，她杜撰一个省里的"大人物"，说明她在省里有"通天"的关系，你王新悦的大哥不是省里的发改委副主任么，我段红丽说不定还有能管住你副主任的关系。这样，你王新悦也得敬我三分！这就是商人的思维。

马中伟在创业的时候，只是用段红丽的名字办理营业执照，他根本就没有看好段红丽，说段红丽是啥也不懂，但马中伟后来才发现自己看错了，她段红丽身上的潜能不容小觑，许多马中伟办不下来的事，在段红丽手中办成了，小鸡不撒尿，各有各的道。业务上段红丽不操心，但打个外差、抛头露面的事马中伟甘拜下风。

王新悦想到这里，脸上马上露出了笑容。"不用绪凡，你看你又跑一趟，原来你说过这事，当时我觉得你得先把这事给人事上反映，这样我才好出面，调动人的事，很敏感，好了，我也不留你了，吃过饭了吧？"李绪凡忙说吃过了。"以后有啥事，说就行了。"李绪凡正要挪动脚步，王新悦扭头一看妻子手里拎着李绪凡拿来的东西，马上明白："快把这些东西拎走，可不兴这。"两个人谦让了一阵子后，李绪凡只好把拿来的礼物又拎回去了。

李绪凡觉得为陈梦寒调动的事尽心尽力了，陈梦寒无论如何得有所表示，但李绪凡还真的不贪图她陈梦寒的金银财宝，只是希望陈梦寒能记住他的好就行了。记住他的好？记住记不住他李绪凡又怎么能知道，他又不是陈梦寒肚子里的蛔虫，他不甘心，他要约陈梦寒，他想探探底。

陈梦寒如约而至。她上了李绪凡的二手捷达车，一上车，陈梦寒闻到一股非常难闻的味道，她差一点儿就想捂住鼻子。

"梦寒，你的事终于办成了，我心中这块石头也算落地了。"陈梦寒警觉地看着他说："哦，谢谢你李行长。"李绪凡看陈梦寒回答得心不在焉，多少有点儿落差，又说，"我为此去拜访了吴经理，去回谢了王新悦行长，王行长还嘱咐让你好好干，我说我一定要告诫她踏踏实实地干活，向王行长作了保证，让他放心。"陈梦寒一听这话音有点儿不对劲，"告诫"自己、还替自己"保证"、还让行长"放心"，陈梦寒越想越一头雾水，便问李绪凡："李行长，你给王行长就这样说的？"

"是呀！咋了？"李绪凡不以为然地反问陈梦寒。陈梦寒停了几秒钟又问："那你给行长说为什么要为我操心，你说的咱俩啥关系？"李绪凡说："我说你是我妹妹。"

"啊——！！"陈梦寒一听差点儿惊掉了下巴，李绪凡赶紧又改口说："是表妹。"

"那也不行啊，你可真敢咧咧呀李行长！"

然后，陈梦寒静默下来，她什么也不想说，眼睛盯着车外，青台市已是华灯初上。陈梦寒的态度让李绪凡的心情一落千丈。他不知道陈梦寒在思考啥，但可以肯定的是陈梦寒对自己没有那么感恩戴德。

这时，李绪凡闻到了女人身上特有的一种芳香，这种让人神魂颠倒的味道好像他李绪凡从来没有感触过，陈梦寒身上仿若有一股仙气，让李绪凡情欲四溢，欲罢不能。

陈梦寒在想，自己的调动明明是王建国找的关系，与你李绪凡有何干，也相信李绪凡去找领导了，那只不过是别人铺好了路，你上去踩了几脚就是了，陈梦寒感觉李绪凡的邀功是多此一举。

李绪凡看着陈梦寒长时间不吱声，有意想打破气氛的尴尬，嘴张开了，却还没有想好词，硬嘣出了一句："梦寒，你真美！"

陈梦寒一看李绪凡说话有点儿不着调，再次说了声"谢谢你这事"，就准备下车。"李行长，我要走了，我还有别的事。"李绪凡想拉住陈梦寒的胳膊，表示还有话没有说完，被陈梦寒机警地甩开了，陈梦寒说了一声"改天再说吧，我走了啊李行长！"便扬长而去。

李绪凡看着陈梦寒远去的背影，心情失落到极点。正在这时李绪凡的电话响了，他也没有看是谁的电话，没好气地说："说！"

"你在没在市里？赶快上我这儿来一趟。"李绪凡一听是王一飞的声音，急忙发动车，一溜烟地离开了。

屋漏偏遇连阴雨，陈梦寒的事本来已让他大伤脑筋，现在一听王一飞说的事，李绪凡脸色煞白，他提着东西通过办公室副主任刘利民提供的信息，找到了审计办主任皮青山租住的地方，皮青山不是本地人，他的居所是租用的。李绪凡上到皮青山住的楼层，正要识别房间号，看见钱红已在那等着。他与钱红低声打了招呼，很明显，他们找的一个事。钱红说敲门好像没有人，李绪凡又上去敲了敲，还是没有人开门，到底是无人还是不开门，不得而知。他们下去看了看楼窗，也不见里边有亮光。

第二天，钱红、李绪凡又找到皮青山的办公室，办公室也是没有人。问审计办的人，都说这两天没有见，实际上皮青山真的不在。

李绪凡把没有见到皮青山一事汇报给王一飞，王一飞一听不得不把这一情况汇报给市行行长胡正强，胡正强考虑这事要是真的等审计办下结论，恐怕涉及人太多，到那时就被动了，他不敢怠慢，直接去了省行。

省行行长戴玉龙一听胡正强的汇报，叹了一声说："正强呀，你咋老是给我找事呀？你们青台究竟是怎么了，就不让我省心！"问涉及金额多少，户数多少，胡正强一一作了回答。然后说："省行审计处也是不好沟通，油盐不进，这你们都应该听说了，省行班子与他们审计处闹得很僵，甚至有些事都传到社会上了，你让我咋办？"胡正强默不作声。

停了一会儿，戴玉龙拿起电话，把办公室主任叫了过来，与办公室主任耳语了一阵后，又嘱咐办公室主任："一定要核实清楚。"办公室主任喏喏连声地走。少顷，办公室主任走了进来，向戴玉龙行长点了点头示意，戴玉龙行长也点了点头。然后，办公室主任叫住胡正强去了他的办公室。一进办公室，办公室主任就说："戴行长是刀子嘴豆腐心。"胡正强笑了笑。"是这样！"办公室主任说："我刚才问过了，皮青山的爱人在省发改委上班，发改委副主任王主任是你们王新悦副行长的哥，尽管王主任与咱戴行长也比较熟络，戴行长不宜出面，这得靠你们自己想法了。好了，胡行长，我话只能说到这儿，你回去吧，其他的不用我说了吧？"胡正强一听，灰暗的心马上见到了曙光，他连声对办公室主任说"谢谢"，"咣当"一声关上门，飞快地下楼，坐上车回青台市了。

胡正强回到青台市，立即把这个情况告诉了王新悦，王新悦随即把青台商贸银行发生的事叙述给他在省发改委当副主任的大哥。

次日，钱红、李绪凡再分别去了皮青山住处，走了走礼数，这次皮青山算是松动了。

钱红先去，皮青山看起来还是挺客气的。"以后你们要注意了，你说说我既然知道了，管吧这都抬头不见低头见咧经常，不管吧我这不是包庇么？哎，真是让我作难！还有那个李绪凡，啊！啥时候见了那个李绪凡，我得好好地问问他，有些事我不理解，不说他了，他见我不见我，那是他的事。"

钱红出了皮青山的屋，立即转告了李绪凡，李绪凡也一刻不停地去了皮青山的住处。

事情本来就到此为止了。可过去了不到一个月，又节外生枝，一封举报信寄到了省分行审计处。审计处把收件内容与青台审计办沟通后，转手把信交给了戴玉龙行长，戴玉龙行长打开信件看了起来。

"省审计处领导：你们好。我是青台市商贸银行系统的一名员工，虽然我下岗了，但是我看不惯那些在商贸银行胡作非为的人，他的名字叫钱红，他纯粹就是一种不负责、对人狠毒、业务能力不强、经常不干正事的人。"戴玉龙行长看到这里，忽然觉得这个名字好熟，但又一时想不起来，戴玉龙继续往下看。

"核销资料他弄虚作假，既然发现了，现在我想问，为啥又不了了之了？青台市审计办是不是要庇护他？我为国家着想，为人民着想，不能让这些竹（蛀）虫坑害老百姓。"

戴玉龙行长再往下看，不再一句一句地念了，成了一目十行，最后落款是"一个大花猫"。

戴玉龙把收件转给纪检书记说："让青台市查查是谁写的。"

收件转到了青台市，放在了张正彪的桌子上。

钱红被叫到张正彪的办公室。

钱红一进门，张正彪就开腔了。"钱红，你可是我这儿的常客了！咋回事呀？怎么总是在你这出岔呀？"钱红本来一听说是纪委书记喊，就知道又惹上麻烦事了，张正彪这一说，钱红的脸色立马变白，在听下文。张正彪看着钱红迷惘的样子，笑了笑，又看看这几页"状纸"，把头左歪歪，右歪歪，停了好长时间才问钱红："你得罪什么人没有？"钱红想了想，摇了摇头。钱红问是啥事，张正彪也没有说。

张正彪在想，要是查找是谁写的吧，也没有多大必要，他告状的目标是钱红自己，不是商贸银行。不查吧，省行纪委倒是说了一句：看能找到是谁写的不能。张正彪认为，要是如信中所说是一个下岗员工，查出来谁写的也没有啥意思，要是在岗员工，那就非同小可。张正彪担心的是在岗员工，如果是在岗员工，张正彪还真想查个水落石出。

钱红来了，是让他当被告呢还是让他当"衙役"呢？张正彪觉得都不合适，当被告，信上反映的内容显然是针对的核销问题，这个问题并不是只涉及钱红一人；要是让钱红当"衙役"，似乎又不妥。最后，张正彪对钱红说，你先回去吧，也没有让钱红看信，也没有给钱红详细说让他来干嘛，钱红走了，心中的纠结却没有丝毫缓解。

既然能证明处理郑丽丽有误，长河区支行主动纠错，扣除的绩效工资重新返给郑丽丽，郑丽丽收到钱后对范丽娜佩服得五体投地。

范丽娜隐隐感觉分配到长河区支行的打算已没戏，也就对长河区支行不抱幻想。胡正强也不再勉强王一飞，把范丽娜仍然分配到轻工路支行，本来就是要把范丽娜分配到轻工路支行，当时范丽娜不愿意去，她嫌这是一个单点支行，单点支行就是支行只管辖一个网点，四个支行行长管一个分理处主任，她感到没啥意思，其他支行又不缺编，她便要求去长河区支行，且长河区支行与她家只一路之隔，愿望没有实现，她也只能就此作罢。

范丽娜看着是一个非常活道的人，她无论与谁，不到三天就能打成一片，她的身边总是不缺情投意合的"闺蜜"。她来到轻工路支行，与行长副行长们的关系非常融洽。

二十

陈梦寒百无聊赖地漫步在大街上，猛然发现一辆黑色的奔驰车在自己身旁走走停停，陈梦寒立即警觉起来。只见这辆奔驰车最后在前方十几米的地方停下了，车摇下了玻璃窗，从里边探出一个脑袋，看着陈梦寒。"陈小姐，你好，是我呀，我是你的粉丝。"陈梦寒犹犹豫豫地看着他。他看陈梦寒还没有反应过来，又补充了一句："我是你的歌迷。"哦，陈梦寒想起来了，他是那个肥头大耳，原来自己在香满人间上班的时候，晚上去一楼歌厅唱歌，他是自己忠实的粉丝。他出手阔绰，常点自己出台，有时他听着听着眼睛里就流出了晶莹的泪花。陈梦寒有时私底下也与他聊几句，但肥头大耳从不说自己是干嘛的。

"你好，先生，是您哟！"肥头大耳下了车，问陈梦寒："你不在香满人间上班了么陈小姐？"陈梦寒说："嗯，不上了。"

"那既然不在那上班了，我们就认识一下吧，我姓石，我叫石垒，是峰峦房地产开发公司的老板。"他伸出手握向陈梦寒，陈梦寒也伸出手与他握了握，陈梦寒说："你好，很高兴认识您。"石垒又问："陈小姐，你是叫陈梦寒是吧？"

"呀，石老板连我的名字都知道？"石垒说："我要是连你名字都不知道还算你的粉丝么？我早就知道，只是出于礼貌，我不便轻易喊你名字罢了。"陈梦寒一听，感觉这个人倒不像那种不三不四的人。陈梦寒正要说什么，石老板截断了陈梦寒的话。"陈小姐，不，陈梦寒小姐，我能不能请你吃顿饭，能与你一起吃饭是我的荣幸，能不能满足一下我的虚荣心？"陈梦寒说："这……"还没等陈梦寒说完下半句，石老板就说了："你要是不好意思，咱就 AA 制，不过呢，我饭量大，你饭量小，你拿一元钱，剩余的钱我付，你看行不行？"陈梦寒笑了，她扭头看了看车上还有司机，陈梦寒也放松了戒备，就点了点头，说了一声："那好吧。"

到了饭店，穿过了富丽堂皇的大厅，来到一个包间。包间足够大，这个屋子几乎可以称得上一个小宴会厅，在这里就餐，即使有成群的记者围着拍摄，也有足够的空间。本来车上除了陈梦寒就他们两个人，他，还有司机，到了这个屋子里没有等太长时间，一下拥进了好几口人。陈梦寒也不清楚这些人都是从哪来的，也不知道是他本来就约好的饭局还是临时召集的人马。

陈梦寒这时有点后悔，不该掺搅这种场合，因为现在自己身份不同了，她已是一家大银行的正式职员，她顾忌的比从前要多，她已与从前的陈梦寒一刀两断。

从他们的相互寒暄中，陈梦寒明白了这是他们约好的饭局，自己反倒是半路杀出的程咬金。大家刚刚坐稳，石老板便兴高采烈地向大家介绍："今天，我很荣幸地介绍给大家，这是我的偶像，也是我的梦中情人，陈小姐，不，陈梦寒小姐。她唱的歌可是了不得，悲歌如歌如泣，情歌如歌如诗，声声余音绕梁，悠悠不绝如缕。"这一说不打紧，大家随即拍手叫好，拍手的成分不仅是针对陈梦寒的歌，更多的是对石老板妙趣横生的品评。大家在欢呼后回过头来审视陈梦寒，经过石老板这一点评，人们发现面前这个陈小姐还真有那种明星的气质、明星的范儿，看得出这是一个极其有魅力的女人，在她身上有一种超凡脱俗的飘逸感。这时有一个人忽然情不自禁地叫出声来："哦，哦，我听过，我听过，只是那次听的时候她都快唱完了，我印象很深，真好，唱得真好！石老板，你从哪把陈小姐请来的？"这个人说罢也感觉自己有点儿太忘形，但他已顾不得这些了，显然陈梦寒在他心中也有足够的分量。

石老板这时更是扬扬得意了，她看着陈梦寒，就像一块碧绿的宝石偏偏落在了自己的手上一样。"来来，光顾得夸梦寒小姐了，还没有向梦寒小姐介绍咧。"石老板看了看陈梦寒，然后把在座的每一位一一介绍给陈梦寒。原来如此，都是房地产大亨。

大家开始喝酒时，石老板站了起来，嘱咐在座的每一位："我先约法三章，今天，能请到梦寒小姐来，是我的荣幸，今天咱们喝酒，梦寒小姐愿意喝白酒就喝白酒，愿意喝红酒就喝红酒，愿意喝多喝多，愿意喝少喝少，先说好，谁要是勉强梦寒小姐喝酒，逼着梦寒小姐喝酒，我可是不答应！""哟！这酒还没有开始咧，石老板可开始怜香惜玉了。"王老板第一个开始起哄，其他人笑。有的接腔说："是的是的，不能勉强，到底是一个女孩家，我们把人家请来了，总不能把人家灌得酩酊大醉不是？那样的话，会叫人家说我们这些大老爷儿们，能耐得不是地方不是？"李老板说了几句公道话。"来来，我们开始吧。服务员！把红酒打开。"又自言自语地说"让服务员给梦寒小姐打开"。

陈梦寒抿着红酒，多半是在听他们讲，他们之间的话，都是满满的钱的味道，不过，陈梦寒还是第一次坐在这些生意人当中听讲生意场上的事，感觉他们的话又遥远又新鲜。

石老板说："今天关于停车收费项目推进的问题，我们简单明了地统一一下思想，以前曾说过，但发现从交警条线反映力量不足，我的建议是咱们不能只凭借咱们几家公司的力量，还是再联合一下其他公司。"李老板向石老板使了一下眼色示意有外人在场，石老板说："没事，梦寒小姐不是外人，再说了她也不关心这事。"王老板说："直接找王市长算了，他是公安局长，这顺理成章的事呀，听说芜阳市的收费实施就是几个开发商联合找的市长，不必要所有的开发商都去，去几家公司就能代表。"李老板说："我们要统一思想主题，内容一是把路边的空地方尽可能地都画成停车位，逼迫车辆入位；二是实施停车收费，并且把每个停车位的计费标准尽可能地提高。"石老板嘱咐："我们千万记住不要对外说，包括亲戚朋友，不然一传十十传百，我们会遭骂名的，该说我们这些开发商为了卖地下车库，竟然促使政府实施路边停车位收费工程。"大家皆点头称是。

人无论再矜持，一旦饮三两热酒，就难以自我约束，有人开始想沾陈梦寒的"腥"了。王老板说："陈小姐，我刚才听石老板夸你唱歌，夸得我心里直痒痒，能不能在这儿唱一曲儿，让大伙听听呗。"石老板一听王老板说的话，有点儿不乐意。"王老板，唱一首中不？为啥叫唱一'曲'儿？我听着咋就怪别扭呢！"王老板挖苦似的说："哎哟，石老板，不愧是搞金融的出身，咬文嚼字的！"石老板又强调似的说了一通："我刚才说了，可能说得还不明确，今天我们虽然称梦寒小姐，但说白了吧，她就是个小妹妹！"可能石老板话说得有点儿重，王老板脸色有点儿不对劲，因为分明看得出，他的脸已绷了起来。

陈梦寒始终没有怎么说话，都是一直在听，现在看着石老板与王老板之间有点剑拔弩张了，便开口说话了。"哎呀，我发现你们都不愧是做大生意的，不管说什么话，都显得格局很大。王老板、石老板，我要是失业了，能不能收我这个徒弟，让我跟你们学一点儿皮毛小活行不？"这时，又把二人的话题给调正了方向。陈梦寒的话也引起了二人的兴趣，他们便你一言我一语地侃了起来。

这时，李老板也是心里痒痒，想听一下陈梦寒唱歌，但鉴于刚才石老板那种呵护态度，又不敢造次，他却面对石老板建议："我也真的很想听听陈小姐的歌声。"陈梦寒赶紧抢在石老板说话的前边先开口说："李老板，你看这样行不，今天我有点上火，嗓子有点不舒服，改天凑机会我一定为李老板、为各位老板献丑，您看行不行？"陈梦寒说得在情在理，一众人等只得作罢。

石老板忽然想起来一个话题，问陈梦寒："梦寒小姐，你为啥不在那干了呢？能不能问你你现在有活干么？如果没有到我那，放心我不会亏待你的。"陈梦寒也忽然想起来刚才王老板说石老板"不愧是搞金融的出身"，便问石老板："石老板，我正要问你呢，你是搞金融出身的？"石老板悠悠地说："梦寒小姐，不瞒你说，本来我是不愿意让任何人提这事的，刚才这个王兄弟喝了点儿酒，就口不把门儿了，我是商贸银行宾西县行的行长，退二线了，虽然退二线了，可我还是商贸银行的人呀，我还拿着行长的高工资待遇呀，要是让商贸银行知道了我在经商，这可是犯了银行的大忌呀，你知道就行了，这不能往外说。"

陈梦寒一听，惊奇得不得了。"我也是商贸银行的，石行长，我叫你行长吧？我是市行营业部的。"

"啊——？！"石老板惊叫了一声，半天合不拢嘴。

"你，你，你啥时候到商贸银行上班了？"陈梦寒笑了笑说："没有几年，前几年在乡下网点，刚刚调到市里。"石老板被"震"得有点头蒙，这会儿他真的像喝醉了一般，头来回地摆，看着也想不起来说啥话，脸上也没有了刚才的笑意盈盈，过了好几秒钟，才抬起眼看了看陈梦寒说："不叫你陈小姐了，不叫你陈小姐了，你叫梦寒不是？对，你叫梦寒，你看我这脑子！"

陈梦寒一听他刚才说的不让提他银行身世，再次确认道："石、石老板，我喊你石行长行不？"

"可以可以，别人不让喊，你必须得喊，我叫石垒，你喊哥喊行长都行，千万别再喊我老板了。因为你是商贸银行员工，喊我老板真的就让我露馅了。"

陈梦寒说："好吧，那我就喊石行长。"

全桌子的人都陆续向这边看了过来，发现了这边出现的"新情况"，他们也都目瞪口呆，都以为她只是一个歌女，没有想到她竟然是商贸银行的员工。他们似乎失去了刚才的兴致，又似乎引起了他们更大的兴趣，但都不再好意思胡言乱语。

石老板终于找到一个话题。"那年，我去了香满人间，点名要你唱歌，估计那时候你可能已经走了，但他们那些服务生就是不明说。我就发急，非要点你。"

"来来，别光顾说话，该喝还得喝呀！"王老板在对面催促。石老板一边不经意地举杯，一边不停地与陈梦寒交谈。陈梦寒表示要倒酒，石老板示意她不要倒。陈梦寒说："今天遇到您，真是缘分。"石老板高兴地说："是呀是呀，梦寒，我们真的是有缘分，你以后有什么需要帮忙的，尽管说梦寒，我以后把你当成一个小妹妹看待。"陈梦寒说："为了您说的这句话，我也该给您倒一杯酒，这样吧，原谅我不给您倒酒了，咱俩同端一个吧。"两个人碰杯、举杯。石老板再次给陈梦寒说："梦寒，你有什么需要帮忙的一定给我说哦！"陈梦寒笑了笑说："石行长，其他的不敢轻易打扰您，到时候我们有揽储任务，免不了要麻烦您。"

石老板没有回答陈梦寒的话就把脸转了过去，大声地向各位老板说："各位，请听我说，梦寒是我们商贸银行的员工，她有存款任务，她刚才给我说想给每一位倒一杯酒，以表敬意，为了是想让大家帮一下忙，看能不能给个面子，也是给我石垒的面子，把钱多在梦寒那存一点儿。"石老板又低声问陈梦寒："是哪个分理处呀？"陈梦寒回答老市口分理处。"对，青台市商贸银行营业部老市口分理处，大家都记住了哦！"

石老板与陈梦寒交换了联系方式，说道："明天我就让会计去办。对了，梦寒，只能开一般户，基本户不能挪。"又小声对陈梦寒说，"我们那也是老关系，不能把朋友给得罪了。你放心，开了一般户后，我会尽量把钱往你这儿挪就是了。"其他的人也纷纷与陈梦寒交换了联系方式。陈梦寒在与每人交换联系方式时的交谈，真的是一门艺术，话不多，却像有一只无形的如磁石般的手，牢牢抓住了每个人的心，这种交流艺术，不是一般人能学得过来的，哪怕你心理防线固若金汤，陈梦寒与你交流时漫溢出来的交际魅力，也会把你融化。

青台市商贸银行营业部老市口分理处又增加了几个对公一般账户，一个月后，分理处存款额增长了一个亿。

二十一

钱红这几天没有顾得与陈梦寒联系，不是因为过于忙工作，而是他心里不干净，他不明白，不顺心的事为何总是找他。他有时在想，上帝给你打开一扇门，就会关闭一扇窗，他在某些方面是顺利的，他很幸运，但他在另一面就注定会命运多舛。他在等待着，就像等待判决一样，可是，这个法庭既看不见摸不着，又感觉它无处不在，钱红即使举洪荒之力也难以左右即将到来的厄运。

钱红本想把这些事情倾诉给陈梦寒，钱红又怕给她带来压抑，他知道自己心情的稍微不悦就能成为笼罩陈梦寒心中的厚重云层，他发觉自己从心灵上已离不开陈梦寒，尽管他还没有做好迎接一场轰轰烈烈的爱情的准备。他等待着爱情协奏曲悠扬悦耳的音韵，又放不开随琴而舞的脚步，他想把自己付诸山间东去的清流，心中又保留着对爱恋的一丝希冀。

　　钱红还是给陈梦寒打了电话，问陈梦寒："刚换地方上班，习惯不习惯？"陈梦寒说："有啥习惯不习惯的，都一样干活，只是市里边时间点儿要比泉溪那边卡得死，这一天里留给自己的自由时间要是能吃的话，还不够塞牙缝呢！"钱红笑了笑说："我这几天事有点儿多，晚几天再与你见吧。"陈梦寒说："钱红哥，你是不是有啥事瞒着我呀？我觉得你不是忙，你肯定是心里有事。"陈梦寒如此一说，钱红不由自主地叹了一声气，慢悠悠地说："哎！没有啥，净些杂事、杂事。"陈梦寒略显有些着急地说："有啥事，说给我听吧，兴许你一说心里就舒服点儿，相信我，我能治疗心病，我是心理医生。"钱红听陈梦寒这一调侃，心里着实舒服了许多。他犹豫了一下说："啥时候抽空再挂你的就诊号吧。"陈梦寒说："钱红哥，记住，不管多大的事，都不一定是事，当事情来临时好像山重水复，等过去了，你再回头看时，才明白那是多么的微不足道，那个小小的坎，就是抬腿之间的事。"钱红感叹陈梦寒，她怎么就像钻进了自己的心里一样，句句都点到了自己的敏感穴，陈梦寒真的像乾坤中的"地"，她能托起整个的天。

　　这时有敲门声，他才意识到该回去了。他打开门，一看是薛鸿依。薛鸿依一般都是到单位找他，钱红的猜想是，这是薛鸿依对自己的尊重，她说过她只是想让钱红成为自己的知己，不敢有非分之想。到办公室找，上下级关系，顺理成章，到家里找有可能某一天会破坏了钱红的私密空间，薛鸿依是一个通情达理的人。

　　"我给你织了一件毛衣，给你送过来了，你穿上试试吧。"薛鸿依从纸袋里掏出了自己亲手为钱红织的灰色毛衣。钱红说："天还不冷，你这么辛苦地为我织毛衣，真的感谢你。"薛鸿依听了钱红说的话，脸上没有一丝笑容，也许钱红说的话不中薛鸿依的意，薛鸿依没有吭声。待钱红把外罩脱掉，薛鸿依把毛衣给钱红套在头上，往下轻轻地搂。"还好，咦，正好。"钱红稀罕得不得了，问薛鸿依："你怎么卡的尺寸这么巧？你也没有量过我的身材！"薛鸿依笑了笑说："你傻呀？我没有量过你的身材？你以为我非得用尺子才能量呀？"钱红顿时明白过来。

试过衣服，薛鸿依看着钱红的眼睛，像在询问，眼神里夹杂着难以言表的渴望。但钱红现在似乎没有那种激情，薛鸿依分明看出钱红有心事，好像有话要说。薛鸿依没有等到钱红开口，先说话了："我知道你心里有事，是不是有人告状那事？"钱红一惊："你怎么知道的？"薛鸿依说："现在这信息哪一条没有长着腿？捂得再严的信息也到不了捂热就飞出去了。告的是对郑丽丽处理那件事，说你有错，却没有对你处理就不了了之了。"钱红瞪大眼睛听着薛鸿依的阐述。薛鸿依又接着说："这个事好像市行也压着呢，再者听说这个告状的人水平也不是多高的人，还反映你一些其他问题，领导根本就不相信。"

　　钱红没有想到，薛鸿依这一番话，像一剂良药，让钱红神清气爽。张正彪为何不给自己亮明态度呢？给自己弄了个题头，空让自己这几天的心里七上八下地吊着一个吊桶，茶不思饭不香夜不能寐，现在自己作为一个区行的副行长又是当事人，所掌握的信息还没有一个普通员工掌握得详细。

　　钱红问："这一段郑丽丽什么态度？"薛鸿依说："她很满意，扣发的绩效工资又返还给她了，即使不返还，郑丽丽也没有埋怨你的意思，她对你还是比较认可的。当初审计出这个事时，她也是很担心，我看得出来，她很为你担心。钱红，不，钱行长，我发现你很有女人缘呀！"钱红一听，不以为然地笑了。

　　现在钱红开始有心思说别的话题了。

　　钱红问薛鸿依："鸿依，我总感觉对不住你。"薛鸿依问："啥意思？"钱红说："你为我付出了很多，我却给不了你任何东西。"薛鸿依反驳说："钱行长，你说我为你付出很多，我问你我为你付出什么了？你说你给不了我任何东西，你说你想给我什么东西？"薛鸿依的诘问，竟然问得钱红哑口无言。薛鸿依又说："钱行长，我觉得你什么道理都懂，你这是明知故问，是不是？"钱红回答："鸿依，说真话，我现在真的比谁都糊涂，我真的不知道我在做啥，尤其是对你。"薛鸿依说："我很明白你的心理，你有一种自责。"钱红点了点头。薛鸿依激动得把声音抬高三度："你在自责什么？我问你钱行长、钱红，你对不起我么？对了，又回到了原点，你说你对不起我，恰恰相反，你非常对得起我。"钱红问薛鸿依："鸿依，我们一直这样，你以后怎么嫁人？"薛鸿依一听钱红的话脸上现出一丝不悦。薛鸿依有点不耐烦地问："我怎么没有办法嫁人了？你以为想娶我的人还审视我是不是处女么？我们两个人在一起又怎么了？你为我身上留下了什么记号？什么记号也没有。我说得对不？"钱红问薛鸿依："你为啥现在不找个人嫁了呀？"薛鸿依一听，坐在沙发上把头埋在两个臂肘里长时间不抬头也不说话，她像在啜泣，又不愿意让钱红看见。

钱红知道自己说话有点刻薄，但钱红的本意还是觉得不能这样与薛鸿依不明不白地来往，钱红是怕伤了薛鸿依的自尊，想委婉地告诉她，让她醒悟。可是现在看来，薛鸿依彻底的不愿意"醒悟"，她虽然一再向钱红保证不拖累钱红，但钱红还是觉得他对薛鸿依有亏欠。但是，钱红要想尽快让薛鸿依回心转意，也不是一件容易的事。

薛鸿依停了好长时间，才抬起头，慢慢地说："你让我嫁人，我嫁给谁？谁要我？没人要我。再说了，我还没有待价而沽的权力么？我长得不算漂亮但我长得也不算丑吧？要是给我介绍个瞎子瘸子，我能同意么？我想嫁给个高富帅，可人家同意么？再说了，我还带着个婆婆，他儿子死了，就一个独生子，现在身体不好，做个饭都做不熟，我走了，她一个人咋办？我得带着她嫁人，你说谁愿意娶个媳妇还搭配一个老人？她要是去世了，我还好办点儿，可我不能催促她'你快点儿死吧你快点儿死吧'，是不是？"

薛鸿依情绪很激动，又接着说："好了，钱行长，我看出你的意思了，今天按照你的逻辑就是，你既然是一个好媳妇，那你就等着你婆婆百年后再嫁人。但是钱行长，你是真不懂还是假不懂，我作为儿媳妇可以在她百年后再嫁人，但我作为女人也有女人应有的需求，这是客观事实吧？我有这种需求是罪过么？如果是罪过，那我甘愿承受电击雷劈，因为只讲究清心寡欲地活着也没有啥意义了。"

薛鸿依说罢这些话，心里稍轻松了一点儿，又用渴求的眼光看着钱红说："钱行长，我很感激你，你给了我最需要的。如果有一天，你认为我成了你的累赘，你给我说一声，我就立马离开你，我绝不耽误你的大事。但是，我只要求你一条，你不要把我们的关系看成不正当的，天天想着洗心革面，那样，你就把事情给弄反了。你想想，钱行长，我说得对不对？"

钱红沉默不语。

这时，忽然有人敲门。"钱行长，你还回去不？我锁大门了啊！"这是门卫的声音。薛鸿依一听，轻声嘟哝道："这屌老头儿，明知道我进来了，还故意问。"薛鸿依急忙起身，恋恋不舍地走了出去。

二十二

老市口分理处一个月的存款增长额竟然达到了一个亿，开了青台市单个营业点存款额度增幅的历史先河。老市口分理处吸引了全青台市商贸银行人的目光。这是一个奇迹，是一个历史奇迹。

陈梦寒出名了。

她营销存款竟然达到一个亿，老市口分理处最近一个月增长的存款基本上都是她营销的几个房地产账户上的增加额。老市口分理处这一来不是只在市行营业部引起了重视，在整个青台市分行都引起了重视，市行领导也在关注此事，陈梦寒的名字响彻全青台。

但对陈梦寒的认识并不是所有人的看法都是正面的，老市口分理处的存款额度确实增长了个天文数字，但从整个青台市商贸银行来说，并没有增加那么多，老市口的存款增加额有一部分是以其他行的存款量减少为背景的，也就是说，这些房产开发商的存款有一部分是从青台市下辖其他商贸银行转过来的，当然也有一部分是从其基本账户上挪过来的，有一些开发商基本账户本就在青台市商贸银行开立，比如石老板的账户本就在商城区商贸支行开立，石老板让会计从其基本账户中挪到了市行营业部老市口分理处的一般账户的户头上，这样就形成市行营业部的存款增加了，商城区支行的存款额度相应减少了。这样，商城区支行就有意见了。

商城区支行真的有意见了。

行长田国立找到了市行，他先到市行个人金融部找了魏华经理，反映了老市口分理处这个不恰当的做法，又去找了王新悦副行长。王新悦副行长对陈梦寒这个女孩是熟悉的，他对陈梦寒的印象还不错，又加上在王新悦心里陈梦寒是一个有背景的人，所以王新悦不愿意轻易触碰这些棘手问题。他同时也看得出田国立嘴上没有明说，实际上是揭发陈梦寒触碰了"三不许"的操作规范。

王新悦这一下两头为难，他把这件事推给了胡正强行长，胡正强听了这事的前因后果，又把这事推给了张正彪书记。张正彪思考了半天，最终他又把这事推给了刚刚改名为皇城区支行的市行营业部，交由皇城区支行自行处理。

刘富敏经过昨天皇城区支行挂牌仪式一天的折腾，像经过一场由金蝉向知了的蜕变，既兴奋又疲惫，他终于甩掉了市行营业部主任那个又土又扁的帽子，现在成了堂堂的皇城区支行行长了，"行长"的官衔要比"市行营业部主任"的官衔响亮百倍，好像原来只是地上的爬行生物，而现在仿若变成了能天马行空的飞禽走兽一般。他有个毛病不能遇事，遇事爱激动，一激动血压就高，昨天晚上他的高压达到二百毫米汞柱，低压一百五毫米汞柱，把他妻子吓得不轻。今天，他仍处在极度的兴奋中，他走路感觉有点儿飘，他甚至出现了缥缈的幻觉，他走在大街上时不时地在观察路人，是不是有人在觊觎他无法自已的激情，他下意识地收敛了一下张扬的神经，毕竟这只是把市行营业部"主任"的称谓改为了支行"行长"，既不是洞房花烛夜也不是金榜题名时。

正在他兴奋的激情像燃烧的熊熊烈火一样无法扑灭之时，市行张正彪书记的电话像一瓢冷水给他降了温，建议对陈梦寒进行处理。

在市行营业部，不，现在叫作皇城区支行，陈梦寒已成了皇城区支行的"英雄"，忽然市行领导却交代下来要处分陈梦寒，刘富敏却态度消极。但领导交代的事，不办又不合适，他就召集行领导班子商量此事，他们形不成一个统一意见。刘富敏叫来老市口分理处主任，把市行的意见透露给分理处主任申谊朋，想听听他的意见。申谊朋一听就火了，说"我们做出了这么大的业绩，要是再受处分，以后完成目标任务谁还敢下力"。刘富敏感觉确实为难，他灵机一动想起了个两全其美的办法，他把自己的主意说给了其他几个班子成员，均认为只能如此了。

皇城区支行各分理处下午下班后，匆匆忙忙往支行赶。今天晚上皇城区支行要召开全体会。商贸银行各个基层支行开全体会都得利用晚上的时间，白天营业时间是不能随意关门开会的。各个员工并不知道今天的会议内容，这也是皇城区支行挂牌后的第一次全体大会。

会议室相当于三大间楼房那么大，一旦人员到齐，会议室也坐得满满当当。这时，刘富敏行长与其他几位副行长书记耳语了一阵，会议开始。郭法东副行长主持会议，他说："今天，我们是两个会一起开，一个会是批评会，一个会是表扬会，下边先开批评会，由齐海波书记讲话。"纪检书记齐海波说："陈梦寒揽储违反了'三不许'规定，提出批评。我的讲话完了。"会场上的人面面相觑，一是对陈梦寒的批评表示不太理解，二是领导讲话就一句，开天辟地还没见过这么简短的讲话。郭法东说："现在开第二个会，表扬会。由刘富敏行长讲话。"刘富敏说："现在对陈梦寒提出表扬。"这时会场上开始交头接耳，每个人的脸上露出会意的笑容，大家心照不宣，原来落脚点儿在这儿。刘富敏接着说："陈梦寒调入我行的时间并不长，从营销资源上说，她现在应该说是处于两眼一抹黑的阶段，因为她谁都不认识，为什么一个营销资源几乎为零的员工能在一个月之内把老市口分理处的存款拉升一个亿呢？这说明啥问题？说明陈梦寒同志是用心了的，说明陈梦寒同志有一种面对困难能主动排除、不畏惧、不气馁、不怕失败，这种精神值得我们每个人学习。"刘富敏讲了好长时间，这一下，全行员工彻彻底底地认识了这个新来的陈梦寒。

皇城区支行"两会一起开"的事情自然传到了市行领导的耳朵里，市行领导们尽管意识到皇城区支行是在敷衍塞责，但他们又表示了对皇城区支行的充分理解。同时，他们也在思考一个问题，是不是"三不许"有不科学的地方。终于有人提出，把陈梦寒调到市行个人金融部，全青台市都是她营销的目标，不再对她限制，不就能充分发挥陈梦寒的营销技能了么？

要把陈梦寒调到市行机关，这就涉及人员编制问题。因为当前青台市商贸分行的机关指标已经占满，要想调入新人，就得向省行要编制指标。为此，胡正强专门去了一趟省分行，他到人事处找到王爱霞副处长，想为青台市商贸分行机关申请增加几个编制，王爱霞说市行机关编制是综合各地市的网点数量与全员职工数而定，青台市市行机关的编制已经满员。她说要想突破还得找关天方副行长，毕竟他兼着人事处长。

胡正强找到关天方副行长，把青台市市行机关人员紧缺的情况作了汇报，关天方问："现在你们市行机关有多少人？还缺多少人手？"胡正强说："现在是一百一十八人，至少还要缺编二十多人。"关天方把王爱霞叫了过来，问王爱霞："青台市市行机关现在编制有多少人？我问的是花名册上的数字。"王爱霞说："二百零五。"关天方问胡正强："那就是说你们市行机关干活的人是一百一十八人，其他的都是不干活的人是么？"胡正强的脸色一红一红的。胡正强问王爱霞："王处长，你不要说花名册的事，你只说我们现在能干活的人。"王爱霞笑着对胡正强说："胡行长，我这儿其实就是一个花名册，我可看不出来谁能干活谁不能干活呀？"胡正强自觉理亏，便很难为情地对关天方说："关行长，不瞒你说，不上班的人都是那些退居二线的人。人家'到站'了，再让人家上班这咋能说得出口呀？"关天方说："你们青台市市行机关竟然能有将近一半的人拿着高工资，享受着正科副科的待遇，却赋闲在家。省行承认退居二线的政策，可省行下文允许不上班了么？"胡正强感觉批评挨得有点儿冤枉，因为这种怪现象不只是发生在青台，于是辩解道："关行长，这个情况也不是就我们青台有，其他地市不也是一样么？"关天方更生气了："怎么？我现在就说你们青台，你不要说其他的地市。其他地市有没有这种情况我不敢保证绝对没有，但我敢说，没有哪个地市像你们青台这样，竟然这么多不上班的，这与吃空饷有何异？不错，你们会说退居二线的多是因为提拔的干部多，大多是前些年形成的，并不全与你胡正强有关，但你现在让我怎么办？我做不到把提拔的人原路打回，但我只能说今天他必须给我上班。"关天方作为一个副行长、人事处长向来没有对地市级行长发过这么大的火。

胡正强被关天方的火气压了下去，他也只好灰溜溜地告辞。

胡正强回来后不久，青台市分行接到省行通知，要对全员出勤情况进行检查，时间跨度可伸缩到十年之前。

这个通知像飓风一样狂袭青台市商贸银行每一个角落，从青台发出的电波划过半个中国，因为这些退居二线的人分布得过于辽阔，有在三亚休养的，有在广州看孩子的，有在上海做生意的，有包养着"小三"定居在一个没有人能找到的地方。他们从天南地北接到了检查通知，他们一边发出不情愿的哼嗤之声，还一边做着返青的准备。

这场飓风不仅仅是席卷着那些清闲的当事人，还造成全青台市商贸银行的手忙脚乱。市行各个部室、各县支行全员都加起班来，把前十年的考勤签名表都翻了出来，从哪个部室退居二线的哪个部室负责，从哪个县行退居二线的哪个县行负责，负责什么？一是当上级检查组抽查提问时，要向领导回答这些退居二线的人一直上着班，并圆满回答出他们所干的工作；二是在历年的考勤签名表上模仿退二线人员的笔迹逐日签字，部室支行本来人手就紧缺，这样一来，临时增添了一个浩繁的工程，致使每一个部室每一个县支行都在拼命地加班造假。

青台市商贸银行的大楼上灯火通明，这是晚上加班的场景。各个县行的办公楼上，也是人来人往，也在为签名表上补填签名而忙活。

几天后，省行检查组来到了青台市商贸银行。

首先是召开青台市迎接检查的全体见面会，市行机关全体员工及全市副科级以上干部全部参加。六楼会议厅召开全体会本来会场座位绰绰有余，由于久已赋闲在家退居二线的人的加入，今天会场变得拥挤不堪，就这样门口的人还在不断往里边拥。人们一边往里挤，相互之间还不断地打招呼、开玩笑，热闹异常。"哟！小吴，听说你被缅甸的人贩子拐跑了，咋又找回来了？"这是说的原中原区支行行长吴越。吴越一看是原泉溪县支行的行长刘强，顶了一句："刘行长，听说你去广州生孩子了，咋回来得这么快呀？"说罢，原商城区支行行长刘延年笑了笑，并用手指头指了指刘强。这时马中伟也来了，原孟州县支行的行长，他还是很低调，低着头走着，也不管别人看没有看见他，他也不管是不是有需要打招呼的人，只是偶尔遇到抹不开面的相逢，才微笑示意。

钱红来得较晚，他挤进会场，想找一个空位，却没有发现目标，后边站的到处都是人，想必有空位的话早就给别人抢走了。他也只好在后边站着听会，他有意识地环视了一下会场，有许多似曾相识的面孔，今天终于又相逢，只是大多缘分不深，也没有必要一一打招呼。

台上坐着胡正强与省行检查组组长，其他的市行领导及省行检查组的成员们都坐在前两排。胡正强讲完开场白，检查组领导便讲了起来。"我们青台商贸银行的工作一直以来都不落后，但最近发现一些地市干活的人员远远没有在册的人员多，也就是一些人在工作中忙得要死，有些人拿着行长副行长经理副经理的高工资待遇却不来上班，这是一种怪现象，这种怪现象不能再这样持续下去了。"

台上讲着话，下边嚷嚷着，台上的讲话振振有词，下边的议论声此起彼伏，胡正强一会儿一喊话要遵守大会秩序，但下边的人听了如耳旁风，主持人的无奈、听会人的恣意任性，整个会场与农贸市场上的嘈杂相差无几。

胡正强正想发作，看见办公室副主任刘利民走了过来，刘利民悄悄走到台上弯着腰把脸凑到胡正强耳旁小声嘀咕了一阵后，胡正强向刘利民交代了几句，刘利民来到台下第一排张正彪的跟前，小声说了几句便走了。张正彪随即起身向会场外走去。胡正强下了一个通知："各行派出一名副行长，到会场外找张正彪书记开会。"说罢，会场上陆续走出十来个人，这是各行的行长或副行长，他们开什么会，现在一概不知。

先说新开辟的会场。

张正彪书记看着各行的负责人已到齐，便说道，现在我们到市委、市政府门口，有人在那里闹事，各行领各行的人，目的是做他们的工作，力争不能再这样闹下去。各个县区支行的负责人随着张正彪书记来到了市委、市政府门口，他们原以为现在上班的人有人在闹，到了现场才醒悟过来是一些下岗的员工在闹。可这些负责人在纳闷，他们既然下岗了就不再是商贸银行的职员，他们闹事与我们商贸行有什么关系，又不归我们管。有人说张正彪书记说了他们闹事与我们商贸银行有关，说是给他们的一次性买断的钱太少，要求再补发补偿款。

　　钱红看着这一群商贸银行的老员工，感觉到有点蹊跷，就今天省行检查组来了，他们就今天相约到市委、市政府门前闹事，这看来是有充分的信息来源，因为他们闹事的主题隐隐约约与今天检查组要检查的内容有关联。钱红扫视了一眼人群，并没有发现几个下岗员工，看着大多是社会上的人。市政府信访办的人看到市商贸银行的领导来了，就问上访的人说，能不能选出几个代表，进屋子里说事。

　　人群里走出来几个代表，跟着信访办的人到了市委、市政府大门口侧面的屋子里，张正彪跟了进去，钱红与一些支行的副行长也站在门口不敢离远。信访办的人说："这是商贸银行的领导，你们有啥诉求说出来，看看能不能协商沟通。"一个信访代表说："我们在商贸银行干了这么些年，就给我们两万元钱打发了，我们把青春都贡献给了商贸银行，现在年龄大了就不要我们了，像狗一样把我们给踢出了门。"张正彪说："当时大家可是都协商好了的，是签过协议的，你们都一次性地领取了补偿款的。"有一位代表说："就那么一点儿钱就算补偿了？你们是不是太没有良心了？"张正彪说："当时的补偿款是你们一年多的工资呀！"

　　"你们就是想着法子坑人，我们刚下岗，你们就把员工的工资给涨了上去。让我们下岗时哄骗我们，说什么'早不下晚下，反正早晚有一天得下岗'现在我们下岗了，你们把员工的工资由一月几百元上涨到每月一千五百元，这是不是坑人？"

　　钱红一听明白了，全市员工工资刚刚上调，由平均八百元上调到一千五百元，这个消息不胫而走。实际上工资并没有上涨多少钱，只是把发放的方法作了一下微调而已，原来都是每月平均发八百元，到年底再发效益工资，基本工资再加效益工资平均到每个月，基本上也就是一千五百元，现在是每月按照一千五百元发，到时候综合绩效计算，多退少补。现在的工资上涨只是名誉上的，年底能不能再补给奖金还是另一回事呢！

张正彪解释说："什么事都是在发展变化，咱不能用一成不变的眼光来看问题是不是？比如说我们买了一套房，现在的价格是一千三百元一平方米，我们付过款后过了十年，房价涨了，涨到二千一平方米，开发商能说'你们得再补我房款，不然我就把房子要回'，这样能说得通么？肯定说不通是不是？"

又有一个代表说："你们有一个副科级干部，现在他退居二线了，拿的工资比上班的人还多，人家却不用上班，经常到沙河去钓鱼。我与他同时竞聘，就差零点几分没有过线，现在我下岗了，我连去你们商贸银行想拼死拼活地卖力挣点儿养家糊口的微薄工资都没有资格，结局为什么反差这么大？就是因为当时竞聘时没有给你们送礼！"张正彪截断他的话说："你是哪个行的？你不能这样说话呀，你说话要有根据，话说得不能这样太随意是不是？"这个人一听大笑了起来，说道："你听听，这当官的都当得上瘾了，问我是哪个行的。你说我是哪个行的？我光想着是哪个行的人呢，要是我现在还是哪个行的，我还会来这儿上访么？"其他人也跟着哄笑。

第一个发言的人又接过了话茬说："就是这么不合理，竞聘靠关系、靠钱，谁有关系谁有钱让谁上，一旦竞聘上，干不几年就退居二线，就可以拿着高工资游山玩水，甚至还可能再谋一份职业，拿双工资，而我们这些人，上着班还得操心被裁员裁掉，没裁掉时经常提心吊胆，总怕某一天丢了饭碗，没死没活地干。裁员裁掉了，就连个饭碗也没有了，而且大多数年龄都大了，不容易再谋职业，你们看看，就这样不公平，商贸银行就是这样不公平。"

信访办的人开口说话了。"你说的这个问题，社会上确实存在，但这个问题不仅仅是商贸银行有，各行各业都有，只是各行业的突出程度不同。你反映这个问题，确实是个问题，但要是说让商贸银行一天的时间就改革完毕，就完善制度，也不现实，这要有一个过程。咱今天有什么问题就直说什么问题，你看好不好？"

一个女代表说："一句话，给我们补偿款太少，要给我们加钱。"信访办的人问："加多少？原来给了你们多少？现在你们的诉求是多少？"

"原来给了多少钱，刚才不是说了么？就给了我们两万元，我们的要求是再给我们六万元。"张正彪一看是无法谈拢，坐在那默不作声，也不正视这些代表，两胳膊交叉在胸前，眼睛望着窗外。代表们看商贸银行已没有诚意解决问题，就陆续走了出来，走到人群中，把里边谈话的内容散布出去，这时人群有点儿骚动。张正彪示意各个支行的负责人去分头协调，但有的支行负责人说："来的人不一定是原来的员工，有的是让家属来顶替的，人群里认识的人没有几个。"还有的支行负责人对张正彪说："这些人里没有一个是我认识的。"

外边的人群开始骚动，有的人在高喊，要求商贸银行赔付青春、增加买断赔偿金，一个人喊，百人呼应。这时在周围待命的警察围了上来，但因为上访的人多，围不过来，他们就穿过人群围住了市委、市政府的大门，不让上访的人靠前。

一个白发苍苍的老人，硬往大门里闯，被警察强行拦截。显然这不是原来商贸银行的员工，应该是员工的家属。又有一个年轻人想往大门里硬闯，被两个特警强行架到了警车上，关在了警车后屁股加装着铁栏杆的狭小空间里。

这时特警指挥车上的喇叭开始广播："广大的市民们，你们的上访要符合法律规定，有什么诉求要坐下来共同商量，不能采用非法的上访方式。政府保证合法上访权益，坚决制止非法上访的极端行为，如果有人采取过激的行为，政府将依法进行处置，对直接责任人要进行依法制裁。请你们自觉离开现场，不要扰乱政府的工作秩序！请你们自觉离开现场，不要扰乱政府的工作秩序！"

一会儿，钱红看到张正彪步行离开了，自己也准备离开，感觉自己在这儿就是六个手指头挠痒。他挤过人群，沿着斑马线向路对面走过去，走到路中线时，过来一辆宝马车慢慢停在钱红的面前，开车的是一个中年人，他摇下窗户在看这里发生了什么，这时后窗户也摇了下来，一个穿着非常性感时髦的女青年把头探出窗外，她仔细朝对面看了看，立马明白是商贸银行的下岗员工在上访，说了一声："妈的，闹吧！既然商贸银行不留老娘，老娘也不留恋它狗屁商贸银行。"

二十三

长河区委书记赵立群约了胡正强一个饭局。从心里说，胡正强很不情愿，但强龙不压地头蛇，胡正强哪有不去的理！

区委派车把胡正强接到长河区区委、区政府大院，来到了区委书记赵立群的办公室。一进门，区委书记赶紧站起身，大跨步地迎了上来："哎呀胡行长，实在不好意思，本来是应该我上你那去，实在不好意思，胡行长，老哥我欠你人情，老哥我欠你人情。"胡正强也笑着说："哎，赵书记，这你就见外了，我的工作都靠着你的支持，我还得感谢你呢！"赵立群双手拉住胡正强的手，长时间地不松开："你看你看胡行长，光顾得说话了，忘记让你坐了，来来，咱兄弟坐沙发上说话。"赵立群松开了一只手，另一只手还是拉着胡正强的手始终没有松开，两个人坐在沙发上，像是久别重逢的故友一样。

"老弟，是这样，有一件事老哥我想求求你。"赵立群与胡正强问长问短地寒暄了一大阵子后，终于要说正题了。"我的儿子，赵卫国，你知道，在你们那上班，商贸银行的弟兄们看在我的面子上把他安排在了市行机关，可是这小子就不是干银行的料，进了你们商贸行好几年了，他说他根本就找不到感觉，你说这小子能说出来这种混账话！啊！你说你原来就是一个司机，给你安排进商贸银行你该知足了，又把你安排到市行机关，你这就等于一步登天了，还怎么着？哎！这！你看！这小子不争气呀，从小惯坏了这是。现在呢，老弟，我想把他给调走，调到哪个机关单位，但是呢，以后靠他自己去奋斗，要想混个一官半职的，凭他的本事，一辈子他也捞摸不着。我想呢，趁我还在台上，把这条路先给他铺好。可是一去到新单位，就把他给弄个科长主任的，太显眼了，怎么办呀？我想让老弟作作难，看能不能在临走之前把他给弄个职位，也不占用你们的指标，说得形象一点儿，就是在他档案里显出来那一道儿就行了。你看如何老弟？"

胡正强脑子急速地旋转起来。同意吧，这档案里显示也就与真职无异，要是不同意吧，又怎么好驳赵立群的面子。胡正强一想反正得弄，就先同意下来吧，难归难，骑驴看唱本，走着瞧吧。于是胡正强说："老哥安排的事，我敢不同意么！"然后微微叹气。赵立群一听，一拍大腿说："妥了，有老弟这句话，啥都有了。不说了，不说了，回头让小子去看你。咱今天就说吃饭的事，老弟，我放了两瓶十五年的茅台，平时不舍得喝，今天，咱弟兄俩尝尝，我今儿个是凑着你来才舍得享受一下口福。"随即喊来了办公室主任，如此这般地交代了几句，然后就与胡正强谈笑风生地去了酒店。

酒桌上，赵立群、胡正强、办公室主任三人坐定，上菜，开始敬酒。在端起酒杯之时，赵立群拉了拉胡正强的手，又把嘴几乎贴在了胡正强的耳朵上，低声说："老弟，别忘了，正科，正科。"然后呵呵一笑，示意胡正强端起酒杯。酒过三巡后，敲门进来一位亭亭玉立的女士，赵立群急忙介绍说："胡行长，这是我们的蔺秘书，你就称她燕妮儿就可以了。"只见蔺秘书说："胡行长，我能不能不喊你'行长'，喊你胡哥可以么？"胡正强连忙说可以。赵立群说："胡行长，今儿个，咱弟兄谁也不给谁倒酒，咱把酒壶交给我们的蔺秘书，不，交给燕妮儿行不你看？"胡正强能怎么说，客随主便呗！

酒店的客人都走得差不多了，几乎只剩下胡正强他们这一桌了。酒进行得很慢，但又有条不紊，燕妮儿倒酒从不强行力推，她是用她那略带沙哑的语音，慢条斯理地与客人讲道理，等说得客人口服心服的时候，客人会很自觉地一饮而尽。客人的酒下肚了，燕妮儿的形象却刻在了心里，被她劝过酒的人都不由自主地竖起大拇指赞叹说："燕妮儿真是人才难得呀，可惜我们单位没有这样的女杰，优秀！优秀！长河区政府真是卧虎藏龙啊！"

"我醉了，我醉了，老弟，老哥我不行，酒量不行，燕妮儿，你一会儿与司机负责把胡行长送走，我就先走了。"一边说着一边在办公室主任的搀扶下下楼了，留下燕妮儿一人陪胡正强行长。胡正强行长也立起了身，摆出要走的样子，可是燕妮儿不让走，她说："胡哥，这一瓶酒的价格相当于我一个月的工资，现在酒还没有喝完，你说我们要是浪费在这儿可惜不？再说，刚才我只顾给你们倒酒了，我自己还没有怎么喝，你看胡哥，是不是再待一会儿请您陪着我喝几杯呀？"燕妮说得合情合理，胡正强无法拒绝，只得重新坐下，又不自觉地端起了酒杯。

司机在下边一直在看表。

二十四

胡正强想把陈梦寒调入市行，却要不来编制，就暂以借调的形式把陈梦寒调入市行。

陈梦寒把自己借调到市行的事首先告诉了钱红。钱红问她："借调到市行这是好事呀，没听出来你的兴奋劲呀？"陈梦寒说："高兴是高兴，但只是借调，至于能不能真的调到市行机关，那还是一个变数呀！"钱红安慰她说："只要是借调，那离正式调入只是一个时间早晚的事。调到哪个部门了？"

"个人金融部。"陈梦寒又立马兴奋地说，"钱红哥，我可以过星期天了，你周末带我去玩呗？"钱红想了想说："到哪玩呀？"陈梦寒说："随便。行不……？"陈梦寒等待着钱红的回答。钱红悠悠地说："那好吧。"陈梦寒说了一声"OK"，就把电话挂了，钱红竟从电话里听到了"啵"的声音。

第二天一大早，钱红开车载着陈梦寒一路向西奔去。他们的目标是去山的那边，具体哪座山他们并没有详细规划，只要是向西走，就是他们既定的方向。

两个小时的路程，他们来到山的怀抱。他们选择一个比较开阔的地方，把车停好。钱红说："走，咱俩比比看谁能登上这个山头。"陈梦寒说："我觉得你不一定有我快，但不如你有耐力，要是我下不来，到时你得答应背着我下山。"钱红说："我才不背你咧，你要是下不来，我就把你喂狼吃，回来你们行长周一要问陈梦寒呢，我就说在狼肚子里咧！"陈梦寒接过话说："你把我喂狼，会把狼给撑死的，到时狼的娘会找你打官司。"钱红说："它以为打官司是那么好打的呀？常言说饿死不打官司。"陈梦寒笑了笑："别忘了，人家不是饿死的，是撑死的。"

他们说着话，就快到了山顶，陈梦寒说："这山，也太低了吧？"钱红说："好，下星期我们去登喜马拉雅。"他们向远处遥望了一会儿风景，就开始下山，在旅游景点登山，说上山容易下山难的说法不真，在这荒山野岭爬山，可真是体验到上山容易下山难的感觉。上山时，陈梦寒偶尔抓住钱红的腰带借力，下山时，陈梦寒死死抓住钱红的胳膊不敢撒手。

下了山，他们继续步行，走过了一个小山村，沿着蜿蜒的山道，来到一条小河旁。他们沿着小河往里走，河边都是沙，河的两岸长满了芦苇，河不算宽，但流水潺潺，清澈见底。小河离山很近，从河床到山脚，到处都是稀疏的狗尾巴草，间隙里还长些不知名字的花，只是大部分都已经枯萎。地上到处都是沙，沙粒特别地粗，特别地干，钱红看着沙地出神，这场景很容易引起他对儿时的回忆，他小时也是在村的西南小河地为奶奶放羊，那里到处都是沙，他那时与伙伴们常常去放羊，羊吃草的时候，他们几个小伙伴就躺在沙土窝里玩。

钱红正在想着心事，陈梦寒站在他的对面与他贴得很近，仰脸盯着钱红的眼，待钱红的视线转向陈梦寒时，陈梦寒"咯咯"笑了起来，陈梦寒问他："你在想什么？"钱红说："我好像又找到孩童时候的感觉了。"陈梦寒说："那好呀，这说明我们来对地方了，我们就是要找回无拘无束的感觉，就是要找回丢失的原始野性。"钱红听罢，忽然问陈梦寒："你说什么你说什么？你再说一遍，我刚才没有听见，脑子走神了。"陈梦寒笑了笑说："不说了，好话只说一遍。"钱红看着陈梦寒说："我听你说话诗意满满。"陈梦寒扮了一个鬼脸，调皮地说："那你以后多带我出去，我就多给你朗诵朗诵。"

两个人席地而坐，满地的沙粒并不脏污衣服，即使滚一身的沙粒，用手轻轻一拍，衣服仿佛一尘不染。陈梦寒一股脑儿地躺在了沙地上，闭着眼，晒起了太阳，对钱红说："钱红哥，你给我讲个故事吧。"钱红问："讲啥故事？"陈梦寒说："讲啥故事都行，只要你能把我讲瞌睡就行。"钱红说："那我给你讲一个鬼大白天在野地里吃人的故事吧。"陈梦寒蓦地坐了起来，握住她的小拳头打了一下钱红的背，说道："鬼不吃女的，光吃男的。"钱红问为什么，陈梦寒说："因为那个鬼是女鬼。"钱红也大笑了起来。陈梦寒又细声细语地对钱红说："钱红哥，今天我发现你第一次真正开心地笑，你的笑平时都到哪了？我多么想多听听你的笑声。"钱红便说："那你给我讲个故事吧，我一听故事就笑了。"陈梦寒说："我没有故事，我的故事都让那个女鬼给偷走了。"陈梦寒接着又好奇地问钱红："哎，我问你，你说那女鬼为啥光吃男的而不吃女的呢？"钱红又哈哈地笑了起来，几乎把眼泪都笑出来了。"我怎么知道？那不都是你陈梦寒说的光吃男的不吃女的么，怎么现在倒问起我来了？"

钱红把沙土抨平，折了一截干枝，在地上写了起来。陈梦寒看他在地上一直写，就挪到他的身旁，挨着他的肩膀看了起来。他写着，她看着，默不作声。等钱红写完，陈梦寒用头贴着他的肩膀读了起来，她读着、思考着，慢慢地陈梦寒站了起来，对钱红说："你的诗我会背诵了。"钱红抬头看了看陈梦寒，浅笑一声，不以为然。陈梦寒看钱红不相信她，就一边舞动着虚步，一边唱了起来。

> 风啊
>
> 你吹吧
>
> 小河被你吹起了涟漪
>
> 仿若吹皱了我心的春水一江
>
> 我纵有风情万种也终将随着芦花飘呀飘
>
> 飘到那我不曾知晓的地方
>
> 星星啊

你闪烁在夜的晴空

那是我寄存在蓝天里的爱火闪闪的亮光

谁能替我悄悄告诉风儿

你若要轻抚那耀眼的璀璨

请你温柔似水

不要让我备受寂寥的心再四处流浪

　　钱红听罢陈梦寒的歌唱，几乎惊呆了，他不是惊诧于陈梦寒的记性竟能把自己写的诗完完整整地背下来，而是惊叹她的歌声，她竟然把自己写的诗瞬间化为歌，旋律的曼妙，音韵的柔美，让钱红震撼。钱红死死地盯着陈梦寒，好像他与陈梦寒今天是初相识，刚刚发现她是一颗晶莹剔透的绿宝石一般。他醉了，他被陈梦寒的歌声激荡得心醉神迷，眼前的一切像一幅画，陈梦寒的身姿、陈梦寒的舞步、陈梦寒的吟唱与自己写的歌，浑然天成。钱红又一次陷入痴想之中，只是陈梦寒看着他的表情，没有笑，而是在离他七步之遥的地方，静静地观望着钱红，她在贪婪地品读着眼前这位男子。

　　钱红半天才反应过来，问陈梦寒："你唱得太好了！把我给唱得如醉如痴，你怎么会把诗唱成歌？还唱得这么好听，我还想听，梦寒，你再给我唱一遍吧！"陈梦寒笑了笑说："你忘记了我是学什么的了？"钱红猛然醒悟陈梦寒上的是艺术学院，于是，钱红缠着陈梦寒再唱一遍。钱红说着就坐在了沙地上并盘起了腿，在洗耳恭听。陈梦寒扭头朝他微微一笑说："不会了。"钱红不答应，他站起来像孩子一般天真地抚着陈梦寒的肩头说："真的，我真的还想听，梦寒，你刚才唱的是我听过的天底下最好听的歌，求你再让我听一遍吧！"陈梦寒轻轻把钱红的手从肩膀上挪开，再双手抓住钱红的两只手，看着钱红的眼睛说："亲爱的哥哥，我真的不会了！"钱红不解地问："你刚刚唱罢，怎么就不会了？"陈梦寒说："我刚才是胡咧咧的，又没有谱，就像你在大山里边走，走过了再让你回去你就一定能走在原来的脚印上么？"钱红这才如梦方醒。钱红问："你会写谱么？"陈梦寒回答："当然会了。"钱红急忙说："那你把刚才唱的再回忆回忆看看能不能写成谱，那样的话就不会唱后再忘了是么？"陈梦寒点了点头说："让我试试吧，刚才的不一定能记得，但说不定再写谱时比刚才的音调还好呢！"陈梦寒看着钱红笑了笑，钱红也满意地笑了。

　　风轻轻地吹着，小河边的芦苇随风摇曳着，小河的两边是那散散的沙粒，在这沙粒之上飘动着像梦幻一样的草穗，陈梦寒的歌声融入这一幅画里，钱红陈梦寒都成了画中人。空气恬淡，风儿惬意，草儿的味道清新，沙儿的野性勾勒了人之初的超然。陈梦寒捧了一捧沙高高举起，然后让其从指缝中慢慢流下，任风吹散，钱红掐了一穗芦花，用手捋碎，靠在陈梦寒的手边，任凭风吹，沙粒与芦花牵着手走了，走向了山的那边，走向了那遥远的未知。

下午，钱红与陈梦寒回到青台市时，太阳就已落下了地平线。车下了高速，一看前边的车一辆接一辆地排成了长龙。钱红看到一个维持秩序的交警走了过来，便问道："同志，前边怎么了？是不是出车祸了？"交警回答说："不是，是查酒驾、综合检查。"平时的查酒驾或什么检查从没有见过如此大动干戈，再说了，查酒驾上高速时查是顺理成章的事，下高速查酒驾还第一次见。

钱红耐心地挪动着车，一米一米地前行。半个小时过去了，终于快挪到了检查点儿，这时钱红一看有一个派头十足的人远远地站在路旁，监督着整个工作现场，钱红正要往前挪车，猛然意识到这个交警有点儿面熟，钱红急忙又回过头去看，哦！这不是市行的赵卫国么？一穿上警服，钱红差一点儿没有认出来。他怎么摇身一变成了警察了？钱红问了问交警，证实他就是赵卫国，且是交警队副支队长。厉害！钱红对陈梦寒说："他叫赵卫国，原来是我们市行的员工，刚离开商贸银行不久。他父亲好像是哪个区委的官，来我们商贸银行之前是水利局的司机，进商贸银行后直接安排到市行机关。乖乖！父亲英雄儿好汉，他现在成了交警支队的副支队长了。"

二十五

市行紧急通知，竞聘正科级干部。

钱红报名后，中午没有顾得吃饭，就找魏贤志副行长了，魏贤志一看是钱红过来了，非常热情，像对待家人一样准备让钱红吃饭，建议边吃饭边说。钱红哪里有吃饭的心思，急忙把来意说给了魏贤志副行长。魏贤志对这次竞聘的形势作了分析，然后对钱红说："从整体上看，你的希望不小，前几次竞聘时阴差阳错，你没有入选。这次应该问题不大，无论从工作上还是资历上，你都应该晋升正科，这也是领导班子成员公认的，关键是有些事，到了实际操作时就不好左右了，详细情况我也不便与你细说。"钱红听魏贤志副行长这么一说，表情凝重起来。魏贤志看得出来钱红多了几层顾虑，又继续说，"按理说，从各行各部室挑选几个名额，让领导班子来认定，如果有人提出异议，可再增补名额，这样是最科学的，即使有人持不同意见，提出增补名额，最后的结果也不会太偏离原先的预想。当然了，还得经过全体投票，这就无关大局了。问题是，领导班子每个人都有自己的备选名额，尽管他的备选名额可能只是一两名，但竞聘的职位少，你提备选名额我也提备选名额，这样往往就会与原定备选库偏离。而且每个人的备选名额究竟有多少个人，不到时候没人亮底牌，这就造成事前无法预估。"

魏贤志把给钱红倒的茶水往钱红面前挪动了一下后，继续说："假设这次又出现了挤对备选库的情况，钱红，我这次还不能第一个照顾你，你知道，我的外甥翟俊峰在联行部当副经理时间也不短了，几次都没有弄成，为此他妈去年在我家没少闹腾。哎，我啥法儿呀！亲戚的事愁死人。"钱红也只好点头称是。魏贤志又说，"钱红，我这个人的脾气你也知道，对人啥样，你是清楚的，能帮一定帮，不行也不想糊弄你，一是一，二是二，你要是对人不诚心，别人对你也就不信任了是不是？"钱红连连称是。

魏贤志说："如果这次的名额有十来个人，我基本上敢说能把你的事办得八九不离十，问题是只有五个名额，班子成员五个人，我怎么好意思说我提两个人呀？当然了，我是一定会把你的事放在心上、瞅机会为你力推的。只是我得把丑话说到前头，为了让你有个心理准备，弄成了皆大欢喜，弄不成，你也别埋怨，说我老哥没有尽力，行不行？"钱红连连点头。

魏贤志说到这里，便对钱红说："好了，既然叫你在我这儿吃饭你也不愿意那就不留你了，咱就这样说定，你看行不行？"钱红站起身，向魏贤志喏喏连声。

钱红出了魏贤志的家门，连忙把手机打开，一看好几个未接来电。刚才钱红是特意关机的，他知道在这个节骨眼儿上电话肯定少不了，到了行长家里手机要是响个不停，既不礼貌，又影响与魏贤志副行长的谈话节奏。他现在需要把未接来电一一打回去，因为钱红心里清楚这都是拉票电话，回复对方不仅仅是一种应承，钱红自己也需要对方的票。

第一个未接听电话是范丽娜的，钱红打了过去。

电话打通，立即传来了范丽娜嗲声嗲气的声音："哎呀，钱红哥，你看你又打回来了，我一会儿再给你打就行了。没别的事，可能你也知道了，这次我也报名了，到时候多照应一点儿。"钱红连忙说："没问题。我的事，你也多多支持啊！"范丽娜说："这还用说，钱红哥，我给别人打招呼时顺便也把你给带上了，我说人家钱红哥才是论业绩有业绩，论才干有才干咧。你不信问问，我在王一飞行长跟前都说了你的好。"钱红连声称谢。

钱红按照未接来电次序一一回拨过去。电话太多了，几乎所有的青台市商贸银行的副科级干部都报了名。钱红忙得根本没有吃饭的时间，他只好在街上随便买了点儿东西吃。这场竞聘对青台市的副科级干部来说是一个重要的人生节点，谁能不重视呢，当然也有极少数人自知没戏，只是跟着凑热闹，于是便懒得张罗。

市行领导办公室也是人来人往，所有的竞聘人员都要象征性地去一趟，钱红自然也得去与领导们见见面。钱红在去领导办公室串门之前心里直打鼓，到那说啥？钱红知道竞聘者都去了等于都没有去。如果说不起作用不去吧，领导会不会认为所有的竞聘者礼数都到了为啥就差钱红？是不是对自己有啥意见？钱红对这种俗套从心底里有抵触，但是竞聘形势的严峻性又把他压得不得不低头。

钱红先去了胡正强的办公室，正要敲门，一阵风竟然把门给刮开了，门原来是虚掩着的，钱红便径直走了进去。无巧不成书，正是他这个没有敲门的举动，让他看到了不该看到的一幕，孟州县支行的副行长周书行正在与胡正强拉扯，二人见来人了，胡正强的脸色立马变得非常难看，他把周书行的东西扔回去并说道："以后不允许搞这一套。"便坐回了自己的位置，周书行红着脸与钱红勉强地点了点头走了出去。

这时，钱红的心里比他们两个当事人更难受，钱红感觉自己遭遇了世上最霉气的一件事，他宁愿碰到一对熟识的男女行苟且之事，也不愿意见到这个让人尴尬至极的场景。他在与胡正强说话之前稍稍定了定神，也就是几秒钟的时间，可这几秒钟，比半个世纪都难熬。钱红心想，也不怨自己不敲门，是周书行实在是太大意了，也许是由于心慌，竟然手忙脚乱地没有把门给关严。

谢天谢地，胡正强先说话了："钱红，你这个事，我知道了，工作做得确实不错，很有成绩，这是有目共睹的。嗯，我知道了，好吧！"

胡正强行长这么一说，钱红也不知道该怎么回答了，只得说谢谢胡行长操心，便带上门出去了。钱红心里似乎落下阴影，今天碰到这事，是很不吉利的事。钱红从来不迷信，当人在命运面前感到无能为力的时候，往往把左右自己的那只看不见的手归结于神灵。

市行领导班子开会。

胡正强先说话，他开门见山："五个名额，我先提交一个名单，大家先议一下。"

名单上依次写的是：

长河区支行副行长钱红、办公室副主任刘利民、孟州县支行副行长蔚兰亭、皇城区支行副行长郭法东、联行业务部副经理毛桂敏。

其他四位领导听了胡正强提交的名单都默不作声。这时胡正强把人事部经理吴洪生喊了过来，对吴洪生说："你向行委会汇报一下这个名单草拟的依据。"

吴洪生说："这是各个部门的经理、各个支行的行长推荐上来的，经过大家的讨论，得出了这个名单。其中刘利民例外，大家对他的意见褒贬不一，考虑到刘利民……考虑到刘利民工作的辛苦程度，把刘利民的名次往前提了提。"胡正强打断吴洪生的话说："刘利民这个你不用汇报。"

吴洪生发现胡正强的脸色由晴转阴，便说道："我汇报完了胡行长。"胡正强说："你可以回去了。"吴洪生带上门出去了。

胡正强按照名单上的人一一发表自己的看法。

"钱红在几年前的竞聘中，我们班子成员对他是认可的，而且是唯一形成一致意见的人选，这个人确实工作能力强、人品不错，他在工作中取得的业绩，大家也有目共睹，但是我们在讨论其他人选的时候，无法取得统一意见，在照顾各人推荐的备选人时，只能忍痛把他给挤掉了。这一次，我的意见是坚决把钱红进正科的事解决了。"

"不用一一介绍了，胡行长，要是这样介绍，我们的会议要开到猴年马月了，大家对这五个人并不是不熟悉。"魏贤志不建议胡正强逐一介绍。胡正强扫视了一周说道："那大家就一起说说吧，都各自发表一下自己的看法吧。"

仍然是默不作声，胡正强左看看，右看看，四个副职没有一个人说话。

王新悦开了个头，他也不抬眼看胡正强，说道："名单基本上没啥意见，但是对刘利民这个事我有看法，我觉得他的条件过于勉强。从业务上说，他作为办公室副主任不会写稿；从能力上说，他没有尽到一个办公室副主任的职责，你找他办个什么事，他要么丢三落四，要么心不在焉，啥事都给你办不利索。"

胡正强脸色变得难看起来，说道："刘利民的工作从表面上看是不太起眼，但他付出了很多，行里许多吃喝拉撒的事，都是他来安排，他的活儿也是一个费力不讨好的差事。"

王新悦说："他做了什么工作？写材料是牛静雯写的，具体事情是办公室的其他同志干的，有时甚至办公室的同志找他问个事都找不到，他在哪？他只在行长的屁股后头转。"胡正强说："新悦，你这话可是有点儿情绪化了啊，怎么跟在行长的屁股后头转了？"王新悦的劲也上来了："他的正确位置应该是办公室，可是他在哪？你找他很难，给他打电话他有时都顾不得接，他到底忙活啥？如果说他忙活那也是瞎忙活。"

胡正强又问其他人："谁还有什么提议？"魏贤志说："我的意见是能不能把联行部的翟俊峰往前提提，我就这个要求，详细的我也不说了，大家可能差不多都知道，他是我亲戚，这也不用藏着掖着，明说了吧，看能不能照顾一下。"顾宇江说："那得把毛桂敏拿下，联行业务部不能一下晋升两个。"魏贤志一听顾宇江如此说，甚是满意，急忙投桃报李地说："宇江行长，你说你有什么提议，就我们这几个弟兄，有啥事都好商量！"顾宇江说："叫我说刘利民的条件确实牵强，我看宾西县支行副行长刘志超这个人还可以。"张正彪正要说有人讲情的事，胡正强制止住了，说道："大家都别说了，如果还用老办法一个人推荐一人，我看这个办法不行，不能再那样子了！"

胡正强这句话几乎是语惊四座。

以往提拔干部大家意见不一致达不成共识的时候，常常是每个行长提一个预选名额，差不多已形成惯例，今天胡正强突然说出这句话，几个人同时把目光投向了胡正强。

胡正强叹了一声气，悠悠地讲了起来。"我前几天去省里开会，戴玉龙行长在讲到干部选拔上，说到动情处都掉泪了，他说你要是不想得罪少数人，那你就可能得罪了大多数人，如果你不出于公心，只提拔你自己的人，等事后你能心安么，不要太看重自己手中的权力，权力用得不好，即使将来自己入了棺材，也是要落骂名的。我回到家里，把我听后的感触说给了我的爱人，她恳切地对我说，'老胡啊，咱得做个明白人，手里那点儿权，能值几个钱？咱不在乎，咱不能做坏良心的事呀！'我为此想了一夜，我今天也算想明白了，不管啥事都不能做得太绝，不错，我胡正强以前也做过不公的事，也徇过私，但是，以前的事错了，不能成为继续错的理由呀！"胡正强喝了一口水，又继续说，"咱们几个我算班长，大家共事的时间有长有短，我们能在一块儿工作，这也是缘分，为此，我们不能闹意见各怀心事，有不同意见咱都讲到明处，但是都得处于公心。今天，我表个态，不管我推荐的人选是不是能获得大家的认可，保证一条，绝不掺杂私心。提拔个干部，到处都是关系，这个得罪不起，那个得罪不起，日他娘了，我胡正强豁出去了，谁说情也不行，如果我们有一点儿偏心眼，就会让那些能干的人寒了心呀，同志们！我们的工作靠谁做，得靠那些能干活儿的人啊！我们得把这些人选出来，行不行弟兄们？"

胡正强这一席话，说得几个人都神情凝重。

胡正强看着大家都不再提关系人打招呼的事了，便说："这样吧，为了好堵关系人的口，我们几位领导班子成员，投票分值降下来，我们只占百分之二十，也就是只占二十分，要么与科级干部、一般员工一样的票分，而且不再统一商量口径了，这样就从根儿上把问题解决了，大家说行不？"其他人都不好再说什么。

要说市行领导班子在提拔干部上是公正的，谁信啊？估计相信的不多，所以很多人仍然在为此事奔波。

这几天青台市商贸银行的竞聘者像走马灯似的，尽管副科级干部才几十个人，报名竞聘的也就四十八个人，可是它在青台商贸银行平静的海面上掀起了滔天巨浪。这波巨浪，搅动得各支行行长及市行机关部室老总无法开展工作，搅动得各支行部室员工及市行部室员工一时无法沉下心来，每一个人都在不由自主地随着起伏的波涛在上下颠簸。是呀，有许多人在看，在看一场与己无缘的大戏；是呀，有许多人在想，自己曾错过的机遇，却成了别人持续攀登的阶梯。好在自己用不着削尖了脑袋，去钻那千山万壑之中的羊肠蹊径；好在自己用不着再厚着脸皮，去层层品味世间的人情冷暖。

这些竞聘的副科级干部，每一个人都是坐卧不安，他们都清清楚楚自己已站在人生的关键路口，他们在这个非凡的时刻，又分明感觉到自己在命运面前是那样的无助，他们只能猜明天的太阳是红艳还是苍白，他们只能赌明天的自己是走向峰巅还是跌入谷底。

只要不到投票的最后一刻，每一个人都在继续做着"功课"，就像高考前每一个考生无论还能不能把书本看到心里，他们都不舍得偃旗息鼓，会把书本浏览到最后一秒。竞聘的人还在互相打电话、相互走访，生怕漏掉一丝捕捉希望的细节。

他们谁也不知道，命运究竟是掌握在自己的手中还是掌握在上帝的手中。

一楼走廊里，两个参加竞聘的人在说悄悄话："总共一百分，市行五个行长的票占六十分，部门老总与支行行长占三十分，市行机关一般员工占十分。在市行行长打票不集中的情况下，每一个竞聘者也许还有一丝希望，如果市行行长的票数集中，其他所有人的打票等同于废纸一张。你想想，五个行长集中投票，被投票的人至少可获得六十分啊，即使其他人都不打他的票。相反，五个行长如果没有打某人的票，哪怕其他那一大堆人都商量好一人不落地投了某人的票，最多也只能得四十分。显而易见，如果五个行长集中投票，五个行长决定了一切。也就是说，只有几个行长才能定乾坤。"另一个人问："他们能这样子么？""怎么不能？我以前参加过，都是这样。"

终于等到投票的日期。

人事部经理吴洪生宣布："大家好，现在开始投票，投票分值不再分行长、科级干部、一般员工，投票的每个人分值都一样。"

"啊！"会场上分明听到许多人暗自的"啊"声，很明显，可能许多人已涌现出复杂的情绪，也许有人说，找行长"活动"算是白活动了；也许有人说，难道太阳从西边出来了，这一回选拔干部真的能做到公开公正公平？

终于尘埃落定。

人事部经理吴洪生打开电脑，把早已拟出的《公示》进行修改，因为人名与原来的不符，原来是钱红、刘利民、蔚兰亭、郭法东、毛桂敏，现在只需保留刘利民一人，其他四个人名换成翟俊峰、王丙礼、周书行、牛家杰。

张榜日，有人欢喜有人忧。办公大楼的门前，贴着一张白纸，内容如下：

公示，经过民主投票，以下五人拟任正科级干部。

联行业务部副经理翟俊峰、中原区支行副行长王丙礼、孟州县支行副行长周书行、保卫部副科长牛家杰、办公室副主任刘利民。

公示期十五天，从即日算起。

行长们也在纳闷，人事部经理吴洪生不是说钱红、刘利民、蔚兰亭、郭法东、毛桂敏五人是经过部室经理、支行行长酝酿认可的吗？按理说这些人在投票中应该会占优势，为什么投票结果却只留下一个刘利民呢？究竟是人事部经理撒了谎，还是这些部室经理行长们各有自己的小算盘，言行不一，致使投票产生了严重偏差？行长只有五个人，票数影响不了大局，这就只剩下科级干部与一般员工，绝对不可能这两部分人员的投票倾向存在严重对立！

没有办法，民主投票，谁也不能不认可这个结果的合法性。

二十六

当薛鸿依听说了这个名单后，心如刀绞，他多么希望能看到钱红的名字出现在这个队列里，可是她一遍遍地反复确认，听到的信息没有出错，薛鸿依失望到极点。她并不关心什么正科副科，她关心的是钱红，她在反复猜想，钱红现在的心情是一个什么样的状态。她情愿把不吉利的事落在自己身上，只要不让钱红感到悲凉，钱红的快乐就是自己最大的快乐，钱红的情绪低落，自己又哪来的娱心悦目？在这个关键点儿上，她要去见钱红，给他一份安慰与关怀，可是怎么去？说什么？怎么才能扭转钱红失落的心情？她多么希望能为钱红助一把力，助他走出这人生的梦魇，她深深地理解男人的脆弱比女人更难以支撑。

夜幕降临，天已透凉，再加上人们正是吃晚饭的时候，东湖几乎见不到一个游人。唯独钱红自己，沿着沙河、沿着东湖岸，漫无目的地走着，他想找一个清静的地方，他想找一个没有蝉叫没有虫鸣的真空世界。他又想着去一个世外桃源，在那里没有一个熟知的人，没有一丝世俗的味道，没有忧愁没有烦恼，没有人世间的尔虞我诈。可是，他没有翅膀，不能飞离尘世的苦海，他不能超凡脱俗，没有挣脱风风雨雨的游离于大自然之外的力源。

他看到湖中央有一叶扁舟，是在清理水草还是在打鱼，他看不清楚，但他忽然觉得如果自己也能驾驭一只小舟，在水中漂游，无须与谁说话，不管时间的嘀嗒声，该是多么美好的一件事。他就这样胡思乱想着，他就这样一步一步地往前挪着，他抬头望着一天的星辉，在青台这个灯火的世界里，只有湖岸这个地方还为观瞻星辰留下一个小小的缺口。在这里，还能隐隐约约看到北斗、看到天河，看到孩童时就在那个位置高高悬挂的不知道名字的耀眼的星座。

钱红的电话响了，但他不愿意接听，他现在只当是没有电话，他想让时间静止，哪怕让人站立的星球短暂地停止转动。人，活着太累了，难就难在累了也不能逃避，他没有这个资格。人，真的是太难了，甚至想把欲望埋进红尘都是一种奢侈。

钱红望着湖水的微波，那微波轻轻拍击着湖岸，涌起了朵朵小小的浪花，浪花勉强地翻了一个跟头儿，瞬间又在无声无息中泯灭。人，是不是也是人类长河中的一朵小小的浪花，钱红忽然发现，忽略反倒不是伤害，微小也是一种幸福。他多么想变成一种另类的生物，一种没有思想的生物，也许它的生命很短暂，但它省略了那些只有人类才能够衍生的爱恨情仇。

钱红又想，既然所有的妄想都是一种虚幻，那么他又留恋起孩童时期的点点滴滴，人不长大多好，无忧无虑，世界在自己的眼里，都是新鲜的，都是奇幻的，那时的思想自由自在，像鸟儿一样随意飞翔。

钱红不知不觉回到了家，正要拿钥匙开门时，抬头一看薛鸿依手里提了一袋东西在等着他，钱红心里一惊。又看了看薛鸿依的脸，一脸怒气未消的样子，她也不说话，直直地盯着自己，钱红隐隐感觉到自己可能疏忽了什么。待钱红站定，薛鸿依说："你吓死我了！你咋不接听电话？"钱红这才意识到在湖边的电话声是薛鸿依打过来的，过了那一阵子也把这个事给忘了。

薛鸿依把东西放在钱红的手里说："这是给你煮的玉米，趁热吃吧。我走了。"薛鸿依转身走了，她知道钱红心情如果已经好转，自然会把自己留下，自己说走他不拦，说明他的心情还是阴云笼罩。薛鸿依也不再劝导钱红，她觉得这个时候说啥也是多余的，钱红毕竟有他自己的思想，自己微薄的力量扭转不了乾坤。

钱红回到家里，吃了点薛鸿依煮的玉米，从书架上取了一本书，躺在床上翻阅了起来，他尽量忘掉竞聘的事，不再去想，等过去了这一段时间再去捋这些烦心事。

就像劈裂的伤口缓过神才知道疼一样，过去了几天，钱红的心塞才持续发作，他不明白，从各个渠道反馈的信息都能直接或间接证明自己应该稳操胜券，为什么自己总是与幸运无缘、与厄运为邻？这次竞聘，对钱红的打击太大了，几次竞聘，屡战屡败，而且在竞聘之前钱红基本都是最被看好的选手，常言说抬得越高摔得越惨，这种悲剧竟然几次降临在了钱红的身上。钱红虽然下决心不想此事，但他又管不住自己的心，失误在哪？病因何在？对钱红来说，这场竞聘是一场变故，就像一声霹雳，让他震聋发聩。

"世人皆醉，唯我独醒。"钱红不是第一次遇到这位算卦先生。

钱红好奇地问："先生，算卦多少钱呀？"算卦先生回过头看了看钱红，也不答话又扭头敲着梆子走了。钱红不解，又快步向前再次问算卦先生，算卦先生才说了一句："无运者不可谓无！言不破，人不误！"然后敲着梆子只顾往前走了，继续吆喝着"世人皆醉，唯我独醒"。

钱红在想，不行，自己得休息几天了，他的确感到累了，他终于有了休假的想法。他要出去旅游几天，放松一下紧绷的神经。多年来，钱红没有休过假期，尽管按规定每年有十五天的假期，可是钱红几乎没有享受过，总有干不完的活儿，总有忙不完的事，今天他忽然意识到，地球离了自己应该照常转动。

第二天请好假，隔日就出发了，他谁都没有说，因为他感觉这次旅游必须是"赤裸裸"的，如果有任何一项附加，就会背上一个不重不轻的包袱。他一个人孤旅独行，无论什么要紧的话都可以不说，无论什么重要的事都可以不想，做一回真真切切的自由人。他去哪里？他要到峨眉山去，为什么选择峨眉山，他自己也说不清。

火车在飞驰。他向老家打了电话问过父亲的身体及吃药情况后，便把手机关机，断绝与外界一切联系，仿若与尘世作短暂告别一般。一路的风景，一路的感怀，人的脸需要天天洗，脑子又何尝不是，只是人们在忙碌中往往把脑子也需要定期清洗忘得一干二净罢了，他觉得现在是清洗脑子的时候了。

峨眉山是一座佛教名山，从东汉之初便有了最初的殿宇，后来历经晋、唐、宋等朝代的续建，在明清时期进一步发展，连绵百里的山峦先后建寺上百处，随着佛教的兴盛，峨眉山成为以"菩萨信仰"为中心的佛教圣地。但钱红并不懂，他对佛教从来没有涉猎，更没有研究，今天，他忽然想去峨眉山，大概是慑于对大自然的敬畏，对命运的无能为力，由此产生了对未卜先知的崇拜。钱红从电视上看到过西藏的信徒拜佛时将双手举在额头，弯腰后双手在地上滑行直到身体贴地，他从此悟得要想获得一种超自然的力就要有一颗虔诚的心，寡欲清心，他决心要经历一场超凡脱俗的洗礼。

车到峨眉山脚，天空乱云飞渡，季节虽已是深秋，气候凉爽而不冷。钱红开始上山时，在单衣外又加了一层冲锋衣内胆，以便防寒。钱红一边登山，一边舞动着自由自在的思绪，这里虽然没有激情四射，但也没有思想的桎梏，任由疲惫的心飞翔，飞到那峨眉山顶，飞到那乱云之上。这里没有幕后操弄、这里没有强人所难的说教、这里没有多余的繁文缛节、这里无须自欺欺人的披肝沥胆。钱红的心如行云流水一般地舒畅，他第一次感觉做了一回真正的自己。

他沿着山道走来，即将到顶时，天空飘下洋洋洒洒的雪片儿，钱红拉住了内胆的拉链，他后悔加衣不足，阵阵寒意袭人。蜿蜒的山道上，游人如织，钱红随着人流走着看着，看着想着，不知不觉地来到了山顶。

山顶也叫作峨嵋金顶，上边是一座宏伟的佛像，金碧辉耀，庄严肃穆，据介绍，这是十方普贤菩萨佛像，通高四十八米，重达六百多吨，十方：一是意喻普贤的十大行愿；二是象征佛教中的东、南、西、北、东南、西南、东北、西北、上、下十个不同方位。普贤的十个头像分三层，代表世人的十种心态。只要你足够虔诚，普贤无边的行愿能圆满十方三世诸佛和芸芸众生。

离大佛不远的正中，有一尊香炉，香火旺盛，灰烬堆积，密密麻麻插满了新的香火，腾腾弥漫着热气，缭绕着厚厚的烟，那些善男信女们一脸肃穆，怀着一颗虔诚的心，他们缄口不言，专注地闭上双眼，双手合十，跪在佛像前祈福保佑。整个金顶人头攒动，烧香的人、看热闹的人、观风景的人、办了亏心事来忏悔的人络绎不绝，人群里人的心态万千，人群里人的追求形形色色。

钱红感觉有一种朝圣般的庄严，他随着络绎不绝的香客，也点燃了一炷香，常说随缘是一种洞彻万法的智慧，他跪下了，为了心中那无法言表的万万千千，就让圣灵代替尘世沾染自己的衣襟吧！

返程中，钱红打开了手机，手机的开关一旦打开，有一种重返现实的感觉。很快他接到了陈梦寒打来的电话："我的钱大行长，很高兴听到你的声音，知道你还活着。"钱红不知道该怎样回答，他知道陈梦寒肯定是联系不上自己心急如焚。"我很好，不用担心。"陈梦寒一听气不打一处来："你很好？我不好！你知道你多么让人担心么？有啥事至于接连几天都关机么？"钱红耍脾气似的问陈梦寒："我竞聘后你不是也几天不给我打电话联系么？"陈梦寒更生气了："不给你打电话是想让你发泄一下你心中的郁闷，就像一个人心里有委屈就得让他哭出来一样，我不联系你就是给你几天发酵的时间。"钱红觉得在车上说话不方便，便说道："好了好了，不说了，回去再说。"

回到家里后，钱红没有给任何人"报到"，他决定找老同学张迎凯聊聊。他给张迎凯打了电话，把他约到一家饭店，要了一个小包间，点了两个热菜，盛了两碟小菜，他们边喝酒边聊了起来。钱红把去峨眉山的一路见闻与张迎凯说了说，两个人有说有笑，钱红以此作为聊天的铺垫。当酒喝到高潮的时候，还是张迎凯先牵出了主题。"钱红，我觉得你这次竞聘失利，还是怨你自己，你太掉以轻心了。你觉得呢？"钱红说："你说得有道理，现在的问题是，我怎么才能不掉以轻心，说真的，我很迷惘。"张迎凯一听，用筷子晃了两晃说："钱红，你呀，你怎么就不开窍？你还看不出这里边的门道？实际上，每次竞聘，一看报名的名单，大家都会猜得八九不离十。啥原因呀？你以为你工作干得好，就是晋升的资本了？错。现在只要你没有工作上的硬伤，啥先进不先进，啥模范不模范，那都是让干活的人看的，提拔是靠关系的。"钱红说："那照你这么说，没有关系干得再好也白搭？"张迎凯说："干得好，那只是一个条件，但不是决定条件。"张迎凯说罢，眼盯着钱红看钱红的反应，他看钱红在思索着，又接着说："钱红，论文化水平，我比不过你，但在这人情世故上，你不知道承认不承认，你确实欠缺，你这个人的缺点就是太实在、太孤傲。"钱红若有所思地说："你说的这个理儿，我也知道，但当事情真的来临，我怎么就学不会世俗的做法呢？"张迎凯说："你说你明白，我信，问题是你的思想得扭转过来，不能思想与行为是两股绳，拧不到一块，那就不行。咱具体到这个提拔正科上说，你想想如果是以工作业绩作为标准提拔的话，就会出现这种情况，一个人将要提拔了，他自己还不知道，领导找他谈话时，他才知晓自己要被提拔，是不是？因为他的工作业绩领导最清楚。可是，现实中有么？有这种提拔方式么？有没有自己被提拔了自己还蒙在鼓里？你说，钱红，有没有？如果有，那纯粹是太阳从西边出来了。"钱红这时眼睛睁得圆圆地看着张迎凯，似乎被人点住了命穴一般。少顷，钱红把头埋在胸前，懊恼地说："这我也知道，但我怎么就……？哎，我也说不清。"张迎凯听钱红一说，有点儿急："钱红，你也别嫌我说话不好听，你虚伪！我们是同学，换人我还不说呢，你虚伪！"钱红用疑惑的眼神盯着张迎凯，在等待他的下文。"提拔副科时，无论哪一次提拔，你说说哪个没有关系的上了？"钱红说："只能说大部分有关系，但你也不能一概而论。"钱红就给他指出了某某就没有关系，可人家也提拔了。张迎凯用手拍了拍桌沿儿说："钱红，什么叫关系？你说的关系太狭义了，你是指亲戚关系同学关系老乡关系才算关系，不是，关系是广义的，只要能套上近乎，都算关系，你说的那人表面上没有关系，但人家用法儿把关系给扯上了，这也是关系！"张迎凯停顿了一下又说："再回到正题上，我刚才说你虚伪，为什么？我问你，你提拔副科的时候找人帮忙了没有？"钱红说："确实找了。"张迎凯把手使劲往桌子上一拍说："这不妥了么？咱俩刚才说那么一大通，不用说了，你自己就把我讲的道理给证明了，是不是？"钱红说："你说这关系为啥就这么复杂呢？"张迎凯说："关系复杂得很！你在市行没有待过，你对这些错综复杂的关系关注得不多，你稍等一下。"张迎凯向老板要了一张纸一支笔，把纸铺在桌子上画了起来。

　　停了一会儿，张迎凯把他画的密密麻麻的"图纸"展示给了钱红，说道："你看看，这是市行的人际关系网，不过我给你画的还只是皮毛，还有不被人知道的关系，还有的间接关系，还有的与外界交叉关系，哎呀，说不完，我只是画一部分让你感觉感觉罢了。"钱红一看，哦！好家伙！自己还真的不清楚，这回还真的开眼界了。钱红随意指着一个人名问："他一大家人都在商贸银行？"张迎凯说："是呀！他哥是退二线的公司业务部经理，他是会计部副经理，他大妹妹在办公室，他二妹妹在长河区支行，他三弟在皇城区支行，他外甥女儿在宾西县支行，没有见过只听说过，他表弟在商城区支行，同父异母妹妹在轻工路支行，他父亲是退休的商贸银行老行长。"钱红又问："在商贸银行圈子里，大家可能好些人都知道，这可以理解，那像这些人……"钱红指了指纸上的另一些名单说："像这些人，他父亲是哪的书记，他表弟是哪的县长乡长，甚至这些与市里政府官员有拐弯关系你都知道，你是从哪听说的？"钱红感觉新奇，他没有想到张迎凯知道这么多。张迎凯见钱红这么问，笑了笑说："钱红，我刚才说你那些话你一点都不亏，这些关系是公开的秘密，只有你钱红感觉到新鲜。"

　　也许是张迎凯光顾说话了，酒下去的并不多，钱红赶紧劝张迎凯喝酒，张迎凯说："钱红，这个关系网你撕也撕不破，现在这社会儿就这个样儿，你说政府高层不好么？不，高层政府还真的是为民办事，他们也想把老百姓的事办好，可到了基层就变样了，就像我住的小区，大家想成立业委会，可是筹备四年了，到现在也没有成立，为什么？办事处他不但不支持你，他还拖你的后腿，办事处主任被物业'公关'了，你有啥法？他总说你准备的材料不足，或者是备选人员不合格等等，在他指出的每一个不合格项中，会给你说出 N 个理由，比如，备选人员不合格的理由中，有一次说不合格是什么理由你猜？说是党员占的比例太少，要求参加业委会的人员中大部分必须是党员。按照他的逻辑，买房的人中如果党员少，还成立不了业委会呢！这种歪理你上哪告去？去区委会，区委会态度很好，很积极，但最后要想把区委的指示落实到位，还得靠办事处的人落实，你说这不是个死结么？"

张迎凯像作总结一样说："所以说，现在这个社会儿，关系网太厉害了，中央早就想打破关系网，好些事中央也不是不知道，问题是不可能让中央省里直接来办具体事情吧？还得靠基层来办，这就是个死结。"钱红说："中央反腐力度一直在加大，一些贪官污吏已经抓得不少了，我觉得这个社会中一些丑陋现象总有一天会被杜绝。"张迎凯说："猫在一直捉老鼠，可老鼠也一直在生呀！好了好了，钱红，咱俩别搁这儿说这些大道理了，没多大的用，我们还是说当前，说眼下的事，钱红，你要是想再往前进一步，那你必须得想法找关系。"钱红笑着问张迎凯："你有关系么？"张迎凯说："我有关系白搭，我不够条件，仅学历这一关，就把我给卡了。"钱红说："那你关系还是不硬，关系硬了能找一百个理由让你够条件。"张迎凯用手指着钱红皱着眉头说："你咋领悟得这么快呀？"

钱红又问："你说得也不对呀，这次竞聘，行长与每位员工都是一样的票分呀！"

"哎哟，我的钱大行长呀，你怎么这么幼稚呀？投完票到贴出公示当中的时间段，有多少变故，你知道么？"钱红沉默不语。

钱红第二天上了班，一直在琢磨与张迎凯的聊天内容，他在想，虽然张迎凯文化水平不高，但他说的道理也符合社会现实。自己也不是没有关系，本村本族的三大伯就是一个神通广大的人，他退休前是老家县城横水县的财政局长，他的触角也不一定就伸不到青台市，虽然老家与青台不是一个地区，也就是说横水县属于历山市管辖。三大伯的学历虽然不高，但他在为人处事上那真是周到圆滑，他的大儿子是历山市的市长，二儿子是横水县县委组织部长，三儿子是横水县公安局副局长，唯一的闺女是横水县财政局副局长，闺女女婿是横水县副县长，这些都是三大伯——操弄的，老家村里有些爱眼红的人暗地里给他起了个绰号叫"三猴子"，意思是精明得像猴子一样，啥事都难不住他。

按理说，钱红应该能想到像三大伯这样的官宦之家影响力是会渗透青台市的，但钱红为什么不利用本族的三大伯呢？这要源于钱红毕业分配时对三大伯的偏见。

钱红大学毕业时国家包分配工作，让钱红没有想到的是商贸银行把自己分配到了一个乡镇分理处。青台市商贸银行当时的行长叫史朝印，横水县人，与钱红是老乡，他当年在横水县商贸银行上班时是一个通讯员，钱红近门的三大伯是横水县商贸银行的行长，钱红想利用这个关系，往市里调动工作。按理说，三大伯的话在青台史朝印面前是有足够分量的，可是，钱红一次次地找三大伯，三大伯也一次次地给青台市商贸行行长史朝印写信并把信件交给钱红让钱红亲手转交，可是钱红根本就没有把这些信转递给史朝印行长手里。

为什么？钱红有他自己的研判。

一是信的抬头不对。抬头写的是"史朝印行长"，从三大伯与史朝印的关系来说，他是不该这样称呼的，有名有姓又加行长，这种写法让收信人一看就明白是在敷衍持信人。在文字功底上，钱红可不是一般的人，在学校被称为"风流才子"；二是转信方式不对，如果三大伯是真心实意地想为侄子解决问题，他就会把信邮寄给史朝印，而不该让钱红亲自捎。

这是第一次的信件，钱红当面不得不恭恭敬敬，做感激涕零状，出门就把信给撕了。

第二次写信，抬头写的是"朝印行长"，钱红又把信压下了。

第三次写信，抬头写的是"史朝印"，钱红仍然没有转交。

第四次写信，抬头写的是"朝印"，钱红才把信转交给了史朝印行长。

这次写信管用了，钱红最终如愿，调到了青台市，虽然调入的单位是市区的某支行而没有进到市行机关，这也算三大伯帮忙了，但钱红心中从此留下介蒂。

钱红在反思，难道不利用三大伯的关系是自己的不明智？

二十七

周六，依据陈梦寒的主张，钱红开车载着陈梦寒又去了曾去过的山麓。钱红笑着说："我们去一个野山，就已经是另辟蹊径了，你竟然想两次去同一个地方，看来你也是一个恋旧的人。"陈梦寒说："我喜欢沙、喜欢芦苇、喜欢小河，我算不算是一个浪漫的人？"钱红说："我怎么感觉咱俩一个德行？"陈梦寒说："我的行长大人，你为什么说话这么粗野？"

陈梦寒问钱红："这次竞聘没有出线，是不是对你打击很大呀？"钱红说："这又不是第一次了，习惯了，能扛得住。"陈梦寒笑了笑说："还装老练咧，你才经历了几次，我听说有的人直到退休也没有弄成副科，人家经历得更多。但是人是不是快乐，不是某个一成不变的目标，而是自己心里对幸福值的设定。"钱红说："你说得有道理，我其实也明白这个道理，问题是一旦事情到了自己身上，就无法自已。"陈梦寒说："有些事情，就像一盏挂在天上的灯标，看着是光亮，如果你把它当成身外之物，它也许很美丽，如果你真的想得到它，且努力去为之奔波时，你终究会发现，它是多么地虚幻。"钱红长时间静默，他在思索陈梦寒的话，是的，这个道理自己也懂，但今天从陈梦寒的嘴中说出来，感觉触动很大，自己上大学时曾流行着一个话题，就是人为什么而活着，看似简单的命题，真的讨论起来，寓意很深奥。为什么深奥？是人们把自己的思想与视野用一层薄薄的纱给蒙住了，人们却不明白把这层纱给去掉。陈梦寒问："你在想什么？"钱红说："我在想你说的话。"陈梦寒说："这就对了，好好想想，要知道，不听老人言，吃亏在跟前。"钱红轻轻打了陈梦寒一巴掌，陈梦寒笑着赶紧躲避，又急忙提醒钱红："好好开你的车吧！"

陈梦寒刚刚劝过钱红，不要把虚幻的影子作为追求的目标，可是陈梦寒觉得钱红就是自己寻觅的影子，为什么这个影子越是虚无缥缈越是吸引着自己去追寻呢？陈梦寒感觉自己离钱红的身体近在咫尺，而自己离钱红的心还有万里之遥。作为青年人谈个恋爱本该很简单的事，而眼前这个中年人，本该是熟透的瓜，瓜秧为何反而更难拽呢？可是陈梦寒认定的事，八匹马也拉不回，人就是这样，越是难到手的物件儿越会视为珍宝……。

陈梦寒想着想着，便在无声无息中睡着了，钱红从后座上把自己的外套拽了过来，轻轻搭在陈梦寒的身上。

让陈梦寒说对了，走来走去，又走到了一条河边，虽然不是上次那个地方，但钱红感觉与上次去的地方是同一条河。钱红转脸看陈梦寒，发现她早已醒了，只是她没有说话，她在往车窗外看，也许她已嗅到窗外大自然的清新味道。

下了车，他们沿河步行，陈梦寒走在前边，带着钱红一直往前走，钱红心里清楚她在找什么，她在找沙。看见了，还真有沙。

陈梦寒突然转过身，与钱红面对面，双眼注视着钱红，深情地说："钱红哥，不管多大的事，等你走过了再回头看时，也许那一切过往都是微不足道的，问题是当你还没有走过时，还正在经历的时候，一定要把眼光放远。行么？答应我。"钱红看着陈梦寒恳求的目光，坚定地点了点头。陈梦寒便用手拍了拍钱红握着的拳头，会意地露出了笑容，然后转过身向前飞奔而去。

一会儿，陈梦寒手里拿了一束干枯的花骨，递给了钱红，问钱红："美不美？"钱红笑着说："都已经干瘪了，还会美么？"陈梦寒若有所思地说："可是，我怎么感觉它很美丽呃！"陈梦寒不让钱红丢弃，她让钱红一直拿着，然后她一手挽着钱红拿花束的胳膊，一直凝视着，她看得有点发呆，钱红看了看陈梦寒的表情，也仔细端详这束干枯的花骨，也思考了起来。"钱红哥，你说我美不美？"陈梦寒问。钱红说："你以前不是问过我么？"陈梦寒说："是么？你是怎么回答的？请拿出记录本！"钱红说："我不敢说，怕万一与上次说得不照应。"陈梦寒说："不要紧的，就以好听的一次为准。"钱红说："好，我记得上次说的是你长得很丑，这次变了，这次是你长得稍微难看一点儿。你说以哪次说的为准？"陈梦寒拉着长腔喊道："讨——厌！"说罢，快步走到河边，踩着一块石头在玩水。钱红也走向河边，走到陈梦寒的身后在观看。陈梦寒突然站在石头上来回摇晃，钱红一个跨步踩在石头上，拽住了陈梦寒的胳膊，他怕她不小心滑进去。陈梦寒扭头看着钱红，问道："干吗？"钱红说："我怕你想不开，跳河。"陈梦寒用很慢的语速说："你不说我还真的没有想到跳河，你这一说，反倒提醒我了。"钱红不由分说顺势把陈梦寒抱了回来，提醒陈梦寒："你要是不小心滑进去，还真的很危险。"陈梦寒便拽住钱红的胳膊往回走。

他们又来到一块地势较高的沙地，钱红首先坐下了，手在无意识地掐着干枯的草尖。这时，陈梦寒双膝跪在了钱红的面前，钱红一怔，然后笑着说："不年不节的，你磕啥头咧？"陈梦寒却没有笑，她又往后一坐，坐在小腿肚上，然后把前额贴在两个胳膊肘上，像雕像一般，静止不动。钱红也不问了，就盯着她看，在看她做什么游戏。可是，长时间她都不动一动，钱红又从侧面看她的面颊，发现不对劲，就轻轻推了推陈梦寒的头，想看看她的表情。这一推，钱红发现陈梦寒在哭，钱红立马想扶起她，可是她没有起身的意思。"梦寒，你怎么了？梦寒！"钱红拍了拍陈梦寒的背。

陈梦寒终于直起身，眼睛红红的，泪尚未干，仍然跪在那里。

钱红坐了起来，也像陈梦寒一样跪在她的对面，可是他还是站了起来，他发现自己跪着的姿势是那样地不谐调，不像陈梦寒，她的每一个动作，每个造型，仿若天然雕饰的一般。

钱红等待着陈梦寒说话，钱红不知道发生了什么事。

"钱红哥，我求求你，能不能把你卧室的挂像摘下来？"哦！为这事唷！钱红明白了，陈梦寒是想让自己把妻子忘掉。钱红没有说话，看着陈梦寒，陈梦寒也直视着钱红，目不转睛，既像是等待着钱红的答话又像是在传递满满的渴求，睫毛上还挂着晶莹的泪珠。

钱红把陈梦寒搀起，拍了拍陈梦寒的肩膀说："梦寒，你对我的要求一点儿都不过分，我清楚。只是，只是，虽然她已去世，我对她的感觉，你不懂，我也无法给你解释。"陈梦寒说："钱红哥，我明白，虽然我比你的年龄小，但我的经历很坎坷，这你知道，也正是这种坎坷让我的思想要比同龄人深邃得多，不好意思，我自己用了'深邃'的字眼。所以，你的心情我怎么会不理解呢？爱一个人真的可以爱得死去活来，因为我可能就已经正在经历着。"陈梦寒看了看钱红的眼睛又继续说："可是钱红哥，人，不能总是生活在梦里吧？人可以做梦，也可以在梦中沉迷，但不能在梦中度过一生吧？"

钱红沉默，与陈梦寒一起慢慢地挪动着脚步。

陈梦寒接着说："在现实中，你是不是有被爱的义务我不管，但我有爱的权力呀，我不要求别人必须在什么样的时间里、在什么样的空间里一定要给我什么样的承诺，但我只要爱，就没有条件，就会义无反顾。"

钱红在思考着，也在犹豫着。钱红曾认为他的妻子美菱是天下最好的妻子，无人能代替她的位置，钱红曾发誓对她的爱就像天上的月亮一样永恒。现在斯人已逝，音容犹存，让钱红从记忆里把她抹去，是何其难啊！钱红知道陈梦寒是一个很可爱的女孩，她聪颖、美丽、善良，如果钱红没有接触陈梦寒，他也不是处处时时把妻子挂在心上，他愈是想把感情投入在一个新人的身上，想迈过心中这道槛儿，愈是感到力不从心。

陈梦寒看到钱红在思考，就换了一副神态。她一只手扶住钱红的一只胳膊，两条腿迈着夸张的大虚步，顽皮得像个孩子。

钱红终于说："梦寒，给我一点儿时间好么？"陈梦寒使劲地点了点头。

二十八

"喂，老吴，听说了没？顾宇江跳槽了。"刘强在给退居二线的中原区支行原行长吴越打电话。吴越问："你再说一遍，谁呀？"刘强说："你耳朵聋呀？市行副行长顾宇江。""蹦到哪了？""蹦到哪了，蹦到你头上了！跟你说正儿八经的话咧，光打岔！"吴越笑了笑说："他跳槽跳槽呗，有啥稀罕的？""嗳！你知道他跳到哪了？他去粤广银行了。""嗯！去粤广银行了又怎么着？""怎么着？粤广银行在我省已开门营业，下一步要在各地市设置分行。"吴越不解地问："怎么？你也想跳槽呀？"刘强说："跳什么槽呀！去打工！"吴越半信半疑地说："行么？咱打工人家要么？再说了，要也不敢去呀，我们是严禁经商的。"刘强说："你傻呀？活人能让尿憋死？"这时吴越的兴致上来了，急忙说："我的刘大行长，看来你真的比我开窍，咱见面说，见面说，我这就去找你。"

他们约好地方后，吴越打了个出租车，就急匆匆地去找刘强了。

顾宇江跳槽了，这是真的。

在青台商贸银行，顾宇江跳槽的新闻成了头条，之所以反响如此大，并不是顾宇江多么重要，而是堂堂的商贸银行市行副行长跳槽这件事本身影响大。

人们在互相传递着议论着，有的人趁机把商贸银行贬低了一阵子；有的人突发奇想，想看看外边的世界究竟是不是精彩，心中蠢蠢欲动；有的人表现得不在乎的样子，事不关己高高挂起；有的人事业顺风顺水，对此不屑一顾。只有退居二线的人，在默不作声地观察。

刘强与吴越二人坐在茶社的半封闭包间内，边喝边聊。"他在这边是市行的副行长，我估计他去了再当一个副行长也没有啥意思，他百分之八九十只会升不会降。"刘强在分析。吴越说:"升不升的,我觉得顾宇江肯定不在乎这个了,他看中的是钱,他去后工资肯定比在这儿高。"刘强不同意吴越的分析,说道:"不一定。粤广银行让你来干什么?他看中的是你的人脉。他不是要在各地市设点么?设分支机构么?顾宇江十有八九会在青台任职,任正职。"吴越说:"什么正职不正职的,他们是股份制银行,或者说是私人银行,与我们商行无法相比。不过,我觉得你分析得也有道理。"吴越又说:"假设他在青台任职,与我们商贸银行竞争,他好意思?"刘强说:"这你就多虑了,商场就是战场,有什么好意思不好意思?"刘强又接着说:"在其他地市提正职没有提成,他确实有怨气!"吴越问:"还有这档子事?"吴越又小声说:"如果真如你所言,他与商贸银行有介蒂,那就有文章可作了。"刘强看了看吴越,想听他继续说下去。吴越说:"很简单哟!你四十八岁就让你提前退居二线,你有意见没有?"刘强笑了笑:"不干也好,天天累得跟驴一样!反正工资照发。"吴越截断了他的话说:"你看看你看看,不说真心话了不是?啥时候了?你在跟谁唠嗑?还不说真话咧老弟!"吴越这一激,刘强憋不住了,滔滔不绝地发起了牢骚:"说真的,我还真不想退,自己的年龄正是能干的时候,可是现在是逼着退呀,他就是想多提拔干部,嫌这帮老家伙占编制碍他的事。"吴越说:"你小点儿声,小点儿声。"刘强越说越激动,又继续说:"这是国家企业,不是他自家的。问题是没有人说,谁去说?谁都不愿意当出头鸟,是不是?这几年我们商行赚钱也不少,为啥员工工资这么低?钱都扔了,都打水漂了!"

　　吴越喊服务员来添茶水,趁此阻断刘强的话说:"别说那了,现在说说咱下一步咋办吧!"刘强一拍桌沿说:"上省城,找顾宇江去,他一跳槽不得先去省里么?去找他聊聊。"吴越说:"你去可以,我去不行,我与他没有多少交集。"刘强说:"也行,这也不能人多,我先去探探口风。"吴越说:"假设我们真的去粤广银行,那咋能瞒过商贸银行呢?"刘强说:"我们又不指望粤广银行交公积金、养老金什么的,名字不名字无所谓,在那叫个啥名字不行?只要你吴越在那不称吴越就行了呗!"吴越想了想,点了点头说"也是"。吴越问:"用不用给老刘他们几个通个气?"他说的老刘是退居二线的商城区支行原行长刘延年。刘强说:"刘延年弄着担保公司的事咧。先别着急,等等看情况再说。"吴越问:"你准备啥时候去省城?"刘强说:"晚几天吧,他刚刚跳槽到那还没有暖热窝,这时候他还顾不得说这么具体的事。你放心，顾宇江我与他的关系还可以。"

一个星期后，刘强去省城找到了顾宇江。一进门，顾宇江热情地与刘强握手，然后拉住刘强的手坐在沙发上，高兴地说："没有想到是你呀刘强！是哪股风儿把你给吹过来了？"刘强说："顾行长，一听说你跳槽走了，我们几个马上通电话说这个事，对你都很留恋呀，说真的，我们真不舍得你走。虽然我们退居二线的不上班了，可是有你在，像你一直在身边，你这一走，觉得像永别了似的。"顾宇江哈哈笑了起来，说道："哪有那么悲壮呀！"顾宇江又拉住刘强的手说："来来，咱到小会议室聊，我还没有自己的办公室，领导说让我先临时凑合着，很快就让我到下边市里去铺新摊子。"刘强与顾宇江一边挪地方，一边问顾宇江："是不是还让你到青台呀？"顾宇江略微思考了一下："还没有说，但我估计可能性很大。"刘强急忙接过话茬："顾行长，如果到了青台，我能不能给你当兵呀？"顾宇江说："怎么？对商贸银行来说你是心猿意马呀！"说罢，两个人都哈哈大笑了起来。

顾宇江为刘强倒了一杯水说："先说好，我这儿可没有茶啊！这可不像青台，我来到这儿啥都还摸不着头绪，你再早来几天，连开水在哪接我都找不着地方。"刘强笑了笑说："你到青台，就成了一方'大员'了，到时就又不缺少茶叶水喝了。"顾宇江若有所思地说："刘强呀，咱来到这儿，不是图喝茶叶水唰，如果我要是图舒服，我又何必来这儿，我在青台不很好？虽然大事轮不着我拍板，可也用不着什么事都亲力亲为吧？所以，咱既然来了，就入乡随俗，人家这儿与咱商贸银行可大不一样，我的思想得一段适应。总体来说，我来到这儿，就是两个目的，一是想真干点事，第二呢，当然是想多挣钱了，他们开的工资当然是高一点儿。"刘强不解地问："我不明白一个事，论赢利，我们商贸银行的赢利水平不比其他银行差，为什么像这南方的股份制银行给开的工资都那么高，它的钱从哪来的呢？"顾宇江说："这个问题你问得好，你如果在这儿上班，哪怕就上一个星期的班，你就会有感触，他们与我们商贸银行处事方式、管理方法都不一样，为什么？从根上说，管理机制不一样？为什么管理机制不一样呢？因为所有制不一样。那么说是他们这种私有制好么？不是，绝对不是，他们有他们的缺憾，我们有我们的优势，但从钱这个角度说，他们确实有我们借鉴的地方。比如说，你作为泉溪县支行的行长，你在工作中考虑最多的是什么？一是尽职，二是不出事。如果有一天，泉溪县商贸银行成你刘强自己的了，这时候你考虑最多的还是尽职不出事么？肯定不是了，你考虑最多的是怎么盈利。只有多盈利，才是你经营的初衷。尽职这个事不提了么？不提了，没有必要了，一个营销人你看的是他给你带来了多少客户，多少存款，至于他出门营销时是先迈左脚还是先迈右脚，你管么？你不会管那么具体的，并不是说管不过来，是没有必要。再比如，让你去采购东西，你是买便宜的还是买贵的？你会说当然买便宜的。在粤广银行如此回答是正确的，但在我们商贸银行回答就不一定对，为什么？因为那里条条框框太多，你做的事必须得让别人看到，这样问题就出来了，有许多事都是走着弯路办着窝囊事。造成这个状况也不是说就埋怨哪个人，不是，是许多人没有真心把经营看成自己的职责，而是许多人的工作都是做给别人看的。"刘强说："还确实是这样，我们做什么事，都是让别人看的，让别人看我做了什么，我是怎么做的，那些亮点工程就说明问题了。"顾宇江说："对，你说到点子上了，亮点工程问题，什么亮点不亮点，带不来效益，要那些亮点什么用？有好些亮点是带不来效益的，甚至有的所谓亮点都是赔钱买卖，但是它却成了商贸银行报道的头条。为什么？那都是做样子让别人看的，让领导看看自己的业绩，为了得到重用。"刘强正要说什么，顾宇江又抢着说了一件事："不同的经营方式，是因为不同的经营理念，比如他们这粤广银行，制定的什么目标，诸如一季度开门红的目标、存款增长目标、中间业务全年任务达到多少，等等，这些数字对他们来说是严禁外泄的，这属于商业秘密，可在我们商贸银行呢，需要在办公楼电子屏上显示，需要在大厅的墙面上张贴，我们不怕商业机密泄露么？也怕，为什么还要公布于大庭广众之下呢？一是为了让领导看青台的工作决心，二是呢，虽然有些业务部门也懂得保密，但各部门都想亮出自己的业绩，比如办公室是让你看看我做的表格多么地规整，我的宣传方式是多么地多样化。之所以出这么多的幺蛾子，归根结底是由于做什么事情都是为了让别人看。"

顾宇江越说越带劲："咱们绕了一个弯，言归正传，为什么商贸银行工资比不上人家这些不出名的银行呢？这些不出名的银行挣的钱分配理念是，一是给了国家，二是给了个人，三是看看还剩余多少给了挣钱工具，挣钱工具是为前两项服务的。我们商贸银行的分配理念，一是给了国家，二是给了挣钱工具，然后看看还剩余多少给了个人。可想而知，我们商贸银行员工的工资会比得上其他银行么？"

刘强听了顾宇江一席话，情绪有点激动，说道："顾行长，我就是不要商贸银行发的工资，我都想来粤广银行。"顾宇江摆了摆手说："不能听我的煽动。我只是说说而已。不是不想让你迈这个步，你要理智地想问题，各有各的好处，人也不能比人，我之所以跳槽，与我的性格也有关。你们不能轻易做出这样的决定。你想想，你在商贸银行来说拿的是相当高的工资，又不用上班，多好呀，我在这上班，工资是高了点儿，可你也应该能想到，这可不是来享福的，是来干活的，也是有压力的。"刘强说："顾行长，你要是真的能上青台，我真的想干点儿什么事跟着你，我可真有这样的想法。"顾宇江说："这个倒是可以，到时候看看能不能找一个活，工作压力不太大，工资呢，你也别太乐观，只能说尽量高点儿，反正你拿着商贸银行的工资，不管这边给你多少，你又不指望这个钱养家糊口不是？"刘强说："哎呀，就是就是，顾行长，我正是这个意思，我不会嫌工资低，只要能有点儿事做，我的年龄也不是七老八十了，不能就这样天天遛鸟呀！我就是图个心里痛快！"

顾宇江给刘强添了添水，说道："我们先有这个意向，现在呢，八字还没有一撇呢，等我能到了青台，我们再商讨具体细节，你看行不？你放心，是人才，这儿都欢迎，这不是只我顾宇江本人有这个态度，是整个粤广银行都是这样的用人机制。"刘强听罢，心情异常振奋，他决心要再干一场。刘强应该不是自不量力，毕竟他才刚满五十岁，正是人生大展鸿图的时候。有时，人真的不是只为钱，他为了能体现自身的价值。

刘强回来后，把与顾宇江谈话内容告诉了吴越，吴越也很兴奋，两个人摩拳擦掌，为了一个新的奋斗目标，他们跃跃欲试。

二十九

天空飘下了雪花，虽然没有盖严地面，青台的夜色也显得异常别致，在灯辉的映射下，显得素雅了许多。在沙河南岸，一辆黑色的轿车里，一个女人在抹眼泪。"你这一走，我像掉了魂一样，心里没有一个着落。"段红丽一听王新悦说要被调走，显得愁肠百结，"没事，有啥难办的事跟我说就行，需要我出面协调的我说话还有一定的分量。"王新悦在极力安慰她。段红丽说：

“哎！常言说人走茶凉，你走了，人家还会看你的面子？平时有你罩着，我心里踏实，你这一走，我真的感觉很失落。”王新悦说：“铁打的营盘流水的兵，商贸银行调动人很正常，说不定啥时候我又调回来了。”段红丽说：“但愿你能回来，再回来，我更有依靠了，你成一把手了。对了，你会不会到时再升一格呀？”王新悦说：“那是可遇不可求的事情呀，就这次的提拔，我都已经费了九牛二虎之力。按理说，在青台是二把手，才有可能到新中市任一把手，这次我能从青台的三把手直接弄成新中市商贸银行的一把手，你可想而知，我费了多大的劲。再升一格，即使几年后我万一真的实现了，现在我敢想么？”王新悦说罢又自言自语地说，“不敢想啊！”

段红丽说：“现在的几个行长不知道好不好打交道，都没有接触过。”王新悦说：“嗐，好不好打交道能怎么着？再说了，即使有用着谁的地方，还有你段红丽拿不下的？”段红丽不高兴了，说道：“老王，你说这啥意思？我看你就是没有良心！”王新悦说：“咋？生气了？我没有别的意思，我的意思是说你段红丽很优秀，什么事情都能做出名堂来。”段红丽一噘嘴说：“你也别安慰，你也别解释，我只觉得你把我对你的好心当成驴肝肺了。”王新悦收起笑容，一本正经地说：“没有没有，我刚才只是开了一句玩笑，你认真起来了。”段红丽说：“话说回来，我也是没少给人家笑脸，你不搞经营，你都没有感觉现在做个生意是多么难，你光看着我们家的生意做得风生水起，你不知道我们都作多大的难，不管干哪件事，都得求爷爷告奶奶，哪个庙里的香都得烧到，有时候烧不好还把自己的衣服给烧着，哎，真是不容易。这是求人的时候，不求人的时候，也会有无数双眼睛盯着你，谁让你的楼盖得高了，树大招风啊！他们一来，说实话，我们腿都发软，哪个庙里的神仙都不是白来的，还有的就打电话让你去，来都不用来，让你去干啥？你以为真是去一趟就是为了听他谈话呀？你都得心领神会。”

王新悦看着段红丽越说越激动，想安慰安慰她。“你说这也不全对，你说，我要了你的啥好处？”段红丽情绪迅速好转起来，望着王新悦不无感慨地说：“新悦，你是好，但你是例外呀，因为我们之间的关系已不是普通老百姓与当官的关系了，我们是情人关系呀！可是有几个这样的关系呀？我总不能把所有当官的都发展成情人吧？”王新悦半开玩笑地说：“如果是这样呢？”段红丽看了看王新悦的脸，并没有取笑的意思，就也循着他的话茬往下说：“如果是那样，我会被你们男人给撕扯成碎片的。”段红丽说罢心里还是憋得慌，又补充说道，"新悦，你放心，我不会轻易找其他男人的，当初要不是你胆子这么大，我才不敢伸这个腿呢！"王新悦说："那结果你还是伸了，而且你乐享其成呀！""王新悦！！"段红丽一脸怒气地吼了起来。

王新悦知道把话说得太离谱了，赶紧把段红丽搂在怀里，哄着她："别生气，别生气，说真的，我临别也是很难受，只怕你跟着别人跑了，我也是有嫉妒心的。"

段红丽说："话说回来，我看啊，这世上人与人之间的关系，还是情人之间的关系是真关系，只是最后别撕破脸就行。"王新悦说："别多愁善感了，我对你好就行了呗！"段红丽又抹起泪来，说道："我想你咋办？"王新悦说："那你就去找我呗！"段红丽说："你们这男人，一个个的都是冷血，我去找你，你就不能说来找我？"王新悦说："不是我不找你，我是说你比我自由啊，常言说当差不自由啊！"段红丽不以为然，说道："有什么不自由？我看你下班开车一会儿就到了。"

夜已深了，段红丽回到家，马中伟还没有休息。段红丽在考虑是不是把王新悦调走的事说给马中伟，想来想去，还是不说的好，说得太早马中伟问起来你是怎么知道的，很可能会穿帮。段红丽洗漱完毕脱衣上床，马中伟从中卧走进段红丽的卧室，也想上来，段红丽如训斥一般地说道："去，上你那屋，今天不行，肚子疼。"

"王新悦调走了！王新悦调走了！"第二天，青台商贸银行又传出来一条重磅消息，虽然这条消息没有顾宇江跳槽的消息更"头条"，但也是一件令人惊叹的事件，因为他不是仅仅调走，且还升官了。升官的消息不一定能引起所有人的兴致，但也相当吸引人的眼球。他成了新中市商贸银行的一把手，这个消息不翼而飞。

顾宇江走的时候，很突然，几乎没有来得及与任何人打招呼，当然了，也许是顾宇江清楚自己是"逾越雷池"，不能不低调。但王新悦调走的消息传开来后，所有的部室经理主任都来到他的办公室问候、告别，所有的县区支行领导尤其是支行的一把手、对口行长都从几十里、百里之外赶来，想与王新悦行长见"最后"一面。一整天里，王新悦行长的办公室里人来人往，告别的人络绎不绝，王新悦倒水也倒不及了，最后不管谁来也不说倒水的事了。

市行机关一些部室的部分员工也来了，一般员工来告别，王新悦显得情绪有点儿激动，赶紧握手，笑脸相迎，一般员工的送行是不是王新悦有什么触动，大家不得而知。

临近下班时间，办公室通知，明天上午八点半副科级以上干部穿西装在六楼会议厅开会，省行人事处副处长王爱霞要来青台分行宣布人事调整决定。

八点半，青台市商贸银行全体副科级以上干部准时进入会场。办公室主任刘利民看了看签到表，人员已基本到齐，然后电话报告给胡正强，胡正强这时正与人事部经理吴洪生在高速路口等着王爱霞一行。胡正强电话问王爱霞副处长走到哪里了，王爱霞说已离开省城上了高速，新来的副行长申学兵也在车上。

会议室开会的人开始坐不住了，空调再卖力地吹也止不住人们穿工装单薄的冷，房子太大了，个个冻得脸色发紫。也有敢违背要求西装里穿着棉衣的人，但只有瘦人，棉衣才能勉强塞进去，塞着棉衣的人扬扬自得地看着别人挨冻流鼻涕。

时间在一分分地过，人们数着时间的指针像数着苦难一样，多希望时间走得快一点儿，会议赶紧结束。可是，省里的领导什么时间来到，没有天气气象员预报，大家只能在这儿苦苦地等待。人们互相之间懒得说话，只是不停地在跺脚，跺脚也不是脚冷，是为了不断活动产生一点儿热量。

这时，王新悦电话叫钱红，钱红走出了会场，来到王新悦办公室，不在，打电话问，在大办公室，钱红到大办公室门口，王新悦已经走了出来，悄声问钱红："李绪凡在省里与谁有关系，你知道么？"钱红摇了摇头说："不知道。"钱红愣怔了半天，不知道王新悦问这干嘛，也不知道李绪凡在省里还有关系。王新悦说："没事，我就是顺便问问，我觉得你们原来在一起，看你听说过没有。"钱红否认后就准备重新回会议室。这时，几个行长也走出办公室，准备下楼迎接，看来，省行领导终于来了。

钱红趁机去了一趟卫生间，出来正好与省行领导一干人等打了个照面，王爱霞副处长看了看钱红，钱红正要打招呼，王爱霞却把头扭了过去。原来王爱霞在青台时是人事部的一般人员，与钱红还比较熟络，现在不同了，王爱霞气宇轩昂，也许是人事处副处长应有的样子。

会议室的门忽然大开，人们回头看，看到一行人马款款而来。会场上的人们等了足足一个半小时，现在是上午十点整。尽管从表面上咋一看，会场上都穿着蓝色西装，整齐划一，但仔细瞧就会发现，一个个都在那打着哆嗦，还有的人已开始打喷嚏。

通过会场通道，走在最前边的是王爱霞副处长，会场上的人很少有她不认识的，但她走路时目不斜视，因为每一双眼睛都长在她所熟知的人的脸上，她要是打招呼也打不完，于是她仰着头向会台上走去。由于走路时没有人打扰，步伐显得非常均匀，加上皮鞋后跟的清脆响声，那气度、那神态、那种傲睨自若的表情，彰显了高车驷马般的威仪。

可是在走到中间的位置时，出了一点儿差错。

王爱霞副处长走在最前边，紧跟其后的是胡正强，再往后是省行人事处干部科的科长，然后是几位副行长魏贤志、申学兵、秦四方、张正彪。可是走在半路会场上有人问胡正强一个当紧事，这时省行人事处干部科的科长走在了胡正强的前边，走着走着又有人与干部科长熟悉站起来聊了两句，其他人也不好再大跨步地往前走，这时王爱霞副处长已上了主席台，她上到台上一看，后边的人没有跟上来，她略显尴尬，脸色由红变绿，马上整个脸都变形了，她生气了。

胡正强与省行人事处干部科科长上到台上，分坐王爱霞副处长两边，其他领导在台下前排就座。胡正强开场白，然后王爱霞让干部科科长宣读王新悦调走与申学兵、秦四方两位副行长任职的决定，秦四方接替的是顾宇江，已来了些时日了，只是省行考虑着不久还要人事变动，就等到今天一块来宣布。本来，干部科科长宣读完决定王爱霞作为副处长应该讲讲王新悦的工作成绩及对两位新到任副行长的简单介绍，没想到王爱霞一声"散会"，就这样结束了，连问一下东道主还有什么要说的话这个简单程序都省略了，显然她已带着情绪。

三十

就在连续走了两个副行长新来了两个副行长的当儿，魏贤志找胡正强建议，把轻工路支行行长赵卫铭调到市行其他部室协助部室经理工作，魏贤志说赵卫铭觉得自己快到站了，工作不下力了，轻工路支行的工作总是落后，应该再物色一个人，先主持着工作走。魏贤志之所以这个时候提出来，是认为新来的两个副行长还不熟悉情况，自己的意见只要胡正强不反对，张正彪是纪委书记，一般情况他是不干涉的。胡正强听魏贤志如此说，也同意再物色一个人挑大梁，但在物色好"角儿"之前，还是先不动赵卫铭为好，一个支行没有一个主要领导管事胡正强心里会不踏实。魏贤志把这个消息传递给了范丽娜，好让范丽娜心里有数。范丽娜接到信息后，给魏贤志回了一个"谢谢学长"。

　　胡正强突然接到通知，要他马上到省行开会。

　　胡正强到了省行，来到了人事处，人事处的小王一看是青台胡正强行长来了急忙让座，对胡正强说："胡行长，你先坐这儿等一下，王处长有点儿事出去了，一会儿就回来。"小王给胡正强倒了一杯水，就自顾忙去了。

　　胡正强一直耐心等着，心里七上八下的，一直端着水喝，只是杯里的水始终没有下去，看得出，胡正强心里有事。

　　胡正强一会儿一看表，时间过得好慢！

　　临近下班时间，王爱霞终于露面了。

　　小王放下电话后告诉胡正强："胡行长，你去吧，王处长回来了。"胡正强敲开王爱霞的门，王爱霞客气地让了座，开门见山地说："是这样胡行长，历山市分行的裴顺畅副行长刚提拔成正职，他要到你们青台市去，你呢，行委会的意思是想调你到省行，你这些年来在青台也干出不小的成绩，你工作经验丰富，出于对你工作的信任，拟让你做调研工作，也就是调研员，协助关行长工作。"胡正强耳边像响了一声炸雷，击得胡正强眼冒金星，他只听到了"调研员"三个字，王爱霞说了其他的什么内容，胡正强全没有听进心里去。胡正强呆在那足足有一分钟没有说话，王爱霞一边整理着桌子上的文件，在等着胡正强的反应。

　　胡正强万万没有想到他的仕途生涯就此结束，事情的突然变化，让他猝不及防，他现在的心情就像高考落榜时一样的难受，甚至比那更让人感到绝望，高考只是一时失利，还有翻盘的机会，现在的自己是油尽灯枯。

　　"喝水胡行长！"王爱霞给胡正强倒了一杯水，端到了胡正强面前，胡正强这时才似噩梦方醒。"还有别的事么？"胡正强有气无力地问。王爱霞说："还有就是，你们青台人事冻结，从现在起，直到新行长到任。"胡正强心想，马已被砍掉了四蹄，还有必要再用绳索捆住四肢么？胡正强什么话也没有说，只是点了点头。王爱霞又说："你回去后马上收拾一下准备来省行报到，明天或者后天裴顺畅行长去青台报到，你到时先与他交接一下，省行这两天去宣布。"

胡正强从王爱霞办公室出来，也懒得去关天方副行长那打招呼，下了楼唤过来司机，直接回青台去了。他看了看表，算了算时间，急忙拿出电话打给刘利民："你通知市行领导班子，晚上八点在小会议室开会。"胡正强一忙给忘记了，应该通知人事部经理吴洪生，他随即又给吴洪生打了电话，让他晚上在人事部等着。

胡正强为什么这么着急开会，他为了一个人——钱红。魏贤志前一段时间建议轻工路支行挑选一个副行长主持工作，换掉赵卫铭，现在最好的方案是把钱红派去主持工作。青台分行人事冻结，挑选一个副行长去主持工作，不算违背省行人事冻结的指示，且钱红只是主持，并不是实质性地任职，这种临时的工作调动不算违背人事冻结。

胡正强为什么如此器重钱红？也许临走胡正强才良心发现，对钱红有亏欠。前几次的竞聘没有给钱红弄成，胡正强觉得反正局势掌控在他自己的手心儿里，这只是早一天晚一天的事，胡正强没有想到事情发展得这么快。胡正强决定，在临离开青台之前，把钱红调到轻工路支行主持工作，虽然主持工作不等于将要扶正，但主持近似在晋升正职的等待队列里已位于前排。对钱红来说，这是他胡正强现在唯一能做到的。

晚上八点，胡正强准时回到单位，其他四人也已到齐。胡正强开门见山说："今天这个会有点儿特别，我马上就要调走了，在调走之前，想做一件事情，前几天贤志行长建议再挑选一个认真负责、工作能力强的人到轻工路支行主持工作，赵卫铭同志已经快到站了，让他提前让贤，但不是让他退二线，让他协助支行的行长或者协助市行部室经理工作。大家有没有意见？"这时大家最关注的还是胡正强调走一事，都急着问："你调到哪？"胡正强说："还没有正式通知，可能是调到省行，反正是不在青台市工作了，这个信息是千真万确的。"胡正强笑了笑。他又接着说，"趁我还没有走，我呢，也有一点儿私心，钱红这个同志说实在的，很能干，但他也有自身的缺点，缺点也好优点也好，这个人人品是不错的。我想让他到轻工路支行主持工作，你们看看有意见没有？"申学兵、秦四方、张正彪都说没有意见，只有魏贤志的表情不太自然，这一点儿，似乎在场的人都看出来了。胡正强说："贤志，你是不是有话要说？"魏贤志想了想，悠悠地说道："没有意见。"

胡正强说："好，那就这样定了。"胡正强把人事部经理吴洪生叫过来，具体交待了一下钱红的事，然后散会。

这个决定，打乱了魏贤志的"战略部署"。魏贤志前一段时间向胡正强的建议，本意是想把范丽娜弄成主持工作，这半路上杀出一个程咬金，给魏贤志弄了个措手不及。但钱红也是魏贤志"圈里"的人，魏贤志也不好再说什么，也只好认同。

裴顺畅行长走马上任。

消息迅速传遍青台市商贸银行。

青台市商贸银行议论声一片，这一段时间青台市商贸银行像变了天一样，这么短的时间里，五个行长换了三个。

省行来人宣布人事决定，程序场景与前几天送别王新悦迎接申学兵、秦四方的一幕如出一辙。

青台市分行领导班子吃饭与市行机关的员工吃饭不在一个地方，行长们坐的是单间。吃的饭也不一个锅，一般员工吃饭是大锅菜，市行领导班子吃饭是六菜一汤。

裴顺畅第一次在食堂吃饭，进了单间后与几位副行长有说有笑地打招呼、坐定，然后大师傅推着送菜车进来了，把菜摆放齐。这时裴顺畅忽然看见办公室主任坐在对面，裴顺畅不解，他一直看着办公室主任刘利民，弄不清他是有事找自己还是要在这儿吃饭，要说是找自己的吧看着他的表情又不像，要说是吃饭的吧其他部室经理主任都是在大厅吃，为何他要坐行长单间呢？出于弄清原委，裴顺畅还是问了一句："你是……？"张正彪以为裴顺畅还不认得办公室主任，赶紧介绍说："啊，他是办公室主任刘利民。""不，我知道。我是说你有事情么？"刘利民说："我，没有！裴行长。我在这吃饭。"这时魏贤志赶紧解释说："他都是在这吃，让他在这吃吧，怕行长万一有啥事情。再说，这人也不多，比如我离家近，平时很少在这儿吃。"只有魏贤志替刘利民介绍了这个吃饭习惯，其他的行长都没有说话。裴顺畅皱了皱眉头，还是感觉不解，在他们历山市，还从来没见过办公室主任吃行长桌子上的饭、叼行长桌子上的菜。刘利民尴尬至极，吃也不是不吃也不是，如坐针毡。他勉强地挨到了吃饭结束的时候，如释重负地舒了一口长气。

按照平时的习惯，吃过饭，刘利民是要跟在一把手身后把一把手送到他的办公室休息自己再回到办公室的，可是今天他不敢跟了，他一旦不跟在行长后边反倒不习惯，就像谈恋爱被放了鸽子一般。

但是这个状态只是短暂地停歇了一阵子，不几天，刘利民又跟上行长的步伐了。他也想了，裴行长身边必须得常有一个人，不然遇到突发情况没有一个传令的怎么办？他认为自己就像美国总统身后那个手提密码箱的人一样不可或缺。

钱红到轻工路支行上任，轻工路支行行长赵卫铭、现在应该说是前行长赵卫铭自然是显得雍容大度，对钱红的到来表示欢迎，并说自己终于可以省心了，脸上堆满了笑意。赵卫铭把副行长范丽娜、董宜勤、纪检书记夏野象征性地介绍给钱红，说象征性是因为不用介绍钱红也都熟悉，钱红也是一一握手，说道："自己业务能力也很一般，以后需要大家尽力地捧场与关照。"然后又特意抚着赵卫铭的胳膊说，"希望你老哥多多指教！"赵卫铭说："谦虚了你，我这是麻绳提豆腐，提不到桌面上了。以后，有什么事，你们几个商量就行了，我是二大爷赶集随便转悠。"二大爷赶集这句话是地方方言，意思是随意逛街，赵卫铭说完就以去卫生间为借口，一去不回了。

范丽娜与钱红对视了一下，钱红笑了笑，范丽娜也是递给钱红一个笑脸，只是笑得极不自然。钱红来主持工作，是范丽娜始料不及的，胡正强临走布的这个局，让范丽娜心情一落千丈。昨天晚上，她就已与魏贤志通了电话，魏贤志也只能啧啧个不停，对范丽娜说不出一句有力的宽慰话。最后魏贤志也只能说："主持工作只是临时主持，并不说明其他的问题。以后竞聘，主持不主持，都一样的机会。"

钱红到了新任上，与几位副职商议下午三点开会，目的是与所有领导层见见面。

时间点一到，钱红进了会议室，几位副职已先行就座。钱红坐下后，往会场一看，就三个人，钱红扭头问范丽娜："参加会的就这几个人么？"范丽娜说："是呀，就这几个人。"范丽娜又把参会的人一一介绍给钱红，办公室主任彭义军、客户部经理徐志伟、营业室主任常淑玲。钱红一看这阵势，有点扫兴，他也忽然意识到，这是个单点支行，单点支行是一个支行就管辖一个营业网点。问题是讲台上坐了四个人，台下坐了三个人，这领导比被领导的人多，场面多少有点儿尴尬。钱红怎么都觉得别扭，讲话提不起兴致，便说："今天，就是认识认识，也不叫什么开会。"又问几个副职，"你们几个有啥事没有，没有的话就散了吧。"于是会议就这样草草结束。走出会场时，钱红叫住办公室主任彭义军："会场这种布局不太合理，把这桌子撤了吧，换成回形会议桌子，开会时参会人员围着桌子坐就可以了。"

办公室主任彭义军雷厉风行，第二天就把会议室布置一新，老桌子让收废品的拉走了。

几天后彭义军拿着发票找钱红签字，钱红一看，火冒三丈，抬头问彭义军："多少钱？两万五？！"彭义军结结巴巴地说："嗯，是、是两万五。"钱红问："这一套桌子在家具店顶多也就两三千元钱吧？怎么这个桌子这么贵？在哪买的？"彭义军给钱红说了具体商家，并说行里好些东西都是从那买的。钱红问："为什么买家具不在家具城买？"彭义军说："那里的商家大多没有发票。"钱红不以为然，说道："那不可能全市这么多卖家具的就他一家有发票吧？"彭义军吞吞吐吐地说："这是刘主任的关系！"钱红问："哪个刘主任？"彭义军说："市行办公室主任刘利民。"钱红气得把票往桌子上一拍，说道："先放这儿吧。"

钱红越想越气不过，尽管是公家的事，也得大差不差呀，可这贵得也太离谱了，这种商家是要喝公家的血呀！钱红正好要到市行有事，他拐到办公室主任刘利民的屋子里，钱红见了刘利民尽量装出一副笑脸。刘利民先说话了："哟，钱行长过来了？有事么？"钱红从刘利民的神态上似乎察觉到了一丝异常，他本想说件别的事顺便把这个话儿点出来，一看刘利民的神态感觉他似乎已经听到了消息就一股脑儿说出来了。"刘主任，我们轻工路支行买了一张回形会议桌，听说你与那个商家熟悉？"刘利民一听马上把脸耷拉下来，问道："哪个商家，我不清楚。"钱红把商家名字报给他，刘利民说道："我也不熟悉，只是买过他的东西，然后我就给部分支行介绍了一下。"钱红说："如果你不熟悉的话，那我们下次买东西就换家儿了啊？"刘利民说："换不换家与我啥关系？你给我说这啥意思？"钱红与刘利民不欢而散。

刘利民待钱红走后，去了裴顺畅行长的办公室，说了一些其他事情后，顺便说了一句："这个钱红工作能力也说得过去，就是私心太大。"裴顺畅问："怎么了？"刘利民说："他们轻工路支行买办公用品，可能不符合他的心意，想让买他指定的商家，把他们办事的同志难为得不得了。"

钱红回到轻工路支行后，已到临近下午下班时间，这时支行办公室主任彭义军领着一个人走进了钱红的办公室。"钱行长，这是卖家具的韩老板过来了，想认识认识你。"钱红看了看来人，问道："买张会议桌子，只要买卖双方愿意即可，还需要认识么？"显然钱红对来人不太客气。韩老板和颜悦色地说："钱行长，你们商贸银行对我这个穷做买卖的历来很照顾，我今天想请几位领导吃个便饭，您看能不能赏个脸？"钱红说："吃饭就不必了，你卖给我们的东西能便宜点儿就行了。"韩老板为难地说："钱行长，是这样，我们这生意也不是我自己单独的，几个人合伙，有些事也不能我一人说了算，但有一点儿我能做主，请吃个饭喝个茶了，都不是问题，您看您刚来当行长，是不是认识认识，不要紧的钱行长，你买东西不管买多买少，以后买与不买都是您说了算，我只是想表达一点儿心意。"正说话之间，范丽娜过来了，一看韩老板便戏谑地说道："嗯！韩老板，稀客呀，你今天咋想起过来了，你是有名的铁公鸡一毛不拔，难道你今天学大方了？"韩老板满脸堆笑说："范行长，你看你咋这样说，说得我脸都挂不住了，今天真的是想与几位领导坐坐，想让几位领导赏个脸。"范丽娜说："韩老板请客，还能不去么？前几天贤志行长还说起你呢。"韩老板正要说什么，范丽娜说："你先去彭主任那等一会儿，没看见钱行长在忙么？让钱行长忙完再说。"韩老板像捞到了救命稻草一般，赶紧点头哈腰地跟着彭义军出去了。

韩老板出去后，范丽娜对钱红说："钱行长，你可能还不知道，我们市行连带这几个支行买桌椅之类的办公用品几乎全是买他的，你们长河区支行不是买他的么？"范丽娜这一问倒是把钱红给问住了，他还真的不知道，因为在长河区支行他不负责这一块，也用不着他这个副手签字。范丽娜又说："他想请客就让他请吧，反正也得买他的东西，不去白不去。钱行长，有些事，也不是咱能左右了的，说也说不清，咱就睁一只眼闭一只眼吧。"钱红看了看范丽娜，自己反倒像做错了事的孩子。

三十一

春节将至，青台市商贸银行要举行春节联欢会，范丽娜几次催促钱红出节目，钱红却不为所动。

联欢会就剩两天的时间了，范丽娜又敲开了钱红的门。"钱行长，我们行得筹备个像样的节目呀，市行说是硬性任务，我看你得亲自点将了，听说没有？市行个金部的陈寒梦，不，是陈梦寒，从皇城区支行借调的，在排练节目时都引起了轰动，那些排练的人都不排练了，都围着她看，听说厉害得很，到时候咱要是太不像样了，有点说不过去呀？"钱红一听，明白了这几天陈梦寒为啥没有给他打电话，是为排练节目在忙活。实际上钱红猜错了，陈梦寒还不至于到了忙得连电话也顾不得打的程度，她是不想告诉钱红，想给钱红一个惊喜，钱红只知道陈梦寒能歌善舞，但钱红还没有正儿八经地看过陈梦寒的真功夫。

终于到了联欢的一天，陈梦寒电话告诉钱红，让他务必去六楼看节目，其他什么都没有说。

市行六楼会议厅，四面墙上布满了彩旗、彩球，顶上挂满了花须，一片喜气洋洋的景象，音乐放的是《迎宾曲》，轻松愉快。人们陆续进场，参加联欢会的除了市行机关全体员工外，还有各支行表演节目的人员以及各支行的领导、职工代表。进了会场，人们忽然发现长期为工作绷紧的神经在这一刻得到了舒缓，个个都兴高采烈，青台商贸银行一年一度的春晚，似乎才真正激活了商贸银行人潜藏在心底的激情，她们删除了脸上的刻板模样，揭开了商贸银行人青春的底色。

会场上仍然是一排排的观众，并没有改变平时开会时的桌椅布局。桌子上摆满了瓜子、糖果与水，人们随意找一个位置坐下，开始磕着瓜子唠起嗑来，渐渐地已座无虚席。有表演任务的员工已就前几排靠侧墙而坐，尽量不让自己的装扮过早"曝光"，以保留出演时的新鲜感。

男女主持人走上台来，进行报幕。

联欢会开始。

大家看着台上的节目，心态各异。有的是想看看这些同事平时不显山露水，在这个一年一度的热闹场合能出个什么幺蛾子；有的是从别人的表演中看出了节目的破绽，向身旁的人指指点点，然后笑个不停，让邻座知道自己不是没有才艺，而是想让别人上去出丑；有的人就是来凑个热闹，也不管台上的表演是喜是怒是悲是乐；也有的人就是来吃个水果，放松放松疲惫的身心。

每个节目演完，大家都不忘记象征性地鼓掌，以行应有的礼节。

台下的观众席上，钱红坐在最后边，他不是在等待为轻工路支行出演节目摇旗呐喊，他是在等待陈梦寒的出场。

在观众席上，还有一个人也在紧张地等待着，他就是李绪凡。按照一般人的习性，屡次遭到陈梦寒的冷遇，早就该偃旗息鼓，不再不顾一切地去追求不属于自己的那份虚无缥缈，但李绪凡不同，他已经钻进了一个痴情的迷宫，他自己再也找不到回返的路。也许他已把握不住自己，或者根本就不愿意把握，他自己也弄不清自己到底是想做陈梦寒的粉丝，还是想让陈梦寒做他的红颜知己，可惜他不知道的是，陈梦寒压根儿就不需要这种"不自量力"的追随者。

今天，李绪凡坐在了靠前的位置，桌子下还悄悄放着一个用黑色塑料袋子蒙着的一个鼓鼓囊囊的东西，只是邻座的人并没有太注意。

"下一个节目，陈梦寒小姐为大家表演伦巴舞，请欣赏。"女主持人报幕时脸上溅出春风般的笑意，传递到联欢会角角落落，感染着全场每一个人。

"啊！陈梦寒！我在排练时看她的节目了！"有一位同事一听是陈梦寒要出场了，兴奋得几乎从座位上弹了起来。是的，好些人都在传，陈梦寒排练时把现场的人都给震撼了。现在的观众席上，一定有不少的人对陈梦寒的演出在翘首以盼。

报幕已十几秒过去了，陈梦寒并没有出来。

台下观众在交头接耳，纷纷用不解的眼光向台上望去。主持人也不知所措，掀着内层幕布在往里边探头，正在这时，陈梦寒终于现身。

只见她穿着黑色高开叉的拉丁舞半身裙，每迈一步，都彰显出艺术的魔力。虽然她只是中等个头，既已入戏，显得她挺拔俊秀，摄人心魂。她在向台中央挪步的一招一式，一颦一蹙，无不透露出那种轻盈、妩媚、曼妙。台下观众随着"啊"的一声，整个联欢大厅瞬间成了静默的世界，几百双眼睛投向了陈梦寒。

随着音乐的响起，陈梦寒炯炯有神的双目，放射出晶亮的光华，那种光华射穿了所有人的激情源，所有人的血液都在随着陈梦寒蹬出的干脆有力的恰恰，在激荡、在沸腾、在澎湃。

平时人们也听过拉丁舞曲，也观赏过拉丁舞，但从来没有像今天现场看着陈梦寒翩跹的舞步，让人痴迷、让人到了忘我的境界，陈梦寒成了舞的化身，她简直就是一个在每个人脑海里穿梭的销魂夺魄的精灵。

她那夸张的狂野，让人从寂静中迅猛苏醒，豪放呐喊，欲罢不能；她那婀娜多姿，让人心神不宁，浮想联翩；她那风情万种，让人醉意猝生，心灵像划过一道妩媚的光弧。陈梦寒的舞透视着生命的自信、对一切迂腐的傲视，台上的热情奔放感染了万物、感染了时空，仿佛整个世界都在为她旋转。

音乐戛然而止，陈梦寒一个潇洒的造型合拍了最后一个重音节，把一曲拉丁舞画上一枚掷地有声的句号。人们从沉静的状态苏醒了过来，似乎刚从梦里走出。停顿了十几秒，观众才想起来鼓掌，掌声如潮。

看观众席上的一张张面孔，神态各异。有的目不转睛地盯着陈梦寒的背影，有的张着口长久不合拢，仿佛还没有从惊愕中醒悟一般，有的忘情地站了起来，直到陈梦寒的背影消失，才猛然发觉自己失态。

观众都记住了，她叫陈梦寒。

陈梦寒征服了全场！

因为只有陈梦寒是两个节目，所以她演过第一个节目时需在幕后候场，主持人报过幕，来到后场去瞧陈梦寒，一是看看陈梦寒出演前长时间的停顿发生了什么事，二是看陈梦寒第二个节目出场还有没有其他的"故障"，主持人最害怕"掉链子"。主持人走到幕后一看，发现陈梦寒在抹泪，问陈梦寒缘故，陈梦寒也不说，只是摇头。主持人无奈，只得问一声，下个节目有没有问题，陈梦寒轻声说没有问题，主持人才返回幕侧。

台下的李绪凡没有献成花，正在捶胸顿足，他刚才只顾看陈梦寒跳舞，竟然把献花的事给忘记了，待陈梦寒谢过幕李绪凡才醒悟过来，可是晚了。只好等待陈梦寒走下台阶时的机会，可是他左等右等却不见陈梦寒下来，心急如焚，他唯恐陈梦寒从舞台偏门出去，这是六楼，哪来的偏门？他忘了。

他豁出去了，把桌子下的黑塑料袋一扯，一束鲜花露出来了，他捧起鲜花跑上了台。观众的目光随即被李绪凡给吸引过去了，以为他要给正在演出节目的人献花，没想到他却绕过演员，跑向舞台内层幕后。观众笑了，表演者略显尴尬。主持人好奇从舞台一侧向幕后看了看，发现一幕不谐调的情景，献花的人竟然献不出去。主持人赶紧退了回来，装作什么都没有看见。

几个节目过后，主持人又一次报幕："下边由陈梦寒——""小姐"二字还没有出口，主持人忽然想起来了什么，是不是刚才报幕时称呼有问题，不至于陈梦寒不理解"小姐"也是一种尊称吧？可是主持人在这一刹那似乎反应过来刚才只对陈梦寒称"小姐"，对其他人却不是这样的称呼，原因是主持人在排练时就已看好陈梦寒的非凡表现，她本意是想把陈梦寒隆重推出，所以只把"小姐"这个尊贵的称呼送给陈梦寒，也许是自己在这上面犯了一个错。其实何止是一个错,"小姐"一词是陈梦寒的"忌",只是主持人不清楚罢了。

"下边由陈梦寒为大家演唱《红尘泪落》。"主持人一报幕,台下再没有了交头接耳,顿时掌声雷动,一双双渴盼的眼神全都投向了台上。大家拭目以待,都在猜想着陈梦寒一定会把这首歌唱得如拉丁舞一样光彩夺目。

陈梦寒换了另一身衣服,素雅的小上衣,阔腿的黑色裤子,白色的鞋子,头发向上挽起,好一个清水出芙蓉,宛若荷花仙子。陈梦寒不只是长得漂亮,她最大的特点是让人看一眼就能记住,她五官之间的位置像用尺子量着长得一样标致,让人看着赏心悦目。

陈梦寒轻轻试了一下话筒,然后说道:"各位同事,我叫陈梦寒,我的节目也许不够精彩,但是只要能给大家带来欢乐,只要能让大家在这个美好的下午卸载身上一年的疲惫,这便是我最大的心愿。"又一阵掌声打断了陈梦寒的开场白,等掌声稍微停息,陈梦寒又继续说自己尚未完结的话。"过去的时日,也许我们每一个人都有自己的不如意,但我们要往前看,多看冉冉升起的曙光。我今天为大家献唱一首《红尘泪落》,让我们辞别悲酸,并以此为大家祝愿、为大家祈福!"陈梦寒说罢,又是一阵掌声。

陈梦寒缓缓举起话筒,唱了起来。

在你的狂纵里
埋进了我的醉
想如风一样追逐着你
却不知道你是谁
我扬起一把凄凉
编织成放浪的歌
为博取你的欢颜
我滤掉的是尊贵留下的是卑微
在血色的灯影下
我双手为你斟满了酒
你杯里溅落的酒滴
却化作了我一行行的泪水
我笑、我哭、我彷徨、我伤悲
用对菩萨一样的虔诚也换不来西风的哪怕一句安慰

把深情掺进歌声里

仅成了你催眠曲中的丝丝点缀

把孤独说给了月亮

月亮却躺在云彩里装睡

命薄如鸿

哪容我去甄别谁错谁对谁是谁非

我即使是银河里一颗暗淡的星辰

也只仿若沧海一滴水

既然你只是我生命中一个匆匆的过客

走过了何需再回味

岁岁年年

年年岁岁

残风把岁月催老

岁月把我心碾碎

茫茫人海

我不知道有谁爱

也不知道能够去爱谁

……

歌罢，人们静默了，陈梦寒的睫毛下挂满了泪珠，在舞台灯光的映衬下，那泪珠显得晶莹剔透，而陈梦寒的表情不是悲伤而是含着微笑，听者如痴，歌者如醉，就在这静止的瞬间，每个人的心灵在震颤。

少顷，掌声震爆了全场。

"陈梦寒，她是哪个行的？"

"陈梦寒，她比电视上的歌星唱得还好，她原来是不是就是唱歌的？"

"陈梦寒，这个人我以前在泉溪见过。"

"陈梦寒，听说她是首都艺术学院毕业的。"

"陈梦寒，我们部的。"个金部经理魏华向左右邻座介绍着，唯恐别人不知道陈梦寒是个金部借调来的员工。

主持人继续报幕，下一个节目都已开始，大家还是兴致不减，会场还是一片有关陈梦寒的议论声音。

很快，在青台商贸银行，陈梦寒的名字家喻户晓。

很快，在青台商贸银行，陈梦寒成了一颗耀眼的明星。

三十二

除夕夜，历山市横水县农村钱红老家。

钱红来到老家，与父母一起过年。

父亲在床上躺着，几乎下不来床了，他只能吃一些好下咽的半流食，瘦骨嶙峋。当父亲看到钱红一人回来，孙子却没有回来时，那种失望的眼神令人悲催，钱红强忍着泪水，在安慰父亲。

父亲说："小儿，我心里清楚，你心里也很苦，美菱不在了，小女儿被拐跑了，儿子与你有隔阂，你们之间的疙瘩一直解不开。"母亲说："大过年的，别说那些不高兴的事不行么？"父亲说："我只是挂记你，我的身体没事，就是没有力气。以后只要你能过得好，就行了，我就放心了，可你也该成个家了！不能总是这么地耗着，美菱那媳妇是好，咱们全村也找不到这样的好儿媳，人没了，又能咋着？没办法呀小儿！这也许就是命吧。别想了！别想了！"父亲眼角的泪水流了下来。母亲一旁也在抹泪，钱红低头不语，不愿话凄凉，除夕夜，不想再惹父亲的心加重酝酿悲伤。

钱红握住父亲的手，问药方的事，可是父亲的心就没有在那上边，他是不是已经知道自己得的是癌，钱红不得而知，钱红猜想父亲是在装糊涂。父亲说："人这一辈子，过得很快，当初，你爷爷病在床上握着你的手问长问短，那时你还小，我看着你爷爷心里很难过，在想，人要是不老该有多好呀，那时我还是壮年，感觉死亡离我很远很远，看着你爷爷行将就木，我总是在偷偷掉泪。没想到这眨眼工夫，我也成了躺在床上的老人了，你已进入中年。"

他喘了喘气继续说："我已经老了，就这样了，你正是好时候，要珍惜这个岁数，很快呀！抓紧把你的终身大事解决了，什么钱呀，工作呀，这些不是不重要，我是说当你走过那些曲曲折折后，会发现家最重要，其他的都是可多可少，可坏可好。"

"孙子的事，别勉强，由他来吧，他也不小了，慢慢该懂事了，想着他慢慢会想通的，美菱啥都好，就这一点儿把他惯坏了。我早也看出来了，也怪我没有说你们。哎，我想他呀，我想我孙子呀！"父亲两行热泪滴在了枕头上。

"哎哟！枫心来了。"钱红向门口一看，是邻居坤婶来了，钱红赶紧让座。钱红的乳名叫枫心，村里人都是喊乳名。"枫心，你自己来了？小孩儿没有来？""是的，坤婶，他过年没有回来，在外地，说是工作忙。""在家能待几天呀？"钱红说："待不了几天，我们放假期限很短。"坤婶说："你伯常念叨你，有啥事他又不让你妹妹她们给你说，说你忙，怕影响你工作。枫心呀，你多来几趟吧，你不知道人到老了的时候，很想念人呀，你能多在他身边待一会儿，他看着你，心里会舒服一些。"钱红连忙说是。坤婶又说："光说吧，你为公家做事，也不容易，当差不自由。"钱红说："工作实在是太忙，有一点儿办法我也会回来的，我知道俺伯，他总觉得啥事都在我一个人身上压着，我是老大，那也得给我说呀，他往往都不让给我说，我心里清楚。"坤婶把钱红叫到屋外，压低声音说："枫心，你伯想你的时候都哭了，你妈给你说了没？他常在梦中哭醒，喊着你的名字。"钱红一听，极力控制着情绪，不让眼泪掉下来，只用长长的一声叹气来掩饰自己。坤婶借着灯光看了看钱红的眼圈红了，也就不再说了。

这时，过道门口有说话声，钱红一看是弟弟来了。弟弟与钱红打了招呼后，急忙进到屋子里坐在父亲身旁，说了一些话。母亲问："咋这么忙呀？临近年根儿才从外边回来？"弟弟说："干了一年的活儿，就靠这几天向老板要钱呢，钱不好要，干活的等着讨要工资，逼得我没有办法，只能在那干磨。"父亲气喘吁吁地问："钱每年都恁不好要，你明年不承包他的活不行么小儿？"弟弟说："不承包他的活，一时也不好找，现在找个活儿不容易。"父亲问："他为啥不给开钱呀？"弟弟说："老板说他也要不来钱，找单位领导腿都跑折了，要点儿钱比挤牙膏都难。"

坤婶要走，钱红与母亲送客，母亲对钱红说："平时都是你妹妹往家跑，你兄弟在外地包工，干一天是一天的钱，也不敢轻易耽误他。"坤婶说："枫心呀，你坤叔走的时候呀，他满心都是想的你平振哥，你没有到这个年龄，你还没有体会到人老了多想身边有人，想儿子，妹妹再多也不能顶替儿子，你又是老大。多待待吧，他这个年纪了，还能活多年儿？"

第二天大年初一，一门儿一门儿成群的人，挨家挨户向先主磕头，各家墙上都挂有先主的牌位。钱红也准备与弟弟、侄子去挨家串，一门儿的几个兄弟也来到钱红家在等待一起出发，可是父亲起不来床，他努力地试了试，看来气力实在不行，也就免了。家里也得留人，钱红是老大本该留在家里招待来磕头的人，可是钱红考虑自己不常在家，还是出去磕头为好，补一补不常回家缺少的礼节。钱红几个人开始挨家串，有时几个门子的人互打照面，二门的才哥叫住钱红低声说："枫心，你伯这一段身体变化不小，到医院看看吧，别大意！"在农村，大年初一不能说病，这是忌讳，所以才哥的话里必须把"病"字滤掉。钱红点了点头，他不敢说出父亲是癌，农村都是这样，唯恐邻居知道了自己家人的病是不治之症。

几天的假期眨眼之间就过去了，最恨时间过得快的当然是父亲，只是他嘴上不说罢了。"小儿，你走吧，上班吧，一直守着我也不是个事，我又不是马上就不中了。要是快不中了，你等着我闭眼，我会走得心安一点儿，我一时半会儿的又死不了，你走吧小儿，我要是难受得厉害了我会让你妈打电话叫你啊！要是不给你打电话，就是我不难受，你只管安心工作就行了。能给公家干事多不容易呀，那时候咱这三里五村的就出了你一个大学生。走吧！走吧！"

钱红走出门时父亲死死盯着他，钱红背过身时眼睛里隐含泪花。钱红明天要上班，临近傍晚，来到了青台。

青台的夜，鞭炮声不断，年还没有过完。钱红知道陈梦寒应该还没有从老家回来，因为她在市行机关，假期要比基层分理处长三天。这一阵阵"噼里啪啦"的鞭炮响加剧了钱红心中孤独的感应，平时一个人感触不深，在这逢年过节的当儿，一个人的生活略显凄凉。

这时候，钱红看着卧室墙上妻子的挂像，他想起了陈梦寒的哀求，想让妻子在自己心里的位置挪动一下，好给她腾出一块儿地方。是呀，陈梦寒的要求也合乎情分，可是钱红在想，自己为什么就迈不过这个槛呢？父亲也嘱咐自己该成个家了，父亲简单的一句话，蕴含了他老人家对儿子的幸福放不下的深情。

钱红摘下妻子的像框，凝视了很久很久，想来想去，又挂在了墙上，他看着妻子的像，感觉与陈梦寒非常相似，他端详着妻子的模样，再对比着陈梦寒的长像，越看越像是一个人。这是为什么？莫非让陈梦寒走进自己的生活是天意？难道陈梦寒是妻子的化身？

无论怎么样，钱红都不会忘却对妻子的怀念。钱红曾说过：一个人对另一个人的爱，只有当局者清楚，这种自私的爱，不是局外人能够理解得了的。

钱红犹豫不决，把妻子的挂像拿掉，他还是恋恋不舍。不摘掉，陈梦寒若是来家，又怎么解释？钱红陷入沉思中。

"钱红哥，我回来了。"陈梦寒打来了电话。"假期还没有到，你咋回来了？""想你呗！""那你过来吧现在。"陈梦寒犹豫了一下说："太晚了，不去了，这几天身体不舒服，不方便出去，近时我就不见你了，到十五晚上你出来吧，我不想到你家去。"陈梦寒真的不想去钱红家，她似乎已有心理阴影。

正月十五闹元宵，钱红与陈梦寒走到大街上，也没有看见什么热闹的场面，偶尔有稀稀落落的鞭炮声。时间过得好快，一轮圆月渐渐藏在了正南天空的云彩里，钱红与陈梦寒有说不完的话。看看表，已是午夜，鞭炮声不再，满街闹元宵的人也没有闹出个什么名堂都回去了，街上的人渐渐稀少，钱红也到了与陈梦寒分别的时间点儿。他们说完了正事，似乎意犹未尽，但谁也想不起来要说什么，两个人默默对视着。他们总是这样，一见面有说有笑，分别时总是分得那么缠绵，陈梦寒总希望钱红能有一个爆发式的情感，可是钱红又总是那么"循规蹈矩"，满足不了陈梦寒的渴求，不知道是不是年龄层差所致。钱红说："握握你的手吧！"陈梦寒一声不吭把手伸给了钱红，钱红握住了陈梦寒的手，然后又被陈梦寒反握，她抓住钱红的手久久不愿意放开。

三十三

市行小会议室，正在开行委会。裴顺畅坐在会议桌子一头，魏贤志、申学兵、秦四方、张正彪分坐两边，会议主题研究科级干部选拔问题。

裴顺畅行长说："咱们几位，我是班长，我作为班长，以身作则，在提拔干部问题上不能走后门，凭关系。我们要把那些真正能办成事、敢负责的同志选拔上来，如果我们选拔过程中有失公允，那我们这个班子就失去了人心，而且想建成一支精干的干部队伍也成了一句空话。我从历山市调到我们青台，省行领导是让我来干事的，是想让我带领大家把青台的业务搞上去，如果我在青台待了几年业绩平平，我就辜负了省行领导对我的期望，我就对不起青台商贸银行几百号员工。我自己并没有三头六臂，我靠谁？靠我们在座的几位弟兄，我们几位弟兄靠谁？靠我们下边这些在基层带领员工干活的科级干部，如果我们没有把这些科级干部给配备好，就等于我们几个没有选好能够承载重任的腿。你们说是不是？所以，我们必须从严、从公、从实来选拔。我说完了，大家谁还有啥要说的？"

裴顺畅看没有人说话，便说道："那好，我们今天就着手选拔工作，大家可以推荐，希望大家多多推荐，最后统一选拔，咱们共同讨论，我来到青台之后，也走访了一些基层同志，也听取了一些基层同志的意见，并对我们青台干部员工有一个大致的了解。我也推荐，到时大家一起商量。我再说一遍，这次竞聘，严禁说情，社会上如果有说情的人，希望各位从根上就摁灭了他的念头。"

世上没有不透风的墙。竞聘的事不可能只钱红一个人有所察觉，只是都在无声无息地下着功夫罢了。

魏贤志的手机响了。"贤志老兄，我是丽娜，哎呀，你看，我爸真是的，他到我这来了，非要见你，我给他说了，你事多，不让他打扰你，他执拗着想要与你见见面，他想到你家去，我不让他去，正与我恶气咧！"魏贤志一听，赶忙说道："我去，丽娜，给范行长说我马上就去你那里。"魏贤志本是范丽娜父亲手下一个办事员，后来范丽娜父亲提拔到芜阳市当副行长，临走范丽娜父亲把魏贤志提拔成支行的副行长，魏贤志对范丽娜父亲还是很感恩的。

魏贤志敲开了范丽娜的门，急忙与范丽娜父亲打招呼。"老领导，您啥时候来市里的？"范丽娜父亲说："我昨天下午刚到。怎么样？忙得开不？"魏贤志说："还行，就是杂七杂八的事多。"范丽娜父亲说："贤志，我也不给你绕弯子了，我这趟来的目的就是给你说丽娜的事，丽娜是我最小的女儿，也是我最放心不下的，现在，我也老了，不中用了，我把她交给你手里，你替我把她给管好了啊！"魏贤志说："范行长，我……""你等一等，我这次就是要给你说，竞聘正科的事，知道你作难，作难也不行呀贤志，提拔干部有不作难的事么？是不是？你不管想啥法子，把丽娜这个事给我办成了。"范丽娜赶紧打断了父亲的话说："爸，你看你，咋这样呢？只要是我的事，贤志哥都是尽最大力量操心办，你看看这还用你说么？"魏贤志说："范行长，丽娜的事，不用你嘱咐我都会当成我自己的事办，当初要不是你，

190

我今天咋能混到这一步呀！这我都记着呢。只是这一次不同，还真的难住我了老领导。"魏贤志把这次竞聘的具体情况向范丽娜父亲说了一遍。范丽娜父亲皱起了眉头，问魏贤志："那还有其他办法么？"魏贤志说："也有，可找姬丙章。"姬丙章是青台市常务副市长，当初范丽娜父亲在县行当行长时，姬丙章是县里的制药厂厂长，因为贷款的关系，姬丙章与范丽娜父亲是铁哥们。范丽娜父亲凝思片刻，说道："让我试试吧。"

隔日，裴顺畅办公室来了一男一女两位客人，男青年走到裴顺畅跟前说："请问您是裴行长么？"裴顺畅回答："是的，你有事么？"男青年介绍说："这位是市政府蔺副秘书长，这次来是想找您谈点儿事情。"男青年向蔺副秘书长点头示意后就下去等了。裴顺畅一听是副秘书长来了，赶紧笑脸相迎，与蔺副秘书长握手。"裴行长，你好。我是咱市政府副秘书长蔺燕妮，今天想找您谈件事，想让您帮帮忙。"

"坐坐，请坐。"裴顺畅为蔺副秘书长倒上茶，问道："您请说，只要我能帮上忙的。"

"是这样，你们商贸银行的范丽娜，是我们姬丙章副市长的亲戚，你们是不是下一步要提拔正科级干部？想凑这个机会，请您关照一下。但这个事呢，姬市长他不好张嘴，就想让我来征求一下您的意见。"蔺副秘书长说罢盯住裴顺畅笑了笑。裴顺畅听罢蔺副秘书长的话端着水杯的手静止了一会儿，他不知道说是还是说否，说是，他又信誓旦旦秉公办事在先，说否，他裴顺畅似乎还没有这个胆量。裴顺畅想了一阵子后，满脸堆笑地说："蔺副秘书长，您亲自过来了，我还能说不行么？问题是我们得商量商量不是，我也不能一言堂，给我点时间，给我点时间好么？"

"那好，就不打扰了。"蔺副秘书长站起来开门而去。裴顺畅本想送下楼，送到门口时看着蔺副秘书长也没有回头，裴顺畅到门口便收住了脚步。

魏贤志刚下班回来听到有敲门声，打开门一看，是中原区支行副行长蔚兰亭。

"兰亭，是你呀，快进来快进来。"

"魏行长，又要打扰你了这回！"魏贤志说道："这是在家里，又不是在单位，你行长行长咧叫啥意思呀兰亭？一听你这样称呼我，咱同学味就淡了许多。"蔚兰亭说："这不是叫顺口了么！"

"怎么？还拎着酒，怕我管不起你酒呀？"蔚兰亭笑了笑也没有恰当的话可答。

"我知道你来为的是竞聘的事，是这样兰亭，这次竞聘呢，新行长到任，这个人很不好沟通，我想了，你这样，你去找银监局孙局长，孙雪峰，我给他先打个招呼，你去找他，让他出面看看有破局的希望没有。"

"你们啥关系？"

魏贤志笑了笑说："侄子的岳父。"

蔚兰亭喜不自禁，便去套关系去了。

三十四

裴顺畅正在与银监局孙雪峰局长通电话。"裴行长么？我是银监局孙雪峰，你看今晚上有空没，想与你吃个饭。"裴顺畅说："孙局长，你是领导，咋能让你请吃饭，不要紧，凑个时候我请你，你看行不？"孙雪峰说："别凑时候了，我看现在就是时候，咋了？老弟不给面子？"

"孙局长，我真的有事，有啥事你只管说就行了。"孙雪峰问："你说说你有啥事，让我监管监管。我不信你就这么忙！"裴顺畅心想，老奸巨猾的，总提醒还怕我不知道你是搞监管的？裴顺畅心里有点反感。孙雪峰看着这个裴顺畅软硬不吃，就直白地说："老弟，今天主要是有个事想求你，我一个关系不错的人，叫蔚兰亭，你看这次竞聘能不能照顾一下，来日再请你吧。好了，不多说了，我挂了啊！"孙雪峰的口气仿佛下最后通牒一般。

裴顺畅陷入两难的境地。一边是人情，一边是公正，鱼与熊掌不可兼得，顾住这头儿顾不住那头儿。裴顺畅翻出了小本本，一遍遍看着草拟的名单，他不知道该如何是好。

第二天，裴顺畅召开班子会，他把自己的想法向各成员作了通报。他在通报前，向各位成员问："有没有有头有面的人给你们打招呼的？没有吧？有给我打招呼的，打也白搭。"这时，他拿出来一个草拟的名单说："原来我计划正科副科一块来，为了减少工作压力，咱们分开进行，正好把正科的弄出来后，也有经验可以借鉴了。"

大家一看名单上写的有钱红、范丽娜等六名候选人，选五备一。裴顺畅说："我们这样，把这五个候选人印在选票上，让全员打票，同意的打对勾，不同意的可另外把自己认可的人员名单写在后边，最后把新增名单的票数纳入候选人名单中统一对比。我们班子成员票值占百分之二十，副科以上干部占百分之六十，市行机关员工占百分之二十。大家看行不？"

尽管这样不可能会符合每个班子成员的心意，但谁也说不出来这个法有啥毛病，所以没有人提出反对意见。

经过大会投票选举，钱红等五人获得通过，范丽娜被选为后备。

公示期十五天。

公示期过后，钱红去了裴顺畅行长办公室，正要说感谢的话，裴顺畅看出了钱红的来意，抢先说话了："钱红，我正要给你说，竞聘以前，我父亲为你的事也给我打电话了，他已说透，钱叔给他打了招呼，我之所以没有与你说透，是怕你有压力。你想想，我自己定的规矩我如果破坏了，以后我说话还灵么？但最后算是弄成了。我打了你的票，别人我不好干涉，所以你也不要谢我。"钱红听裴顺畅这么一说，对这位行长起了几分敬意，他不把功劳揽在自己身上，说明他是一个有格局的人。

轻工路支行。

客户部经理徐志伟走进范丽娜办公室，商量套现责任认定的问题，也就是有人持信用卡在特约商户购买商品不是用于消费，而是用于经营，这种情况属于套现，上纲上线地说，这种行为也属于洗钱，如果能归到洗钱行为，问题性质是相当严重的。这不仅涉及持卡人违法，银行经办人也有不轻的责任，属于监管不到位，风险防控不力。这顶帽子一旦被摁上头顶，被处理是必定的。范丽娜听了徐志伟的介绍，脸上露出一丝不易察觉的笑。

下午临近下班，范丽娜来到市行信用卡中心，找到风险经理张迎凯。"迎凯哥，我看你下发的套现表格上，有我们行几个持卡人，如果这些人被调查确定是套现，得追究风险经理的责任么？"张迎凯一听，对她说："何止是追究风险经理责任，主管行长也脱不了干系。"范丽娜进一步问："那从前发生这种情况都是怎么处理的？我们青台有因此被处理的么？"张迎凯说："这事，都是公开的秘密，套现的人多了去了，都处理能处理完么？这种事可大可小，一般都是大事化小，小事化了！"范丽娜说："迎凯哥，想让你帮个忙，看你下班时间有空没有？"张迎凯问："有什么事说就行了呗，还这么客气！""我旅游时买了点儿酒，我也不会喝酒，我家那一口子不在家，他让我找人尝尝看咋样，我想多买点，人家说搞活动就这一个月，可以邮寄的。"张迎凯打趣说："你这样的忙天天让我帮我都不烦。"俩人都笑了起来。

范丽娜设了个酒局，但也没有从张迎凯嘴里捞到什么值钱的东西。

范丽娜又如法炮制请了审计办王跃东，这次，她收获满满。

王跃东三人到了长河区支行，按照线索调出了套现的十一个人的资料，然后对监管档案及办卡资料进行内部调查。

经过调查，发现长河区支行有违规的地方，下了几张底稿。涉及王一飞、钱红与李绪凡，钱红是当时的主管行长，李绪凡是经办人。

王跃东要求长河区支行签字，王一飞不签字，说有不同意见，不能签字。

王跃东三人回到审计办，向皮青山作了汇报。皮青山说可以让他们签字，问题查得不错，不愿意签字也不行，不签字照样处分人。

皮青山拿着检查底稿去了裴顺畅办公室，把检查情况通报给了裴顺畅。裴顺畅一听很不耐烦，在这个节骨眼儿上，皮青山竟然给弄了这么一出儿！当着皮青山的面，裴顺畅也不好发作，他只得耐着性子说："这个事能不能先搁一搁，因为涉及钱红，等过了公示期再说。"皮青山说："那不行，你们公示是干嘛的，就是看公示的人有没有什么问题，要是过了公示期再说这事，这不是弄虚作假么？事情在公示期就是在公示期。"裴顺畅看着扭不过，便说道："那让我们班子研究研究，明天再给你回话呗！底稿签字的事，我只能协调，我也不能强制长河区支行签字不是？你也说了，反正签字不签字都不影响你们处分人。"皮青山与裴顺畅不欢而散。

裴顺畅召集魏贤志、申学兵、秦四方三位副行长及张正彪纪委书记开会商讨对策，张正彪说："这个皮青山历来就是死硬死硬的，原来与胡正强行长就是不对点儿，包括王新悦行长、顾宇江行长都对他不感冒，没有办法，你跟他说理他根本不给你说理，一说都是规定怎么怎么。"申学兵说："要是在公示期他那边真的处分人，王一飞、李绪凡还好说，主要是对钱红影响大。"裴顺畅无奈地说："先就这样吧。如果万一钱红过不去这一关，那就由范丽娜顶吧，她是正科后备。"魏贤志始终没有发一言。

陈梦寒在钱红的公示期间，也在一直关注着动态的发展，她最害怕钱红出什么意外，怕啥来啥，她似乎隐隐听说了审计上的事。

陈梦寒立即约了钱红。

钱红把审计情况原原本本地向陈梦寒说了一遍，陈梦寒听了后怒不可遏，眼睛睁得溜圆，两道弯眉简直就要竖了起来，甚至都能看出陈梦寒握拳头的胳膊在暗暗用劲。钱红问："怎么，你要找人打架？"陈梦寒对着钱红发起了脾气，说道："都什么时候了，你还有心情说笑话？"钱红说："那又怎么着？胳膊扭不过大腿。"陈梦寒厉声说："他这不是一般的审计检查，这明显是针对你来的！"然后又迸出一句，"王八孙！"钱红说："哟！我还是第一次听到你骂人，没想到俺陈梦寒这个大美女还会骂人！"陈梦寒瞪着钱红说："我的钱大行长，你心咋就这么大呀？我现在都有哭的心，你却还这样不当一回事！"钱红说："我也感觉他是针对的我，也许原来在芜阳市镇东县行检查时，我与王跃东就已结下疙瘩，事情过去了，我没有当一回事，把这事早就忘记了，可人家记在心里了。"陈梦寒说："他审计口口声声说自己是省审计处的人，他的工资不还是在青台发？他的人事档案不还是青台管？他也不比人高一头，互相之间还是同事，可是你看看他们审计上的人那样子，看谁都像敌特分子一样。"陈梦寒又问："上一次出那个事，说核销弄虚作假最后是怎么了结的？"钱红说："当时王新悦行长的大哥是省发改委副主任，皮青山的媳妇在省发改委上班，通过王新悦行长的关系，把事给摆平了。"陈梦寒说："要是再去新中市找王行长，你觉得可行不？"钱红说："那就费劲了吧，情况不同，上次涉及责任人多，市行领导也不想处理那么多人，再说了王新悦那时在青台，现在人走了，都说人走茶凉呀！"陈梦寒陷入深思中。

"不行，钱红哥，决不能坐以待毙，必须抓住这次机会，你想想，费多大的劲才走到今天这个地步，必须弄成。不然的话，年龄一超，你下一次有没有机会还是模棱两可的事呢！"钱红说："是呀，回想起几年正科竞聘走过的路，真的是不堪回首，高考也没有过这么大的阵仗，这办个事咋就这么难！"陈梦寒说："你把这看成'办个事'认为得也太简单了，这不是办个事，是人生的重要节点。"钱红听了陈梦寒的话，一筹莫展，可是陈梦寒的眼睛里露出一丝不易察觉的寒光。

"钱红哥，我试试。"陈梦寒二话不说，打开车门下了车，径直走了。钱红不放心，忙喊："梦寒，梦寒，你干啥去？"陈梦寒不回答，头也不回，拿起电话就打。钱红看着陈梦寒打电话，以为她是在找关系，也就不再多想，开车回去了。

皮青山听到有人在敲房门，问了一声："找谁？"只听门外回答："热力公司的，检查管道。"皮青山一听是热力公司的，只得把门打开。"热力公司的人"进来便说："马上停暖气了，检查一下管道有什么问题没有。"来人这儿敲敲，那看看的，皮青山也没有在意，他的注意力都集中在另一个"热力公司"的人，因为他却没有进行"检查工作"，而是把一个手提袋放在了沙发的里端。皮青山正在打量着这个人，只听一直忙活的人说："没有问题。再见！"那人便出去了。可是这个人却没有出去，皮青山问："你不是热力公司的么？"来人说："哦，我不是，我是房东。"皮青山笑着说："房东哟，有啥事么？""房东"说："皮主任，是这样子，我来有两件事，一件事是，我与你们商贸银行轻工路支行的钱红是表兄弟，他是我表哥，他嘱咐我以后不再收你的房租了，想住到啥时候住到啥时候；这第二件事呢，就是钱红哥这次提拔正科级干部不容易，听说你们检查出一点儿问题，我来想请您高抬贵手，看能不能放他一马。给，这是我的一点儿心意，十万元钱，请您收下。这事钱红哥不知道，他很正直，千万不要告诉他。"皮青山一听十万元，简直不敢相信自己的耳朵，但他相信他的眼睛，来人从黑色袋子里掏出来的钱，是完整的一捆百元大钞。皮青山赶紧说："不行不行，不能要。我们有规定的，不能收员工的礼。""皮主任，没事的，我是做生意的，这些小钱对我来说不算个事，我在外边混事，与打交道的人送个十万二十万的是常事，我这个人实在，老人常给我说做人要厚道。你放心，这事除了咱俩谁也不知道。"让来让去，皮青山还是把钱接住了，接钱的手一直哆嗦，忙说道："你放心，钱红那点儿事可大可小，不管怎么处理，保证不影响他的公示问题。"钱红的"表弟"连连说谢。

这时，又有敲门声。皮青山开了个门缝一看还是刚才热力公司"工作人员"，问道："还有事么？"热力公司"工作人员"说："钳子忘拿了。"他进来走到暖气片附近找到钳子，把钳子装进帆布袋子里便离开了。这时，"表弟"说："我也该走了。"临别，嘱咐皮青山说："皮主任，那麻烦您了！"皮青山把他送出门口，连连说道："不麻烦不麻烦！"

第二天上了班，皮青山第一件事就是把王跃东叫过来，说了说关于长河区支行有关钱红底稿一事。他们交流了意见后，皮青山急匆匆找到裴顺畅行长说："关于长河区支行底稿的事，我看了看，基本上都能整改，让长河区支行整改整改就算了。我给你说是让你知道这个事，我让跃东今天就去长河区支行，让他与王一飞行长沟通一下。"裴顺畅说："有些事，也不属于道德风险，不然几个人都会受到牵连，尤其是钱红，涉及他在公示期间，会对他打击很大。"皮青山说："老裴呀，有些事，也不是我故意给你们找茬儿，下边的人发现了问题，我怎么说？我能武断地说'不行，那不是问题'，是不？我有时该作作文章还得作作文章。再说了，有时把这个问题拿到桌面上说说，对他们当事人也是一个警示作用，往往有些大事都是从小问题开始的，查一查，说一说，防微杜渐么！"裴顺畅说："平时我有时也爱发个脾气，说话直来直去，希望你能理解。"皮青山说："哎，彼此彼此，我也是个刀子嘴豆腐心，好了，我走了裴行长。"两个人握了握手。

十五天公示期满，钱红等五人来到市行裴顺畅办公室开会安排职务。钱红不动，仍在轻工路支行，由主持工作成了正式的一把手。

钱红很是激动，他回到家里，想与陈梦寒庆贺一番，顺便问问陈梦寒是怎么操作的，竟然把这一盘死棋给走活。钱红在想，这个陈梦寒还真的不能小看她，小小的年龄，她的能量可不是一般的女孩子能比的。她想给陈梦寒打电话让她过来，可是忽然想着卧室中照片的事，他又有了顾忌。正在这时，陈梦寒打来了电话，钱红把喜讯告诉了陈梦寒，陈梦寒说自己已经知道，并给钱红说晚几天再见面庆祝，这几天还有些事情顾不得去。钱红听陈梦寒这样说，以为是她身体又到了不舒服的那一周，所以也没有多问，顺势躺在床上，在回忆几年来走过的风风雨雨。

几天后，皮青山收到了一个录音件，还有一封信。皮青山打开信件读了起来，读着读着脸上的虚汗冒了出来。信，是这样写的：

尊敬的皮青山主任：

不要问我是谁，你也不会知道我是谁，我只能说钱红是我的死对头，为什么我与他有深仇大恨，这无关你们的工作，你不会懂。现在要说的，就是那十万元钱的事。

我的本意是要把钱红搞臭，把他给你送礼的事给曝光，但我没有想到的是钱红本人没有去给你送，而是另外的人，我派的人又不认识钱红，以为送礼的就是钱红，这一来，我花费了多日的心血就白费了，因为录音上说，送礼的人并没有给钱红说，钱红不知道送礼的事，这样就无法惩治钱红。另外，钱红的表弟说他是房东，那是假的，我们调查了，根本就不是房东，他这样说是怕你不让进门，或者是为了说话好通融。

治不了钱红，我不能啥也不落，现在我要你把那十万元钱给我，他让你办的事，你可以不给他办，不给他办也正中我的下怀。

本市寄信当天你应该能收到，交钱的方式是明天下午五点在市纪委门口，把钱交给一个手里拿着《青台日报》的人，他会把你的全部受贿证据交给你。

如果钱到不了，我会把录音录像交给市纪委，今天给你寄去的只是录音拷贝，没有给你录像，目的让你知道我已全部掌握你的受贿行为而已。

市纪委门口见。

一个你不认识的人

次日，皮青山如约来到市纪委门口，把一个袋子交给了手持《青台日报》的人，接钱的人递给他一个小纸包，他感觉分量不对，又不敢多问，匆匆到了一个偏僻地方，一看就一个录音件，还有一张纸条。打开纸条一看，上边写道：只有录音，没有录像，是撒的谎。

三十五

青台的天艳阳高照，这是一个星期天。陈梦寒来到钱红的住处，钱红急忙问："我的大小姐，你给我说说你到底是用的什么招儿。"陈梦寒避而不谈，只说："我一进来你不是拿着欢迎辞在念，先问那事！"钱红说："是，是，主要是我的欢迎辞还没有写好，有几个生僻的词还得查字典。"陈梦寒笑了笑说："一会儿你给我做饭，我躺在床上等着吃，今天我啥活也不干。"钱红说："那还用说？我的有功之臣！"陈梦寒说："不想让你扯那事，不说了啊！"钱红说："遵命！"钱红一看表，又问陈梦寒："你咋来这么晚呀，专门卡住饭点儿来吃饭咧？"陈梦寒说："嗯，做吧，我还真的饿了。"钱红说："好，我给你做个好吃的饭，你先去躺床上歇息一会儿。"钱红说罢，忽然想起来一个关键事，马上拉住陈梦寒来到卧室，让她往墙上看。陈梦寒看了看墙上终于不见了那个镜框，她激动得立马扑到了钱红的怀里，把头埋在钱红怀里，也不说话，整整静默了有一分多钟。钱红说："你先躺下休息一会儿吧，我感觉你好像有点疲惫。"陈梦寒听话地点了点头。钱红便走向了厨房，回头一看，陈梦寒还是去了次卧。

吃过了饭，陈梦寒说："马上清明节了，你是不是要去陵园呀？"钱红疑惑地看着陈梦寒问："怎么……问这？"陈梦寒说："能不能让我也与你一起去？"钱红不解，说道："你想去那就去呗。"

清明节，钱红带着陈梦寒去了陵园，陈梦寒手里也拿着花束。到了墓地，陈梦寒远远地站着，静静地看着钱红为妻子献花、鞠躬。等到钱红行完礼，扭头看陈梦寒时，陈梦寒缓步走向前去，把花束摆在墓碑前，然后跪在了地上，泪水像决堤的河一样奔涌而下。钱红看着陈梦寒惊呆了，他想拉起陈梦寒，又看着她似乎有话要说，就站在她身旁望着她。"姐，我求求你，让我替你照顾钱红哥吧！"然后陈梦寒的头低得几乎着了地，钱红甚至能听到陈梦寒眼泪落在枯叶上的声音。陈梦寒站起来后，又停了好长一会儿，面向墓碑说："姐，你放心，我会把钱红哥照顾好的，我会爱他，爱他一辈子。我从钱红哥嘴里知道他很爱你，你也很爱他，你走了，你一定会希望有一个人接替你去爱他，那这个人就是我！"陈梦寒已经泣不成声，断断续续地说："姐，我比你小，我可能没有你懂事，但我的心与你一样是真诚地爱着他，他已成了我生命的全部，没有钱红哥，我无法想象我会成为什么样子，我的世界里只有他一个人！"陈梦寒转身，紧紧地抱住钱红，钱红把手抚在她的头上，轻轻地抚摩着。

小雨，真的下了起来，这是清明的眼泪，滴落在每一个悲思人的心田里。

裴顺畅办公室。

办公室主任刘利民敲门走了进来："裴行长，市政府通知下午三点半开会，说是支农工作会议，要求一把手参加。"裴顺畅说："好吧，知道了。"

下午将近三点半，裴顺畅提前几分钟到达了市政府会场外，可是他并没有发现开会进场的人，问门口的服务人员说："怎么没有人来开会？"服务人员说："会议正在进行，三点开始的。"裴顺畅感到奇怪，刘利民说得清清楚楚的下午三点半开会，难道是自己记错了？他蹑手蹑脚走进会场，找了个空位坐下，正在讲话的常务副市长姬丙章脸色明显不好看。

裴顺畅坐在座位上还没有听讲几句话，便听到姬丙章在点自己的名。"商贸银行的裴行长来了没有？"裴顺畅心想，这不是明知故问么？姬市长可是看着自己进来的，还问自己来没有来。裴顺畅应了一声"来了"，便站了起来。裴顺畅不耐烦地摆了摆手，继续讲话。

"有的单位，安排个啥工作，推三阻四，口头上答应得很好，就是落实不到行动上，说得轻一点儿，是执行力的问题，说得重一点儿，是阳奉阴违！我说这话，虽然不是特指，但确实有一些个别单位，就是这种德行。这个事，我不再说了，是谁谁清楚。"姬丙章又转了个话题说，"有些单位，口口声声说支援农村建设，支援农业发展，你支援到哪了？我怎么没有看到你支援的项目呢？人家找你帮忙了，你怕风险、怕承担责任，怕这怕那，你怕来怕去啥都不干就不用怕了，是不是？常说为官一任，造福一方，你在青台当几年官，你为青台作了什么贡献？知道你是企业，可是你别忘记了，你是国有企业，你的资源是国家的，不是你自己家里的，把钱给了人民群众搞建设、谋发展，你能犯多大的错？有些人思想固化，不开窍、不解放，瞻前顾后，担心的啥事？就是担心头上的乌纱帽，你要说我没有权力摘你的乌纱，也就是说你认为自己不属于我这个副市长管，那好，你把你们那摊子搬走，搬出青台市，青台市离了你照样发展，离了你地球照样转。"

裴顺畅低着头，听完姬丙章讲话，这是不点名的批斗会。

很明显，姬丙章发这么大的脾气，是因为青台商贸银行干部选拔没有给他留足面子，只把范丽娜弄成了一个后备。原来，裴顺畅想到这一点儿了，弄成后备也算给了他一定的面子，没有想到的是，姬丙章却揪住不放。

裴顺畅开完会回来的路上，又想起了另一件事，也就是中原区支行的副行长蔚兰亭，这次选拔也没有打他的盘，这件事驳了银监局局长孙雪峰的面子，看来下一步与银监局的关系也得经历一个艰涩的磨合过程，至于孙雪峰与魏贤志还有一层亲戚关系，裴顺畅并不知晓。

裴顺畅猜得一点儿都不错，不几天，银监局一行二人来到青台商贸银行进行监管检查。银监局监管三科科长万俊水等二人走进办公室，刘利民热情接待，又是倒水又是让烟。其中一人指着另一位矮个子的人介绍说："这是我们万科长。"刘利民说过"欢迎"后，自报家门，然后问万科长："这次检查主要是哪方面的？"万科长说："哪方面的？怎么？还得给我们检查人员画个圈？我们想检查哪方面的就检查哪方面的，是不是刘主任？"刘利民笑了笑说："那是，那是。"可能万科长觉得自己的话有点儿冲，说罢又抬头看了看刘利民，挤出一丝儿笑容。

刘利民把二人领到办公室，万科长说："通知各科室，把资料都拿过来吧。"刘利民为难了，这个万科长既不说具体哪方面的资料，也不说哪个部门的资料，光说让各部室拿资料，要是各部室全部资料拿过来，那还不堆积如山哦！他应承了一声后，来到办公室，让副主任牛静雯通知，牛静雯也是同样地纳闷，刘利民说没有办法。牛静雯想了想说："那也好办，挑一两个部室，象征性地拿几份资料，交给他后，他要是提出异议，再根据他说的内容进行补充提供。"刘利民觉得是个办法，于是，挑了两个部室拿了几份资料应付差事。二人在这些资料中上看看下看看、看看这一页再看看那一页，看起来也是敷衍了事。还没有检查多大一会儿，两个人坐在那喝起了茶，吃起了水果，聊起天来。每当刘利民或牛静雯走进现场的时候，他们便收敛起笑容，正襟危坐一番。

吃了中午饭，开了宾馆休息到下午三点，起来梳洗一番。梳洗完毕，二人正准备到行里去，万俊水突然想起来，下午可能要到泉溪县商贸银行检查，自己忘记换鞋了，他要上家换一双旅游鞋。这时刘利民正好也来到宾馆接他们，听万俊水一说，刘利民急忙说："没有关系，上车吧，我们拐到你家就行了。"万俊水说："不用，我家近，就路对面这个楼。"原来商贸银行安排休息的宾馆正巧与万俊水家相邻。

到了泉溪县，查了两天，没有查出来什么问题，但万俊水一脸的不悦。

返回青台后，万俊水终于亮出了底牌。"有客户投诉你们，客户的贷款逾期后，其征信上显示有不良记录。"刘利民叫来了公司业务部经理章卫清，章卫清说："这不很正常么，贷款逾期当然要上不良征信了。"万俊水说："问题是客户投诉你们了。"章卫清说："投诉也不行呀，贷款逾期就得上不良征信，这是人民银行规定的呀！"万俊水说："我不管规定不规定，我只管客户投诉没投诉。"章卫清说："投诉的不正确，我们不能照办。"万俊水说："你这不是抬杠么？"章卫清说："万科长，咱得讲道理呀！"万俊水厉声说道："讲什么道理？客户永远是上帝。"章卫清气得说不出话来。万俊水又说："知道不知道你们错在哪？你光跟我抬扛咧，我还没有说一句咧，你就打断我的话，你让我说不？你不让我说我就不说，就这样给你们下底稿，罚款十万元。"

刘利民赶紧说："万科长，咱有话好商量，你消消气，我们听你的，你说吧，我们有啥错改啥错。"万俊水说："我来了这么长时候了，都没有见你们的行长，行长就这么忙？架子就这么大？"刘利民给章卫清递了个眼色，章卫清赶紧去找行长了。刘利民让烟、倒水，又把两个剥开皮的香蕉递给了二人，满脸堆笑地献殷勤。

申学兵副行长来了。"你好万科长，乱七八糟的事一大堆，没有及时来招待你们，不好意思啊！"万俊水站了起来，笑着说："申行长，我们来检查，是我们正常的职责，有些事我们也不想查，可是客户反映了，我们不查又说不过去。"申学兵说："该查查，有啥问题，利民你牵头与万科长好好配合，好好沟通，目的是为了咱们的业务不出错。"刘利民赶紧接话说："我们一定与万科长配合好。"章卫清说："万科长，我们对一些大政策掌握得不准确，如果说我们的业务有问题，请你给我们指出来，并告诉我们怎么做就做对了，行不行？"万俊水笑了笑，摆了摆手，什么也没有说，不知道是什么意思。申学兵说："这样吧万科长，我先去忙那一摊子事，有啥事你就给利民主任说，随时告诉我行不行？"万俊水连连点头说了声好就坐下继续忙他手中的活儿。

罚款十万元的事，究竟万俊水是说说还是真的要罚，不得而知，刘利民回到办公室，又让牛静雯过来问万俊水，牛静雯笑着说："万科长，有啥事你指出来，可不能真的罚俺呀！"万俊水说："客户投诉的事上级很重视，三令五申要做好投诉处理工作，可你们还是被投诉，我刚才给你们说的那件投诉只是投诉事件中之一，你说罚你们亏不亏？"牛静雯打趣地说："哎，万科长，我们已经很重视了，但重视不等于就杜绝投诉事件了，你说是不是？就像公安局破案率很高，但不等于说以后就不发生凶杀案了是不是？"万俊水又要资料，牛静雯又随意通知一个部室，实际上这个部室是把原来拿走的资又再拿过来了，万俊水翻来覆去地看，他竟然没有看出来这已是他看过的资料，也许他的心就没有在这一沓资料上。

万俊水二人检查完走了，丢下一句话：十万元罚款。

没有通融的余地，头也不回地走了，刘利民赶紧跟了过去，派车，申学兵也下了楼，送客，客人始终没有笑脸，脸一直板着。

青台市商贸银行开始派人忙活起来。先是刘利民、章卫清去银监局协调，后又由牛静雯去，第一关是要把他们请出来吃饭，在饭局上说事，可是无论怎么说，万俊水就是不吐口。最后，还是裴顺畅行长亲自出马，找到银监局孙雪峰局长，这才有了一线转机，促成了饭局。

饭桌上，裴顺畅先说到了正题。"孙局长，我们竞聘的事也没有照顾到你的面子，确实我们有一定的难度。"孙雪峰说："能照顾到就照顾到，照顾不到那就算了，毕竟是求你们帮忙的，帮忙不就是这样么，能帮得了就帮，帮不了就不帮，是不？"裴顺畅说："孙局长，我今天给你赔礼道歉，对不住了老哥，这回是真的难住我了。"孙雪峰说："你看裴行长，我今天也没有说别的呀，你让我来吃饭我也就来了，这话可都是你一人在说呀！"这些话题比较敏感，裴顺畅当着刘利民、章卫清的面也不好说得太具体，只能含糊其词地说："这样吧，孙局长，我欠你一个人情，我到时一定还你看行不？"孙雪峰说："还不还是你的事，我们哪有那个权力呀，也不能非得让你们怎么着怎么着，是不是裴行长？"

刘利民插话说："万科长，罚钱的事就算了吧，我们以后努力改正就是了，你看行不行？"万俊水夹了一口菜放在嘴里，边嚼边说："这个可以商量，但一点儿不罚，这个我做不了主，这不有大领导在。"他指了指孙雪峰。孙雪峰慢悠悠地说："有些事不是不可以商量，今天咱就不要说那么详细了好不好，不然咱们分不清现在到底是在吃饭还是在谈工作。"大家都象征性地笑了笑。裴顺畅说："这样吧，利民主任，你与桂敏负责，明天到万科长办公室具体说，好好给万科长解释解释，有些具体事，你不说，人家万科长怎么会知道，是不是？"刘利民赶紧点头称是。

第二天，刘利民与毛桂敏到了万俊水的办公室。经过讨价还价，最低还得罚三万元。正当刘利民毛桂敏无计可施的时候，突然万俊水说："这样吧，罚钱的事，咱往后搁搁，我想求你们点儿事，这是我给人家帮忙的啊，与我们今天的工作无关。有一个关系不错的朋友，他想让我替他推销点酒，你看你们行能不能买点？"刘利民没有一点心理准备，这一下被万俊峰问得张口结舌，答应吧自己没有这个权力，不答应吧，今天可是代表青台商贸银行来的，一句话不慎，就可能让正在协调的底稿问题及罚款问题雪上加霜。刘利民犹犹豫豫地点了点头，点罢头，心里跟猫抓一样。但具体到购买的箱数，刘利民说回去汇报后再给回信。

最后，罚款免了。青台商贸银行市行机关员工发福利，每人发了一箱酒。过了一些时日，银监局局长孙雪峰向裴顺畅行长探询是不是银监局某些干部向商贸银行推销酒水了，裴顺畅赶紧摇了摇头。

裴顺畅在办公室里来回踱步，他在想副科选拔该是怎样一场博弈，本来是为职工谋福利，结果像自己前世里作了恶一样，方方面面都找不完的别扭，他忽然发现自己不是生活在真空里，这个世界存在着千丝万缕的联系，就像一张蜘蛛网，覆盖了整个青台市。

三十六

凌晨三点，钱红接到妹妹的电话，让赶紧回家。说父亲昨天一天没有进食，说话也困难。妹妹想着过一夜看能不能好转，可是现在连眼也睁不开了。

钱红开车急驰而回。

回到家里，钱红二话不说进了父亲的屋子里，拉住父亲的手坐了下来，与父亲说话他没有回应，只是出气还比较均匀。钱红握住父亲的手再也不愿意撒开，坐在凳子上就不停地与父亲说话，他相信父亲听得到，他只是不能说话而已。钱红只是牢牢地抓住父亲的手，他不认为父亲离死亡近在咫尺，钱红从潜意识里觉得自己只要挡在去天国的路口，就能隔断父亲永别的路。天亮了，钱红仍然紧握着父亲的手。

村里的人来看他，一拨一拨的人，站在他的床前，钱红一个个地向父亲传递着来人的名字。只有在去卫生间的时间，才由妹妹弟弟接替钱红守着父亲，其他时间钱红就没有离开父亲半步。

时间在随着挂钟指针嘀嗒地走，钱红一直与父亲说着话，父亲只是均匀地呼吸着，他已不能有任何表示。中午吃饭的时间到了，钱红根本就没有吃饭的心思，在妹妹弟弟的劝说下，才简单吃了一点儿东西。下午，还时不时有邻居来，看了看父亲，站在门口说一阵子话，悄悄地叹声气，只是用表情来安慰钱红的家人，因为他们找不到更得体的话来施舍。只有东院的二大伯敢放肆地任凭眼泪往下流，他今年已九十三岁的高龄。他年轻的时候得过疯病，几次站在井台上跳进井里，跳了几次父亲下井捞了几次，不是父亲，他离开这个世界已经多年。他坐在父亲的床头，低着头在悄声地哭，要知道，他因为仍有疯的病根，他是从不为谁掉眼泪的，包括他的亲生母亲去世的时候。

太阳从偏西到即将坠落，时间就这样一点儿一点儿地延伸。忽然听到门外有匆忙的说话声，哦，是槌儿回来了。

他接到他姑姑的电话后从外地赶回来了，钱红看到儿子回来，心里有了莫大的安慰。槌儿进了屋子，赶紧从钱红手中接过爷爷的手。"爷爷，爷爷！"门外的人都进了屋子里，围了过来。"爷爷，爷爷，我回来了！"钱红也弯着腰，盯着父亲，这时，父亲的眼角流下两串长长的泪珠。

钱红哭了，他跑出门外，放声哭了。

在场的人都掉下了眼泪。

父亲真的有意识！

他在等待他的长孙子！

孙子来了！

他的眼泪掉了下来！

钱红在院子里眼都哭红了，他稍微平息了一下心里的波动，准备到父亲的跟前继续守着父亲，他进到屋子里重新握住了父亲的手。

自此，老人家再也没有任何的反应。

夜，已很深，大家都去休息了，唯剩钱红守着，寸步不离。

凌晨五十五分，父亲忽然停止了呼吸，钱红使劲喊："爸，爸，你醒醒！爸，爸！"可是怎么喊他都没有呼吸的声息。又过了一分多钟，父亲出了一口长气，永远地离开了这个世界。钱红声嘶力竭地呼喊着"爸，爸！"钱红的呼唤，把窗户玻璃都震得嗡嗡响，可惜，钱红的呼喊却唤不回父亲飘失的灵魂。

家人都起来了，钱红握住父亲的手不愿意撒开，一直握到天亮。

弟弟领着侄子与槌儿挨家挨户在大门口磕头，这是向邻居报丧的一种风俗。有人一看来磕头了，当即就落泪了："咦！老了，哎呀，老了！"

父亲老了！

昨天，他把积攒的最后的一点儿能量化作了两行泪水，留给了他的长孙子！

帮忙的邻居都纷纷来了，钱红握住父亲的手，不愿意撒开。

钢化椋棺来了，几个人要抬父亲的遗体入棺，钱红还是不愿意撒开父亲的手。

东院的二大伯哭着说："枫心呀，小儿呀，你尽心了，也尽力了，没办法呀，撒手吧！撒手吧！"钱红像一个木头人，呆在那一动不动。

二大伯轻轻地拽住钱红的胳膊，想让钱红撒手。"撒手吧小儿！撒手吧小儿！"帮忙的人都用一双湿润的眼睛在盯着钱红。钱红轻轻地亲了亲父亲的额头，无奈地撒手了。

父亲入棺后，钱红才缓过神来，号啕大哭起来。

钱红一阵一阵地哭，邻居轮番地劝钱红，可是钱红崩溃了，他的泪水像决堤的海。

几天来，钱红什么事也不管，都由他弟弟操心。钱红躺在父亲的椋棺下，一直守着，吃不饱饭，睡不好觉，他只是哭！

钱红的眼睛睁不开了，红肿得厉害。

钱红的泪水就要流干了。

亲戚们来了。

她们得哭着走进家门，这里的风俗叫"哭路"。

闺女哭着来了，哭得死去活来；

外孙女哭着来了，哭得让人伤心；

父亲兄弟的闺女哭着来了，哭得像模像样；

本族的女客哭着来了，哭得是满满的礼节。

父亲的妹妹哭着来了，来到父亲跟前，抚着透明椋棺在与她的哥哥说话，让人看着潸然泪下。钱红的妹妹抹着泪扶起老人，连连相劝："姑，您坐那歇歇吧，别太伤心了！"

钱红坐在椋棺旁边，也不说话，也看不见人，就这样呆在那一动也不动。

三大伯从县城赶来了，在儿子的搀扶下，颤巍巍地来到了椋棚前，三鞠躬，泪水满面。他朝向椋位拚尽全力地喊道："兄弟，好人呀！"随着他的一声吼，身体又沉了下来，几个人赶紧向前帮着他儿子把老人扶起来，他的鼻涕、泪水全都流了下来，几个人合力把他搀扶到礼宾桌子后，让他老人家坐下平静一会儿。

钱红出来了，抓住老人的手，叫了一声"三大伯"，钱红哽咽得说不出话来。三大伯又双手抓住钱红的手，流着泪说："枫心，你是孝子，我听说了，小儿呀，我都听村里的人说了呀！"老人说不下去了，连连咳嗽，钱红赶忙扶他坐稳。

单位的人来了。

"各位孝子，位列两旁，青台市的贵客前来吊唁，悼念钱老先生逝世，一鞠躬，二鞠躬，三鞠躬。礼毕，孝子回礼！"钱红出来送客，这是宾西县商贸银行的领导班子成员，钱红一一握手，来人看着钱红的眼睛如此红肿，免不了安慰一番，可是钱红却说不出来话，人未启齿已泪落两行。几位来人拍了拍钱红的肩膀，示意钱红回去，便离开了钱红的家。

"各位孝子，位列两旁，青台市的贵客前来吊唁，悼念钱老先生逝世，一鞠躬，二鞠躬，三鞠躬。礼毕，孝子回礼！"钱红出来送客，这是长河区支行的领导班子成员。钱红仍然只是流泪，王一飞劝钱红节哀，杨小妹暗暗擦泪。

一会儿，又一家吊孝的来了，司仪在农村称作主事，主事人仍然用他那娴熟的迎宾辞执着事，大喇叭的喊声响彻整个村庄。钱红出来送客，这是轻工路支行的班子成员来了，范丽娜一见钱红，随即眼圈就湿润了，想与钱红说话，可是一张口眼泪就掉了下来，扭头向钱红摆了摆手，捂住眼睛走了。其他人随在她的身后，也走出了大门，示意钱红回去。

主事的人来到钱红跟前，问道："枫心，我看来行礼的人都是青台市来的，我再喊青台市也没有啥区别了，我是不是喊他们是哪个单位的？"钱红说："没有关系，怎么着都行。"

"孟州商贸银行的客人来了，来悼念钱老先生……"主事人的词变了，也不知道是不是他自己觉得喊得太俗套了，故意变了词。是的，一样的词，反复不停地喊，让谁谁都觉得腻。钱红出来送客人，握手，钱红的声音嘶哑，眼睛肿得只剩一条缝，他红肿的眼睛看人确实有点儿困难，每与客人握手，都得有意识地把脸仰得高高的才能看清来人的面目。

马上要到起殡的时间了，可是来吊唁的人还是络绎不绝。

这事也没有办法催，不知道后边还有谁来。

"个人金融部的贵客来吊唁钱老先生……"钱红站在柩前，准备还礼，他透过红肿的眼缝，看到陈梦寒远远地站在后边，却没有走到柩前。等钱红出来与魏华经理握手时，魏华告诉钱红，说陈梦寒要求自己单独行礼。

钱红站在柩前，注目着陈梦寒入位。

"一鞠躬，二鞠躬，三鞠躬。礼毕！"主事的人喊过后，却发现陈梦寒弯着腰没有直起来，不知道发生了什么事。本来在吊唁的人群中年轻人就不多，尤其在农村，像陈梦寒这样长得眉清目秀的女孩来参加吊唁更是惹眼，在陈梦寒施礼的过程中，院子里的人几乎全把眼光投向了陈梦寒这边，现在陈梦寒的举动更是吸引了所有人的眼睛，人们都在观望。

主事的人不知道该怎么应对，也呆呆地站在那看着这个施礼的女孩。钱红知道陈梦寒哭了，她不直腰，是为了尽量掩饰。可是掩饰不住，大家都看得一清二楚。魏华经理也过来了，想照护一下陈梦寒，只见陈梦寒跑到一个墙角，泪水哗哗地流了下来。钱红走到了她的跟前，魏华经理也走到了她的跟前，这时，整个院子里的人都在往这边扭头看，孝子们也掀开布幔在偷偷地瞧。

陈梦寒的心情一定很复杂，复杂得连她自己都说不清。她也许是看到钱红红肿的眼睛因心疼钱红而落泪，也许是觉得自己本该是以儿媳的身份作为主孝守在这里，可是时光的隧道不是万能的，陈梦寒无法为钱红提前补圆这个缺憾。

钱红轻轻拍了拍陈梦寒的背，示意陈梦寒节制，陈梦寒抬起了头，哭成了泪人。魏华经理也用手轻触着陈梦寒的胳膊，这一幕让她始料不及，她不知道陈梦寒与钱红是什么关系。

后边来吊唁的人又接上了，商贸银行的人都认识魏华，也大都认出了联欢会上的陈梦寒，当看到陈梦寒这个状态，都感觉到迷惘，弄不懂刚才发生了什么事。

陈梦寒还是离开了钱红的家，她走得很无奈！

太阳偏西的时候，钱红终于把父亲的事料理完，他躺在床上想静静神……

"枫心，你咋在这睡了？小儿，起来吧，别凉着了。"钱红一看是父亲，父亲慈祥地看着自己。"爸，我后悔了，我应该早来陪你，陪你说说话，你就不会这么孤独了。"父亲说："是呀，我很想你呀枫心，我很想你陪在我的身边，可你是公家的人，我不能让你耽误工作。孩儿，冷不冷呀，我走了，再也不回来了，你要照顾好你自己。"钱红哭了起来。

"哥，哥，槌儿走咧！"钱红一睁眼，看见妹妹在喊自己，知道自己刚才睡着了。"爸，我走了。"儿子要走，与钱红打了声招呼，还叫了一声"爸"，钱红还没有顾得答应出来，槌儿就已扭头走了，走得非常干脆。钱红发现他与儿子不是简单的隔阂问题，而是两人八年之间相互不说话不交流，从感情上已变得生疏，一个十几岁的孩子正是成长发育时期，他的八年，比成年人的十六年还要长得多，钱红面对已成型的儿子，无可奈何，钱红认为他的妻子是世界上最好的女人，但唯独这一点儿，钱红儿子教育的失策是妻子美菱最大的败笔。钱红不敢想起儿子，他把此归咎于妻子，甚至为此生下丝丝的恨意。

三十七

钱红守孝三日，回到青台市，陈梦寒告诉钱红自己跟着领导到省城了，说是高速项目的事。

几天后，陈梦寒回来，她没有急着见钱红，却给钱红打电话说要回家。

"钱红哥，我明天想回去一趟，回家看看。"陈梦寒忽然给钱红说，她想家了。钱红问："用不用我送你？"陈梦寒说："不用，坐长途车直接就到了。"钱红问："家里没事吧，有什么事你就说。"陈梦寒说："没有事，就是想我妈妈了。"钱红又不免嘱咐了一通，让陈梦寒路上注意安全。

第二天是周六，陈梦寒一早坐上了回家的长途客车。

回到家里，见到了母亲的陈梦寒，总是像孩子一样抱住她的妈妈，陈梦寒捋着妈妈的头发，又是一阵子难过。"妈妈，你的白头发又多了好多根呀！"妈妈笑着说："傻妮子，你又没有数，你咋知道！"陈梦寒拉住妈妈的手坐下后，对妈妈说："妈，你以后就别出去忙活了，我给你的钱要是不够花你就给我说，行不行？你都多大岁数了，还没命地干！"妈妈说："才不是咧，你让我坐家不动，光说吃，才是害我咧，生命在于运动，我越是出去干活，对身体才越好。"

妈妈给陈梦寒倒水，陈梦寒说："妈，我都多大了，你还把我当小孩子，你看我喝个水你也给我倒！"妈妈说："你看，才说罢不是？生命在于运动。"说罢，妈妈笑了笑，那激动的劲就像家里来了贵客一般，所有的动作都比平时快了一个节拍。

妈妈一边忙活一边嘱咐陈梦寒："妮儿，以后你不能再给我寄钱了，你给我的钱我根本就花不完，你给我那么多钱干嘛，我都这么大岁数了能花几个钱？以后你要多攒点儿钱，你花钱的地方多着呢，你给我钱净是给我添麻烦，我还得去银行给你存，给你说吧，你寄我的钱我都给你存着呢！"陈梦寒鼻子一酸，眼睛湿润了："妈，你咋这样呢，别省吃俭用了，你得注意自己的身体了，你咋就不听话呀妈？"陈梦寒不是没有说过她，可是她节俭惯了，养成的习惯想让老人改变，很难。

陈梦寒看见母亲在厨房忙活，也进了厨房："妈妈，你咋买这么多菜呀，我俩能吃完么？"

"妮儿，你别管，我一接到你的电话，就上街逛了一圈，今天我也馋了，你去看电视去。"她不让陈梦寒搭手，陈梦寒只得走了出来，坐在沙发上把电视打开看了起来。

"对了，梦寒！"陈梦寒看见母亲着急地叫，赶紧起来走了过去，"你去妮儿，去楼上你王姨家，去劝劝她，正哭咧！哎呀，她平时对人可好了，你小时对你也好，常去她家玩，她儿子不争气，你也别多说，只是劝劝她就行了啊！"

陈梦寒去了楼上王姨家，敲开了门，陈梦寒一眼就发现王姨两眼通红，才哭罢的样子。王姨一看是梦寒，赶紧拉住陈梦寒的手拉到了沙发上，一边上下打量着陈梦寒，一边不停地唠叨着："梦寒，你啥时候回来的？哎哟，你妈呀，常念叨你，经常夸你懂事、孝顺，我们唠嗑，只要提起孩子的事，你妈就扯到了你的身上，一说起你，你妈那脸上就笑得一朵花一样。"陈梦寒笑了笑说："人都是这样，偏心眼儿，都是觉得自家的孩子比别人家的好。"

两个人坐定后，王姨便把儿子不争气的事一股脑儿全兜给了陈梦寒。陈梦寒听后，免不了一阵劝慰。

陈梦寒电话响了，便借故说要回家吃饭。王姨要挽留陈梦寒吃饭，陈梦寒推却了王姨的热情，王姨一直目送着陈梦寒下楼。

陈梦寒回到家里，妈妈已把饭做好了，做了一桌子的菜："哎呀，妈妈，做这么多咱俩啥时候能吃完呀？"妈妈高兴地说："俺闺女来了，我的饭量就大增了，妮儿，在青台能吃好不能？今天多吃点儿！"陈梦寒笑了笑说："妈，你就别操心了，就是每顿有海参鱿鱼的，我也不会吃，我还减肥咧！"妈妈一听放心地笑了起来，便说道："那就好，那就好，只要我妮儿不受屈就行，不受屈就行！"陈梦寒看着妈妈炒的菜，还真感觉饿了，表示看着就想吃。"妈，我要是在家能住上十天半月的，我肯定会吃胖的。"妈妈说："我闺女再胖我也不嫌胖，只要闺女不受屈就行，我才不管它胖不胖呢。"陈梦寒撒着娇说："那可不行妈，那样我就嫁不出去了。"妈妈赶紧说："对对，忘记这一头儿了，我闺女还要嫁人咧！"妈妈说罢忽然想起来一件事，忙着问女儿："妮儿，你个人的事得快点儿解决了，不小了妮儿，女孩与男孩儿不一样，年龄大了可就不好办了！"陈梦寒笑了笑说："妈，你就别管了，这事你操心也操不过来。"

"那可不行，我得操心，这是大事呀妮儿。"

陈梦寒心不在焉地说："妈不用管，我要是嫁不出去了就陪你一辈子，还正符合我的心意咧！"妈妈急忙截断了陈梦寒的话说："别光说傻话，那可不行，你越是幸福我越高兴，你陪着我你会幸福？你要是不幸福，我哪来的幸福呀？"妈妈又问："妮儿，有没有目标？"陈梦寒假装不高兴地说："妈，你别说了！"妈妈只得答应："好好，不说了，快吃菜妮儿。"说着就用筷子夹起满筷子的菜放在陈梦寒前面的小盘子里。

陈梦寒似乎又想起来什么，郑重其事地问："妈妈，我要是找个商贸银行的同事行不行？"妈妈赶紧说："行，行，妮儿。"陈梦寒问："当初到青台你不同意让我去，考商贸银行你又不同意我考，从前说青台市不好，后来又说商贸银行工作不好，现在我一说找商贸银行同事出嫁你为啥回答得这么干脆？"妈妈说："我想通了，只要闺女幸福，怎么着都行。"陈梦寒丢下筷子，跑到妈妈跟前，搂了搂妈妈。妈妈看了看陈梦寒说："你瞒不住我的眼睛，我妮儿肯定有目标了！"陈梦寒笑而不语。

陈梦寒第二天下午，坐上了回青台的长途汽车。

青新高速公路贷款项目营销的成功，让裴顺畅激动不已，青新高速公路分公司敲定在商贸银行贷款八亿元，这可以说是青台商贸银行历史上取得的一次最辉煌的成绩，但也给裴顺畅出了另一个难题。他在调入青台市的时候信誓旦旦向省行领导保证在提拔干部方面一定要量才使用，坚决杜绝靠人情关系上位的不正之风，现在伸过来一只赤裸裸人情关系的手，似乎要把他的理念与原则给活活捏碎，那就是青新高速公司提出条件，要青台商贸银行提拔毛桂敏与王红燕。

他反复掂量着这两个人——毛桂敏、王红燕。毛桂敏还好说一点儿，本来这个同志工作也不错，而王红燕从一个支行分理处直接调到市行机关就已经是破例了，连分理处主任都没有干过的普通柜员一下提拔成副科级干部，无论从"法"还是从理上，都是说不过去的。但是王红燕的爱人与高速公路方面根深蒂固的关系，成了加在商贸银行身上的一个"金箍咒"。如果开了这个口，那么后边的提拔就有偏离方向的可能。

裴顺畅召集班子几个成员商量毛桂敏、王红燕的事，他把自己的想法与担忧说给了大家，每位成员也是一筹莫展，但没有一个人替裴顺畅拿这个大主意。甚至有的人还抱着观望的态度，看看裴顺畅是怎么食言的，只要你不履行了自己的承诺，那就会有人跟进。

裴顺畅说："如果大家都没有好的办法，那我们只能答应人家的条件。"申学兵说："按说，人家提的条件并不高，两副科与八亿元的贷款相比，也不算个啥大事，他就是不在我们这儿贷款，说不定像毛桂敏我们还要提拔呢，是不是？只是王红燕，确实有照顾的成分。"魏贤志表示有点异议，他说："我们难的不是两个科级干部的事，我们提拔一次就一大把，我们不在乎这个，我们关心的正是裴行长刚才说的，撕开了一个口子。只要这个事一弄，没有不透风的墙，世人皆知，比如，市领导他们怎么看，他不管你们是不是有八亿元贷款的事，他看到的是你给了别人面子，却没有给他面子，还有银监局，他们都管得了我们，到时我们会有穿不完的小鞋！"

裴顺畅说："那就先把这一批特殊的人提拔了，下不为例。"张正彪笑了笑说："也不好办，你这次照顾了这个市长，下次还有别的书记，怎么办？"

裴顺畅说："这样吧，这次我们提拔一批，以副科为主，正科我们刚提拔过，这次顺带提拔几位'屎憋到屁股门儿'的人，大家说行不？"都不发言，只有秦四方副行长"噗嗤"笑一声，他在想裴行长竟然用了这样的俚语作比喻。裴顺畅接着说："轻工路支行副行长范丽娜前几天弄正科没有办彻底，姬丙章市长的面子没有给，这次给他办利索！银监局孙雪峰局长也让他满意，把中原区支行副行长蔚兰亭提拔喽！再加上毛桂敏、王红燕。"张正彪一听脸色立即阴沉下来，他前几天推荐的人选也是市里有头有脸的人要求照顾的关系，没有如愿，这次既然开了口子，又选择性地开，显然这是不公平的。裴顺畅早已观察到张正彪的表情，对张正彪说："正彪书记，我知道你那也有该提拔没有办的人选，但我们这次要是都照顾到了，下边的人会说我们刚刚提拔完正科，这相隔几天的时间，又提拔了一批，会议论纷纷的，你那个事是不是到下一批，哪怕相隔个一年半载的，不然说不过去，你看行不？"张正彪也只能无可奈何地"嗯"了一声。

秦四方说："提拔后怎么安排，现在不是满着编么？"裴顺畅说："不安排，原地待命。也就是说你只是正科，但没有实职，等有岗了，再补缺。"

裴顺畅接着说副科的事，他说："副科干部实缺六名，我们准备提拔九名，因为有的马上到退二线的年限了，我们可以先提拔等着。大家说吧，谁有硬性的人选，先说一说，议一议。"

这一次，大家比较活跃了，各人都提出了自己要推荐的人选。魏贤志在偷偷地笑，心想，看样子裴行长这次是要躺平了。

陈梦寒回到青台后，钱红就把陈梦寒叫了过来，对陈梦寒说："我忽略了一个事，这次副科竞聘，你报名了没有？"陈梦寒问："我？"钱红说："是呀，咋了？"陈梦寒吃惊地说："我现在只是个借调，连市行机关正式员工都不是，竞聘副科，那都是天边的事！"陈梦寒说罢笑着摇了摇头。钱红说："你不是市行机关员工，你即使是一个分理处的柜员，也没有说柜员不能报呀？"陈梦寒说："我连分理处主任都没有干过，这副科可能么？"钱红说："你看看规定的条件，没有说必须当过分理处主任才能报，只要学历够，年龄符合标准就行了，至于其他的条件那都是虚的，比如道德品质好，你道德品质不好么？"陈梦寒想了想说："能行么？"钱红说："不试试怎么知道？行就行，不行只当是一次锻炼。"陈梦寒一想也是，也就报了名。

按理说，一个支行的一把手，想把谁推荐成副科级，也不是没有希望的，一般来说，除了高层领导的关系户外，其他的报名人选想竞聘成功，都是各部室、各支行一把手推荐的。换句话说，部室一把手、支行一把手推荐不一定能弄成副科级，但如果你没有这些一把手的推荐，想竞聘成功，概率微乎其微。所以，各部门一把手的推荐相当重要。

钱红已是轻工路支行的一把手了，他是不是该去领导那说说陈梦寒的事，极力推荐一下？钱红没有去，他不敢，他刚刚竞聘上正科，他还没有这个胆量，不像有些资历老的支行行长，坐在裴顺畅办公室，搁着个老脸儿上，尤其是那些年龄快到站的，也就是快退居二线的人，更是拿行长不当一回事，只不过表面上还得装作言听计从的样子罢了。如果有这样心态的支行一把手或者部门经理，他什么话不敢说？他想推荐哪一位员工，死皮赖脸也得缠住裴顺畅，非得把谁弄成不可，这样的力度推荐自然会让竞聘者成功率倍增。

话说回来，钱红作为正科级干部虽然资历不深，但他毕竟已是正科队列里的人，他要是建言推荐谁，行长也不会一点儿不考虑的。但是尽管他很想让陈梦寒竞聘成功，他的脸皮太薄，陈梦寒曾说过他，文人作风，自恃清高，不入俗流，这是钱红身上优秀的品质，也是他致命的弱点。

青台市商贸银行每次提拔干部，整个青台商贸银行就像刮起一阵旋风，全行上下每个人在竞聘选拔期间没有了心思工作，都是在为竞聘奔忙，他们在看、在兴奋、在失落，它牵动了所有参加竞聘与不参加竞聘人的心。参加竞聘的人在热血沸腾，不参加竞聘的人，心里有一种难以言表的怅然若失，说得刻薄一点儿，就是心理不平衡。每一次竞聘的鼓槌落定，除了竞聘成功的极少数人外，其他的无论是经历失败的人还是没有跃上沙场的人，都像被龙卷风扫荡过一般，心理满满的残垣断壁。

经过几个程序的折腾，经过一个个像疯了一样的拼搏，结果出来了。

范丽娜过线；

蔚兰亭过线；

副科级毛桂敏过线；

副科级王红燕过线；

……

钱红听说结果公布，急忙看榜，当他看到一个他最希望看到的名字时，他惊得目瞪口呆。他忽然觉得是不是自己看花眼了，再看，确实是，是不是在做梦？抬头看了看天，天是蓝的，是真真切切的现实……

"陈梦寒！"

陈梦寒竞聘成功。

陈梦寒竟然竞聘成功了！

钱红木讷在那里，他忘记了把结果看完，他忘记了给陈梦寒打电话，他忘记了一切，这时的他，心潮澎湃。。

愣在那半天才缓过神来，拿起电话打给了陈梦寒。陈梦寒在电话里说："我听说了，才听说的，正要给你打电话。"钱红比陈梦寒还要激动，说道："陈梦寒同志，不，陈副行长，你要请我吃好吃的！"陈梦寒不紧不慢地说："哎呀，我的钱大行长，看把你激动的！至于么？"

"你竟然无动于衷呀我的大小姐！"陈梦寒非常忌讳别人称她为"小姐"，但钱红例外。陈梦寒笑着说："不就是一个副科级么？副科级又怎么样，我还不知道自己几斤几两么？好了，不说了，见面再与你聊，别在这儿浪费电话费了啊！"于是，钱红挂断，好长时间，钱红都没有从这个兴奋中走出来。

钱红走出办公楼，名誉上是出去办事，实际上他是要透透气，他沿着大街，漫无目的地走着，他激动不已，他浮想联翩……

他不仅是为陈梦寒竞聘成功高兴，他实在是感觉太意外。

原来竞聘也能这么容易！

坊间流传的想获得提拔必须走关系的说法，看来这样评价领导们是不公平的！

三十八

下午下班的时间就要到了，太阳还一树身高，初夏的白昼比黑夜长了许多。王红燕不但成了副科，还调到了市行机关。陈梦寒忙完了手头的活，才顾得与王红燕闲聊。"王姐，你的视力不好，要是你觉得有啥活儿干起来困难的话，就交给我，让我替你干啊！"王红燕高兴地说："梦寒，没事，魏经理给我分配的活很少，已经很照顾我了。"王红燕几乎一晌一晌地坐，一个眼看东西，着实难为她了。她的眼睛从前年忽然看不清东西了，一年多来，看了多家大医院，也没有明显的效果。但她多少也得干点儿活，个金业务部一共五个人，一个正科，三个副科，一个一般员工，总不能四个人指挥一个员工干活吧。王红燕的工作量很小，往往一点儿小活她也得摸索半晌。

陈梦寒下楼回宿舍路上，一个邻部室的同在单身楼上住的伙伴，搂着陈梦寒的肩膀，悄声问陈梦寒："妹妹，你给我说，你竞聘时找的谁？"陈梦寒说："姐，我谁也没有找啊！我真的谁也没有找！"

"你没有找关系就这样给弄成了？"

"是呀，我也意外，说实话，我报名时就犹犹豫豫的，觉得不可能的事，没有想到是这个结果，我真的没有想到。"同伴撒开陈梦寒的肩，头发一甩，独自走了。

周六，钱红约了陈梦寒。陈梦寒说："不知道为什么，虽然与你相距咫尺，却总感觉你我相隔万里之遥。"钱红凝视着陈梦寒，问道："为什么？"陈梦寒说："见你一回太不容易了，你就像一轮太阳，天天都能看到，却无法近前。"钱红说："你是不是在作诗？"陈梦寒笑了笑，你咋这么会夸人呀？不过，你夸的水平不高。"钱红问为什么，陈梦寒答道："因为我不是诗人，你夸得太离谱了，哪能与你比？"陈梦寒看钱红没有答话，又说："嗳！我不是诗人，总是让你说得我心里痒痒，你要是再说一百遍，我自己都快认为是诗人了。"钱红说："那今晚上我不睡觉，就说上三百遍。"陈梦寒说："那我都成'师娘'了。"钱红笑。钱红笑罢说道："你这个小梦寒呀，我还真的感觉与你在一起很快乐。"陈梦寒看着钱红笑，然后问："你这个小坏蛋，我今天准备让你给拐跑，快说，你准备把我拐到哪？"钱红正准备回答，陈梦寒也赶紧与他合音，两个人同时说："一路向西！"说罢，俩人大笑。钱红问："除了去西边，别的都没有地方了？"陈梦寒说："你问我？方向盘在你手里，每次都是你把我给拉到西边的。"钱红看着陈梦寒说："我们今天一路向北，怎么样？"陈梦寒不经意地说："随你！"

两个人到了一座相邻的城市，由于天太热，他们逛起了商场。到外地逛商场与在青台逛商场的感觉是不一样的，也许人都是这样，一旦离开原来生活的环境，就像脱离了心灵上的羁绊，心情会变得十分轻松。钱红说："想吃点什么？"陈梦寒笑了笑说："同志，你睁开眼仔细看看，这可是卖衣服的地方！"钱红解释说："那就给你买一件衣服尝尝啥味呗！"陈梦寒抬头看着钱红，不解地问："莫非你要送给我衣服？"钱红说："不行么？"陈梦寒不置可否，她在想着别人猜不透的心事。一会儿，陈梦寒说："说过的话，不能反悔啊！"陈梦寒一边走一边留意着衣服，看样子真的要挑选了。可是快走过一遍了，陈梦寒还是没有拿定主意选什么样子的，最后说道："算了吧，还是节省点儿吧，你留着钱娶媳妇用吧！"钱红说："陈梦寒啊陈梦寒，我咋听着你的每一句话都想笑呢？"陈梦寒悠悠地说："想笑就笑呗，我又没有捂着你的嘴。"钱红问陈梦寒："你说有人做工作想让你跳槽到粤广银行你不去是不是为了我？"陈梦寒摇了摇头说："不是。没有关系。即使去粤广银行也只是换了换工作，又不是改嫁。"陈梦寒看着钱红在笑，忽然发现自己说漏了嘴，难为情地往钱红的背上打了一巴掌，羞羞地训斥道："笑啥了笑！"

陈梦寒说："没有我相中的衣服，走，不买了，吃饭去。"他们来到一个繁华地段，瞅了一家饭店，看着这家饭店的生意不错，吃饭的人络绎不绝，他们在大厅的一个角落落座，点了两碗面两个菜。陈梦寒托起下巴，两眼盯着钱红看，眼里蓄满了笑。钱红也看着陈梦寒，问道："你看什么？"陈梦寒说："我看你很像一个人。"钱红问："像谁呀？"陈梦寒迅即收敛了笑容，一本正经地说："像我的初恋情人。"钱红脸上掠过一丝不易察觉的云，问道："你有过初恋？"陈梦寒点了点头说："当然了。""那咋没有听你说过？""这不是现在给你说了么？晚了么？"钱红不语，眼睛盯着饭店墙上的宣传图案发呆。陈梦寒问："你介意么？"钱红说："我介什么意，我哪有资格介意呀？"陈梦寒说："哟！谦虚起来了，还没有资格！那谁有资格？"钱红还是不语。"我问你呢，谁有资格呀？"钱红说："不说这个了，换下一个话题。"陈梦寒不依不饶，轻轻抓住钱红的半截袖问："你必须告诉我，谁有资格？"

"先生，你们的菜来了，饭马上就好。"陈梦寒一看，"啊"了一声，说道："正是我想吃的，我快流哈喇子了。"钱红一听"扑哧"笑了起来，陈梦寒说："脸上终于多云转晴了。"

等吃过了饭，他们要上车走了，钱红却把陈梦寒拉到后座上，问道："你给我说说呗，你那位初恋情人是什么时候认识的，在哪认识的，长得啥样。"陈梦寒一听装作生气地说："与你长得一样，咱俩认识那一天认识的。傻！"钱红一听才恍然大悟，但钱红不好意思认错，怕陈梦寒的"傻"真的套在自己的身上，于是说了一声："你以为我真不明白？还真的给我解释！"陈梦寒哭笑不得，给钱红说："哎呀，钱红同志，我真是拿你没辙，无论怎么着都是你的对。怕我以为你是真傻是吧？你不傻，你很聪明，夸夸你行了吧？"

钱红忽然怔怔地望着前方，好大一会儿，把头扭向陈梦寒，盯着陈梦寒的眼看。陈梦寒不解地问："看啥了哥哥？"钱红半天说出来一句话："梦寒，我爱你！"陈梦寒一听，也紧紧盯着钱红的眼，也半天才说出来一句话："钱红哥，我没有听清，你再说一遍。"钱红与陈梦寒对视着，又说了一句："梦寒，我爱你！"陈梦寒侧过身一头扎在钱红的胸口，用左手敲打着钱红的肩，眼泪哗哗地流。"为了你这句话，我等了你几年，钱红哥，你终于说出口了。"钱红说罢这句话，反倒像卸掉了一个沉重的包袱。他把陈梦寒搂在怀里，感觉陈梦寒在颤抖。

停了好长一会儿，陈梦寒抬头泪眼婆娑地望着钱红，轻轻地说："钱红哥，我很爱你，可是我感觉爱你爱得非常艰难，也不知道为什么？"钱红说："你的话我也有同样的感触，想爱你，又很不容易！"陈梦寒闪动着她长长的睫毛，目不转睛地看着钱红，像在阅读一本高深难懂的书。陈梦寒问："钱红哥，我的愿望是让你忘掉所有的不愉快，我把我自己送给你，不管是不是珍宝，希望你不要把它当成敝履。"陈梦寒用了"敝履"一词，不知道是用词不当，还是另有深意，钱红不得而知，不过，钱红也没有多想，恳切地说："我会当作珍宝！"

陈梦寒说："钱红，你就是我的初恋，也是我的最后一次恋爱。我现在感觉很幸福！"说罢，把身体倾了过去，把头枕在钱红的腿上，闭着双目。

钱红用右手抚摩着陈梦寒的头，自己把头贴向了靠背，也似睡非睡。

地球在旋转，他们的心在激烈跳动，时间却凝滞了，他们的思绪在天宇下狂奔，那涌动的心潮铺天盖地翻卷而来，他们沉浸在爱的激流里，淹没在情醉的旋涡中。

这时仿佛世界上只有他们两个，其他一切皆不复存在。

次日，钱红办公室。有人敲门，进来的是薛鸿依，钱红一惊。"你怎么来办公室找我？"薛鸿依脸色有点不高兴，说道："我来办公室找你犯法么？"钱红停下手中的活，问薛鸿依："有啥当紧事么？"薛鸿依慢悠悠地说："当紧事倒是没有，我想给钱行长提个要求，其他城区行柜员轮岗都是在本行各网点之间，你们是单点支行，人员只能与其他城区支行轮换，你们进行轮岗时能不能把我轮换到你们轻工路支行？"钱红一听马上明白了她的用意。原来薛鸿依到钱红的办公室不太惹眼，因为薛鸿依虽然不是分理处主任，但一个普通员工到行长的办公室去也未尝不可，钱红调到轻工路支行当行长了，薛鸿依再来就有点儿显眼了。从薛鸿依的表情上看，她对钱红也有点儿意见，很显然，如果钱红天天腻歪住她，薛鸿依也不至于要求到轻工路支行工作，现在看来钱红冷落了薛鸿依，薛鸿依也是没有办法的办法。钱红说："你到我这轻工路支行上班与在长河区支行上班有什么不同么？"薛鸿依说："到轻工路支行上班，起码见你一回容易点儿。"钱红劝她："在长河区支行一样的，没有必要非得在轻工路上班，我们想见面下班见面就是了。"

薛鸿依的眼睛似乎湿润了，她望着钱红说："我们多少天才见一面，你平时都忙啥？我哪一次给你打电话你都说忙，钱行长，你就真的没有一点空陪陪我么？"薛鸿依白皙的脸上现出一丝淡淡的愁云，公平地说，薛鸿依长得还算漂亮，她有一种女人特有的风韵。

钱红不知道该怎样回答，如果再说些高调的话，就似有哄骗的嫌疑了，因为上次薛鸿依的话题说得已经够深了，让钱红没有任何理由拒绝。钱红原来心里有过不去的槛是因为对妻子美菱无法抹去的怀恋，现在心里过不去的槛是一个男人同时与两个女人交往，他有点儿看不起自己，钱红很纠结。这事又不像其他问题可以找老师问、可以找朋友商量，这种事既不光明正大，又没有先例可以借鉴，钱红为此反复挠头。钱红真的不知道该怎样面对这两个女人，要是让钱红与其中任何一个一刀两断，那都是一种残忍的抉择。也许有人会说，你钱红这样与两人同时维系关系是一种不负责任，可是，站着说话不腰疼，钱红并不是贪心，再高尚的人遇到这样的境况也是陷入两难。

钱红想来想去，还是先安慰薛鸿依再说："鸿依，我说实话，真的很忙，当这个行长真的是不容易，不仅是工作忙，主要是心累。你也知道，我们干银行的表面上光鲜，但外界的人谁能想到我们银行工作的艰辛？这话题还是针对我们的柜员，我当这个行长，里边的苦，鸿依，你可能想象不到。很多的事，我也不能给你细说，我也说不清。"薛鸿依听钱红这么一说，也相信钱红确实很劳累，对钱红说："钱行长，你这话，我也理解，只是我说了，我一个女人也管不了太多，我只能说我喜欢一个人，就真的很想他，如果想他还掩饰得天衣无缝，我做不到，除非我是神仙。"钱红在回忆薛鸿依以前的表述，他感觉女人真的是水，似乎薛鸿依现在的表述与从前相比有了点儿微妙的变化，这种变化微妙得只有细细品味方能感知。是呀，感情这东西一旦泛滥起来，神仙都无法左右，而钱红最怕的就是这个感情的微澜最终发展成一场海啸，如果那样，这泓凶猛的水迟早会把自己淹没。

薛鸿依看到钱红长时间不说话，也不敢轻易打扰，她也就这么地看着他，薛鸿依不知道钱红能说出什么话，既渴望他说，又怕他说，如果他说出的都是让自己感觉冷漠的话，宁可让他咽到肚子里，她情愿痴痴地等待，哪怕心中那点儿希冀总是淹没在云里雾里。

这时有人敲门，来人一看薛鸿依在，找钱红签过字，就与薛鸿依点头招呼后立即走了出去。

钱红说："这样吧，让我想想，不管把你轮岗到这儿也好，轮不到这儿也好，你都不要太当一回事，不管你在哪上班，我想找你是一样的，我有时间了会找你的，我的工作压力很大，希望你能理解。"薛鸿依站了起来，像宣誓般地说："钱行长，我爱上了你，不管结局如何，希望你能陪我走一段路，哪怕很短的一段路，行么？"钱红一听她说"爱"字，急忙看了看门口，感觉薛鸿依在上班时间又是在办公室这般表达，有点儿出格。钱红说："这里说话不方便，咱们抽空聊，我会找你的，你放心。啊！"

薛鸿依走了。

薛鸿依的表达，对钱红多少有点儿压力。

钱红也许现在有一个明显的感触，那就是在爱河里，女人最容易迷失。

三十九

时隔几日，申学兵叫陈梦寒陪同他去下县行检查工作，陈梦寒询问魏华经理，魏华经理竟然不知道。不过，魏华还是点了点头："你去吧，他让你去你就去吧。"

陈梦寒随着申学兵下了楼，上车时申学兵打开车后门钻了进去，陈梦寒自然就坐在了副驾驶的位置。车子启动后，申学兵突然给司机说："到长河区支行。"原说的是去泉溪县，对这一计划的改变，陈梦寒也不便多问。到了长河区支行，申学兵与王一飞及几个行长聊了几句后，就很快又要离开。上车时，申学兵一边嘱咐着王一飞工作上的事，一边拉开了前车门。陈梦寒看到申行长的架式是要坐副驾驶的位置，自己便拉开后车门上了车，这时，申学兵又把前车门关上了，自己也拉开后车门上了车，然后向车窗外摆了摆手，车离开长河区支行。申学兵说："到泉溪县支行。"

车一出市，申学兵的脸上现出轻松的微笑，问陈梦寒："梦寒呀，我看你跳舞唱歌的水平可是不一般，人才难得呀！"陈梦寒笑了笑说："哎呀，申行长过奖了。""哎，梦寒，你咋会这么多呢，在哪学的？"陈梦寒说："在学校。"申学兵惊奇地问："学校还教这些？"陈梦寒说："哦，忘记给你说了申行长，我是首都艺术学院毕业的。"申学兵这时才如梦初醒似的说："哦，我说呢，原来梦寒是科班出身哟！好，好！"申学兵向陈梦寒身边靠了靠，关切地说："梦寒呀，你现在个人问题怎么样了？有没有对象呀？"陈梦寒说："还没有申行长。""哦，那得抓紧找个，是不？其实呢，人家外国好些人都不找对象，不找对象自由呀，自己想怎么过就怎么过，无忧无虑地也怪好。"陈梦寒对申学兵的话题不感兴趣，但也不得不敷衍地说："申行长，我吧对这事也没有系统地考虑过，随缘吧。"申学兵说："那是，那是。"申学兵又拍了拍陈梦寒的腿说："不过呢，梦寒，个人的事是一生中的大事，不管怎么着都得慎重，可不能随随便便地找一个人嫁，一定要找一个比较优秀的男人。"陈梦寒不经意地"嗯"了一声，随即又补充说："我自己的条件也不高。"申学兵又向陈梦寒身边挪了挪，悄声说："梦寒，这事我给你把关，我帮你非得找一个合适的不可。"陈梦寒一边说"谢谢申行长"，一边从车的内视镜里看司机的眼睛。一会儿，陈梦寒靠在后背上睡着了，也不知道是真睡还是假睡。申学兵看到陈梦寒兴致不高，又把屁股挪了回去。

到了泉溪县支行，王彦林行长带领几个副行长已在楼下等着，王彦林帮申学兵拉开了车门，申学兵从车内钻了出来。当陈梦寒从车上下来后，李绪凡迫不及待地迎了上去："梦寒，你走后还是第一次回来吧？"申学兵一听李绪凡如此说，便问王彦林："梦寒从这儿走的？"王彦林知道陈梦寒调到市里的时候申学兵还没有调到青台市，便说道："是的，梦寒经理是从这儿的圪塔营分理处走的。"申学兵说："那好，一会儿我们就去圪塔营分理处看看。"

在王彦林的办公室，申学兵在听王彦林的汇报时，李绪凡却小声在与陈梦寒交流，陈梦寒感觉李绪凡没有眼色，就有一句没一句地搭讪着，很不情愿地应付着李绪凡送来的话茬，一会儿，李绪凡把屁股挪了挪，身体向陈梦寒紧挨了过去，陈梦寒一下站了起来，这一幕正好被申学兵看在了眼里，申学兵这时已经没有了心思谈话，心不在焉地左顾右盼，他想继续观察刚才究竟发生了什么。陈梦寒换了个位置坐下，赶紧低下头，下意识地在用右手搓着自己左手的无名指。

王彦林似乎也发觉了李绪凡刚才不得体的举动，他对李绪凡已有戒备，在市行副行长的面前，王彦林容不得李绪凡有任何造次。汇报完毕，申学兵按照刚才说的要去陈梦寒工作的故地看看，王彦林本还打算与李绪凡一起陪同市行领导去圪塔营分理处，刚才的一幕影响了王彦林的情绪，便给李绪凡说让他留在行里，自己与客户部经理陪同市行领导前往。李绪凡一听情绪跌落谷底，但也只好无奈地遵从。

来到圪塔营分理处，分理处主任昊桂芬从柜台里走了出来，昊桂芬看到陈梦寒也随着车来，顾不得打招呼，只能先热情地与申学兵副行长打招呼，她向陈梦寒招了招手后随即与王彦林行长、市行申学兵副行长交谈了起来。在王彦林与申学兵单独交谈的间隙，昊桂芬搂住了陈梦寒的肩膀，亲切地说起了悄悄话。

快要下班的时间，王彦林说："我们到附近吃点儿饭吧。"并推荐了一家有特色的饭馆。饭馆虽说不远，但已出省界，泉溪县本就在两省交界处，所以出省不费吹灰之力。待箱款入库、几个人两辆车正要走的时候，王彦林扭头一看，李绪凡开着车赶来了，王彦林问李绪凡是不是有事，李绪凡不好意思地说想陪一下申行长，有些事想请示。王彦林对李绪凡的到来再不耐烦，也不能把他撵走，只好让李绪凡一起去，但李绪凡也许有他自己的目的，他坚持要自己开车。

酒足饭饱后，申学兵突然问，离邻省哪个县城最近，王彦林说是箱县，申学兵说酒喝得有点儿猛，想到箱县歇息一下。王彦林正要带路前去，申学兵说："你们都不要去了，我们在那休息一下，可能直接就到青台了。"王彦林是个聪明人，那哪里能行，甩开领导一拍屁股走了像哪一桩？坚持要跟着去。李绪凡说："王行长，不然你们都回去吧，我随着申行长他们去吧！"王彦林看李绪凡这样说，就轻声嘱咐了几句，给申学兵说："申行长，那就叫绪凡陪你们去吧！"申学兵便点了点头后上了车。

到了箱县县城，找了家宾馆，李绪凡开好四个房间，每人一间。李绪凡拿着房卡，领着申学兵、陈梦寒、司机上了楼，把申学兵的房间打开，房卡交到申学兵手里，然后分发房卡，各自进了自己的房间。

陈梦寒进了房间，开始洗漱，然后半躺在床上，打开电视看了起来。但她怎么看都看不到心里，把电视调到静音，拿起手机与钱红通起了电话。

"钱红哥，我想你。""是呀，我也想你梦寒。"陈梦寒向钱红聊了一天的检查情况，娇声说："我现在就想让你来到我的身边。""净说傻话，我怎么能去呢？""钱红哥，人家说，正在谈恋爱的女人都会变傻，你说我现在是不是也变傻了？""也许吧，不然怎么会让我给骗到手里呢！""滚！我跟你说正经话呢。"钱红问："你喊我哥，准备喊到什么时候？""到我年龄老得喊不出声来，我就不喊了。"陈梦寒又问："不行么？你想让我喊你啥？"钱红说："没事，我只是问问，你想喊啥就喊啥，想喊到什么时候就喊到什么时候。"陈梦寒说："好，不喊你哥了，我喊你老公，你看怎么样？""嘴长在你的脸上，你想喊啥我能管得了么？""那好，我明天到你行里去找你，我到营业部就问那些柜员，'我老公在哪？'好么？"钱红笑了笑说："不好，人家以为你老公是那个捡拾垃圾的老头儿，把你领到老头儿跟前，说'喂，你老婆来找你呢'老头一看，没想到不但有扔垃圾的，还有扔媳妇玩的，扛起你就跑，我看你咋办？"陈梦寒说："那不简单，我会说'大爷，你放下我吧，是钱红把我给扔错了。'老头一看论斤称也没有多少肉值不了几个钱，会把我重新撂到地上。"钱红问："你真的一直喊我'哥'么？我是说到结婚后呢？"陈梦寒笑了笑说："我原来也想过这个事，但后来我还是决定喊你'哥'，我要嫁给我的哥哥，我永远当你的小妹妹。"说罢，又觉得不妥，陈梦寒补充道："兼媳妇！""梦寒，你是在我身边想我呢，还是离开我的时候想我呢？""离开你的时候。""为什么？""在你身边的时候，我能用眼睛看着你，离开你的时候，我看不到自然就想了。""嗯，明天就见着了，不早了，休息吧啊！"陈梦寒长时间静默后，夹杂着哭泣声说："钱红哥，我真的好想你，我离不开你！"钱红安慰陈梦寒："好的好的，明天就见着了，明天下午下班，我请你吃肉，给你买个大猪腿让你抱着啃好吧！"陈梦寒又笑出声来，说道："我才不啃猪腿咧，我就想啃你的腿，让你疼得直嗷嗷！"钱红说："好的，让你啃让你啃，睡吧，好么？"陈梦寒又聊了几句，才恋恋不舍地挂断了电话。

申学兵回到房间，简单洗了洗后，照着镜子把头梳理整齐，给陈梦寒打电话，想让陈梦寒陪他说会儿话，可是反复几次都是占线，他在想，陈梦寒的电话怎么能这么长，难道是她在电话上做了什么手脚，故意做了防干扰一类的操作？申学兵放下电话，心里仍是烦燥不安，他索性穿着睡衣，轻轻开了门向陈梦寒的房间走去。

李绪凡在屋子里，也不洗澡也不刷牙，急得来回踱步，敲陈梦寒的门敲不开，回到房间一个劲地给陈梦寒打电话，打不通。他不知道陈梦寒是真的这么"绝情"，还是另有缘故，因为自己敲门时她陈梦寒并不知道是他李绪凡在敲门，打电话打不通也并不是针对他李绪凡在占线，他想来想去，准备稍停片刻再继续想法子。但他不知道的是，敲门不开是陈梦寒在洗澡，打电话占线自然是陈梦寒在与钱红通话。他觉得见不到陈梦寒，自己简直就熬不到天亮。

忽然听到有人敲门，李绪凡喜出望外，以为是陈梦寒来了，赶紧到卫生间拿起梳子梳了梳头，整了整衣领，便急匆匆地去开门。他正准备开门时，外边的人在轻声地喊："梦寒，梦寒，是我呀，你开开门！"李绪凡一听，声音很熟，又把耳朵贴在门上仔细听，外边的声音又轻声喊了起来。李绪凡终于听清了：申学兵！

幸亏李绪凡开门的延迟，错失了尴尬。

申学兵为啥把李绪凡的房间误认为是陈梦寒的房间呢？那是因为申学兵的房间是李绪凡献殷勤替自己打开的，申学兵只是用眼角的余光发现陈梦寒有开隔壁房间的意思，便以此断定隔壁就是陈梦寒，实际上陈梦寒在隔壁房间门口的停顿，仅是在辨认房间号而已。

李绪凡坐卧不安，难道惦记陈梦寒的不只是他李绪凡？李绪凡的犟脾气一旦上来，像头驴，即使你是玉皇大帝也不行，他认为陈梦寒是属于自己的红颜知己，谁也不要企图染指，之所以陈梦寒对自己始终不冷不热，是因为火候不到，女孩子都是先冷后热。李绪凡终于决定，要做陈梦寒的坚强卫士，他竟然在陈梦寒的房间外守候了一夜。李绪凡为了倾慕的女人，竟然能如此地忠诚！

第二天吃过早饭，四个人两辆车，一前一后地向青台方向回返，因为李绪凡去泉溪县也是同一个方向。

就要走到泉溪县城的时候，李绪凡的车出事了，他与对方来的车相撞，李绪凡负全责。因为李绪凡正在行驶忽然变道逆行，实际上是他打瞌睡了，只是这话不能拿到桌面上讲就是了。车严重毁损，幸好人没有大碍，李绪凡还是被送到县医院进行检查治疗。

钱红听说了此事，出于老同事的关系，要去看他，陈梦寒听说钱红要去医院瞧病号，也要求一同前往，毕竟得看在同行时出事的分上。医院里，李绪凡的头被纱布包扎着，情绪很是低落。李绪凡看到钱红来看望他，异常激动，赶紧想坐起来，钱红急忙把他按在床上，劝他不要心急，这得慢慢养。就在这时，李绪凡忽然发现陈梦寒也站在病房里，更是激动了起来，越想说话越说不利索，吐出口的只剩下"坐，坐"两个字。他又猛然醒悟陈梦寒一定是跟着钱红来的，忌妒之意又冉冉升起，一阵剧烈的不舒服，他不得不重新躺了下来。

钱红向医生咨询李绪凡的病情，医生说并无大碍，只是精神上受了点儿惊吓，住几天院会好起来的。

四十

省行戴玉龙行长在听取关天方副行长的汇报。

关天方说："现在各行都说市行机关人手紧，要求增加机关人员编制，尤其是青台市分行特别急切，说市行机关是一个人干几个人的活。"戴玉龙问关天方："青台市分行机关有多少人？"关天方让王爱霞把花名册拿过来，他看了看说："从名册上看有一百八十人，在岗的只有八十一人。"戴玉龙问："为什么这几年在岗人员占比越来越小了呢？"关天方说："主要是近几年提拔干部多一点，提拔的干部越多，意味着提前离岗的人员越多，这些人虽然退居二线，但他们也占着市行机关的编制。所以与前几年相比，青台市分行机关虽然由两年前的二百零五人减少到一百八十人，但在岗的员额却由原来的一百一十八人锐减到八十一人。"戴玉龙听到这里，坐不住了，说了声："我去看看。"

戴玉龙没有打招呼，忽然带着人事处副处长王爱霞到了青台市分行。进了分行的大院，裴顺畅才获知消息，裴顺畅急忙下楼去迎接。

戴玉龙到了裴顺畅的办公室，开门见山问裴顺畅："你们这里退居二线的人，还是不上班？"裴顺畅还没有摸清戴玉龙行长这次来青台的用意，他用眼瞟了一下王爱霞，王爱霞说："戴行长想摸清你们青台市分行机关的人员构成，想看看造成人员紧缺的原因究竟是什么。"裴顺畅向戴玉龙行长作了如实汇报，汇报完毕，戴玉龙问裴顺畅："让这些退居二线的人上班到底有多难？"裴顺畅说："戴行长，说着容易，做起来难呀。让这些人来上班，主要有以下几方面的困难，一是这些人认为原来都是这样的规矩，退居二线后就离岗了，今天忽然变法儿，他们会有意见；二是这些人在岗时大多不做具体业务，现在忽然让他们返岗，回到原部室安排他们干什么？他们根本就干不了具体活；三是不好管理，现在的部室经理原来都是他们的属下，现在怎么好意思安排他们干活？甚至是根本就指使不动，而且这些人极易带来负面情绪，在部室里一闲就爱发个牢骚。"戴玉龙说："按照你的话说，那就没有路了？"裴顺畅说："戴行长，增加编制吧，真的都走不动路了。"

戴玉龙一听还是没有好办法，就岔开话题说："以后不要动不动就提拔干部，都提拔成干部，干几年就又该退居二线了，恶性循环，以后就更没有人干活。"裴顺畅又赶紧接过话茬说："不提拔也不行呀戴行长，我们虽然提拔过没有多久，让人事上查了一下在职人员的档案，发现马上又有一批到年龄的人需要退居二线，你看，这不提拔也不行呀！"戴玉龙问："你们一共几个支行？"裴顺畅说："十个。"戴玉龙又问："你们青台市内几个区行，市区里总共有几个网点？"裴顺畅回答："市区一共五个支行，十七个网点。"戴玉龙说："十七个网点，除以五，一个支行还不到三个半网点，你们一个支行光行长副行长的一大堆，是不是台上坐的行长比管辖的网点主任还要多，你们这么多的科级干部，有必要么？你们每次提拔，不给你们名额吧你可怜巴巴的，你看给你们名额你们提拔的到处都是科级干部，这样下去，五十岁、四十五岁都不干活了，又占着机关编制，干活的人不越来越少么？你们市里边有必要设置那么多的区支行么？这十几个网点，一个支行就管完了，甚至你们市分行一下都能管下来，不必要在市里边再设置那么多的支行，机构该瘦瘦身了！"

戴玉龙走后，裴顺畅在端详到底该怎么瘦身。裴顺畅召集分行班子成员开会，看看有什么好办法，最后研究的结果是对市区网点实行"扁平化"管理，就是把市区内十七个网点划归市行直接管理。

秦四方副行长说："如果市行直接接手市内网点，那么这五个区支行的行长副行长安排到哪里？这可是说得上一支庞大的干部队伍。"申学兵也说："是呀，五个支行，四五二十，二十个科级副科级干部着实不好安排。"魏贤志说："还有一个不是办法的办法，支行一套人马先随着各区支行的营业部走，其他的网点先收归市行，以后根据情况再说。"秦四方说："我看行，这样的好处一是避免了急刹车，二是避免了科级干部无岗安排的状况，三是把'扁平化'搞成我们的'亮点'工程。"裴顺畅把手往桌子上一拍，说了声："就这样干！"

"扁平化"的工程说起来也并没有想象的一样浩繁，工作在悄无声息中进行，一切按部就班，只是明显的原来的隶属关系被彻底打破，几乎在一夜之间，市区内各个分理处主任变得异常活跃起来，他们不再向区支行行长汇报工作，而是直接跑到市分行，可向任何一个市行行长副行长汇报与请示。分理处主任们从前基本上够不着与市行领导说话，现在脚步可以把市行领导办公室的门槛给踏平。不过，这种待遇也就是城区的网点主任可享受，五个区行营业室主任可没有这个福分。

裴顺畅开始尝到了苦头，管理成了一团乱麻。

分理处主任来汇报工作，说的内容都是具体到一个科目一笔账务的事，裴顺畅哪听过如此详细的汇报，他一边喝着水，一边被分理处主任问得语塞。形象地说，除了部室不算，原来到他办公室汇报工作的是十个人，现在是二十二个人，他的工作量大幅度上升，最要命的还不是忙，是分理处主任说的话他往往听不懂，他说的话对分理处的具体问题又不对症，指导不了具体的业务工作，双方说不到一个频道上。有时分理处主任一看裴行长愁眉不展，就索性与裴行长闲聊起来，直到又有支行行长或下一个分理处主任来汇报，才匆忙走人。

某日，沙河路分理处主任郑丽丽来找申学兵副行长，一进门便吆喝起来："申行长，你跟我去拉一笔存款吧，不然就被长河区支行给拉走了。"申学兵问怎么回事，郑丽丽便机关枪似的说开了。"本来，青台市力扬纸箱厂是在我们那开的基本户，不错，他是原来我们行薛智卿副行长营销的户，现在分家了，他又让纸箱厂在长河区支行营业室开了个一般账户，把在我们那开立的基本账户上的钱全转光了。他做事也忒绝了吧！"说罢，郑丽丽气得一鼓一鼓的。申学兵说："那你的意思是让我怎么着？"郑丽丽说："这很明显呀，纸箱厂的钱转到长河区支行营业室，这是他们的行长在做手脚呀，既然他们行长出面了，那你是我们的行长呀，你当然也得出面呀，我要出出这口气。"申学兵说："我也是他们的行长呀？"郑丽丽一听觉得委屈，问申学兵："那谁是我们的行长呀？我们成后娘的孩子了？我们没有人管了？"申学兵给郑丽丽倒了一杯水，慢声细语地说："郑丽丽，你不要那么激动，你听我给你说。你是站在你们、什么分理处？对了，沙河路分理处的角度考虑问题，我是站在青台市分行的角度考虑问题。不错，我是你们的行长，可我也是长河区支行的行长呀，你想想，如果让我去与长河区支行的行长争业务，那还不让人笑掉大牙嗬！"郑丽丽一听急忙问申学兵副行长："申行长，说来说去，我们还是后娘养的呀？"

郑丽丽正在与申学兵副行长交谈着，又一个分理处主任走了进来。郑丽丽认识他，他是原皇城区支行老市口分理处主任申谊朋。申谊朋说："申行长，我去找裴行长了，裴行长让我找你给你说。我对皇城区支行副行长郭法东有意见，我去皇城区统计局营销信用卡，去了几趟才得到人家的口头许诺，可是正当我准备拿着相关资料去办理的时候，皇城区支行副行长郭法东带着他们的人去了，把我的户给抢走了。"申学兵问："那你再把它抢过来不就行了么？"申谊朋说："申行长，你说得轻巧，不是那么容易的事。再说了，与人家行长竞争，我又怎么竞争得过？人家单位一听级别，就知道人家大行长办事靠谱，哪能看上我这个小分理处主任呢？"

郑丽丽本想请申学兵出马，想了想也不现实，但这口气总是咽不下去，憋在心里窝火。这时申学兵又只顾与申谊朋说话，郑丽丽站起来就准备走，申学兵叫住她说："这事我知道了，你先不要着急，回来我给裴行长汇报一下这个新情况。"郑丽丽走后，申学兵又接着与申谊朋聊了起来。

几天来，不断有分理处主任来告状，内容与郑丽丽、申谊朋反映的情况大同小异。

青台市商贸银行的"扁平化"初衷是好的，从理论上也是行得通的，市分行直管市区内各分理处，节省了管理成本，缩编了干部队伍，问题是没有实行彻底，五个区行构架还保留，弄成了"半扁平化"，干部职数没有减少，徒是增加了市分行的工作量，这实际上是一个机构改革的怪胎。

四十一

青台市商贸银行的"扁平化"改革得到省分行的首肯，成了全省机构改革的"亮点"工程。省分行为此进行了机构改革推广会，要求全省商贸银行学习青台市分行"扁平化"的经验，大力推进本市的机构改革。

正在全省学习青台市分行"扁平化"经验之际，青台分行却显现了"扁平化"带来的诟病，但又不能向上级行反映，这时候反映青台出现的问题，纯粹是没有眼色，是找挨抽的分。

青台市商贸分行班子成员在开会，研究"扁平化"改革带来的负面问题。其中申学兵汇报的问题最为突出。市区的十二个网点与五个支行处在一个水平面上开展业务，自然出现了不合理竞争的局面，不管是从营销手段的强弱还是从社会的认可度，分理处都不是区行的对手，相对分理处，区行有着压倒性的优势。尤其是在营销中，不许内部公关、不许挖墙脚、不许跨区营销的"三不许"，在新的机构框架下已失去了意义。申学兵说："我们在'扁平化'的初始，有点欠考虑的是涉及营销层面的问题，以及人员调配、财务管理等方面都存在弊病，尤其是在营销中，分理处没有贷款业务，往往一些存款及一些中间业务都是依附贷款业务衍生的，这就造成分理处营销手段的局限性严重阻碍了业务的发展。"张正彪书记说："如果把五个城区支行的支行架构砍掉，是不是就平衡了？"裴顺畅行长说："砍掉的难点是这些行长副行长没法安排这是一方面，另一方面是砍掉的话贷款业务无法从一个网点完成，必须有贷款的操作人员，如果每个网点都设立贷款业务机构，就又会造成人员浪费。"申学兵副行长补充说："如果五个支行框架拆除，这只是在市区内十七个分理处之间搞平衡，我们还得着眼与其他商业银行的竞争，如果都成了分理处，在与其他商业银行竞争中，凝不成合力，相对会处于劣势。"

裴顺畅说："我们今天研究的是分理处与支行营销中的不平衡，实际上最大的问题不在这儿，而在于学兵行长刚才说的，与其他商业银行的竞争问题。我觉得现在我们刚刚'扁平化'问题还不太凸显，随着业务的开展，这个矛盾会越来越成为挡在前方路上的一只拦路虎。"张正彪书记说："当初'扁平化'时，我们是不是欠考虑？"裴顺畅说："孩子已经生出来了，再说吃避孕药的事晚了。不说那了，现在就说下一步该怎么办？"

大家都沉默不语。

裴顺畅继续说："我们的'扁平化'主要是依据省行戴玉龙行长的讲话精神实施的，本意是减少管理层，缩减管理成本，现在我们没有考虑周全的是不但管理成本没有减少，可能还得面临增加管理成本问题，就是说还得提拔！"此话一出，申学兵、秦四方、魏贤志、张正彪都把目光投向了裴顺畅。申学兵说："你的意思是把分理处主任升格？"裴顺畅说："对。"张正彪说："那在省行能通过？这可真的违背了戴行长的初衷！"

又一阵沉默。

"贤志，你怎么一直不说话？"裴顺畅问。魏贤志指了指自己的嘴，"唔唔"了一声，意思是说嘴上火了，说话不方便。申学兵说："既然我们骑虎难下，就硬着头皮往前走，说不定省行也会同意的，因为经验在全省推广出去了，省行也是无路可退，省行也不会自己打自己的脸。"

裴顺畅马不停蹄去了省城，向戴玉龙行长进行了汇报，戴玉龙行长出奇地答应了，他对裴顺畅说："各个分理处主任只能是副科级，比其他支行行长低半格，这就已经够意思了。"实际上裴顺畅也是这样想的，如果是正科级待遇，会引起人员的大调整，许多支行的副行长就要去当分理处主任，而这些副行长还真不一定称职。裴顺畅问："城区支行的营业室主任是不是也提成副科？"戴玉龙说："不必要，那样的话你们不成了为提拔而提拔么？营业室主任再提拔副科，要楼上的副行长还有啥意义？你去关行长那说一声。"裴顺畅这次去省行去得值，可以说是满载而归。

裴顺畅从省行回来后，召开市区内的支行正职副职及网点主任会，网点主任提副科早已放出口风，在会上，裴顺畅的讲法非常微妙，他说："城区内'扁平化'的网点主任在适当的时机可以提成副科级干部。"也就是说城区内十七个网点，除掉五个营业室主任，都有提拔副科的机会。

于是在青台市又刮起了一阵旋风，心在浮动，人在忙活，十二个网点主任都在"公关"，想在这个人生节点搏出个名堂来，这个关键的一步，谁能抓得住，谁就能成为人生的赢家。

沙河路分理处主任郑丽丽的家。

郑丽丽正在与其老公拌嘴，两个人对提拔操弄的看法不一致。郑丽丽说："市行行长已经说了，城区内的分理处主任可以提拔成副科级干部，你为啥还在这疑神疑鬼？"丈夫说："你们领导说的是'可以'提拔，而不是说的必须提拔。这个'可以'含蕴的信息量巨大，你懂得不？"郑丽丽说："就你咬文嚼字，这次提拔与以往的提拔不一样，以往的是海选，谁能胜出都不知道，而这次是点得很明了，就是这十二个分理处主任，我不提拔，我们分理处就我自己，总不能让一个柜员顶替我吧？"丈夫说："当官的人最喜欢用'饥饿法则'，十个人有十个馍，谁也不慌着拿，反正定准的是每个人一个馍，但是呢，当官的不这样做，他扔掉一个，十个人成了九个馍，这十个人就会争抢，因为你不争抢，最后没有分到馍的可能就是你，这就是玄机。"郑丽丽似乎听明白了，问丈夫："那你说怎么办？"丈夫没有说话，而是拿起了电话。

经过一周的提名、研究、表决，终于尘埃落定。

青台商贸分行贴出了一个公示文件，即市区内十二个网点主任拟任副科级干部，公示期十五天。

轻工路支行行长办公室。

钱红在办公室正拿着《青台日报》看，一条新闻吸引了他。报纸上登了一条消息："粤广银行青台分行于昨日成立，副市长万方参加成立大会，并讲话。"钱红又继续往下看，哦，顾宇江是粤广银行青台分行的行长，顾宇江是青台商贸银行出来的人，原青台商贸银行的副行长，可以说是个青台通，下一步，青台商贸银行将遇到一个强有力的竞争对手。

敲门声音打断了钱红的思路，"请进！"是营业室主任常淑玲。"有事么淑玲？""钱行长，我得给你反映一下，这个副科级提拔的事不公平！"常淑玲一屁股坐在沙发上，向钱红诉起冤屈。我们原来在市行营业部，也就是现在的皇城区支行，轮岗不是我自己选择的轻工路支行，是他们市行领导让我来这里当营业室主任的，现在各个分理处主任都成了副科级，我却不能提拔，这是为什么？这显然是不合理的！当时找我谈话时还说因为我业务能力强才调到轻工路支行，说业务能力强的分理处主任才能当营业室主任，现在好了，不说业务能力强了，你说钱行长我冤枉不冤枉？"

钱红给常淑玲倒了一杯水，细声细语地说："淑玲，你说这个情况确实是个问题，但是这个问题不是就咱们轻工路支行存在，其他的支行也存在这个问题，比如，我知道的，长河区支行营业室主任徐莹，这是个非常优秀的人，业务能力强，管理方法上很是有一套，在营业室威信很高，有的路途很远的客户到长河区支行营业室办业务都是慕名而来的。可是，你看，这次提拔副科级，照样没有她的事，你说这合理么？你先等一等，我觉得市行领导很快就会说这个事，你看行不？"常淑玲无奈地回去了。

四十二

常淑玲刚刚走出门，钱红的电话响了，是陈梦寒。"钱红哥，有个紧急事想与你商量，我想与你出去旅游！"钱红问："紧急？旅游就旅游呗，咋还弄个紧急？""今晚上就走。"钱红说："你性子是不是也太急了！不得准备准备么？"陈梦寒无奈地说："我的大行长呀，不是我性子急，是人家旅游团急。"钱红问："多长时间？""三天两夜，也就是今天晚上走，明后两天的时间，后天夜里回来。不耽误周一上班。"钱红说了一声："准！"陈梦寒高兴地说："快把你的身份证号发来。"

晚上，准时出发。

车朝向大草原的方向飞速行驶。

陈梦寒斜着身子躺在钱红的腿上睡着了，钱红把外套盖在陈梦寒的身上，搂着她，陈梦寒单薄的躯体，像一头小绵羊，在钱红的腿上、在钱红的怀里显得尤为温顺。

钱红依在后背上，也睡着了。

车到服务区，人下车方便。导游说要停下休息两个小时再走。陈梦寒拽住钱红胳膊，去了趟卫生间，回来后坐在车上休息，陈梦寒仍然是睡眼惺忪，给钱红说有点儿冷。钱红就把她抱在怀里，用外套搭在她的肩头，陈梦寒亲了亲钱红的脖子，轻声说："我做了个梦。"钱红问："做了个啥梦呀？""梦见我被拐跑了。"钱红笑了笑说："你咋老是做拐跑的梦呀？""可不是呢，我是不是特别容易被拐呀？不可思议，老是拐我！"钱红说："拐你你咋不挣脱呀？""我挣不脱，那个人的力气很大。""那个人长啥样呀？""跟你这个样子一样穷凶恶煞的。"钱红笑了，问陈梦寒："我的面目有那么狰狞？"陈梦寒打了个哈欠，然后说道："可不呢，你光想吃我。"说着说着，陈梦寒又睡着了，也不知道是真睡还是假睡。

到达了目的地，已是黎明。导游开始分发早餐，陈梦寒怕钱红吃不饱，把自己的盒饭拨给了钱红一小半。

吃过饭，按照导游的吩咐，约定集合时间，自由游览。钱红牵着陈梦寒的手，向草原的深处走去。

陈梦寒问："你儿子与你关系还是不和么？"钱红叹了一声说："不愿意提他。""不，我今天想听听。"陈梦寒双手拽住钱红的左胳膊，然后身体撒娇似的往前倾斜着，仰脸盯着钱红的眼。钱红说："不是以前给你说过了么？"陈梦寒执着地说："还想听，与以前不一样，这时是在听我们儿子的事。"钱红惊疑地望着陈梦寒，似乎没有听懂她说的话。"怎么？没有听明白我说的话？我是说咱儿子。"钱红猛然醒悟过来，说道："你管他叫儿子？"陈梦寒不解地问："是呀，难道我与他称兄道弟？"钱红笑了笑说："可惜呀，你这个儿子比你才小两三岁。"陈梦寒萌萌地说："那他也是儿子。"钱红说："好，好，你说得对，是你的儿子。"陈梦寒这才咯咯地笑了起来。

"这个事都怪他妈。"钱红一边说一边又陷入沉思中，"也许是因为我们的女儿丢了的缘故，她对这个小儿子宠得太过了，我管得严，小儿往往不听话，可是，他妈不与我站在一个立场上，反而与我作对，这样就给儿子造成一种错觉，他自己做的每件事都是对的。有一次，我打了他，他与我长时间不和，也不答腔，如果换其他家庭，作为母亲一定会起调和作用的，可是她没有，她就一直两边落好人，这样，连续多年，儿子不与我说话，

232

对一个正在成长的孩子来说，几年的时间足以养成了他的性格，于是，我们关系一直不和。"

陈梦寒一边听着，也一边想着。语速很慢地说："对也好，错也罢，人既然没有了，就不要再埋怨她了。"钱红赞同地拍了拍陈梦寒的肩膀。

"你说，你的儿子会同意咱俩在一起么？"陈梦寒带着重重疑虑地问。"他同意也好，不同意也好，不会让他来左右我们俩的关系吧？"陈梦寒说："当然，但我只是问问。"钱红说："他也不会管我的事，恐怕我想让他管他也不会管，我只当没有这个儿子。"陈梦寒笑了笑说："但还有一个儿子会管你的。"钱红不解地问："还有一个？哪个？"陈梦寒翻了个白眼，笑着说："在这儿。"她指了指自己的肚子。钱红打趣地问："公鸡没有压蛋儿，你肚子里可有了？""滚！谁说母鸡下蛋非得靠公鸡压，不压照样下。"钱红摸了摸陈梦寒的肚子，问陈梦寒："在哪呢？"陈梦寒往钱红的肚子上使劲拍了一巴掌，说了一声："还在这儿呢。"自己往前跑了起来。

陈梦寒在前边喊："钱红同志，你能撵上我不能？"钱红急促地追赶了过去，陈梦寒也急忙继续往前跑，到底被钱红追上了，像老鹰抓小鸡一样把陈梦寒抱了起来，然后旋转，陈梦寒求饶道："快放下我，快放下我，头晕了！"钱红把陈梦寒放下来，陈梦寒有点儿站不稳似的，从后边一把抱住了钱红的背。就这样，站了好大一会儿，钱红扭过来身，抱住了陈梦寒，陈梦寒仰脸深情地望着钱红，轻轻地说："钱红哥，我爱你！"钱红说："我也爱你！"陈梦寒闭上眼踮起脚尖把嘴唇送给了钱红，钱红紧紧地抱住她拥吻了起来。

结束了第一天的旅游行程，吃过晚饭，安排住宿。导游对钱红陈梦寒两个人说："美女，房间实在安排不过来了，你们两个得拆开了，行不行？"导游对陈梦寒说："美女，你与这个大姐住一个房间。叫这位大哥与那个叔叔住一块。"陈梦寒一听不高兴，也不好意思拒绝，只是紧紧抓住钱红的胳膊不放手，脸上略显不快。陈梦寒抬头渴盼地看着钱红的脸，像要搬救星一般。导游又劝说陈梦寒："美女关照一下，就迁就这一夜，不差这一夜！"导游这一说，陈梦寒的脸刷地红了。

认了床铺，陈梦寒又敲钱红的门，想让钱红出去走走。钱红与陈梦寒向院外走去，天有点儿凉，钱红把外套给陈梦寒披上。

"钱红哥，在青台我也没有非要黏着你，可到了这里，也许是受大自然的感染，似乎有一种力量焕发出了我的原始野性，我真想疯狂地与你融为一体，任凭你把我给毁灭！"钱红说："是的，真想让我们的血液流淌在一起。"

天上的星星格外耀眼，每一颗星辰都像懂得人的心似的，它闪烁的星光仿若情人传递的缕缕秋波。草原的夜，徐徐的风，送来缕缕清爽。人这一辈子，能有多少个如此美好的夜啊！只因有了相互的陪伴，夜色才如此这般的美丽。

他们站在大草原上，展现在面前的是夜幕下的一汪情海，他们相拥着，亲吻着，再也不想离开，陈梦寒的眼睛湿润了。借着微微的星光，钱红似乎能察觉出她睫毛上泪水映衬的晶莹光亮；透过她的衣服，钱红能感觉到陈梦寒瘦弱的躯体里滚烫的温度；挨近她的脸，钱红能闻出从她的胴体里散发出来的体香。

钱红望着夜幕里的天，他在祈祷。陈梦寒啊！你是上天赐给我的神，我的灵魂将从此重生！

第二天，他们去了有着一片树林的地方，中原仍是花草茂盛的季节，这里已显露出秋的生机，树叶一片金黄，不知道从哪里还冒出一股蓝色的雾，像被风刮散了的炊烟。陈梦寒扼住钱红的胳膊，想走进那如诗如画的世界，只是不知不觉他们自己也成了画中人。

陈梦寒说："钱红哥，咱俩在这儿搭建一个小木屋，定居在这里吧，我不想回去了。"钱红说："不回去我们吃什么？"陈梦寒自言自语地说："是呀，我们吃什么？"陈梦寒拽着钱红的两个胳膊，盯着钱红说："我们俩要是能成为一对雕塑就好了，那样，我就会一直地望着你，一直地依偎着你，再也不会分开，即使天崩地裂，我们也会埋在一起。"钱红亲了陈梦寒一口，浅笑一声："傻丫头，你可真会想！不过，我愿意。"

陈梦寒捡起一片黄叶，插在钱红的胸前，在轻声低吟："亲爱的，这是我的一颗心，化作了这片黄叶，让他永远陪伴你，直到天荒地老！"钱红看着陈梦寒，像要把陈梦寒镶嵌在他的眼睛里，动情地说："梦寒，你就是我的心，眼前的美景就是你的化身，我已是景中人，我要把自己与你融化在一起，永不分离！"钱红用下颌抵着陈梦寒的眉头，紧紧地抱着她，唯恐陈梦寒被秋风吹走似的。

暮色将至，旅游团踏上返程的路。陈梦寒看来很疲惫，躺倒在钱红的腿上睡着了。导游看到陈梦寒夸张的睡姿，走了过来，拍了拍钱红说："不行的，让这位美女系上安全带。"

四十三

　　钱红坐了一夜的车，多少有点儿困，他躺在床上稍微眯缝了一会儿，天亮了，吃了点儿东西便到了行里。他把手头的活处理完，到了市行，走进裴顺畅办公室。

　　钱红一看，长河区支行营业室徐莹也在座，徐莹一看钱红来了，怕是要汇报工作，徐莹怕不方便，起身要走。钱红猜到了徐莹是要反映与自己同样诉求的问题，便对徐莹说道："你只管坐，我们恐怕反映的是一个问题。"徐莹见钱红如此说，也只好先坐下，等待听钱红的话题。

　　"裴行长，我们营业室主任找我提了个意见，我感觉人家提得也有道理，就是这个分理处主任提副科的事。本来，交流到营业室任主任的人选都是在各个分理处主任中比较优秀的，把优秀的主任选调到营业室，这次'扁平化'，把其他分理处主任给提拔了，这些营业室主任反倒没有获得提拔，这不免让人心里不平衡。我建议，市行是不是考虑一下这个情况。"钱红又问徐莹，"你是不是说这个事？"徐莹点了点头。钱红又说："长河区支行我最清楚，徐莹是长河区支行最优秀的主任，还是我主张把她调入营业室的，现在其他分理处主任都成副科级干部了，撇下了营业室主任，这个操作确实不合理。"

　　裴顺畅在提拔分理处主任的时候，也想到这个问题了，当时没有太在意，没有感觉到这个问题有多么突出，现在看起来，确实是个需要解决的问题。裴顺畅说："这个问题确实是个疏漏，市行下一步研究研究吧。徐莹，你先回去，我知道这个事了，啊，徐莹，也是很优秀，我也听说过，放心，只要是金子，总会发光的。"徐莹走后，裴顺畅又问钱红："还有别的事么？"钱红说："还有一个事，就是范丽娜的事。人家范丽娜既然已是正科级了，给人家安排个去处呗，让人家蜗居到轻工路干嘛呀？"裴顺畅问："怎么？是不是感觉她不配合你的工作？"钱红急忙说："不，不，哪能呀，我只是说人家大材小用了。"裴顺畅说："你也不要拐弯抹角了，别以为我啥都不知道？想说的话说就行了，不要吞吞吐吐的。"

　　钱红考虑再三，终于说："我与范行长搭班，感觉很不顺手，是不是能调动一下？"裴顺畅好像猜到了钱红的心思似的，说道："这个事，我也想到了，不过，范丽娜可是要求让你走啊！"钱红一惊，问道："她不是想调到市行来么？"裴顺畅说："听说只是道听途说，是不是？听谁说也没有听我说准确，是不是？"钱红默然。没有想到范丽娜的"胃口"如此之大，钱红这时有意问裴顺畅的态度，说道："裴行长，这事还不是你说了算哦！"裴顺畅说："我说了算是我说了算，你不在其位不知其位的难呀，我的压力很大，你们体会不到。"一边说一边向钱红无奈地晃了晃手。

钱红也不知道话该怎样往下接，他非常清楚，当一个部门经理与当一个支行的行长分量是大不同的，部门经理只不过是条线业务管理，而支行行长是独当一面的，相当于一路诸侯，管理全面业务。钱红这时像一个受审的被告一样，已抱着任凭发落的心态。裴顺畅看钱红长时间不说话，知道他的施压已经奏效，便说："不过呢，我心里还是有数的，你钱红工作很出色，我早已看在眼里，好好干吧，我明白！"

钱红离开裴顺畅的办公室，情绪很低落。钱红的性格与别人不一样，有时很细腻，如果是别人，可能会对裴顺畅的一席话感恩戴德，但裴顺畅的言谈反倒让钱红感觉到极不舒服。

钱红走后，裴顺畅在考虑五个营业室主任的事，凭心而论，这五个营业室主任不提拔成副科的确不合理，但要是再补充提拔，向省行领导该怎么说，向广大员工又怎么交代？裴顺畅陷入两难。

裴顺畅再次召集行委会成员，商讨五个营业室主任提拔的事。商量的结果是：路，往提拔上走。

半月后，五个营业室主任均提拔成副科级干部。

裴顺畅正在办公室与人谈着话，办公室主任刘利民走了进来，告诉裴顺畅："市政府秘书长蔺燕妮要到咱这儿调研。"裴顺畅问："蔺燕妮？她不是副秘书长么？"刘利民说："她现在是秘书长。"

市政府蔺燕妮秘书长的车进了青台商贸银行的大院，裴顺畅已经在楼下等着。车刚停稳，一个秘书模样的人急忙从副驾驶的位置下来，打开后门，蔺燕妮秘书长下车，这已是她第二次到青台商贸银行来调研，她与裴顺畅第二次见面也算是熟人了，如果胡正强不调走，他们会更熟悉，胡正强与长河区区委书记赵立群的第一次饭局上，蔺燕妮还只是个区委的秘书，短短几年的工夫她已成为一个堂堂的市政府秘书长，她的提升速度是一般人掰着手指算都算不过来的。不过，看看人家蔺燕妮那长相、那气质，即使站在一众美女堆里那也是鹤立鸡群。

裴顺畅快走几步，上前与蔺燕妮握手，打招呼，有说有笑地上了楼。进了裴顺畅办公室，裴顺畅为蔺燕妮倒了水，坐下后问蔺燕妮："蔺秘书长有什么指示？"蔺燕妮笑了笑说："裴行长，我是来调研的，你说作指示我可不敢当，别说我这个秘书长了，就是姬丙章市长来了，也顶多是一个指导，你们是垂直领导，这个我还是懂得的。"裴顺畅说："蔺秘书长谦虚了，我们商贸银行再是垂直，可离不开青台这个地盘呀，你是我们的父母官，我们不听你的听谁的？"蔺秘书长说："裴行长你看你说的，说我胖我现在都有点儿气喘了，我只是一个小小的秘书长，大主意还得由姬市长拿，我只不过是个跑腿的。"姬丙章副市长中的"副"字已经拿掉了，现在已是市长了。

这时办公室主任刘利民进来了，看了看蔺燕妮的水杯还满着，稍微停了会儿，就又出去了。裴顺畅向蔺燕妮谈了一些工作上的情况，并把商贸银行对青台经济的支持决心作了表态。

蔺燕妮看了看表，站起了身要走，裴顺畅急忙劝阻，说道："蔺秘书长我们请还请不到呢，今天来了，说什么也不能走呀！我们的饭不好吃也得吃罢饭再走，是不是？"裴顺畅马上把刘利民喊了过来，对刘利民说："快把饭店定下来。"说罢马上一挥手意思是没有可犹豫的，就把刘利民给打发走了。

但是，裴顺畅拦不住。

蔺燕妮临近门口时又转身对裴顺畅说："上次范丽娜的事，姬市长很满意，他让我替他谢谢你。"听了蔺燕妮的这席话，裴顺畅笑了笑，心里很是惬意。忽然蔺燕妮又转过身来说："对了，裴行长，姬市长让我告诉你，你们的戴行长啥时候来青台，让你一定要告诉他，他想与你们戴行长见见面。"

蔺燕妮说是来调研，想必一定是想作什么指示，可是直到走裴顺畅也没有悟出所以然来，市政府到商贸银行本来是没有什么指示可作的，既然来了，肯定是有一定的目的，但裴顺畅弄不明白。他想来想去得出一个结论，蔺燕妮来肯定是为了给自己一个什么提醒。

半月后，范丽娜调任长河区支行任行长。王一飞转任调研员。

四十四

粤广银行在青台已正式成立，经营机制构建已基本完成，行长顾宇江，副行长奔放，刘强在此名字称作"刘伟"，被聘请为专家。

分行设置部室若干，各部门经理也已到位。

营业部主任薛放歌，也是从其他银行跳槽过来的。

新招学生若干。

刘强作为专家，他唱的第一出戏，就是要给顾宇江行长出一个建议。他走进顾宇江办公室，顾宇江知道应称呼他"刘伟"，但由于从前叫习惯了，改口也很难，便顺嘴喊出"刘强"的名字。"你坐吧刘强，从你神态上看，有什么好主意？"刘强说："顾行长，我觉得应该想法从别人的篮子里'挖菜'。"顾宇江看着刘强，笑了笑说："嗯，你说。"刘强说："海马集团的户应该拉回来，他现在在轻工路支行开户，我觉得应该有办法。"顾宇江问："你说说你的想法。"刘强说："海马集团的老总叫宫厅火，宫厅火的父亲曾在芜阳市任过职，市委宣传部张部长当时给宫厅火的父亲当过秘书。白冰是张部长的内弟，我们现在需要利用一下白冰的关系。"顾宇江忧虑地说："白冰肯帮忙么？"刘强说："把白冰拉过来。他快到退居二线年龄了，现在就暗地里拉来，开始发工资，一年不就那几万元钱么？又无须给他很高的工资！待他正式退二线，给他安排个事干，他会乐意的。"

顾宇江考虑了一阵子后，对刘强说："我先插一个话题。从省行的指导思想上看，是要大量起用有银行工作经验、有业务能力的人，这些退居二线的人是符合这个用人条件，但唯一的顾虑是，这些都是五十岁靠上的人，他们还有没有心气儿干活。"刘强说："顾行长，人的岁数老不老是相对的，其实他就是一个心态的问题。你看我老不老？我在这里劲头十足，因为我在挣额外工资，在商贸银行我感觉自己老了，为什么？因为同年龄的人都不干了，我也就不愿意干了，尤其是当你的领导三十岁，你即使才四十岁，也感觉老了，干活被动；如果领导六十岁，你五十七八，照样活蹦乱跳。为什么现在的领导也喜欢你退二线呀？因为你比他年龄大，他觉得你不好管，不听他的，他只能以年龄大为借口，把你挪开，再提拔年龄小的、听他话的人。"

刘强这一席话，与顾宇江不谋而合，顾宇江让刘强说出来，是为了证实他的想法是不是靠谱。刘强说完，顾宇江说："就这么定，这个我先不出面，你去与白冰接触一下。"

刘强找到白冰，把自己的想法与顾宇江的意思传递给他，他既犹豫又兴奋，这一点儿，刘强观察得很仔细。白冰说："这样做，我感觉是不是不地道？这不是典型的吃里爬外么？"刘强说："白冰，你说真心话，你想不想退二线？让你继续干你愿意不愿意干？"白冰说："退二线说实话整天闲着也没有啥意思。""对了。"刘强说："你也不愿意退居二线，可是，你不退不行么？不行，逼着你退，为什么？因为他认为你老了，不能干活了。你真的干活干不动了么？你是七老八十了么？显然不是，真正的原因是什么？他想提拔听他话的干部，看不上你了。既然是这样，你还在乎啥？反正他认为你成不了啥事了，是不是？"白冰说："按理说让下来也是好事，不操心了，还拿着高工资。"刘强说："白冰，人活着是为了什么？就是为了那点儿钱么？不是，是为了实现自身的价值。现在他商贸银行不用你了，人家粤广银行看得中你，人在社会上混，不就是图个互信并被认可么？大不了把商贸银行的工作给辞了，你在这的工资除了交五金外足够你花了吧？当然了，这是退一百步来说，我们不辞，我们就要拿双份工资，我们年龄大几岁，我们不是真的没有工作能力了，别犹豫了，听我的没错。这当家儿的又是老领导，这是天时地利人和呀！"

白冰终于拿定了主意，三天后来到粤广银行。他见到了顾宇江行长，顾宇江行长看到白冰过来，赶紧为其沏茶。"白冰，来到这，我不敢说把你的工资调得多么高，但我保证，绝对会让你满意的。你仍是商贸银行的人，在这儿不会给你安排多累人的活，不让你挂名，你只是在关键时候下下手就行了，你兼职的事又不会让别人知道，这不是两全其美的事么？"

晚上，顾宇江、刘强、白冰三人简单吃了点儿饭，三人都没有喝白酒，每人要了一瓶啤酒。在饭间，他们商量了海马集团挪户的事。

十天后，海马集团的基本户从商贸银行轻工路支行挪到了粤广银行青台分行营业部。

钱红听到这事震惊了，怎么能这样？钱红迅速找到海马集团财务老总，财务老总说："这是宫总安排的，我们也不知道。"钱红问财务老总："是不是我们做得有不周到的地方？如果是这样，你们说就行了，是不是？我们本来合作得不错，没有想到这事发生得这么突然。"财务老总说："钱行长，我们相互之间都很熟悉了，一同共事也很顺手，如果是我们财务对你有啥要求，我们会明说的，绝对不会来个先斩后奏。"钱红说："我去找宫总？"财务老总说："我觉得你找也没有多大用处，为啥呢？如果是宫总的意思，他会事先让我们财务上知道，这事弄得这么突然，你想想，肯定有其他变故。如果是这样，肯定宫总也很为难。钱行长，你也知道，我们这一摊虽然很大，再大也是个企业呀，有好些事是身不由己的。"

钱红回到办公室，正好裴顺畅打电话问。"咋回事呀钱红，这么大个户怎么没有看住？就这样让他溜走了？你们的工作怎么做的？啊！"钱红回答："裴行长，我觉得这个事不是那么简单，是有人在后边操弄。"裴顺畅说："我不管操弄不操弄，反正这个户跑了，这是你们的失职。"

下班后，钱红回到家，闷闷不乐。听到敲门声，知道是陈梦寒来了，他起身开了门，拍了拍陈梦寒的肩膀，示意陈梦寒坐下。陈梦寒看着钱红的表情不对劲，问发生了什么事，钱红也不说，只是说工作上的事，随即转换了情绪，与陈梦寒唠起了别的事。

钱红情绪的变化，逃不过陈梦寒的眼睛，陈梦寒也不多说，默默地坐在钱红的身边，悄悄观察着钱红。陈梦寒起身为钱红倒了一杯水，放在钱红面前的茶几上。又走到厨房看了看，问钱红："我给你做点儿吃的吧，你想吃啥？"钱红摇了摇头说："不饿，不想吃，你来坐下陪陪我吧。"陈梦寒又重新坐下，轻轻依在钱红的身上，看着钱红，等待着钱红说话。她知道，这个时候不能盲目劝解。

停了一会儿，钱红还是把海马集团挪户的事说给了陈梦寒。陈梦寒说："你不是给我聊过那个大人物叛逃的事么，那个故事里不是有一句'天要下雨娘要嫁人随它去吧'这句话么？我觉得在现实生活中还真是这样，有些事该走的要走，有些事该来的要来，这才是一种平衡，如果什么事都往一个方向走，那就不正常了，就会出事故，只有不断地流动，始终有一个平衡点儿，尽管这个平衡点儿有时用人的肉眼看不到，摸不着，但它是客观存在的。我们每个人都是生活在这个相对平衡之中。"钱红听着陈梦寒的高论，越听耳朵竖得越直，他感觉陈梦寒的话有道理。钱红说："梦寒，你一个二十多岁的人竟能把一个四十多岁的人给哄住，我真的佩服你了。"陈梦寒听了钱红的话，并没有表示出高兴，只是看着钱红，钱红发觉陈梦寒像有什么话要说，问陈梦寒："我说得不对么？"陈梦寒说："不知道为什么，我很不愿意你提年龄的事，我劝你以后不要用二十四十的来对比好么？"钱红深深地理解，陈梦寒不看重年龄，是对自己的一种尊重与安慰。

钱红这时把所有的不高兴事都给忘记了，只顾得来哄陈梦寒高兴，他明白了自己说年龄长年龄短会让陈梦寒扫兴，于是想补救过来。他搂住陈梦寒的肩头说："以后，我再也不提年龄的事，虽然我们不一样大，那我也要为我们的幸福祈祷。我们不是同年同月同日生，但我们更不能同年同月同日死。"陈梦寒一听脸都气歪了，纠正说："错了，虽不是同年同月同日生，但求同年同月同日死。"钱红本是故意想逗陈梦寒开心，便假装认真地说："你说得不对。"陈梦寒问："咋不对了？"钱红说："我们同年同月同日死，你不吃亏了？"陈梦寒气得打了钱红的背，钱红却笑着说："我可没有提年龄的事！"陈梦寒缓了口气说："你要是一百岁，我就七十多岁了。"钱红又说："可是我七十多岁时，你才五十岁呀！"陈梦寒截断他的话："不说了，一会儿你又说离谱了！"

海马集团本在轻工路支行开户，他的存款额在轻工路支行占有相当大的比重。现在海马集团账户挪走了，轻工路支行的业绩会不会来一个大滑坡，这是很值得关注的事情。钱红正与几位支行副职商议业务的事，市行张正彪书记打来电话，说市行门口有一群人在闹事，让钱红去认领各行的原职工进行安抚。

钱红到了市行门口，发现一群人正在围着大门与保安嚷嚷。钱红发现各区支行的负责人都来了，都在辨认各自的下岗员工。这时忽然发现群里有一位老太太席地而坐，胸前抱着一个年轻女孩的照片，看来是已经哭了一阵子了，显得没有了气力，那表情格外凄惨。

钱红问老人原由，老人情绪激动异常："我的女儿都是你们这商贸银行给害的呀！不是你们商贸银行我女儿不会死呀！"这时，群里有一个中年妇女，对钱红说："钱行长，你不认识我，我认识你，我原来是泉溪县支行的，我们来是要商贸银行给我们补钱的，当初要我们下岗，给的钱太少了，我们下岗后商贸银行的工资就涨了，给我们的钱连支个凉皮摊都不够。"钱红说："那当初是你们同意的呀，为什么这么长时间了又来找？"中年妇女说："当时骗我们说如果不签字一分钱也不会给，我们怕真的不给，就签字了。后来听人家说商贸银行是违法的，这明显是骗我们的。"钱红问："你们今天怎么

241

凑到一块了？有人召集？"中年妇女没有回答。

钱红又看看坐在地上的老太太，把中年妇女叫到一边，悄声问："这个老太太是怎么回事？"中年妇女说："钱行长你还不知道？你没有听说歌舞厅的事么？就是香满人间那个老板管的，听说那个老板还是商贸银行退居二线的行长，在那里把人家闺女给玩死了，她闺女原来就是泉溪商贸行的，与我不一个分理处，我不认识。哎呀，听说死得惨得很！"中年妇女不愿意说下去，摇了摇手，又回到人群里。

钱红看郭法东站在一个偏僻处，郭法东看到钱红瞧见了自己，便向钱红招了招手。钱红凑了过去，只听郭法东说："管那么多球事干吗？能管得了么？"钱红问郭法东："听说这个老太太是你们泉溪县行下岗员工的家属，到底是怎么回事？"郭法东说："哎，一句话说不完，这都下岗了，再找商贸银行，这与商贸银行啥关系？"郭法东看着钱红还没有听说过歌舞厅曾发生的事，就告诉钱红："原来有一个女员工，说良心话，也是一个比较优秀的女孩，阴差阳错地让她下岗了，我对她印象很深，演讲比赛在全市行曾得了第一名，你看看，说起来怪可惜咧，死了！这个老太太应该是她母亲。"钱红问："怎么死了？"郭法东说："怎么死的？玩死了呗，你想想那是啥地方！"郭法东本不想细说，最后还是忍不住给钱红透了底。"她当小姐了，名字叫秦雪玲，对了，就是当初你发信息问我那个人，个子不高，瘦瘦的，小家碧玉的，长得挺漂亮。哎！在包厢里几个男人玩，听说把几根筷子插进去了，大出血，没有抢救过来。"钱红一听"秦雪玲"的名字，好耳熟，对，是那天与沙河路分理处去歌舞厅吃饭唱歌遇到的那个女孩，郑丽丽几个人认出了她，当时她不承认自己是秦雪玲。

钱红正在想那天晚上的事，人群里突然一阵骚动，顺着人们的目光看去，发现有一男一女似乎是在采访。这时又出现了另外两个人，立即上前去与这一男一女交流着什么，一会儿又上来几个公安特警，钱红意识到发生了什么事，但距离远又听不清他们在交谈什么。

过了几分钟，又匆匆赶来一个很有气质的年轻女人，钱红认出来这个是市政府秘书长蔺燕妮。蔺燕妮笑容可掬地上前与这两位采访的人握手，并很有礼貌地把二位请出了人群，然后一边交谈一边自然而然地把两位采访人请到了车上。车子走后，人群里的人传出了信息，说刚才采访的一男一女是《都市报》记者。

车子到了市政府后，两位记者被请到了楼上，蔺燕妮把两位领到办公室，让座倒茶，然后向两位介绍了人群闹事的情况。两位记者特别关注当中的死人事件，便问蔺秘书长，想让蔺燕妮介绍一下。蔺燕妮说："这个人名字叫秦什么玲，在香满人间做服务员，不知道什么原因，突然死了，公安部门想做尸检，家属不同意。据传是心脏出了问题，当然也有说是与客户发生矛盾，引起的心脏病突发。究竟是什么原因，没有确切的证据，当时的目击者已找不到。"两位记者问："人群里为什么说是阴道大出血而死的？"蔺燕妮说："当然了，说什么的都有，添油加醋的大有人在。我们作为国家的工作人员，不能道听途说，以讹传讹不是？"

"哟！两位好，两位好！"蔺燕妮一看万副市长来了，连忙介绍说："这是万副市长。"万副市长与两位记者一一握手，并说："本来宣传部张伟民部长要来看望二位，他下县去了，特让我向二位解释并招待好二位。来来，坐，坐。"万副市长又回头问蔺燕妮秘书长："蔺秘书长是不是把情况都介绍给二位记者了？"蔺燕妮连忙说："是的，我给二位讲了。"万副市长说："那就好，我就不再赘述了，已到吃饭点儿了，二位记者，咱们简单吃点儿工作餐，咱边吃边聊。"几个人于是下楼，奔向工作餐的地方。

如果在平时，作为省报的记者，是享受不到这样高规格接待的，看来这次青台市政府对事件采访的重视程度非同寻常。

四十五

天气渐凉。陈梦寒忽然跑到轻工路支行找钱红，要钱红家门的钥匙。钱红看着陈梦寒神神秘秘的不想说干嘛，也就不再追问，便把钥匙递给了陈梦寒。平时陈梦寒与钱红交往很注意分寸，她很少在公开场合与钱红接触，今天，不知道为什么，竟然在上班期间向钱红要家门钥匙，这个举动如果被别人发现，陈梦寒与钱红的关系就等同于昭然若揭。

直到下班时间，陈梦寒也没有来归还钥匙，钱红知道陈梦寒一准儿在家里等着他。钱红处理完事情后，便急速地向家走去。

敲开门，所有的窗帘都拉得严严实实，也不开灯，一片黑古隆咚。陈梦寒忽然从门后出来一把把他搂住，然后像一只导盲犬一样把钱红摁在沙发上，再跑向厨房，从厨房里捧出了一个大蛋糕，上面插满了已点燃的蜡烛，轻轻地向餐桌走去。蛋糕放在餐桌上后，又把钱红从沙发上拉起来，走到餐桌旁，把钱红摁在椅子上后，便坐在钱红的对面，深情地说："亲爱的，祝你生日快乐！"

钱红自从看到蜡烛的那一刻，就已经明白了陈梦寒是在为自己庆祝生日，可是，这回是真的寒了陈梦寒的心，他要说出让陈梦寒失望到脚跟的一句话。只是，钱红真的不忍心开口，因为他已经被陈梦寒给感动了。

"傻妮子，错了，今天不是我的生日。"陈梦寒盯着钱红的脸，一双杏仁眼几乎要凸出来了。"你说啥？不是你的生日？"陈梦寒愣在那，像冻僵了一般。钱红扶着陈梦寒的肩膀，亲了亲她的脸颊，等待着陈梦寒缓过神来。

"可是你的身份证上出生年月日明明写的就是今天！"钱红笑着说："身份证不对，我的傻妮子，有几个人身份证上出生的日期与实际相符？"陈梦寒忽然醒悟过来，一拍膝盖，像泄了气的皮球，长长地叹了一声："哎哟！我做了一桌子的菜，我白忙活了！"钱红轻轻拍了拍陈梦寒的肩膀说："你也不先问问我。"陈梦寒急得说话都结巴了："问你，问你还能给你带来惊喜咧么！"钱红急忙安慰她，摸了摸陈梦寒的脸说："来，今天虽然说既不是我的生日，也不是你的生日，但从今以后，今天就定作咱俩共同的生日。"陈梦寒脸上的愁云终于舒展开来，露出了轻松的笑容。陈梦寒说："好，今天是咱俩共同的生日，我们永远记住这一天。"钱红说："好的，不但记住，每到这一天，咱们就一起庆祝。"陈梦寒听了钱红的话后，又在仔细地端详，萌萌地问钱红："你说行么？我咋总觉得不是那回事呀！"钱红说："你说行就行，你是我的皇帝！"陈梦寒说："我不当皇帝。"钱红问："不当皇帝想当什么？难道你是想当皇后？"陈梦寒说："去！我只当小公主。"陈梦寒说罢，就到厨房端菜去了。

陈梦寒把菜上齐，突然问钱红："钱红哥，你到现在没有对我发过一次脾气，我真的不知道你发脾气是个什么样子。"钱红笑了，说道："怎么？你是想让我发脾气让你看看？"陈梦寒说："那我也得问问你，你是不是想看我哭的时候是个什么样子？"钱红说："你是真逗，你让我忽然想起了一首老歌。""什么歌，你给我唱唱让我听听。"钱红说："算了，我哪有你那个才华，我又不会唱。""不，我就想听，你唱，你哼哼也行么！"钱红还真的哼哼了几声，这时陈梦寒马上截断了他的声音，唱了起来："女孩的心思男孩你别猜，别猜别猜，你猜来猜去也猜不明白，不明白，不知道她为什么掉眼泪，掉眼泪，也不知道她为什么笑开怀。"钱红听了吃惊得不得了，问陈梦寒："这是非常好听的一首老歌，你怎么会唱？"陈梦寒一仰脸，自豪地说："哼！我是干啥的？"

"我的好哥哥，别光顾说话了，菜都凉了，快吃饭！"钱红问："心情缓过来了？"陈梦寒一撇嘴说："你看你，坏蛋！我才着给忘了，你又提醒！""好的，好的，不说了，来，吃饭。"陈梦寒打开了准备好的红酒，把两个人的酒杯添上。"来，为我们共同的生日干杯！"

两个人几盏下肚，陈梦寒脸上泛起了红云，陈梦寒也许是趁着酒劲，问钱红："钱红哥，你说我为啥喜欢上了你？"钱红说："因为我帅。"陈梦寒说："才不是呢。"钱红说："那是因为我脸皮厚，当初给你送花。"陈梦寒一听笑得嘎嘎响，说道："你别说，你的脸皮还真的不薄，当着那么多人的面，你竟然敢给一个小姑娘送花。"钱红笑着说："可是我是让别人代我去送的呀！"陈梦寒一回忆，还真是。变了一副失落的样子说："不行，你欠我一次亲手送的花。王建国捣乱那次不算数。"钱红当即去找花，可怎么找也找不到可送的花，忽然发现厨房里的一颗大葱上有一个黄骨朵，就顺手掐了下来，双手捧给了陈梦寒，陈梦寒接过花反复地看了看说："这是什么花，我从来没有见过，你是从国外买过来的？"钱红笑了起来，他是在笑陈梦寒装起来也一样逗人。

钱红坐下来，忽然想起来刚才的话题还没有说完，问陈梦寒："你说你为啥喜欢上了我。"陈梦寒笑了笑说："因为我想睡觉。"钱红吃了一惊，问道："你说什么？"陈梦寒仿佛已处于似醉非醉的边缘，继续说："我想睡觉，快扶我起来。"钱红这才意识到陈梦寒喝多了，但他并不知道陈梦寒的酒量到底有几两几钱。在钱红的搀扶下，陈梦寒进了卧室躺倒在床上。

钱红收拾完后，来到陈梦寒的床前，坐在了床沿上，抚摸着陈梦寒的头，陈梦寒远没有达到烂醉如泥的地步，于是她也抓住钱红的手，放在了耳鬓，问钱红："钱红哥，我漂亮么？""嗯，漂亮！"钱红说。"那你愿意让我做你的老婆么？"钱红笑着说："用妻子多好听，说老婆怎么听着这么别扭呢？"陈梦寒撒娇地说："不，我就想当你的老婆。"说罢，又补充说："白天当老婆，晚上当妻子，轮换着。"钱红又被陈梦寒给逗笑了，说道："你喝多了，睡一会儿吧。"陈梦寒说："我没有喝多，我就想让你陪着我。"她声音越来越飘，却紧紧地拉住钱红的手说："我现在就想立刻做你的老婆……"她话音越来越轻，渐渐睡着了。

夜，已很深了，钱红把陈梦寒叫醒，对陈梦寒说时间不早了该回去了。陈梦寒睁开眼目不转睛地看着钱红，像看外星人一样。钱红也用探询的眼光盯着陈梦寒在看，似乎在问有什么问题么？只是两个人都不慌着说话，就这样眼神相向地僵持一阵后，陈梦寒终于说话了："我不回去了。"钱红说："不行的宝贝，你不回去同宿舍的人该不放心了。"陈梦寒不以为然地说："她不放心没有事的，她既不是我妈又不是我姥姥。""可是你明天怎么向她交代？"陈梦寒轻笑一声说："你还以为我会说在钱行长的床上睡着了？"钱红把嘴贴在陈梦寒的耳朵上轻声说："乖乖听话，你得走，你一个弱女子不走的话在这里是很危险的！"陈梦寒听了钱红的话再也憋不住，"扑哧"一声笑了起来，笑得躺在床上弓起了身，把眼泪也笑出来了。钱红等着陈梦寒笑完，说道："真得走，我的自制力很差，不然让你后悔都来不及。"陈梦寒又一阵笑，她已笑得捂住了肚子。等两个人静默一阵子后，陈梦寒问："我的哥，你真的不留宿我？"钱红郑重地点了点头。陈梦寒也不出声，就抱住钱红的头亲了起来，几乎使出了吃奶的力气，也许是用力过猛，陈梦寒的身体不由自主地抖动起来。亲了好大一阵子后，陈梦寒忽然停止不动了，慢慢地放松，一会儿身体瘫软得像面条一样，靠在钱红的怀里，闭起了眼睛。

又过了一会儿，陈梦寒站了起来，也不说话，默默地穿好外罩，跨出卧室，就要开门往外走。钱红也急忙穿好外衣，跑了出去，他要送她回去。

四十六

商贸银行干部队伍建设已走入了一个怪圈。提拔得越多，退居二线的人就越多，退二线的人越多，就越要提拔。提拔得越多，一般员工占比就越小，干活的人也越来越少。在市分行机关花名册上的人数没有减少，干活的人数却锐减，市行增加不了编制，退二线的回家了，却还占着市行编制指标，市行机关又增加不了人。少量的人干着大量人的事，个个累得喘粗气。

如今，又要提拔科级干部了。钱红看着选拔正科级干部的通知，一个新的想法油然而生，他在想是不是让陈梦寒试一试。按说，陈梦寒竞聘上副科级干部时间不长，这类人参加竞聘是不占优势的，但钱红认为，什么事情都有偶然性，而且不到三年时间连续晋升的事例不是没有发生过，加上钱红感觉陈梦寒是吉人自有天相，这种运气也说不定哪一天还会从天而降。

下午下班，钱红正说要与陈梦寒联系，不承想陈梦寒来找钱红，钱红发觉陈梦寒已不像从前那样矜持，她似乎有意把与钱红的关系公开化。女人就是这样，在恋爱的过程中，开始非常被动，但到了一定的时候，就会变得比男人更不理智，就像一团熊熊燃烧的烈焰。陈梦寒大大方方地来找钱红，看得出来她已无所顾忌。

钱红问："有事么？"陈梦寒一愣，疑惑地问："怎么？我有事才能来？"钱红发现自己的语言不妥，说道："不是，我是关心你，看你有没有需要我办的事。"陈梦寒说："到行里来找你，是不是还不习惯？"钱红说："习惯不习惯都得习惯不是？"陈梦寒笑了笑说："算你聪明。"

钱红把竞聘正科级干部的事说给陈梦寒，并说出了自己的想法。陈梦寒说："想都甭想，那都是领导定好的事。""试试吧，万一呢！"陈梦寒说："谁该退二线了，谁该去顶岗，这都是安排好的事，你没有看指标只有那么几个，你说我有那希望，除非太阳从西边出来。"钱红说："试试又不要钱反正，竞聘不上也没有什么损失。"陈梦寒不以为然，扭头对钱红说："问题是人家会说我陈梦寒没有自知之明，瞎去凑热闹。"

无论钱红怎么说，陈梦寒还是三心二意，根本就没有把钱红的话听到心里去。陈梦寒走到钱红办公室，看看这里，看看那里，一会儿她到了里间。陈梦寒到了里间后，一看床上的东西乱糟糟，也没有心思听钱红说话，整理起了床上的被子。陈梦寒叠被子时，忽然一张身份证抖落出来，陈梦寒拿起一看，名字是"薛鸿依"。陈梦寒看着证上的人头像，似乎有印象，问钱红："这个是不是沙河路分理处的那个人？"钱红露出一丝慌乱，又在极力掩饰。"她的身份证为什么在你的床上？"陈梦寒又问，一对杏仁眼直逼钱红。钱红说："我也不记得了，是不是我兜里放的员工身份证忘记给她了！"陈梦寒说："你早都不在长河区支行了，为什么会藏着她的身份证？"钱红说："我真的不记得了梦寒。"陈梦寒看着钱红，脸憋得通红，两道柳叶眉紧紧蹙起。钱红发现陈梦寒的气色不对，就哄陈梦寒说："来，咱们走，不说这了。"陈梦寒一屁股坐在了沙发上，双手捧着脸，一言不发，对钱红的话无动于衷。钱红坐在陈梦寒的身旁，也不敢多说，只是默默地坐着。这时，陈梦寒的眼泪掉了下来，掉在了自己的手背上。钱红拍了拍陈梦寒的肩膀，陈梦寒趔了趔身，甩掉钱红的手，继续默不作声地掉着眼泪，仿佛所有的委屈都化作了泪水淌了出来。钱红心里七上八下，觉得一场狂风暴雨就要到来。

可是出乎钱红的意料，等了一会儿，陈梦寒竟然擦了擦眼泪，站了起来，对钱红说："没有事了，走吧，咱俩到街上吃饭吧。"钱红从心里感到吃惊，但表面上没有显露出任何得了便宜的样子。

钱红回到家里，选拔正科级干部的事始终牵动着钱红的神经，让陈梦寒参加，希望很渺茫，不参加，又不甘心。时间不等人，每次竞聘都是像打仗一样。钱红没有顾得换衣服，又准备下楼。他先给陈梦寒打了电话，陈梦寒在那头似乎也有心理准备，当即就答应去找领导活动。钱红一边下楼一边与陈梦寒通话："我现在去接你，然后再商量准备什么礼品。"只听电话那头的陈梦寒说："礼品我已准备好了，你不用管。"

钱红接上陈梦寒，就往裴顺畅住址方向奔去。这时钱红才顾得问陈梦寒拿的什么礼品，陈梦寒说："开你的车吧，不用问。"

进了家属区，找到相应楼号，钱红在车上等着，陈梦寒拎着东西上楼了。钱红在车上看着陈梦寒的身影，心里浮想联翩……

过了好长时间，钱红突然想起陈梦寒应该下楼了，怎么还在上边？钱红不停地看表，等得越来越不耐烦。钱红不解，这就是一个人到礼到的问题，不该有过多的繁文缛节呀！钱红焦急得一直看表。

陈梦寒终于下楼了，钱红急忙从车内为陈梦寒推开车门。就在推门的一刹那，钱红感觉到陈梦寒的状态不对劲，只见她上车的动作是那样地缓慢，面无表情，上了后排座位往后一靠，显得有气无力，不大会儿的工夫好像让陈梦寒变了一个人似的。钱红的心有点紧缩，他注视着陈梦寒，可是陈梦寒没有说话，而是闭着眼睛。钱红问："怎么样？"陈梦寒隐隐地叹了一声："不知道。"钱红停顿了一下，又看看陈梦寒问道："你跟我说是不是发生了什么事？"陈梦寒说："别瞎猜了，啥事也没有。"钱红把打着的车又熄灭了，他有一丝不祥的预感。

一路无话。

钱红把车开到市行门口，陈梦寒却没有下车的意思。钱红问："你不回去休息么？时间不早了。"陈梦寒说："如果人在休息的时候感觉没有啥意思，是不是休息不休息也就没有啥区别了？"钱红疑惑地看着陈梦寒，她似乎在说胡话，愣怔了一会儿，钱红便继续往前开。

钱红正在开车，忽然陈梦寒歇斯底里地叫喊："我把身子给了你，你为啥不要？"说罢，两个拳头轮番向钱红的背上打了过去，打了一阵，"呜呜"地哭了起来。钱红把车停在路边，然后茫然若失地看着陈梦寒。钱红被这突然的变故弄得一头雾水，他不知所措，怔怔地看着陈梦寒。慢慢地，钱红心中埋藏着的知觉渐渐苏醒过来，情绪开始变化，一丝仇恨油然而生，但他又没有目标，明明有一盏像鬼火一般的星光就在眼前晃悠，他却无法追逐，无法把握，无法把它摘下摔个粉碎。他的拳头握得紧紧的，几乎握出了汗，他想把世上的一切都握住，握碎握实，投入大海，沉入海底。

陈梦寒哭了一阵子后，闭着眼躺下了，她把自己缩成一团，原来女人蜷曲起来是那样地娇小。钱红非常木讷地看着她，这时心里不知道是恨还是怜，陈梦寒呀，你到底是人还是鬼！我到底要把你放入天堂，还是埋进地狱？

不，她是无辜的！

钱红好像还没有见过夜色如此晦暗，在这样的夜色里，看不清人的真实面目，在这样的夜色里，暗藏着牛鬼蛇神，在这样的夜色里，最容易藏污纳垢，在这样的夜色里，潜伏着罪恶。

钱红就这样等待着，他也不知道自己在等待什么，定睛地向远方望去，他等待的还是无边的黑暗。

陈梦寒没有要睁眼的意思，钱红开车回家，把陈梦寒带了回来。他抱着陈梦寒上楼，就像在大路边捡来的醉尸。

把陈梦寒放在次卧床上，轻轻为她盖上了被子，独自回到自己的卧室，想起了心事。是的，他无休止地想着，不想也得想，他睡不着觉。

天亮了，陈梦寒还是不醒，钱红有点担心。在车上，他觉得是陈梦寒心情所致，可是整整一夜过去了，陈梦寒的状态让他担忧，他轻轻地唤她，她没有一点儿回应的意思。钱红摸了摸她的头，观察了她的神色，便去给她做了一碗鸡蛋面汤。

直到上班的时间到了，陈梦寒还是没有醒的意思。钱红独自离开了，把她自己放在家里。

钱红中午回家，陈梦寒已不见，桌子上留有一张字条，写的是：不要理我，我想静静。

钱红平时很少逛街，今天晚上，不知道为什么他却独自一人逛起了夜市，天天生活的青台市，对他来说，却像一个初次约会的网友一般，满眼的陌生。人每天都要洗脸，人的脑子也需要定期清洗，也许，钱红现在就是想用街市的繁杂清理脑子，想把脑子里的一切尘滓清洗得一干二净。

钱红忽然发现那个算卦先生正在夜市上找吃饭的地方，钱红不自觉地跟了上去，他那"世人皆醉，唯我独醒"的吆喝声，仿佛又在耳畔回旋。算卦先生坐在一个饭摊前，钱红也坐了过去，要了一碗面。"先生，我近时没有见到过你呀？"算卦先生看了看钱红，也不知道他的眼睛到底能见到几分光亮。只见算卦先生说："本来，晚上是不算卦的，可是，我今儿个不得不说，你的好运要来了。"钱红听他这么一说，也来了兴致，问道："请问您能不能说一下是哪方面的好运？"算卦先生自吟道："脚踩棒槌转悠悠，时运不及莫强求。冷手抓不住热馒头，心急喝不得热米粥。单等来年时运转，自有好运在后头。"钱红听罢，笑了笑，对算卦先生说："借先生吉言，今天晚上我的心情大好！"钱红站了起来，把算卦先生的饭钱提前付了，然后转身要走。卖饭的师傅见钱红要走，急忙说："师傅，你的饭我已经给你下锅了，你不能走呀！"钱红又扭头把饭钱付了，说了一声："饭端给那位先生即可。"然后就离开了。

钱红第二天上班，在打开门的一瞬间，发现地上有一张折叠的白纸，显然是从门缝中塞进来的。他捡起打开，一看是有关陈梦寒的内容，急忙坐在椅子上看了起来。

钱行长：

我虽然与你不熟悉，但早就听说过你，对你非常佩服，并且我知道你与陈梦寒在交往，我今天只是想提醒你。

陈梦寒的确长得漂亮，但她原来是在香满人间上班的，白天在香满人间弹琴，晚上赶夜场，在香满人间的一楼歌舞厅给客人唱歌。说白了，在这里上班的就是小姐，小姐是干什么的我不说你也清楚。当然了，人与人的品位不同，等级不同，色相不同，价钱不同，但无论你怎么清高，只要在这里混，就别想清清白白。不错，陈梦寒长像出众，学历高，多才多艺，但又能怎么样，一样地为客人服务，只是服务的顾客分三六九等罢了。

你是一个堂堂的商贸银行的行长，看中你的女人不乏其人，不明白你为何偏偏选中一个小姐身份的人，你是一时被陈梦寒迷住了眼睛。

一个有正直心的人

250

钱红读罢信，恼怒地站起身把信摔在桌子上，然后一屁股坐在椅子上，靠在后背上闭起了眼睛思考了起来。

"丁零零——。"一阵电话铃声响，打断了他的思路。钱红没有好气地拿起电话："说！"对方一听钱红似乎在发脾气，顿了一下，说道："钱行长，通知你们下午三点班子成员全体到市行四楼会议室开会。"是市行办公室副主任牛静雯的声音。钱红答应一声后迅即把电话扣了，然后骂骂咧咧地说："会，会，日他娘的没完没了的会，一周五天时间四天都在会场！"

下午将近三点，人都在往四楼会议室进，里边的人眼看已挤满，后边的人还在往里涌，办公室主任刘利民说："不要往里边挤了，不要挤了，改到六楼会议厅。"钱红没好气地说："我都会算四楼会议室装不下，还非得通知到四楼会议室，净瞎折腾！"这时，裴顺畅正好走到跟前，看了一眼钱红说道："咋着了钱红？跟吃了枪药似的！"钱红一看裴顺畅走到跟前，也不解释也不打招呼，低着头像一阵风一样走了过去，有人斜眼看了看钱红，发现钱红情绪不对头。

上到六楼，进会议厅门的时候，正好遇到陈梦寒也在往会议厅里进，钱红瞥了一眼陈梦寒，也不打招呼，径直走了进去。

按照常规，钱红应坐在会场上的前排，或者偶尔坐在第二排，但绝对不会坐在三排之后，第二排第三排一般坐的是各部门老总，第四排之后坐的依次是支行付行长、部门副总，最后坐的是城区分理处主任一类的副科级干部。但今天不知道怎么了，钱红却坐在了最后一排。

一般来说，办公室主任刘利民或副主任牛静雯都要在会场上看看有什么异常情况，比如发现坐的座位不对要进行纠正，今天牛静雯发现了钱红坐在最后排明显不合常规，但她想起来电话中钱红那不对头的情绪，也没有上前去提醒钱红往前排挪动。

可是，有一个人却对钱红的反常选座感到隐隐不安，她就是陈梦寒。陈梦寒坐在倒数第三排，在钱红的左前方，她一直往后扭头，在观察钱红，钱红也注意到陈梦寒在看他，但钱红却视而不见。一会儿，陈梦寒也坐在了后排，只是与钱红相隔几个空位，陈梦寒盯着钱红看，钱红却假装没有看见。看得出，陈梦寒想探知钱红为什么要坐在最后一排，她担心的不是钱红对自己有什么误解，她最担心的是钱红有什么更郁闷的心事，陈梦寒近两天对钱红的一举一动都非常敏感，虽然她嘴上说想静静，实际上她时刻都想听到钱红的声音，时刻都想看到钱红的身影。是的，陈梦寒估计得简单了，她还不知道那封关于她自己生活过往的匿名信正放在钱红的办公桌抽屉里。

会议的最后议程是打票，即对竞聘正科级干部人选进行打票，钱红把选票上陈梦寒的名字后边打了对勾后，其他人选随意选了两个，就把选票交了上去，他这时已无心思关注谁上谁下的问题，他的心思怎么也集中不起来。

散了会，钱红也不与陈梦寒打招呼，径直走出了会议厅，下了楼，看到大厅里贴着一张公示，钱红走近一看，公示的内容是新中市商贸银行行长王新悦拟担任省商贸银行副行长。看来王新悦要高升了！

很快，竞聘结果出来了。

名单上赫然写有陈梦寒的名字。

陈梦寒看到结果后，自然兴奋异常，她下意识地在不停看手机，她等待手机里那个熟悉的声音来向自己祝贺。可是，她等来等去，始终没有等来钱红的声音。

陈梦寒还真的没有失眠过，今天她度过了自己平生第一个不眠之夜。

她想念钱红，她感觉自己是一棵攀缘在钱红身上的藤蔓，离开了钱红，就无以支撑；她想念钱红，她感觉自己就是钱红的影子，离开钱红，就像失去了灵魂一般。

这个可恨的钱红，自己对他说想静静，只是赌气话，他竟然真的不与自己联系。

陈梦寒上了班，通知其到裴顺畅行长办公室开会。个金部的人见了陈梦寒纷纷向她表示祝贺，陈梦寒竟然没有反应过来。"啊？祝贺啥呀？"人们看了陈梦寒的一副表象，显得有点诧异，因为陈梦寒没有一丝高兴的样子，反倒显得忧心忡忡的样子。只有王红燕没有发现陈梦寒的表情变化，提醒她竞聘成功正科级干部了，陈梦寒才如梦初醒地"哦哦"了两声。

到了裴顺畅的办公室，魏华与人事部经理吴洪生已先到。裴顺畅简明扼要地宣布了几条：一是祝贺陈梦寒成功竞聘为正科级干部，二是宣布陈梦寒任个人金融部经理，魏华退居二线。陈梦寒傻傻地只是"哦哦"，竟然连一句客套话都没有说出，她看着魏华拼凑出来的一脸笑容，竟然没有一丝察觉，只是看看魏华的脸，再看看裴顺畅的脸，像尚处于梦游之中。裴顺畅看着陈梦寒不在状态，也不知道发生了什么事，就草草地交代了几句，散会。

下午下班后，陈梦寒给钱红打电话，无人接听，陈梦寒去找钱红。到了钱红的家，敲门却敲不开，透过门上的猫眼明明感觉里边有灯光，始终没有人应声。陈梦寒就喊："钱红哥！钱红哥！"陈梦寒的声音有点儿嘶哑、有点儿颤抖。

陈梦寒失声痛哭。

几天来，个人金融部的人员都感到陈梦寒不正常，按理说她的兴奋点儿应该是拔得最高的时刻，但奇怪的是，谁也没有从她的脸上看到一丝的笑容。而且与她说话，她总是心不在焉，像一个失魂落魄的人。

四十七

天渐渐地冷了起来，路上的人热胀冷缩似的紧紧地夹着脖子。钱红到了办公室，处理了一些工作日常后，他要把决定的事付诸实施，下了楼，驱车来到市行，到了裴顺畅的办公室。

"裴行长，我今天想给你要求个事。"裴顺畅警觉地发现钱红的情绪不对劲，立即问："什么事？"钱红一字一顿地说："提拔的事，想让你向省行推荐我，你看我够不够格？"裴顺畅甚至感觉到了钱红身上的一股"杀气"，不紧不慢地说："推荐提拔的事，可不是一句话的事呀！你为什么今天突然想起来要'官'，这可不是你钱红一贯的作风呀？"钱红说："有些事不说不明，你要是装哑巴，别人永远认为你好欺负。"裴顺畅说："钱红，我看你的话有一股火药味呀？"钱红也不客气，盯着裴顺畅说："不，裴行长，你理解错了，我这个人向来是不到关键时候脾气不会发作，我今天不为别的，就是想让你推荐提拔我，我认为自己无论从资历、学历、业绩几个方面都够提拔的条件。我现在只是主动提前要求了，我要是不主动，仍然是事情到了跟前再说，就又赶不上趟了。"裴顺畅说："你提拔正科没有多长时间呀？"钱红说："提拔正科是没有多长时间，但我从副科提拔正科用了多长时间，比世贸谈判都长，不能因为提拔正科耽误时间了，就把时间段从正科任职后来丈量吧？"裴顺畅想了想说："你这个提法还怪新颖，不过也有道理。"说完，他给钱红倒了一杯水，坐在椅子上抽出一根烟吸了起来。

裴顺畅不糊涂，他知道钱红是有备而来，或者可以说钱红是要破釜沉舟。裴顺畅悠悠地说："钱红呀，提拔的事，这里边变数很大，一是提拔副处级干部，你应该知道，不是我们青台市商贸银行能左右了的，那是省行作主的事，二是提拔的时机也得赶巧，现在如果副处职位不缺，又怎么提拔？所以，你在这事上不能操之过急，要有耐心。当然，你的条件，市行了解，工作不错，人也不错，如果提拔把你推荐上也不为过，但这不是一句话的事呀！"

钱红也坐了下来，伸手向裴顺畅要烟吸。裴顺畅急忙抽出一根递给了钱红，奇怪地问："你不是不抽烟么？"钱红说："心情不好的时候也偶尔抽一支。"裴顺畅问："你是不是遇到什么不开心的事了？"钱红冷笑一声："我会高兴么？陈梦寒在宿舍总是哭。"裴顺畅似有所悟，问钱红："你与陈梦寒谈着咧？"钱红"嗯"了一声，然后翘起二郎腿深深地吸了一口烟，再慢慢地吐出一圈圈的烟圈，只是他吸烟不老练，吐出的烟勉强能成为"圈"。

裴顺畅也沉默了良久，无目的地在抽屉里翻来翻去，一会儿又盯着钱红看了一阵子，像在思忖着什么心事。

裴顺畅看着钱红是不达目的誓不罢休，皱着眉头想了想，索性拿起电话，打给了省行戴玉龙行长。

"戴行长，我是裴顺畅啊，想给你反映一件事呀！"电话那头传来了问话："什么事呀，你说吧。"我们有一个叫钱红的支行行长，工作业绩、人都不错，你看是不是考虑一下，在适当的时候，能不能提拔一下？"戴玉龙问："你怎么半晌不夜的想起来推荐干部的事了？"裴顺畅说："戴行长，我得提前给你说呀，总不能你那边人都定好了，我再给你推荐吧？"戴玉龙问："钱红？这个名字怎么这么熟悉呀？"裴顺畅说："也许你没有见过他，但你一定会听说过他的名字，青台市商贸银行上报的先进工作者中应该常有他。"裴顺畅并不知道，戴玉龙与钱红见过面。

钱红从裴顺畅办公室出来，一阵风似的走了，他心中有一股无名的怒火，想到处发泄，又找不到合适的方法，这次给裴顺畅出难题，发泄郁闷的成分居多，凭他钱红的禀性，"要官"不应出自他的口，可是今天他的这一番折腾，也算出了一口"恶气"。

裴顺畅在钱红的"要挟"下，能当面做到向上级领导推荐钱红，如果钱红对陈梦寒事件是不切实际的臆测，那么裴顺畅作为青台商贸银行的一把手也确实够大度的。只是人世间许多的事，说也说不清。

下班时间，天已完全黑了下来，钱红独自来到东湖岸，走着、思考着，这是他与陈梦寒第二次相约的地点，也是首次外出约会的地方。自从妻子离世后的几年里，钱红走过的路，尽管坎坎坷坷，多亏有陈梦寒的陪伴，是陈梦寒让她重新振作起来。陈梦寒是一个好女孩，可是人都是自私的，他已意识到自己也走不出自私的范围。在钱红动荡的情绪里，陈梦寒像一块有裂纹的玉石，用肉眼看不到她明显的缺憾，可搁在心里又总是一块病诉。

他几次想给陈梦寒打电话，又几次放弃向陈梦寒妥协的念想。好多天了，他不理会陈梦寒，陈梦寒一定是处于万分痛苦之中，可陈梦寒总是进退有度，不强制扭转钱红的思想，她懂得给钱红一定的思考空间，陈梦寒的通情达理也让钱红的火气消了三分。

他终于绷不住给陈梦寒打了电话。

陈梦寒一听钱红说在初次外出的湖边等着，飞快地来到东湖岸。

当陈梦寒见到钱红时，陈梦寒没有上前，而是站在离他五尺远的地方停下了，直视着钱红，眼泪像决堤的海。陈梦寒任凭它往下淌，不擦、不眨眼、不回避，就这样一直直视着钱红，在这一刻，陈梦寒想把所有的委屈通过泪水宣泄，哪怕东湖难以容纳。

两个人对视着，陈梦寒双眉含愁，钱红面无表情，寂静的世界原来也这么可怕。

大概过去了有一分多钟，钱红向陈梦寒伸出了手，陈梦寒飞也似的投入了钱红的怀抱，失声痛哭。陈梦寒把头扎在钱红的胸口，两个肩膀激烈颤抖起来，她的泪水湿了钱红的衣襟。钱红缓缓地把手搭在了她的头上，冰凉的湖风从钱红的肩头吹过。

"钱红哥，我活着是你的人，死了是你的鬼！"然后哭得说不出话来。

虽然天已冷了，来湖边的游人很少，但也偶尔有人来湖边闲逛。钱红也不说话，牵着陈梦寒的手来到离路远一点儿的地方，坐在了湖边一块大石头上，陈梦寒把头靠在钱红的身上，悄声说："钱红哥，我好几天都没有睡一个囫囵觉了，我好瞌睡！"陈梦寒说罢竟然倚在钱红的身上睡着了。

她真的睡着了。

陈梦寒睡了一小会儿，钱红怕她冷，把她喊醒了。陈梦寒睁了睁眼，轻声对钱红说："钱红哥，我真的没有做对不住你的事！"声音轻得不能再轻，然后又闭上了眼睛。钱红轻声说："梦寒，不管发生了什么事我都会原谅你的，只要你给我说实话。"陈梦寒睁开眼睛缓慢地说："真的没有发生事。"

钱红听后半信半疑。

"梦寒，咱回家吧。"这时，陈梦寒从闭着的眼角里，淌出两行泪水。

钱红近时像变了一个人似的，他认准的事，八匹马也拉不回。在他身体里像有一股巨大的潜能要爆发，他遇事不再腼腆。他的胆量变得大了起来，只要能想到的，他都敢做。他脑子近几天一直在飞速运转，他时刻在谋划着寻找一个突破口，他要报复，他恨不得把这个看不见的等级秩序搅个天翻地覆。

连他自己都没有想到，他今天乘长途汽车来到了省行，他要找省行一把手，他要毛遂自荐，他觉得自己有升副处的资本。看来，人一旦不再瞻前顾后，不喝酒也不缺乏英雄胆。

待他真的到了省行戴玉龙行长办公室门口，心里发怵了，是敲门还是不敲门，他犹豫了，心里七上八下，他在想自己是不是太莽撞了。他在门口站了一阵子，终于敲响了门。随着一声"进来"，钱红推门走了进去。

戴玉龙愣愣地看着钱红，钱红一看戴行长没有表情地看着自己，心里有几分慌乱，感觉戴玉龙出于官威对陌生人有一种天然的戒备。"戴行长，我叫钱红，是青台市商贸银行轻工路支行的行长。"戴玉龙一听，连忙说："你坐，我听裴顺畅说过你。对了，你叫什么名字？"钱红又重复了一句自己的的名字，然后毕恭毕敬地坐在沙发的一个角上。

戴玉龙看着钱红，一直在想着什么，一会儿他忽然想起来了什么，问钱红："你是不是前些年我去青台调研时，那个迟到的支行副行长？"钱红赶紧说："是的，戴行长。"戴玉龙脸上现出了笑容，又连忙说："哦，想起来了，是你，是你。"戴玉龙彻底想起来了，那次要不是这个钱红，自己的大衣就要掉落地上，这是一个有情商的人，情商高的人往往在工作上有发掘的潜力。

戴玉龙一边想着心事，一边又看了看钱红，这个钱红也够胆大的，自己在办公室还是第一次遇到毛遂自荐的人还如此气宇轩昂。这时，戴玉龙不知道为什么忽然笑了起来。戴玉龙为钱红倒了一杯水，钱红受宠若惊地赶紧接了过来。戴玉龙然后不紧不慢地说："我听你们裴行长介绍了，你工作不错，我呢，也快不干了，在我不干之前，我得多做几件有利于我们商贸银行发展的事情，其中，提拔青年干部，提拔真正有作为的青年干部，也是我义不容辞的职责。你呢，先回去吧，这个事，我知道了，下一步我会充分考虑的，行不行？"钱红一听，戴行长把话说到这个分上了，自己也没有什么可说的了，连忙说："好的戴行长，您费心了，那我就先回去了。"

钱红在回去的长途车上，一直回忆在戴玉龙办公室发生的事，总感觉像刚刚做了一场梦似的。钱红想着想着，懵懵懂懂地睡着了。

回到青台市，天已黑了下来。钱红径直回家，刚进小区门，只见陈梦寒已站在小区大门口。钱红感到奇怪，问陈梦寒："你什么时候来的，怎么不给我打电话？"陈梦寒说："我也不知道，不自觉地来到了你们小区门口，我来到这里才想起来还正上着班。"钱红说："这么说你半下午就来了？你近几天是不是不在状态，恐怕也没有给魏华经理请假吧？"陈梦寒仔细地看着钱红，眼睛里充满了狐疑。"钱红哥，魏华经理已退居二线了，现在是我负责呀！"

陈梦寒随着钱红上了楼，进了房间，钱红把找裴顺畅、戴玉龙二位行长要求提拔的事给陈梦寒说了一边。陈梦寒一听惊呆了，她没有想到凭钱红的性格也能做出这么冒进的事，她不敢多问，她似乎感觉到钱红是憋着劲想拼一把，但陈梦寒同时也已为钱红暗自捏着一把汗。

陈梦寒一想，也是好事，平时恐怕让他去做这么"出格"的事他也不会做。陈梦寒说："你饿了罢，我给你做点儿吃的吧？"陈梦寒总是这句话，她总觉得照顾钱红的生活，早已是她的本分。钱红说："我不饿。"又一下把陈梦寒搂在怀里，两个人一起坐在了沙发上，两个人都没有说话，就这样待了足足有三分多钟。钱红说："梦寒，我今天累了，你早点儿回去休息吧，我们改天再聊，你看行么？"陈梦寒扬起脸，看着钱红，两道柳叶眉深深地蹙起，一双秋水盈盈的眼睛望着钱红，她看了一会儿又把头贴在钱红的胸前，轻轻地说道："好吧，你让我走，我就走，回去我也会想你！"陈梦寒站了起来，钱红也离开了沙发，陈梦寒一把抱着钱红，久久地不愿意松手。

钱红把陈梦寒的外套拿起来，给她穿好，然后轻吻了一下，陈梦寒恋恋不舍地开门走了。

陈梦寒走后，钱红把电话打给了薛鸿依。"鸿依，你过来！"薛鸿依不知道什么事，听着钱红的话那么干脆，她似乎还是第一次听到钱红如此的口气。薛鸿依马不停蹄地来到钱红的住处，开了门，用疑惑的眼光打量着钱红。钱红一把抱住薛鸿依,把薛鸿依拖到卧室。客厅的灯灭了,卧室的灯也灭了……

这个世界就是这样,有人在笑,有人在哭。

钱红疯狂了!

也许他的心被割裂了。

他一手抓住薛鸿依,一手抓住陈梦寒,他不知道该松开哪个手。

他对薛鸿依若即若离,他对陈梦寒爱恨交加!

时间在飞逝,转眼间春节已遥遥在望。多日以来,陈梦寒像变了一个人,她的脸上总是蒙着一层淡淡的愁云,似乎少了一分天真,多了一分成熟,在她楚楚动人的外表下,外人永远不知道近段时间里在她身上曾发生了什么变故。就这样,她埋头工作着,她心里对钱红的想念与日俱增,但与钱红近在咫尺,相见却是异常地难,钱红总是说工作忙,陈梦寒已多日没有走近钱红的身边。

"陈总,你来办公室一下。"这是刘利民的声音,各部室的负责人一般都称总经理,所以他称陈梦寒为"陈总"。陈梦寒放下电话,去了办公室,刘利民在办公室的大房间里倚着一个办公桌站着,另外一个办公桌前坐着一个网点的女柜员,正在与牛静雯闲聊。刘利民看着陈梦寒过来了,对牛静雯说:"你说吧。"牛静雯说:"陈总,是这样,省行下周开春节联欢会,要各地市推荐节目,推荐人选,我们想让你们两个去。"牛静雯指了指坐着的柜员。陈梦寒问:"我演啥节目呢?也不选拔选拔了,我行么?"牛静雯说:"还选拔什么?你是大名鼎鼎,给你说实话吧,你是省行点名要的。"陈梦寒问:"谁带队呀?"牛静雯说:"裴行长亲自去。"陈梦寒一听说道:"我不去,没法演,上火了。"牛静雯一头雾水,又说:"裴行长提前去,他只是去参加联欢会,与我们不一码,工会上孙紫情她母亲住院了,可能我去,咱们仨组成三朵金花一块,你看行不?"

陈梦寒出门就把去省行演出的消息告诉了钱红,钱红"嗯"了一声,陈梦寒双臂紧紧地抱住双肩,感到天冷得有点儿刺骨。

省行会议厅装不下全体机关人员,联欢会在银行干校的大会堂举行。

陈梦寒的演出轰动了省行。

"这是咱商贸银行的员工?咱们商贸行还有这样的人才?"

"她是不是专业演员出身？这是哪个市行的人？"

"是不是从外边雇的？"

"哪呀？人家开始就自我介绍说是青台市分行的人。"

直到第二天，省行机关的人还在议论陈梦寒演出的事，他们总怀疑陈梦寒是从外边雇的专业演员。

一般地说，临近春节，省行是不会提拔干部的，但这一次破天荒，马上就要放假了，却贴出了公示，钱红拟任副处级干部。

全行炸锅。

"怎么没见来考察呀？"

"没有听说省行竞聘副处的消息呀？"

"钱红是不是没有竞聘对手？咱们青台没见有其他人报名竞聘呀？"

议论归议论，太阳还是照样从东边升起，从西边落下。

钱红也感觉到吃惊，他从开始根本就没有抱着任何希望，现在却弄假成真了，运气该来挡都挡不住。

是自己的运气好么？钱红不敢想，也不愿意想，他想起这事，就会剧烈地头疼，总感觉自己的运气是建立在神鬼颠倒的尘世之上，他恨不得拿起斧头，把浓云密布的长空劈成两半。

四十八

夜已深了，中丽集团办公楼的灯光仍然亮着。马中伟在与妻子段红丽商量一件大单生意，他们明天要与峰峦房地产开发公司洽谈楼盘整体购买的事。马中伟与段红丽有个习惯，生意上的事必须在公司谈，在家里谈找不到感觉，就像写诗，不身临其境走进生活就找不到灵感一样。整个楼盘买回来，这是一件比天还大的生意，尽管马中伟的摊子铺了这么大，买楼盘对他来说不像买一棵大白菜。

马中伟不停地吸着烟。

平时段红丽看见马中伟吸烟就吵吵，今天，马中伟当着段红丽的面吸，段红丽竟然一声不吭。

"现在重点考虑的一是这二十栋楼需要垫付资金三点六亿，这个钱商贸银行能不能贷出来；二是石老板那里在价格上还有没有压实的空间。至于市场行情，我觉得应该不是问题，眼看房价一天涨一个价。"马中伟说。段红丽接着说："你说的这两个问题都不是大事，我考虑最多的还是房价还能不能持续上涨。"马中伟说："考虑得细我不反对，但过细那啥事也办不成了，房价一直在涨，怎么？到了我们手里就不涨了？"段红丽说："房价总有不涨的时候，就看谁赶上这个茬口了，当然了，谁赶上谁倒霉，我怕的是这个茬口让我们给摊上。"马中伟不耐烦地说："女人，就是头发长见识短。"段红丽一听不高兴了，戗了一句："既然我见识短，你还跟我商量干吗？你早说我早走了，我何必搁这儿跟你熬夜？"马中伟也急了："说你一句咋了？越老越娇气了，说不得一句！"马中伟愤怒地把屁股随着老板椅转了过去。

　　第二天，两人和好如初，就像昨天什么事都没有发生一样，两个人去了峰峦房地产开发公司，下了车，两人一前一后进了石垒的办公室。石垒一看马中伟与段红丽一起来了，立马迎了上去。"哎呀，欢迎二位！快坐快坐。"马中伟也不客气，一屁股坐在沙发上。石垒笑着看了马中伟一眼，说道："你呀兄弟，我说你是身在福中不知福，你看看有一个贤内助，不比啥强？"段红丽也不接石垒话茬，只顾品评房子的装饰，惊奇地说："石行长，没想到你还是个文化人呢，一看你的墙上，就知道你是一个很有品位的人。"石垒一听笑了起来，说道："弟妹呀，你就别取笑我了，我哪有这些雅兴呀，这不是装装样子么？这还是咱们自己做生意，要是像原来当行长的时候，不才得天天装咧么？哎，这人生，就是一场戏，这人，就是天天在演自己。"段红丽听石垒这么一说，像是在埋怨马中伟："你看看人家石行长，多么有思想，哪跟你一样，天天就知道蹲在墙脚吸烟。"马中伟听了段红丽的话有点儿不耐烦，直接问石垒："石行长，三点六亿你兄弟拿不出来，你说吧，能再给兄弟让多少！"石垒笑了笑："兄弟，你就别哭穷了，即使要你拿三个亿，你今天也不一定能拿出来，我都不信你今天给我拉来一车现金，钱再多也得贷款吧？"段红丽只是笑，也不插言。马中伟说："三个亿是你说的，我可给不了你三个亿。"石垒笑着说，兄弟，你哥今天是身体不行了，要不是我辛辛苦苦把这些房建起来了，我会白白地让给你去赚钱么？"马中伟一边掇弄着花盆里的花，漫不经心地伸出三个手指头，握拳，再伸出三个手指头，说道："你看行不，行就行，不行你老弟实在是无能为力。"段红丽打趣说道："嗬！六个亿。"石垒说："马行长，我看你都没有诚意，我看你今天是找我来喝酒的，本就不是来谈生意的。"段红丽说："石行长，你可说对了，他就是听说你有好酒，来喝你的酒咧。"石垒说："喝酒好说，你老哥今天管你喝个够。"

酒局上，马中伟还真的给灌醉了。

奇怪的是，在喝酒期间，段红丽不但没有担心马中伟喝醉，仿佛她还帮着石垒劝马中伟豪饮。

这酒局，马中伟不醉才算怪咧！

段红丽与石垒把马中伟搀扶到楼道拐角处的一个客房里，轻轻地把马中伟安置在床上，盖上被子，两个人便轻轻地离开了。石垒说："走，弟妹，咱到三楼我的休息室去，那里安静，咱去那谈。"段红丽看了一眼石垒，脸一红，说道："石行长，合适么？你那有老虎没有呀？我可害怕被老虎吃了！"石垒笑着说："怕啥，老虎还没有我厉害咧！"

一边说着，两个人上了楼。

到了石垒的休息室，两个人把门关了起来。

事隔三日，段红丽让马中伟再去谈，马中伟说不行就算了，他觉得谈不出个什么名堂。段红丽说："万一有结果呢，你去试试，行就行，不行就算了。最多给他三亿二，多一分咱都不出。"马中伟说："你不去？"段红丽说："我不去，我去只是给你打个下锤，反正就这样了，你看着办吧，记住，三亿二多一分咱都不干。"

马中伟又与石垒见了面，这次会谈出奇地顺利，三亿二敲定。

省行人事处关天方亲自来青台分行宣布钱红上任的事，钱红任商贸银行青台市分行副行长。同时又宣布，申学兵调走，到芜阳市任职。钱红升迁的事前几天就已经传遍了青台商贸银行的角角落落，但申学兵调走的秘密保得严丝合缝。

钱红上任第一周，就遇到了公司业务部老总章卫清经理来汇报工作。钱红让座后，章卫清把中丽集团需要贷款三点二亿的事向钱红作了汇报，钱红一听是中丽集团，便详细地问了项目的具体情况。

章卫清介绍说："中丽集团从峰峦房地产开发公司手里承接了完整的二十栋楼盘，楼盘按照微利的价格售卖，房子已全部封顶，据说是峰峦房地产开发公司实际控制人身体出现了问题，他不想干了，用他们的行话说想退出江湖，所以把刚刚盖好的楼房全部转让，因为现在房子价格一涨再涨，行情很好，中丽集团便想接手，资金缺口总共是三点二亿。"

钱红问："也就是说他们没有一点儿垫付资金，全靠贷款？峰峦房地产开发公司的实际控制人不是石垒么？中丽集团的老总不是马中伟么？直接说就行了，绕那么大个弯干吗？"章卫清笑了笑说："钱行长，在办公室里，我可不敢提石垒石行长与马中伟马行长的名字呀？"钱红笑了笑说："滑头！不过，你滑得也对。"钱红问："我们为什么要贷给中丽集团？我们不走公司贷款，走个人贷款不好吗？我们可以贷给购房户呀，很简单的道理，把款贷给购房户，不怕没有房卖，要是把钱贷给卖房户，房子没有人买该怎么办？这不是风险点么？"钱红这么一说，章卫清脸上的笑容消失了，个贷业务不属于他们公司业务部门负责。

钱红最后说："这个事，先放一放，等我向行委会汇报一下，到时研究研究再说吧。"

尽管是冬天，钱红也是每天必睡午休，今天，他怎么也睡不着，就起床一边溜达一边向行里走去。

"世人皆醉，唯我独醒！"

一阵梆子声吸引了钱红的注意力，又是他，又是那个算卦先生。

钱红向算卦先生靠了过去，说道："先生，算一卦多少钱呀？"先生用他那似睁非睁的眼看了看钱红说："多少钱也不给你算，你灾性不浅，本夫拿不住，你还是去西南方向去寻峨嵋大仙吧。"钱红笑了笑，摇了摇头，又陷入沉思中。

钱红真的向裴顺畅告了假，他想去到外边转悠一圈，他感觉累了，多年以来，很少有正儿八经地休息过，一直忙于工作，像这样无休止地运转下去，他感觉脑子非要出问题不可。他一人去，一个人才能好好地思考，对，他不只是休息，他还要思考人世间一些难以圆解的事情。

他背着背包，坐上了去西南方向的火车，对，他真的去了西南方向，去了天府之国。他来到一块陌生的土地，但分明感受到这里的人非常亲，他无目的地去了一个古镇。这个古镇建在一条宽阔的河岸之上，据说历史上这里曾是一个水上交通枢纽，河床很宽，但水并不深，水流清澈见底。在河的对岸，有一座古塔，钱红正在端详，忽听一阵热闹声打断了他的思路。钱红出于好奇，向人群走了过去。

只见这些人把一盆盆的鱼儿倒进了河水里，然后双手合十，钱红经过询问才知，是青山寺的皈依弟子们在放生。钱红问："我能去寺院看一看么？"弟子们说："当然可以了。"于是，钱红乘着他们的车去了青山寺。路上，一个披肩发的年轻女子说："你可以住在这，明天是打七的第一天，你可以听听讲佛法，会很受益的。"钱红心想，反正是体验生活的，住这儿就住这儿，钱红答应了。

到了青山寺，钱红下了车，面前是一道高大的影壁，绕过影壁，便是大门，钱红向大门走去。在大门的左侧，是一棵巨大的金丝楠木树，树上还挂着一块被雨水冲刷得非常模糊的认领人名字。在大门的右侧，是一棵硕大的不知名的古树。大门的两侧写着对联，钱红念了念，也没有念成句子。从大门两侧放射出去的斜壁墙上，写着"南无阿弥陀佛"几个大字。进入大门，树木葱茏，虽已是冬天，这里别有洞天。在台阶两侧的平台上，都是一些有了年头的木槿树、细叶榕、曼陀树、香樟树，还有一些钱红认识不了的各式各样的高大树木。树木的后边，是大小不一的楼宇殿堂，能看得出它们都有自己不同的使用功能。向上望去，这是一座依山而建的高大院落，首先映入眼帘的是一座佛像，经问得知，这是天王殿，里边有弥勒菩萨和四大天王。

绕过天王殿，再往上走，两侧的大平台上分别是钟楼与鼓楼，在这一级，有几棵高大的银杏树。在两侧的钟楼与鼓楼前边，分别有两棵千年树龄的香樟树，虽然树的风貌已是老态龙钟，从它那沧桑中彰显出几分倔强。再往上走，钱红认出是观音殿，他探头看了看，便匆匆绕过去，再往上上了几级台阶，便是观音亭，观音亭的建筑规模要小得多，绕过观音亭，再向上一眼望去，远远地看到一个更人的殿宇，上边的牌匾上写着"普光明殿"，也即大雄宝殿。

钱红看罢中轴线上的建筑群落后，又看侧面的建筑，但是这些建筑都没有名字，也没有特别的人像供俸，钱红不认得，只有问院中的佛者。

从下往上走，过了天王殿的南侧平房，是大自修教室，等走近了一看，才知它不是平房，而是有着五层高的大楼，要想走入下边几层，需要沿着台阶下一个山坡。再往上走，是小共修教室。再继续往下的三、二、一层，钱红不知道，这里的佛者也没有说，钱红也没有继续下台阶。再往上走的台阶南侧，有一个大殿，叫地藏殿，再往下下侧面台阶，是妙应佛堂，佛者说就是像钱红这样来初学佛典的人打七专用的大殿。再往下走，还有三层，佛者说不再讲了，说殿宇太多，一时半会儿也了解不完，钱红便沿着台阶往回走。再越过中轴台阶，向另一侧，又是一群楼宇。佛者指了指最上边的一层说，这是药师殿，再往下一层是客堂，稍远处的大楼，是斋堂，相邻的大楼是云水楼，也叫义工楼。佛者正要继续往侧上方向介绍，另一位佛者来到身边，对钱红说："师傅，请您跟我来，我给你安排住处，明天正是'打七'的第一天，您可以随着来学佛的人听课。"

钱红随着佛者去到住宿的地方。钱红问，"师傅，你们为啥头没有剃光呀？与我想象的不一样。"佛者说："我们能叫您师傅，你可不能叫我师傅，师傅是我们这里出家的人，因为我们这儿的出家的人是女的，所以称为'师傅'，在其他寺院出家的是男的，才称为和尚。"钱红吃惊地问："女的出家不是尼姑么？"佛者说："你不懂，少说多看，慢慢地你就了解了。"

一边说着话，钱红随着佛者七绕八拐的，来到一个三层楼前，佛者把钱红领到一层的一个房间，交待好后，佛者走了。这是一间非常宽敞的房间，里边干净得一尘不染，被子都是新的，他们这里有规矩，只要把被子打开，不管用没用过，就得重新洗涤。卫生间，洗脸间，干净得出奇，但是没有电视，这里是不看电视的，也没有地毯，屋子里是两个双层床，现在只有钱红自己住，钱红坐下仔细地过目了房间的角角落落，嗯，这就是寺院。

钱红又走出房间，沿着山道台阶，走了好长时间走到上边的中轴线上，可是，寺院里空空荡荡，没有人影，钱红随着放生的人来时可有好几车人咧，现在这人都到那里去了呢？怎么几车人一进寺院大门，像失踪了一样悄无声息了呢？

第二天，有人喊钱红吃饭，钱红说不吃了，便伸个懒腰穿衣起床，漱洗完毕，钱红带上门，上了台阶，啊哈！钱红愣住了，这些人是从哪里冒出来的，好多好多的人呀，大多是青年人，且女性不占少数，看着都是些女学生，这是钱红的猜想，也许只是年轻罢了。但是没有声音，好像每个人都把自己的嘴调到了静音一般。

钱红随着人流到了妙应佛堂，都静静地席地而坐，一会儿，一个穿着长袍的人走了进来，他走到讲课的位置后，向大家深深地行了佛礼，然后坐下，翻开书，要讲课了。钱红问旁边的人："他是老师么？"旁边的人悄悄地说："不，他是慈恩师兄，已皈依了，原来听说是个大学的副校长，离职的时候才四十岁，信佛了，听他讲吧，讲得很好。"然后示意不要说话。

"要建立没有污染的情感，放下有污染的情感，想想我们在世间拥有的情感，维持起来是多么地艰辛，尤其在今天这个社会，充满了声色诱惑，如果彼此之间没有相当的信任，很容易因为猜忌而产生矛盾、争执，这种辛苦达到一定的程度后，你就会向往没有污染的情感。情感也是缘起法，关键是我们怎么看待，怎么相处，在学佛过程中，用佛法智慧调整认识，改变心态，可以逐步增加没有污染的情感。

"佛法告诉我们，众生在轮回中，'无明所缚，爱结所系，长夜轮回，不知苦之本性。'人间的情爱是以痴、贪、我执为特点，世俗情感是以痴、贪、我执为基础，是生死轮回之因。佛菩萨的大慈大悲就属于情的升华，所以，我们关键是以智慧认识情的真相。

"男女之间的爱情，特别容易引发占有欲，进而是控制欲。这是破坏彼此关系的大敌，也是直接引发痛苦的导火索。因为控制会带来逆反心理，并进一步造成冲突，同时会因为害怕失去，带来焦虑、恐惧、胡思乱想等各种情绪。一旦这种关系发生变化，还会因为对方的背叛激起嗔心，甚至产生悲剧。"

钱红听着，心里逐渐产生了共鸣。

原来佛不是空中楼阁。

原来佛是讲道理的。

原来佛就在我们生活中。

啊！佛是这样的！

几天的旅游结束了，或者说几天的生活体验收获满满。钱红踏上了青台的归程。

钱红离开青台的时候，只给陈梦寒说想出去办事，并没有给她说是去旅游还是体验生活。陈梦寒每天都要给钱红打一个电话，至少一个电话。火车上，陈梦寒告诉钱红，裴顺畅调走了，来了一个新行长，叫袁上草，是从新中市来的。实际上钱红已知道了这个信息，他已接到了电话，毕竟他是行委会成员。裴顺畅又调去了历山市，回到了他的老家。但另一个消息钱红却不知道，陈梦寒说，戴玉龙退了，新行长叫郭丙，说是从外省过来的。戴玉龙是退休了还是退二线了，陈梦寒没有说。钱红从心底感激戴玉龙，毕竟钱红是戴玉龙提拔的。

钱红与陈梦寒聊天结束时，钱红说了一句："梦寒，我爱你！"电话那头陈梦寒的声音在颤抖，她对钱红说："钱红哥，我、爱、你！"听得出，陈梦寒是哭着在与钱红对话。钱红的眼睛也湿润了，他随着火车的隆隆声，又陷入回忆中……

青台市到了，钱红整理好行囊，背在身上，下了火车，随着人流，走出了出站口。钱红忽然看见在出站口站着陈梦寒，钱红怔了一下，急速走到陈梦寒跟前，紧紧地把陈梦寒抱在了怀里。陈梦寒水灵灵的眼睛望着钱红，看得出，陈梦寒的眼睛里充满了幸福。"你只问我几点的火车，却没有说来接我。""傻瓜，不来接你我问你几点火车干吗？"钱红笑了，陈梦寒用一双萌萌的大眼睛盯着钱红。"离开一点儿，离开一点儿，别挡在出站口！"铁警在催促，陈梦寒提着钱红手里的小件东西，两个人几乎相拥着往前走去。

下来公交车，钱红商量找家饭店吃饭，陈梦寒不愿意去饭店，想让钱红回家她亲手做给钱红吃。回到家里，陈梦寒不大工夫，就把钱红的饭做好，钱红说："这是多天来我吃得最香的一顿饭。"陈梦寒笑了，笑得那么灿烂。

吃过饭，陈梦寒一边收拾碗筷，钱红一边洗着澡，两个人都忙完了，钱红抱着陈梦寒轻轻地撂倒床上。陈梦寒闭上眼睛，等待钱红亲她，可是钱红却胳肢起陈梦寒来，胳肢得陈梦寒在床上来回翻跟头。一会儿，陈梦寒使劲地抓住钱红的胳膊说："哥，我不走了！"钱红摸了摸陈梦寒的脸蛋说："不行的，小乖乖，你要是不走，我可不是神，到时我会让你沦陷的。"

陈梦寒用被子蒙住头，趴在床上一动不动。停了一会儿，钱红轻轻扒开被子，问陈梦寒："怎么睡着了？"陈梦寒有气无力地拖着长腔说："钱红哥，我想跟你结婚。"钱红说："结，不与我的梦寒结我与谁结？"陈梦寒说："不，我要今天晚上结。"钱红说："又在说梦话，看来陈'梦'寒说'梦'话是顺理成章呀！"陈梦寒看着钱红，像看陌生人一样地盯了好长时间，然后扳着钱红的头，把耳朵贴在自己的嘴边，小声说："好哥哥，我都不明白了，送到嘴边的肉你都不吃，你是不是傻？"钱红的笑意稍微僵了一下，说道："兔子不吃窝边草。"陈梦寒一听露出欣慰的笑容，她又转念一想，用两个拳手劈头盖脸地朝钱红轻轻打了起来："不对，你坏，你坏极了，你是个大坏蛋。"说罢了，打罢了，陈梦寒一边"呜呜"地假装哭泣一边撒起娇来。钱红赶紧搂着她，哄她说："跟你开玩笑咧，你看你当起真了。"陈梦寒破涕为笑，拧着钱红的耳朵说："你只属于我一个，以后不许你乱说！"钱红连连点头许诺。

四十九

　　马中伟要请钱红吃饭，钱红如约而至。

　　饭桌上，只有钱红、马中伟、段红丽三人。钱红说好的把中丽集团贷款三点二亿的事拿到行委会上讨论，钱红却没有履行承诺，因为钱红变想法了，不能贷，钱红这一关，马中伟就过不去。但这个事情跑到了马中伟的耳朵眼儿里，他请钱红吃饭，像是要最后摊牌。

　　越是这样，钱红越得去，毕竟他与马中伟不是第一次打交道，这点面子总要给，况且也趁此机会给他解释解释。但是，钱红想错了，无论怎么解释，钱红不放款，马中伟是不会露出笑脸。

　　马中伟说："我向来没有拿你当外人，与你的交往是真心实意的，可是，你呢？需要你帮忙的时候，你给我来个一拒了之。"钱红说："你想过没有？我不给你贷，是考虑风险原因，并不是针对你马中伟个人，我与你从来没有任何过节，你说是不是？我们应该想到一块才是。"马中伟说："我也是干银行的，我当行长的时候，你恐怕连个副行长也不是吧，这些道理，难道我不懂？"钱红说："马行长，你这是意气用事，你得冷静冷静了。""你别喊我马行长，我不配你喊，你现在官大了，你是市行的领导，我哪配你称'行长'？"钱红说："如果给你贷款了，有风险损失了，不是光我们商贸银行有损失，你马中伟照样有损失，我们是一条绳上的蚂蚱呀！"

　　段红丽看着两个争得不可开交，便劝道："你们两个不能细声细气地说么？你们看看你们像小孩子一样，让人听到笑话不笑话！"钱红说："马行长，现在房地产泡沫很大，我怕石垒来个金蝉脱壳，最后你被套牢。"马中伟把声音也压低一些说："钱红，你说得都有道理，但做生意不是纸上谈兵呀，哪有没有风险的生意，如果生意那么好做，那都去做生意了，当初我弄这么一大摊，哪一个项目要上的时候不是让我一夜一夜地睡不着觉，最后呢，还是成了。没有无风险的生意呀！"钱红说："马行长，你这个生意的风险太大了，你想想，这可是三亿多元呀！"马中伟抬起头说："怎么？钱红，你是怕我还不上是不是？"钱红说："马行长，你说这话就是气话了，我是怕你还不上，但怕你还不上，不是说怕你的为人，而是怕你栽跟头。你如果栽跟头了，你没有钱，你人再好，银行的钱你也还不上，是不是？"马中伟站了起来，走到钱红跟前，弯下腰，尽量压制着激动的情绪凑到钱红的脸前说："钱红，钱行长，我的钱大行长，商贸银行是你自己家开的么？你脑子咋就不转圈呢？"

钱红点燃了一根烟，边吸边说："马行长，不管为公为私，这个事真的难办。"马中伟把脸扭了过去，不吱声。段红丽说："兄弟，这样好不好，你把这个事放到行委会上说，让大家讨论讨论，如果能通过，这也算集体通过，万一有了啥事，也不是你钱红自作主张，你看好不好？"钱红不耐烦地说："嫂子，我在其位，得谋其政，我得首先为行委会负责。"

这时，马中伟耐不住性子了，蓦地站了起来，指着钱红的鼻子说："钱红，给你说白了吧，你这个市分行副行长，我说让你当你当，不让你当你就不能当。"钱红一听马中伟的口气这么大，也来火了。"我就是不当这个副行长，也不能做违规的事。"钱红说罢，甩门而去。

钱红回到行里，还不到上班时间，他倒了一杯水，一喝是凉的，"砰"一声把杯子放了回去。忽然薛鸿依进来，钱红问她什么事，她却说坐一会儿不行么？钱红心情不佳，一看薛鸿依也是有情绪，就耐着性子说："你坐吧，主要是我还没有吃饭。"薛鸿依也不听钱红解释，问钱红："我感觉你需要我的时候就把我召来，不需要我的时候，即使去阿富汗也不会给我说一声的是不是？"钱红说："我前几天走的时候给你打电话了，没有打通，然后就没有给你打，觉得反正出去你不知道，省得你为我操心。"薛鸿依脸露愠色说："钱行长，我说过，我不干涉你的私生活，但你给我说一声，真的没有啥坏处，你说是不是？"钱红感觉到了歉疚，说道："好的，我记住了，以后不会这样子了。"

忽然门没有敲就有人进来了，是陈梦寒。她与薛鸿依对视了几秒，两个人都没有说话，就这样僵持了一会儿，钱红坐也不是，站也不是，说也不是，沉默也不是，因为钱红已感觉到她们互相之间已知晓了对方的存在。最后，还是薛鸿依让步了，她不吭一声地走了。

陈梦寒进来半天才说话，问钱红："她来干吗？"钱红正要说，陈梦寒拦住了他，不让他说。"别说了，该甩掉的就得甩掉。我走了。"陈梦寒带门走了出去。说起来，陈梦寒还算大度。钱红心里七上八下，不是个滋味。

五十

周末，陈梦寒又缠着钱红去山里玩，二人又去找有沙子有芦苇有水的地方。路上，陈梦寒说："钱红哥，你给我写一首歌呗，名字就叫《一路向西》，行不？"钱红说："我看呀，只要有你陈梦寒在场，我一切灵感都会有。"陈梦寒看了看钱红问："是在夸我吧？"钱红说："傻妮子，是夸你不是夸你的话都听不出来了。"陈梦寒笑了起来，说道："那就写吧。"说罢，又赶紧说："不行，我的老公，你现在只能专注开车，什么都不能想，明白不？"钱红说："遵命。"

他们来到一座不高的山下，这里只有大片的草地，却没有芦苇，在太阳的照射下，枯草变得一片金黄。他们把车停在路边，向山根走去。陈梦寒说："遗憾的是没有芦苇。"钱红说："你是不是有芦苇情结？"陈梦寒说："我的结多了去了，我有芦苇情结，还有草原情结，我还有一个最大的情结，你猜是什么？"钱红摇了摇头说："我哪能知道呢？"陈梦寒说："笨！"然后把脸背了过去，悠悠地说："我还有钱的情结！"钱红看了看陈梦寒，笑了笑说"哦！你喜欢钱哟！"陈梦寒边走边吆喝："不是钱，是钱红！"陈梦寒扭头对钱红说："走，咱爬山去，说不定山上有芦苇。"钱红说："说你傻你还真傻，芦苇是在河洼处生长的，怎么能长在山上？"陈梦寒不解地看了看钱红，说道："走，那也爬。"陈梦寒牵着钱红的手，向山坡跑过去。

爬到山顶一看，这哪是山，是一片平原，满山顶都是草，有的草齐腰深，只是已枯。陈梦寒一脸的失望，但她高兴这山顶并不冷，和煦的暖阳，照在这一片不大的草原上，一点也不吝啬。

陈梦寒说："人们旅游都是到那名山大川，实际有许多地方也是风景这边独好，只是没有开发罢了。"钱红说："你说得对，不过这里不开发也罢，这是专门给咱俩留的一片处女地。"陈梦寒听了钱红的话，脸上露出的笑容里隐隐夹杂了一丝淡淡的云。

陈梦寒双膝着地，两手合十，眼睛微闭，样子非常虔诚。钱红呆呆地看着陈梦寒，像在欣赏陈梦寒表演戏法一般。陈梦寒对钱红说："快跪下。"

钱红领会，也学着陈梦寒的样子，表情一样虔诚。陈梦寒学着电影上神父的声音问："钱红，陈梦寒想嫁给你，你愿意么？"钱红配合着说："愿意。"陈梦寒接着说："陈梦寒是一个好女孩，你愿意一生一世对她好么？"钱红也拖着长腔回答："我会的。我会永远爱她。"陈梦寒说："好吧，那你们拜天地吧！"钱红笑了起来，说道："怎么又变成中式的了？"陈梦寒也不笑，学着主持人的样子喊道："夫妻对拜！"两个人赶紧转身面对面地弯腰。钱红忽然想起来应该站起来，陈梦寒明白他的意思，赶紧制止。接着陈梦寒喊了一声："抱入洞房！"钱红不知道该怎么办了，傻傻地看着陈梦寒，陈梦寒示意："快点儿，快点儿，入洞房了。"钱红问："洞房在哪？"陈梦寒嗔道："傻呀？草棵里，草棵里！"钱红抱着陈梦寒跑向远处的一片深草丛里。

草丛"哗哗"作响，一片蒿草倒了下去，两个人翻滚起来。一会儿，没有了动静，鸟儿不飞，风儿不呼，世界经过了短暂的平静后，从深草堆里突然发出一声女人沉闷的嘶喊……

陈梦寒靠在钱红的身上，身体软绵得像团棉花一般，眯缝着眼睛，享受着温馨，钱红也累了，抱着陈梦寒也不说话，晒着太阳，两个人像经过了一次命运的蜕变。他们在慵懒地静听草丛里的风响，他们释放着疯狂后的喘息，天蓝蓝的，很少见过天如此纯净。

"钱红哥，你知道么，今天是我的生日。"钱红吃惊地问："你怎么不早说？我应该给你过个生日呀！"陈梦寒轻声说："不，你今天已经给我过了一个最好的生日。"钱红紧紧搂着陈梦寒，亲了一口。"钱红哥，要是有一天，我们失散了，没有手机，没有住址，我到哪里找你去？"钱红说："还是让我去找你吧。""你到哪找我？"钱红说："我到天涯海角。"陈梦寒欣慰地说："那好，说定了，就在我生日的这一天，我在天涯海角等你，不见你，我会每逢生日这一天，就在那等着你，如果一直不见，我就也学历史神话上说的，化作一块望江石，永远立在大海边，永远地等着你。"

"钱红哥，去我家一趟吧，见见我妈妈。"钱红一想确实该去了，说道："好的，我们明天就去。"陈梦寒一阵惊喜，睁着大眼睛问钱红："真的？"钱红说："真的。"

次日，陈梦寒早早起了床。等到钱红打电话，便下了楼，一边往大门口走，一边给母亲打电话，钱红已在大门口等。陈梦寒之所以没有在头天晚上打是因为她怕母亲一激动睡不着觉，所以她还是决定临行前再打。"妈妈，我与男朋友今天回家，你别出去了啊。"母亲一听陈梦寒要带男朋友回家，高兴之情难以言表。母亲问："就是你前几天给我说的那个人么？商贸银行的同事？"陈梦寒说："是的，妈妈，他叫钱红，你记住他的名字啊！""什么？钱红？"陈梦寒听着母亲的腔调有点儿怪，问母亲："是呀？怎么了？""他也姓钱？"陈梦寒感到奇怪，问母亲："什么意思呀妈妈？'也'是什么意思？""他比你大二十二？""你别问那么多了妈妈，我不是给你说过了他比我大么。""他长得什么样子？""妈妈，你见了不就知道了么？他长得很帅。""他还有别的名字么？""没有，妈妈，你咋着了？你是要审查他么？"陈梦寒笑了笑说。

电话挂断了。陈梦寒被母亲问得一头雾水。

钱红不知道陈梦寒在给谁打电话，只管催促陈梦寒上了车再打。陈梦寒也不回答，挂了电话才上到车上。

两个多小时的路程，终于到了陈梦寒母亲的楼下。二人拎着礼物上了楼，陈梦寒兴奋得像过年一样。敲开门，陈梦寒一看见妈妈，高兴地扑了上去，搂住了妈妈的脖子。可是母亲却没有顾得与女儿亲热，她的眼睛直了，盯着钱红，浑身在发颤。"你、你、你是枫心？"钱红一看，惊喜得无法自已。"李、李阿姨！哎哟！有这么巧的事？是你？李阿姨！"陈梦寒一看，傻得愣到那许久没有插话，这是哪跟哪呀？"妈妈，他叫钱红。"钱红说："'枫心'是我的小名儿。"陈梦寒高兴地问："你咋没有给我说过呀？原来你还有别名！哎！你们俩认识？"陈梦寒幸福得满脸通红。钱红说："李阿姨，这真是缘分呀，我们本来是一家人，现在真正成了……"钱红话说了半截，感到有点儿唐突，把后半截话又咽下去了。陈梦寒马上把话接了过去："现在真正成了一家人。"陈梦寒忽然想起来最关键的事，问妈妈："妈妈，快说，急死我了，你们俩是咋认识的？"母亲的嘴有点儿哆嗦，几乎说不成话了。钱红说："李阿姨原来在我家当保姆。"陈梦寒一听笑了起来，这事咋就这么巧呀！她看看钱红的脸，又看看母亲的脸，只顾得高兴了，陈梦寒还没有反应过来母亲异常的表情。钱红也只顾高兴了，也没有意识到陈梦寒母亲变化的脸色。

"不行的，你们两个不行！"陈梦寒马上明白了母亲改变了注意。"妈妈，什么不行？你原来不是答应我了么？"陈梦寒母亲慌慌张张地说："不，不，你们两个不能配！"陈梦寒纳闷至极，说道："妈妈，什么不能配？你咋着了？"陈梦寒其实已经意识到母亲要变卦，只是不想面对现实罢了。"你们两个年龄差别太大了，不行，不行！"钱红一听，脸上的笑立即僵住了。陈梦寒急得直跺脚，几乎是贴在母亲的脸上问："妈妈，前几天我可是一切都给你说清了，你是同意了的，妈妈，你今天怎么了，人都来到家了，你为啥要变卦？"陈梦寒急得眼泪都快要出来了。陈梦寒又说："更何况，你们早就认识，早就是一家人了，你今天怎么了妈妈，妈妈，你答应我们吧，妈妈，妈妈！"陈梦寒抓住母亲的手使劲地摇，眼泪已经下来了。母亲无力地坐在沙发上，低着头，一声不吭，陈梦寒站在她的面前，等了好久，然后又跪在母亲的跟前，手扶着她的膝盖，仰脸看着母亲，陈梦寒渴求的眼神，让人动容，可不知道为什么，她竟然撼不动母亲的心。

钱红低下了头，也不坐，向门口移了移，陈梦寒注意到了钱红的表情细节，赶忙站起来，一把抓住钱红，把头依靠在钱红的肩上，哭了起来。然后，对母亲说："妈妈，我们先走了，你先冷静冷静好么？"然后放声哭了起来。钱红看着陈梦寒哭成了泪人，也不好意思开门了，立在那一动也不动。陈梦寒转身给母亲说："妈妈，我们先回去，你再考虑考虑好么？我们晚几天再来看你啊，妈妈！"陈梦寒开了门，与钱红走了出去。陈梦寒没有关门，又进门给母亲说："妈妈，我们晚几天再来看你。"来到家一口水也没有喝，便带上门出去了。

回去的路上，两个人一路无话，因为陈梦寒不知道说什么好，钱红也不知道说什么好。车走了好久，钱红说了一声："让我说，咱生米做成熟饭，看她怎么办？"陈梦寒一听有点儿生气，说道："你已把我做成熟饭了，还想怎么煮？非得把我烤煳不可么？"在高速服务区，陈梦寒不愿意下车，双手抱住钱红不停地抹泪。

回到青台市，钱红问陈梦寒回哪去，陈梦寒说："还能回哪去？回你屋子里。"钱红直接把车开到家里，钱红与陈梦寒一起上了楼，两个人简单洗了一下，就躺倒在床上。

陈梦寒睡着了，钱红给陈梦寒盖了被子，躺在陈梦寒的身边，一会儿也睡着了，待他们醒来，已是深夜，陈梦寒向同宿舍的人发了一条信息，说不回去了。然后便把钱红放倒，趴在钱红的身上，"耍"起了小孩子脾气，逗钱红开心。

五十一

青台市商贸分行领导班子开会。

袁上草行长主持，魏贤志、秦四方、张正彪、钱红依次两边分坐。袁上草说："我们商贸银行要发展，就要有一批激情四射的人、有一批开拓精神的人来经营，符合这些条件的人大多是年轻人，所以，我们要启用一批年轻人。要想启用年轻人，就得有一批老人让位，只有腾出位置，才可能吸引新人上位，有出方能有进。是不是？怎么办？在我们青台商贸银行的干部队伍里，要输进新鲜血液。该退居二线的退居二线，把位置让给年轻人。"袁上草说完这段话，问大家，"你们意见如何？"魏贤志说："我们一直都是这样做的呀，让这些科级干部该退居二线的退居二线，并及时进行新的竞聘，提拔新人。"其他几位副行长也点头称是，纷纷说："我们经常提拔新人，因为该退居二线的人，他们大多也不想干了，我们不提拔也不行呀！"秦四方说。

袁上草行长说："我说的不是以前的方针不对，是的，我知道，一直都在提拔新人，到年龄的人及时退居二线。现在我说是力度不够，要加大力度。"袁上草这么一说，都竖起了耳朵在听，这加大力度该怎么加大？"加大力度"的提法还是第一次听说。袁上草看着大家都不理解，便解释说："退居二线的人可以提前退么！"其他四个人听袁上草这么一说，都面面相觑。魏贤志说："让提前退居二线，要是有人不愿意退呢？"袁上草说："不退就先干着，不强制。"张正彪问："要是都不想提前退呢？"袁上草行长说："这种情况不可能发生吧？谁不愿意提前退呢？拿着高管工资又不让干活，这不是打着灯笼也找不来的好事么？"秦四方说："那不一定，据我所知，有很大一部分人不愿意早退，让我猜想，很可能愿意提前退居二线的人微乎其微。"

袁上草一看大家的意见与自己意见吻合的不多，便扭头问钱红："钱行长，你怎么一直不说话？"钱红说："我一看大家的意见与我的差不多，我也就不多说了。"袁上草笑了笑："你是懒省事哟！"钱红笑了笑。

袁上草行长又变法了："要么这样，强制退居二线，一刀切，男四十五岁，女四十岁。"钱红这回说话了，恳切地对袁上草说："袁行长，这个年龄是不是太低了，这可是一个人正能干事业的年龄呀！"袁上草说："那怎么办？自愿提前退，又没有人愿意，强制呢，你又说正是干活的年龄。那你说怎么办?"钱红说:"新进来的青年人,固然有一股冲劲,但不同的年龄段各有优劣,青年人有干劲,这是好事,但他们缺乏工作经验,应该让他们历练几年,因为一个人的工作能力,并不是书本上能学得到的,是在工作岗位上长时间积累起来的,如果青年人一上岗不长时间就让他们挑大梁,有些问题有些工作他们会不适应。"

这次会议没有讨论出结果,袁上草说:"先这样,具体情况再议吧。"

又是一个周末。

钱红在接陈梦寒的电话。"钱红哥,明天还得去见我妈,继续做工作,常说'媳妇总得见婆婆'。我们再去,她总有答应的一天,反正女儿铁了心了,做母亲的又能怎么着,是我与你过一辈子,又不是她,但她是我的妈妈,咱尽量让她思想转过弯,尽量不往僵上走,你说对么?"陈梦寒虽然与钱红一个办公楼,只相隔一层,但有啥事陈梦寒尽量不去钱红办公室说,都是打电话,因为他们两个人的关系已属于半公开状态,怕别人说闲话,有私事公办之嫌。

周六,两个人驱车又去了陈梦寒的老家。

陈梦寒的母亲态度依旧。

陈梦寒说:"你们俩说话吧,我去买菜。"陈梦寒说完就带上门走了,她想给母亲与钱红留下一个私聊的空间,让她们好好沟通一下。

陈梦寒母亲看着陈梦寒出去了,"扑通"一声给钱红跪下了,钱红一看急忙就拽住老人家,说道:"李阿姨,你怎么能这样?你就这样反对我与梦寒在一起么?"这时,陈梦寒的母亲抬起了头,早已是眼泪汪汪。"枫心,我对不起你们,梦寒是你的女儿!"

陈梦寒母亲这一句话像一声炸雷,振聋发聩,震得钱红双耳嗡嗡响。钱红几乎是喊了出来:"你说什么?你说什么?你再说一遍!你再说一遍!"这时,陈梦寒的母亲已经瘫软在地,嘴里在喃喃:"我不能生孩子,不生孩子他就要与我离婚。"钱红多么希望陈梦寒的母亲是气疯了,在胡说八道,可是,钱红再问,也问不出相反的结果,钱红如五雷轰顶。钱红就这样在那站着,他脑子里一片空白,不知道过了多长时间,他才醒悟过来。

"找到了,找到了,梦寒是我的女儿!"

"什么?梦寒是我的女儿?不可能!不可能!"

钱红用手拍了拍自己的脑门，又自言自语地说："不，她已做了我的情人！又怎么能变回我的女儿！"

钱红又摇了摇头，看了看地上那个曾经熟悉的保姆。

"我是陈梦寒的父亲！我又是她的男人！不，我到底是她什么人？我糊涂了！我糊涂了！老天呀！你告诉我吧！我糊涂了！"

停了好长一会儿，钱红情绪稍微稳定过来。他指着陈梦寒的母亲说："原来是你把我的女儿拐走了！！"陈梦寒母亲抱住钱红的腿哀求道："枫心，你原谅我吧，我下辈子给你做牛做马！"钱红气得手在发抖。钱红一边下楼，一边拿出了手机，他拨打了"110"。"你好，这是110指挥中心，你的电话将被录音，请讲。"接通了，钱红却说不出话来。"你好，这是110指挥中心，你的电话将被录音，请讲。"钱红还是不说话。"你好，喂！喂！你怎么不说话？是说话不方便么？"钱红挂断了电话。

钱红发动了车，飞一般地向青台奔去。路上，陈梦寒一直给钱红打电话，钱红也不接听。

钱红又想起了陈梦寒，如果要报警，将是一个什么样的结果？陈梦寒与这个老人是母女情深，这是钱红几年前就知道的，把她抓起来，陈梦寒失去了母亲，陈梦寒能扛得住这个变故么？如果这个事摊在明处，钱红与陈梦寒的关系又是个什么样的关系？从伦理上说，钱红与陈梦寒已"生米煮成了熟饭"，钱红与陈梦寒又该怎么面对？从感情上说，如果这个事情摊开说，钱红与陈梦寒的感情已发展到这个地步了，陈梦寒能接受得了么？左思右想，钱红作为父亲不够格，在陈梦寒的生活里，钱红缺少养育恩，二是父女关系已违反了伦理，两个人都无地自容。钱红最怕的还不是这些，最怕的是陈梦寒无法接受现实，万一她想不开做出傻事，到时追悔莫及。钱红的心里矛盾重叠着矛盾，头顶上的天似乎就要塌下来，压得他喘不过气来。

钱红又想，即使自己不说透，陈梦寒的母亲向陈梦寒交代了实情又怎么办。

他不敢想了，他心乱如麻，他快要崩溃了。

他直接来到了妻子的墓前。

"美菱，我们的女儿找到了！"钱红抚着妻子的墓碑，泪如雨下。"美菱，我知道你的病与丢失女儿有关，你带着思念与悔恨去了天国。今天，我们的女儿找到了，你却不能睁开眼看一看。"钱红呼喊着妻子的名字，声嘶力竭。风在吹，云在飘，四野空旷，冰冷的墓碑静默无声，周围一片死寂，钱红的哭声在随风孤独地飘荡。

陈梦寒买菜回到家里，一看母亲在地上依墙坐着，两眼呆滞，见了陈梦寒也不说话，陈梦寒大吃一惊。她赶紧把母亲扶了起来，让母亲躺在床上，怎么问也问不出一个字，一看钱红不见了，就又赶紧给钱红打电话，可是无人接听。"这到底是怎么了？是吵架了？不至于这样吧？"陈梦寒急得像热锅上的蚂蚁，她放下电话，给母亲倒了一杯水，让母亲喝。

陈梦寒没有了主意，把头埋在两臂之间，急得眼泪就要出来了。

陈梦寒仔细看母亲的脸，发现不对头，问她是不是病了，还是不说话。她把母亲送到了医院，医生诊断后说没有大碍，输了输液，就回去了。

鉴于母亲的状况，陈梦寒不敢离开，便向主管行长请了假。经过几天的静养，陈梦寒母亲的神色逐渐恢复过来。陈梦寒无论问什么，她一直都不说话，只是摇头与点头。

一天，陈梦寒母亲突然喉咙里发出"呃呃"的声音，陈梦寒一看不对劲，赶紧问哪里不舒服，她却说不出话。只见她的眼睛瞪得溜圆，用手向左前方指着，终于迸出了话音："枫心，钱红，他、他……。"陈梦寒急着问："钱红他怎么了？"她还是说不出，继续说："他、他……。"然后头一歪，闭上了眼睛。"妈，妈妈，妈，你怎么了？你怎么了？妈！妈……！"陈梦寒歇斯底里地喊起来，可是，无论怎么喊，她也不睁眼，她永远闭上了眼睛。

陈梦寒哭得死去活来。

发丧之前的几天里，青台市商贸银行的人陆续前去吊唁。

陈梦寒多么盼望在吊唁的队伍里能看到钱红的身影，可是，她失望了。钱红没有去。

办完母亲的丧事，陈梦寒回到青台，她一心急切想见到钱红，奇怪！钱红还是不接她的电话。

陈梦寒晚上去了钱红的家，敲门却敲不开。第二天，陈梦寒敲钱红办公室的门，也没有人。她到袁上草行长的办公室，终于问出结果，他请假了。

请假也得接听电话呀！家里没有人，能到哪里去呀？陈梦寒一天都没有心思上班，她满脑子都是在想钱红的下落。不好，她联想到母亲与钱红见面后母亲那个状况，一丝不祥的感觉涌上心头。她急急地去了青台市人民医院，还真的把钱红给找到了。见了钱红，陈梦寒要说的话全给忘了，眼泪哗哗地流了下来。她看了看钱红，钱红看了看她，两个人竟然都没有慌着说话，就这样，他们对视着，陈梦寒眼中充满了哀怨，看得出钱红的眼中也是愁肠百结。

钱红在床上躺着，握住了陈梦寒的手，陈梦寒握住钱红的手，贴向自己的眉心。陈梦寒低着头，不说话，泪水一颗一颗地滴在钱红的胳膊上、滴在病床的床单上。

钱红看得出，陈梦寒还不知道自己是他的亲生父亲。

钱红多想喊一声"女儿"，可是，女儿就在跟前，他却不能喊，喊出了口就意味着一场"灾难"的降临。世上有多少父子失散后的重逢，一幕幕都是感人的画卷，而唯独他钱红，却要承受这样的折磨，这是命？还是天意？

钱红多想喊一声"亲爱的"，可是世间有多少美丽的女子没与钱红相遇，为什么上苍非要把自己的女儿送给自己暧昧的怀抱，让自己的女儿享受不到自己的父爱，自己却消遣着女儿的情爱，而且，自己的女儿已经在事实上成了自己的女人。

钱红看着天花板，心里在默默叩问天。我该怎么办？我该怎么办？

钱红撒开陈梦寒的手，翻了个身，又面朝墙壁。仍然在思考着——

我该怎么办？

钱红的病并不严重，医生说，只是心脏有一点儿小问题，需要再住两天就可以出院了。陈梦寒给钱红买来饭，伺候钱红吃下，搀扶他去卫生间，陈梦寒隐隐感觉到，钱红是"心病"。但心病是可大可小的，陈梦寒不敢怠慢，照顾得一丝不苟。夜深了，钱红让陈梦寒回去，陈梦寒说啥都不愿意离开钱红，夜里，她就趴在钱红的床沿上睡着了。钱红醒来，看到陈梦寒蜷缩着的瘦小躯体，心疼地抚摸着她的头。

钱红出院了。

让陈梦寒没有想到的是，自从钱红出院，成了她噩梦的开始。

钱红不与她接近了。

陈梦寒给钱红打电话，电话不接，甚至到钱红家里，明明里边有亮灯，却敲不开门。

下班的时间，陈梦寒在市行大门口，等着钱红出来，想截住他问明原因。钱红出来了，陈梦寒赶忙跟了上去。"钱红哥，你到底怎么了？你给我说说发生了什么事？还是我哪一点儿做得不到，你给我指出来，我改就行呗！"无论陈梦寒怎么问，钱红就是不说。

陈梦寒气得站在那，看着钱红远去的背影，眼里噙着泪。

五十二

青台商贸银行行委会。

袁上草正中坐着，魏贤志、秦四方、张正彪、钱红分坐两边。

袁上草说"上次我们没有商讨出结果，我看退居二线年龄的事，也别争了，就这样定了吧，男四十五岁，女四十岁"。

既然一把手说"不再争了"，那还争论个啥？反正是一把手当家儿，其他几个人你看看我，我看看你，谁也不说话。袁上草看没有人发表不同意见，就说道："那就这样定了。"袁上草把人事部经理吴洪生喊了过来，嘱咐吴洪生着手进行退居二线的办理工作。当然，面临最紧要的问题是大面际提拔干部，提拔之前，让人事部统计有多少人年龄符合退居二线，然后根据空缺来物色竞聘人选。

经过统计，全市副科级干部九十二人，符合退居二线的人员五十四人。也就是说，需要提拔五十多人，办理退居二线手续的是五十四人。

一次提拔五十多个科级干部，这在青台市商贸银行的历史上还是第一次，这个信息还没有正式公布，人们便私下通过电波传遍了青台市大街小巷，看来这个世界通信已发达得无密可保。

粤广银行办公大楼上的人也是穿梭如织，他们忙活不是关心商贸银行的竞聘问题，而是在酝酿商贸银行退居二线的人员问题。商贸银行科级干部退居二线与粤广银行有什么关系？听听他们在说什么。

行长顾宇江正在会议室讲话。

副行长奔放、营业部主任薛放歌、刘强专家等中层管理人员都在坐。在会议室的最后边，还坐着一批只有顾宇江与刘强认识的人。

"商贸银行大量年轻干部退居二线，我们当前一项重要工作就是，到商贸银行挖人。这些人是我们需要的人才，他们有人脉、年富力强。"顾宇江说到这里把头转向刘强说："刘伟（强）专家，你说说。"刘强说："顾行长说得已很清楚。我补充的是，大家放心，这个活儿有很大的可行性，一是他们不在乎工资，因为他们的工资在商贸银行已经很高了，二是他们有干事业的热情，四五十岁的年龄在事业上正如日中天。"

几天之后，长河区支行营业室主任徐莹、沙河路分理处主任郑丽丽、轻工路支行营业室主任常淑玲等一大批退居二线的科级干部、副科级干部都悄悄去了粤广银行。尤其是分理处主任、营业室主任这些副科级干部，都是一线业务的顶梁柱，这些人过去之后，轻车熟路，直接就可开展工作。

粤广银行在市内立即设置分网点，在全市共设置分网点十五个，分网点的主任大多是商贸银行的分理处副科级主任，工作迅即开展起来，这些新设立的网点，被这些商贸银行"跳槽"去的分理处主任操弄得井井有条。

几乎是一夜之间，粤广银行的许多营业机构在青台市闪亮登场。

徐莹任沙河路分理处主任，这个分理处与商贸银行沙河路分理处同名，也叫沙河路分理处，只是与商贸银行的沙河路分理处还有一段很长的距离。

一天，一个老太太进到粤广银行沙河路分理处，慌慌张张地问："徐莹在不在？"徐莹一听有人找自己，立即走出了柜台。问道："大娘，你是找我么？""哎呀，妮儿哟，我可找到你了。我到原来的地方几次都没有发现你，一问，说你不干了。我好不容易问到这儿，可把你找到了。"徐莹说："大娘，我在这给人家帮忙咧。""那你是不是就不走了？""嗯，不走了。""那好妮儿，我把户挪到你这里。"说罢头也不回急匆匆地走了。

许多老年客户喊徐莹都喊"妮儿"，原因是徐莹长得年轻，像尚未结婚的女孩一样，实际她已四十一岁了。没办法，女人一旦长得漂亮，就是招人待见。

陈梦寒每天几乎以泪洗面，她不明白钱红为什么对她的态度变了，如果是母亲不同意导致的，现在母亲也已去世，这究竟是为什么，钱红为什么不给她一个解释，她怎么想都想不通。她下班后在钱红的家门口等，钱红越是躲避她，她越是想念心切。

终于等到了钱红下班回来。钱红看了看陈梦寒，也不说话，只顾自己上楼，陈梦寒就在后边尾随着他。

进到房间，钱红说话了："梦寒，我们俩不合适，以后不要见了好么？"陈梦寒一听双手抓住钱红的胳膊哭了起来，直直地盯着钱红问："钱红哥，你说咱咋不合适了？你为啥突然说不合适了？钱红哥，你知道我是多么爱你么？"钱红也红着眼圈说："梦寒，我也爱你，可是，可是，我们俩年龄悬殊太大了，我这样与你相处太对不起你。"陈梦寒泪水奔涌，摇晃着钱红的胳膊说："钱红哥，你有啥担心你给我说，你是不是怕你老了的那一天，我还比较年轻，怕我到时不管你，是不是？"陈梦寒晃着钱红的胳膊问："是不是钱红哥？我告诉你，不管你多大，我都真心爱你，假设说有一天，你老了，我还能动，我就伺候你，像闺女一样伺候你。"钱红一听陈梦寒说出"闺女"二字，再也把持不住了，急忙跑到卫生间，插上门，打开水管，哭了起来。

待钱红从卫生间出来，陈梦寒赶紧迎了上去。钱红慢慢地说："梦寒，以后你当我的干闺女吧？"陈梦寒一听有点儿急，但又不敢发作，问钱红："钱红哥，我都已经是你的人了，你竟然让我做你干闺女！"然后陈梦寒又低下头轻声说："让我做你干闺女，有跟干闺女上床的么？"陈梦寒一脸羞色。

"别说了！"钱红几乎是在咆哮。

陈梦寒吓了一跳，她看着钱红的脸，不理解他为什么发这么大的脾气。钱红又赶紧拍了拍陈梦寒的肩膀说："梦寒，我求你了，咱俩真的不行！"陈梦寒搂着钱红的腰，把头贴在钱红的背上，长久不说话。

钱红掰开陈梦寒的手，坐在沙发上，陈梦寒也坐在钱红身边，双手拽住钱红的胳膊，仰起脸，紧盯着钱红的眼睛，生怕钱红飞走似的。

钱红又起身，走向卧室，陈梦寒也起身，依在卧室门口，等着钱红看着钱红，眼睫毛上都是泪痕。陈梦寒看着钱红总是不理她，索性去了次卧室，躺在床上，盖着被子睡了起来。

一会儿，她真的睡着了。她之所以能睡得着，也许是因为她现在感到太无助，只有在钱红的床上，才感到有一点儿安全感。她多么想有一根救命的稻草，现在，这根稻草是不是就是这张床？

不，也许是陈梦寒这几天本就没有好好睡觉，是的，面对这个突然的变故，她哪能睡得着，也许，现在她太累了，只有在钱红的床上，她一直悬着的心才能稍微放一放。

陈梦寒睡着了，两个眼角流下的泪水还没有干，在灯影下，闪出微弱的光亮。

钱红知道她睡着了，悄悄走近她，仔细地看着她，钱红的眼泪像开了闸的河。他多么想多抚摸她一把，可是他的抚摸只会把陈梦寒引领到另一个深渊。

世上有各种各样的艰难，钱红不知道这个世上还有没有人与他遭遇同样的艰难。钱红甚至认为，自己在前世一定有孽，今世要让他血债血还，或者这是对他最残酷的惩罚。

陈梦寒一直睡到次日早上，钱红喊她，她既不吃饭，又不起床，就这样默不作声地睡着。钱红走了，替陈梦寒向主管行长请了假。钱红中午没有回家，晚上下班回来，一看陈梦寒还在睡，钱红怕出事，赶紧凑到陈梦寒跟前，摸了摸她的眉头，又摸了摸她的脸颊。"梦寒，梦寒，你醒醒，你醒醒。"陈梦寒勉强眨了眨眼，又合上了。

钱红经过苦苦地劝，陈梦寒才吃了一点儿东西。她也不说话，又躺下了。

钱红焦急得一筹莫展。

一个星期后，陈梦寒稍微恢复了一点儿神志。"陈总怎么了？这几天无精打采的。""是呀，好像心事重重，是不是遇到什么不开心的事了？"个金部的人议论纷纷，他们都发现了陈梦寒好像不在状态，像变了一个人似的。

几天后，陈梦寒还是偶尔给钱红打电话，要求到钱红家里，钱红总是推脱说有事，不在家。钱红也真的不在家，不知道这几天钱红在忙什么，家里的灯几乎没有亮过。

青台市商贸银行新提拔的一批科级副科级干部已到岗，钱红工作上总算能喘一口气。钱红自从当了市行副行长，他身上的弱点也暴露了出来，不与人同流合污，自恃清高，这样的性格有时却是个累赘。就像刀刃，有时不能磨得太锋利，太锋利容易折损。

粤广银行扩编设点，人员增加了，商贸银行退居二线的部分人员成了粤广银行的中坚力量。营业网点增加了，业务量迅猛上升。顾宇江像下棋一样，这一局，他真的赢了。

房地产业出现了一个不祥的信号，楼房销售业绩成下滑趋势。峰峦房地产开发公司老板石垒日子越来越不好过，他开发的楼盘除卖出了一少部分外，大部分都在银行作了抵押，贷款一点三亿，已投入新的楼盘项目之中，按照以往的销售经验，新楼盘开工的同时，就可以着手办理销售证，也就是边建边卖，楼盘初始资金靠银行贷款，后续资金会在新楼盘销售中源源不断地跟进，但现在却出现了滞销的状态。资金链的断裂，让楼盘的建设难以为继，贷款无法归还，原来的老楼盘不能解押，新楼盘又不能按时交工，买房人开始骚动。贷款无法按时归还，银行开始关注。石垒像热锅上的蚂蚁，急得焦头烂额。

香满人间饭店。马中伟与段红丽二人正在对饮。

段红丽说："咱得感谢钱红啊，要不是钱红当时把我们贷款的路给卡死，石垒这一摊子事就会砸在我们手里，现在犯愁的就不是石垒了，就成了我们了啊！"马中伟说："这就是天意，这叫命里有时终归有，命里无时莫强求。"段红丽笑了笑说道："能咧你！在这嘚瑟咧，你只不过是运气好吧。"马中伟说："运气，运气是给有准备的人准备的。"段红丽说："你这是啥狗屁理论呀？不管怎么说，我们得感谢钱红。"中丽集团没有掺和房地产，看来是明智的，不过，当时钱红要是真的同意了那三亿二的贷款，非得把马中伟给砸趴那不可。

青台市商贸银行。

钱红上楼有时走步行梯，有时走电梯，近时，钱红无论走哪个路径上楼，总是碰见陈梦寒。陈梦寒在单位是很注意克制的，她从不在单位楼上与钱红有过多接触，更不会有过分之举，见了钱红，与一般同事无异。但现在她再与钱红相遇，却不一样了，她很认真地看着钱红，眼神里边充满了渴盼。每当钱红点头走过，陈梦寒心中满是落寞。她不明白钱红为什么忽然转变态度，她百思不得其解，从钱红的口中又问不出一个所以然。

钱红近时心里也是常常翻江倒海，他何尝不想像从前一样，每每看到陈梦寒就忘记了一切烦恼，每每想起陈梦寒就心潮澎湃。可是，现在，她偏偏是自己的亲生女儿，还不能相认。如果时间能倒退几年，该有多好，不知者无罪！当然，那样是自欺欺人，他钱红也不是没有那样的觉悟。

钱红拿定了主意，既然陈梦寒母亲去世时没有告诉陈梦寒这个秘密，钱红决定把这个秘密永远深埋在心底。

"钱红哥，明天是我母亲百天忌日，正好周六，你能不能跟我回家一趟？"

"可以，我明天还在市行门口等你吧。"

两个人在路上，话语很少，陈梦寒一路总是不停地扭头看钱红，恨不得把钱红镌刻在她的眼睛里。高速服务区，陈梦寒要求钱红停一停，说自己要去卫生间。钱红也要去，陈梦寒怯怯地想挎住钱红的胳膊，钱红看出了陈梦寒的心思，也就把胳膊肘给了她，陈梦寒宛若小鸟依人，与钱红一起去了服务区大厅。穿过大厅，要进卫生间的门了，陈梦寒才恋恋不舍地把手松开。

不大一会儿，陈梦寒几乎是一溜小跑出了卫生间的门，她想先出来能截住钱红，以便能继续挎住钱红的胳膊，是的，陈梦寒太珍惜与钱红一起的时光。可是，钱红已先她上了车。

刚上到车上，陈梦寒几乎难过得要哭出声来。"钱红哥，我还得去卫生间。"钱红问怎么回事，陈梦寒难为情地看着钱红的眼睛说："我刚才没有来得及换卫生巾。"钱红笑了笑说："没有来得及？真有你的，快去吧。""不，我想让你跟我去。"钱红一脸无奈，说道："你换个卫生巾还得让我跟你去女厕所不成？"陈梦寒看着钱红没有下车的意思，很不情愿地独自去了。

钱红看着陈梦寒的背影，暗自思忖：不行，我不能这样宠着她，不然她啥时候也离不开自己。

到了陈梦寒母亲的墓地，陈梦寒哭得死去活来，但钱红站得远远的，没有走近。陈梦寒多么希望钱红能拽她一把，可是钱红没有，钱红连三鞠躬的礼节也不给予。陈梦寒也看在眼里，她也不计较钱红的礼数不周，她只是对钱红的态度感到不解。陈梦寒想，钱红对自己哪怕保留从前的三分之一的感情，他也不至于在自己行孝的气氛里如此冷漠。

周一，青台市商贸银行的大门口，早早地有许多的人在云集。在上班的时间，人群里展现出白色的条幅，上边写着："商贸银行石垒归还我们的血汗钱！"还有的横幅写的是："石垒是商贸银行的大骗子！"

钱红听到保卫部经理打来的电话，马上赶到市行门口，他一边向袁上草行长汇报，一边到人群里找闹事人的代表沟通。可是，这些人情绪激动，根本就没有坐下来谈的意愿，他们要向商贸银行施压，目的是想把取不出来的集资款让商贸银行垫付。他们的理由很简单，石垒是商贸银行的人，石垒吸收的集资款老百姓取不出来，就得由商贸银行负责。

石垒不仅仅是银行贷款还不清，他还非法集资。

钱红正在想法找代表商谈，安抚人们的情绪，这时从人群里出来一个人，把一大袋子劈柴倒在地上，又抽出一个塑料瓶，把一瓶液体浇在劈柴上，看样子是汽油，然后举着一个打火机就要点燃。众人赶紧拽住他，防止他做出过激行为。钱红挤了过去，拍着这个人的肩膀说："老哥，咱能不能到屋子里说？有啥事咱慢慢说好么？""不行。"看样子这个人急红眼了。"慢慢说，还慢慢说咧，我们取钱跑一百趟了，把腿都快跑折了，有人管么？你们商贸银行光出些大骗子，你说，石垒是不是你们商贸银行的？"钱红说："你想想，事情既然来了，咱就得坐下来好好说说，商量一下该怎么办，你老哥光这样发急能解决问题么？"钱红看这人气消了一点儿，又说："你这样着急，肯定一家老小还指望着你把钱要回来咧，你要是有个三长两短，你想过你家人该怎么办么？"

这时，人群里都在起哄："把骗我们的钱还给我们，不给我们钱，说啥都不管用。别把我们当成三岁小孩儿来耍。"

"就是，你们商贸银行得为我们负责，把我们的血汗钱还给我们。"

"这是我们的全部家业儿，就这样被你们商贸银行的人给骗了，你们商贸银行对我们不管不问，你们有良心没有？"

这时，特警队来了，排成两列，围在了外围。钱红走出人群，与特警队的领导在交流着什么。有人也许是没有看到特警在维持秩序，不管不顾地用脚踢商贸银行的大门，立即上来两个特警，把那个人拉到了场外。另有一个妇女，立即坐在地上哭了起来，一边哭一边数落着："这可叫我们怎么过呀，我们全部的家产都给了他了，我们相信他，觉得他是银行的人，不会骗我们，最后还是让他给骗了。啊——啊——啊！"这时，人群开始喊口号："还我们钱！还我们钱！"

远远的路边上停了一辆车，车窗摇下一小半，里边露出一双眼睛，那是马中伟的眼。车里，马中伟在观察着这边的动静，看了一会儿，对后座的段红丽说："走，称半斤牛肉，买两根黄瓜，中午回家喝上二两。"车一溜烟似的开走了。

折腾了大半天，人群总算是散了。

周二，钱红又接到了电话，说又有一群人堵住了青台市商贸银行的大门。钱红饭没有吃完就立即赶了过去。钱红赶到时人还没有聚集完结，远处还有源源不断的人在向青台市商贸银行大门口汇集。钱红问人群里一个上了年纪的人："你们这是要干什么？"那人看了看钱红，没好气地说："干啥，我们干了一年的活，工资一分钱都没有给我们开。"钱红问："给谁干的活没给工资？""给谁？给石垒呗！商贸银行的。"人越聚越多，都是要工资的。钱红进入门岗，打电话向袁上草行长汇报，袁上草说："谁认识这个石垒，问问到底怎么回事。"钱红说："袁行长，你来青台没多少时间，我们这青台的人都认识他，只是他的电话早已不接听了。"袁上草说："那就死马当活马医吧，弄成啥样就啥样。"

太阳已将正南，可是人群仍然没有退去的意思。钱红站在门口，时刻关注着人群的动向。这时，人群里一阵骚动，人们开始愤怒地叫喊："打他，打他，就他个龟孙，不给我们开工钱。"只见人群里有一个穿着整齐的人，像是一个包工头，正在劝大伙，却遭到了一阵拳头。他赶紧用衣服把脑袋护住，还一边说："大家听我说，大家听我说，你们先回去，我去找石垒要账，我保证多少能要来一部分，你们相信我的话。"有人插话说："这工钱是谁克扣的还不一定呢，说不定是这个小子搞的鬼。"

警车开过来了，下来一队特警，站在外围维持秩序。

钱红的电话响了。钱红打开电话，是袁上草行长。"钱红，你立即去市政府找蔺秘书长汇报，蔺秘书长说姬市长发脾气了。"

钱红去了市政府，找到蔺燕妮秘书长汇报："蔺秘书长，你好，我是商贸银行的钱红，我是副行长，来向您汇报情况。"蔺燕妮一指沙发说："你坐，你说说这到底是怎么回事？"

钱红话就要说出口时，猛然意识到，这个汇报不是那么简单。从私下说，这个事都很明了，像和尚头上的虱子，这是公开的秘密，市政府的人也不会一点儿信息都没有听说过，但从公来说，该怎么说？如果按照实际情况说，一下就被抓住了把柄。

钱红犯难了。

如果说石垒是商贸银行员工，商贸银行员工为什么做生意搞房地产？他不上班商贸银行也不管？如果说是退居二线的科级干部，又是谁规定的退居二线就不用上班了？如果说石垒不是商贸银行员工，那么经过调查发现钱红汇报不实，追究起来，钱红担不起这个责任。往哪个方向跳都是坑，钱红犹豫不决。

钱红自己都没有想到自己当着蔺秘书长的面，顺口滑出一句："我还没有调查清楚。"钱红说罢这句话，马上意识到蔺秘书长该问：你没有调查清楚来汇报什么？好在蔺秘书长待人风格比较温婉，只说了一句："你回去给你们袁行长说，就说姬市长说了，如果这件事情你们商贸银行处理不好，闹出了什么乱子，拿你们一把手是问。"

钱红终于脱身。

钱红回去后汇报给了袁上草行长，袁上草立即召集行委会成员商讨对策。几个副职都没有主动说话。魏贤志这时向袁上草使了个眼色，袁上草说："石垒集资总共集了多少款项？魏贤志说，据说有五千多万。"袁上草问："这五千多万元都是向私人募集的？"魏贤志点了点头。袁上草说："我们商贸行拿出一部分吧，对那些生活确实有困难的，或者有特殊情况急需用钱的人，我们先垫一部分，救济救济。"

钱红一听火了，说道："什么？我们垫钱？他石垒弄的事，我们凭啥当冤大头？"袁上草看了看钱红，没有说话。魏贤志向钱红摆了摆手说："钱红，咋就你好激动？你先别吭声，听袁行长讲！"钱红气鼓鼓地坐了下来，魏贤志的话他也不能不听。接着，袁上草把中央的稳定高于一切精神传达给大家，然后商讨实施细节，钱红始终不发言，对袁上草的主张方案保留意见。

五十三

陈梦寒又在敲钱红的家门。

尽管陈梦寒近时三天两头来敲门，实际上陈梦寒已经够克制了，因为二人既然有了那层关系，再扭扭捏捏还有意义吗？按照常理，陈梦寒即使天天住在钱红家也不为过，有了一次与有一百次有什么不同，更何况在陈梦寒的心里，他们二人的关系是正大光明的，是名正言顺的爱恋，陈梦寒已尝到了愉悦、尝到了升华了的幸福，她欲罢不能。即使上帝有知，上帝也会原谅她贪欲的情愫，只要不是圣人，换谁谁不如此？

钱红家门开了，陈梦寒走了进去，抬头一看，薛鸿依在座，陈梦寒已认识了薛鸿依。陈梦寒的脸色立即出现了异常，但陈梦寒还是不声不响地坐在了沙发上，与薛鸿依斜相望。薛鸿依也不抬头，她在无意识地翻看着一本书，就像陈梦寒是空气似的。可越是这样，陈梦寒心中的怒火烧得越旺，只是强忍着，尽量不动声色。

两个人都不说话，钱红没事找事地到厨房忙活去了。就这样僵持了一会儿，薛鸿依站起身，向钱红喊了一声，若无其事地开门走了，仍然不与陈梦寒打招呼。

钱红从里边出来，发现陈梦寒的脸色非常难看，钱红也不说话，任凭陈梦寒暗自生气。陈梦寒终于憋不住气了，对钱红说："钱红哥，求求你了，我不想让别的女人进你的屋子！"钱红说："梦寒，以后你可以来玩，但咱们只是一般的同事关系，再进一步说，我们还可以是好朋友，但我们的关系只能进到这一步。"陈梦寒一听又哭了起来，向钱红嚷嚷道："钱红哥，我不能没有你，我到底做错啥事了，你给我说钱红哥，不管多难改的毛病我保证都能改掉。"钱红坐下来，拍了拍陈梦寒的肩膀说："梦寒，你是一个好女孩，你年轻、漂亮，我对你非常欣赏，但我们真的不能在一起。"陈梦寒歪倒在沙发上哭了起来。

钱红办公室里，皇城区支行副行长郭法东走了进来。"石垒死了，你听说没有？"钱红一惊，问道："谁？石垒？死了？你说石垒死了？"郭法东点了点头。"怎么死的？"郭法东说："光知道他有病，但他平时嘴很严，问也问不出。不过呢他死应该不是死在他的老病上，听说是心梗。"

人这一生，就像坐过山车，昨天还是穷光蛋，今天说不定就成了腰缠万贯；今天正在风光无限，明天说不定就走向了黄泉。人，活着到底是为了什么，人生到底意义在哪里，这是人最常思考的问题，又是人最捉摸不透的游戏。

钱红正在办公室与郭法东谈话，一个年轻的女员工走进了钱红的办公室，钱红一看，很少有普通员工进他的屋，然后停下与郭法东的谈话，问这位女员工有什么事，她悠悠地说："钱行长，我的事不当紧，我等一会儿。"郭法东看着这个女员工一定有什么特别事要找钱红说，就三句并作两句地说完后，与钱红告别。郭法东走后，这位女员工说："钱行长，我是梦寒老总同宿舍的人，我非常喜欢梦寒，她热情、大气、格局高，近时，不知道为什么，她夜里睡觉总是在哭，在说梦话，总是在喊你的名字。待她醒时我装作不知问她做啥梦了，她也不说，我发现她近时状态不太好。"这位女员工眼里噙着泪水，顿了顿又继续说："钱行长，本来，我不该管这么多闲事，我也不知道她有什么事，可不知道为什么，我总是心疼她，梦寒这个人太好了，她也不像别的人爱摆官架，她对人太好了。我只给您说这些，我走了。"说罢这位女员工站起来出了门。

钱红叹了一声气，向后仰过去，躺在老板椅子上，不知道是闭目养神，还是在想心事，从他的神情上可以看出来，钱红是多么地痛苦。

天气一天天地暖和起来，晚上，钱红与薛鸿依在散步，忽然看到陈梦寒迎面走来。陈梦寒抬头看到钱红二人，她便绕道而行。钱红与薛鸿依散步的地方是一条偏僻小径，哪有那么巧的事又偏偏与陈梦寒打个照面？也许是陈梦寒故意为之。是的，钱红隐隐感觉到，时常有一双眼睛在注视着他，他也清楚，这双眼睛属于陈梦寒，钱红也不理会，只顾自行其是。

薛鸿依问钱红："你还记得原来长河区支行那个被判刑的员工栾金堂么？"钱红说："记得，怎么了？"薛鸿依说："他出狱了。"钱红"哦"了一声。那是原来长河区支行的员工，因为给别人办理了几批信用卡，没有把卡片发给申请人手里直接用了，透支了一百多万元，生意做赔，钱还不上，以信用卡诈骗罪判刑十年。钱红说："真快呀，十年过去了。我知道他被判了十年。"薛鸿依说："你这话叫栾金堂听见心里可不是滋味，十年对他来说多难熬呀！"钱红笑了笑，没有吱声。

十年的监狱生活，会好熬么？在一家不显眼的小饭店里，有两个人正在谈论着这十年的监狱生活。这两个人是谁？一个是栾金堂，另一个是范丽娜。

"金堂哥，我不想揭你的伤疤，但现在就咱两个，我本来对你的印象就不错，我只想推心置腹地与你聊聊。这十年的监狱生活很难熬吧？"栾金堂说："不是十年，九年半，减刑了。"范丽娜说："金堂哥，你坐这十年牢，你觉得冤不冤？"栾金堂说："事都过去了，不想再提了。"范丽娜不以为然地说："金堂哥，我们好些人都曾经替你喊冤，你自己倒不说冤的话，可是寒了大家的心呀！"栾金堂叹了一口气说："冤怎么着？不冤又怎么着？"范丽娜说："你坐了十年监，你以为这样事情就了结了？从法律角度说是了结了，但从情理上说，没有了结，甚至才是事件的开始。"栾金堂瞪大了眼睛看着范丽娜，像在听《天方夜谭》。范丽娜给栾金堂换了换水，又特意把超市买的瓜子倒在一个干净的盘子里，让栾金堂吃瓜子。

"金堂哥，就咱姊妹俩在这儿，你这事，大家心里都清楚，你不是诈骗，你只是把所有的事给揽了起来，是不是？"栾金堂默不作声。"金堂哥，我知道，你不想再旧事重提，可是你想想，人活着就是为争一口气，你一个堂堂男子汉，就这样经受了十年的牢狱之灾，你还想蒙冤受屈后继续忍辱下去么？"这时，栾金堂显然也有点激动。范丽娜说："实际上那一堆信用卡是你借他们的吧，并不是你直接截留的吧？"范丽娜的话把栾金堂又带入到十年前的回忆中。

十年前，栾金堂为其邻居、亲戚、朋友共三十五人办理了信用卡，申请表上没有让当事人签字，而是他本人代签字。办理成功后通知各人到银行领取，各自领走后，栾金堂又去每个持卡人家里商量借用信用卡，碍于面子每个人也都把自己的信用卡借给了栾金堂使用。

栾金堂借走信用卡后，使用信用卡进行透支，共透支一百五十万元，透支的钱做生意用。后来生意做赔，信用卡透支款加上利息早已翻倍，他再也无力归还银行。

银行向各个信用卡用户进行催收。

被催收的持卡人感到冤枉，自己没有用信用卡透支，只是卡被商贸银行的人借走，是别人透支的钱却让自己归还，换谁谁也不甘心。于是，这三十五人不再承认信用卡是自己办理的，声称自己没有办理信用卡，对信用卡的事一概不知。

办理信用卡说不知道可以理解，因为申请表上不是本人签名，但把卡领走了，却说不知道说不过去。银行便进行调查，事也就巧，当时发卡也是栾金堂经办的，栾金堂不小心把发卡登记簿给弄丢了。要说这些人是自己把卡领走，银行却拿不出证据。

经法院审理，这三十五人申办信用卡时不是本人签字，这些人对办卡不知情；这三十五人领卡的证据也丢失了，也就是说他们称没有领走信用卡也无证据证明他们说了假话。于是，栾金堂无奈归还了三十万元本金，还欠一百二十万元及利息无力归还。最后栾金堂以诈骗罪入狱，判刑十年。理由是他自己假冒办卡，办好后没有发给客户而是自己偷偷使用。

实情是不是这样，栾金堂不说，其他人没有话可插入。如果栾金堂有隐情，这个隐情究竟是什么？众说纷纭。既然栾金堂已入狱，大家也都不猜想了，猜想也没有什么意义了。

现在，栾金堂出狱了，还有没有重提的必要？也许大家大都认为没有必要了，但范丽娜不同，范丽娜认为有必要，这就是范丽娜在这家小饭店设饭局的原因。

不错，范丽娜说到了点子上，也可能击疼了栾金堂的软肋。范丽娜刚才认为栾金堂不是诈骗而是向三十五人借用的问题，需要栾金堂回答。究竟栾金堂是愿意回答还是拒绝回答，范丽娜拭目以待。

栾金堂考虑了一会儿，终于开口了，"我确实是向他们借的。"范丽娜问："既然是借的，你为啥不向司法部门解释，何故受这样的冤屈？"栾金堂说："没有证据，我把发卡登记簿给弄丢了。"范丽娜说："你即使给弄丢了，只是拿不出书面证据而已，那为什么你承认是诈骗呢，为什么在案宗上签字呢？"栾金堂低下头，长久沉默不语。

"金堂哥，你还是信不过我。你没有给我讲真话，我说得对不？"栾金堂足足停了五分多钟，终于发泄了出来，但他回答的内容却出乎范丽娜的意料。

"我确实是向他们借的，发卡登记簿也没有弄丢，我放着咧，问题是我不得不说是我截留下来自己盗用别人的信用卡。"范丽娜问："为什么？"栾金堂说："如果我不这样说，那我刷的信用卡就属于借用，如果是借用，就属于民间经济纠纷，银行就得向这三十五人追索信用卡透支。这三十五个人在本人没有使用信用卡的情况下却要替我归还债务，他们会饶过我么？他们会围着我的家门，非把我给打死不可。我只有自己承担起来这个事，银行不再向他们要债，我无非是坐牢，坐牢总比被人打死好受！"栾金堂说到这里，眼泪都掉了下来。范丽娜说："也就是说，你坐这十年牢，实际上是到牢房里躲债去了，对么？"栾金堂点了点头。

范丽娜陷入了沉思。

范丽娜问："发卡登记簿你还保存着没有？"栾金堂说："放着咧。"范丽娜说："你这样。"范丽娜把嘴凑到栾金堂耳朵边，嘀咕了一阵子。

"行么？"范丽娜说："不试试怎么知道？"栾金堂犯难地摇了摇头说："算了，多一事不如少一事。"范丽娜说："金堂哥，你还是个男子汉不是？你是不是学咧满肚子仁慈呀现在？给你说，我们国家现在讲究的是法律，现在是法治社会。懂么？我们都要以法办事。如果这样，你下半辈子都不用愁了，是不是，这么样的好事你平时打灯笼也找不来。你想想你当初为了挣一点儿钱，冒多大的风险，结果还是竹蓝子打水，现在现成的好事，你为啥不争取？"栾金堂说："这样的话银行还得给他们要钱，他们不又得揪住我不放么？"范丽娜说："十年了，过了追诉期了。"栾金堂想了半天，终于说："那让我试试吧。"

钱红的办公室，总是人来人往。陈梦寒进了钱红的办公室，看到皇城区支行行长刘富敏、长河区支行纪检书记杨小妹两人在，也不便多说，陈梦寒向二位点头打了招呼，然后把一个红色的请柬递给了钱红，只说了两个字："邀请。"向钱红深情地看了一眼，转脸走了。钱红打开请柬一看，脸色唰地一下白了，他缓了缓神，再次低头看了下去：

　　　　王建国先生、陈梦寒女士兹定于本月二十五日，在香满人间大酒店举行结婚典礼，希望您光临。

　　　　　　　　　　　　　　　　　　　　　　　　王建国　陈梦寒

　　刘富敏与杨小妹看到钱红的神态不对劲，猜到钱红肯定有什么重要事情挂在心上，不便再打扰，告辞出去了。钱红拿起请柬反复地看，看了一遍又一遍，心里如翻江倒海一般不能平静。他站起来，又坐下，又站起来，又坐下。他走到门口，又回到办公桌前，从办公桌子前又钻进里边的卧室套间。

　　他不停地走、不停地走，他歇斯底里，他再也控制不住自己的情绪。

　　陈梦寒，他拿不起，又放不下，怎么办？怎么办？

　　如果有世界末日，他钱红情愿赶上。

　　钱红几乎到了崩溃的边缘。

　　晚上，钱红在床上翻来翻去睡不着觉。

　　他是要参加女儿的婚礼么？不是，他这个父亲不称职，他也没有做父亲的资格，而且台上的女人与自己已有肌肤之亲；

　　他是要参加情人的婚礼么？不是，台上的新娘与自己有血缘，她们有着共同的血脉。

　　他接受这个邀请么？不行，去了会心伤，他的心伤也许会污染了台上的喜庆。

　　他不接受这个邀请么？不行，不管从哪个角度说，他钱红的缺席都是一种残忍。

　　他想呐喊一声，可是在这拥挤的城市里，他的呼号太微弱。他要走出去，他要去一个很远很远的地方，他要到东北去，他不需要中原的暖阳，他要去追寻东北的冰天雪地，用严寒来尘封他所有的过去。但他忘记了，这个季节，东北的雪也应该早已化掉。

他休假了。

他乘上去东北的火车。

到了景点，他与游人格格不入，别人都在浏览风景，而他始终像一个匆忙的行者，他疯一样地走，他的脑海里没有留下山河任何秀丽的痕迹。

他也突然发现，他已管不住自己的心。

不行，他这样走下去，再美丽的风景也沐浴不了他固执的心。他想起了大学的女同学——吕晓静，她也是妻子美菱的闺蜜。

他给吕晓静打了电话。

钱红来到吕晓静的城市。

当他走到吕晓静的楼下时，吕晓静已经在楼下等他。"怎么就你一个人？美菱呢？"吕晓静看到钱红一个人，感觉奇怪。"她不在了。"

"你说什么？！"吕晓静惊愕得瞪大了眼睛。"她几年前就去世了。"吕晓静不敢相信自己的耳朵，僵了好长时候才问："怎么回事？咋这样呀？好好的，咋就没了？"吕晓静又自言自语地说："我说呢，好长时间了，打她的电话打不通，我还说换电话号码也不给我说一声。"吕晓静要替钱红拿东西，钱红不让，她也顾不得说客气话，骤紧的心还没有缓过来。

钱红忽然想起来需要买点儿东西，说："我不能空手去你家呀。"吕晓静赶紧拽住他说："买啥？家里就我自己。"钱红好奇地问："人呢？"

"走吧，走吧，到家再给你聊。"

吕晓静问："你需要洗澡不？你洗吧，我给你做饭。"钱红哪好意思在家里洗澡，赶紧说："哎呀，你简单做点儿饭，我与你聊聊晚上就走了。"吕晓静笑了笑说："走？来容易走可不容易。"尽管在学校时常开玩笑，可现在不是那无忧无虑的时候了，钱红说话有点儿放不开。吕晓静看出了钱红的心思，说道："家里就我一人，这几天你在家吃，在家住，白天我陪你去玩，或者，你自己去玩，反正我是打算为你'三陪'，你意见如何？"钱红问："那一口呢？""他死了……"吕晓静说罢随即改口说："不，他当了个副区长，当了官不了得了，忙得连家也不要了，我现在是一个人生活。"钱红感到不可思议，问道："他轻易不回家？""不是轻易不回家，是根本就不回家，也不知道让哪个小妖精给勾跑了。""那你就这样么？"钱红不知道该怎么问才好了。

"起初呢，我也与他闹过，也打过，也闹过离婚，但所有的目标都没有实现。后来想通了，随便吧，只当他是个住店的，工资还是按时上交的，我只当是单身，只当他是我一个不常见面的相好的。"钱红问："孩子呢？"吕晓静说："在加拿大上学。"

吕晓静给钱红倒好茶，把米锅插上电，把冰箱里的肉准备好，便坐了下来。"你光问我了，你说说你的情况。"钱红把妻子生病去世的情况给她详细说了一遍。吕晓静又是一阵悲伤，她是钱红妻子美菱的闺蜜，在学校时两个人形影不离，美菱与钱红谈上恋爱后，吕晓静曾持刀"威胁"钱红，说钱红是第三者插足，逗得全宿舍的女生哈哈大笑。

当吕晓静问到钱红现在个人问题的时候，钱红的眼泪直往下滴。钱红说："我遇到了最难办的事，我的感情快要承受不住了，我死的心都有了。"吕晓静添了添钱红的水杯，劝道："你慢慢说。"

钱红把自己与陈梦寒感情的事以及节外生枝的血缘关系，从头到尾说了一遍，边说边抹眼泪。可是，吕晓静的脸色却一片艳阳。等到钱红把故事讲完，吕晓静站起身，慢悠悠地掇弄着装饰柜上的花瓶，好像在思忖着什么心事。一会儿，她突然转过身，把声音压得很低很低地对钱红说："如果她不是你女儿呢，你还追她吗？"钱红不明白吕晓静话里的意思，不加思索地说："当然追了。"吕晓静说："那我可以告诉你，你去追吧！"钱红思索了半天，似乎要想明白吕晓静的话需要很大的理解力一样。钱红站了起来，眼睛直视着吕晓静，又用手指着吕晓静问："你，你，你说什么？"吕晓静看了看钱红，停了好一阵子才小声说："她不是你女儿。"钱红指向吕晓静的手僵到那了，人也僵到那了，眼睛也呆到那了，整个人都傻到那了。

"你坐下，钱红你坐下，听我慢慢地给你说。"吕晓静劝钱红坐下，然后把陈梦寒的身世从头到尾给钱红诉说了一遍。

"美菱对你感情很深，在学校时她是怎么爱你，甚至你自己都不知道，这些我们宿舍的女生都看在了眼里，尤其是我，最明白，你是她的全部。可是，你不知道的是，她原来在高中谈过一个，据说时间很短，美菱很快发现这个人不靠谱。于是，她们谈了不长的时间就散伙了。而且，美菱也早早地把这个人给忘了。毕业后，我与美菱常联系。在你们结婚后，在她身上发生了一件事，她原来谈过的那个人从外地去找她。美菱本来对他不感冒，不愿意与他见面，到最后，经不住他软磨硬泡，美菱答应与他见一面，便去了他住宿的宾馆。也就是在那个宾馆，她们发生了那件事，但一点也不怨美菱，也许我的话有点偏心。事情过后，美菱偷偷哭过好多次，她觉得对不起你，又不敢给你说，当然了，不给你说，也是我的主张，我的出发点也是为了你们俩好。后来，她怀孕了，这也是你们要孩子计划内的。她当初没有把宾馆里那次事放在心上，偶尔一次，不可能怀孕的，她认定孩子一定是你的。这个美菱，心眼儿也实在，在孩子刚会走路的时候，她不放心，她偷偷背着你拿着你的基因体去做了亲子鉴定，结果最不好的事情发生了。"吕晓静看了看钱红的脸说："不是你的。"

钱红听不下去了，蓦地站了起来，但他愣了一阵子，又坐下了，吕晓静看着他激动的样子，也不劝他，任凭他发作。

吕晓静看着钱红稍微平静了一些后，继续说："她偷着哭了多少次，你知道么？她爱你爱得很深呀，她感到最对不起的就是你。可是，后来又出了孩子丢失的变故，她甚至都有轻生的想法，她说这是老天给她的报应。她心中的苦，只有她自己知道呀，她没有办法让你全知道她内心的伤痛。"

钱红插话说："我也知道，她后来得了癌，也与孩子丢失有关。"吕晓静说："也可能啊。这不稀罕，她比你的心情更沉重，她比你多了一层负担，哎，美菱命苦！"

钱红与吕晓静都沉默了。

钱红突然问："今天几号了？"吕晓静回答："二十四日。"钱红说："不行，我得走。"说着就站了起来，收拾自己的东西。吕晓静忙问："你怎么了？发什么神经？天都黑了。"钱红也不解释，收拾好东西背起来就走。吕晓静劝也劝不住，便说道："等等，我开车送你。"钱红也不答话，飞快地下了楼。

上了出租车，钱红拿起电话就给陈梦寒打。"谁呀？换电话了，以后不要打了。"钱红一听更是着急，一直催促司机加快速度。他要到火车站，他要回青台市。

钱红来到青台，来到香满人间大酒店已临近中午。钱红把行李扔给服务员，便匆匆来到台前，这时陈梦寒穿着婚纱刚刚上到台上。钱红急得小声喊："梦寒，梦寒。"可是陈梦寒没有留意身后有人喊她，她随着王建国一起向台中心走去，就在台中央驻足的一刹那，陈梦寒回了一下头，无意中发现钱红在台侧，陈梦寒的眼光停留了几秒钟。"新娘请说话，你今天幸福么？"可是陈梦寒像没有听到似的，仍然没有回过神来。当王建国用胳膊碰她，她才意识到主持人在问自己。"幸福。"主持人又问新郎："新郎，请问你是怎么追求上新娘的？"王建国一边回答，一边不停地看新娘，感到无比幸福。可王建国忽然发现陈梦寒仿若心不在焉，他不明白陈梦寒这边发生了什么情况。陈梦寒实际上是在看台下，在看钱红，她似乎发现钱红有什么话要说，但她又不能走下台侧。陈梦寒断定一定有什么事情发生，不然，钱红是不会这样莽撞的，她太了解钱红了。陈梦寒的脑子急速转动，但她也只能猜想，她却无法脱身，毕竟场下几百双眼睛都在盯着自己，这是婚庆典礼，自己不能过于造次。

　　台下参加婚礼的人也看出了陈梦寒不在状态，都在紧紧地盯着陈梦寒。陈梦寒以为问自己话忘记了回答，赶紧补充说："回到家我做饭。"陈梦寒话音刚落，台下哄堂大笑。因为主持人压根就没有问"回家谁做饭"这个问题，陈梦寒是不是看人家举行婚礼看得多了，忽然冒出来一句这样的话，怎能不让台下的人笑得前仰后合？陈梦寒知道自己失言了，也捂着嘴笑。王建国的脸红一阵子青一阵子的，看得出，陈梦寒的出糗，影响了他的心情。

　　钱红随着陈梦寒婚礼程序的演进，他的心像被刀剜一般难受。他无力地坐在靠门的一个椅子上，像被一只斗败的鸡一样六神无主。

　　钱红没有吃饭走了。

　　钱红又去了妻子的墓地。他恨恨地用手拍了一下妻子的墓碑，然后坐在了地上，他的手用力过猛，长时间不能动弹。他用另一只手托起受伤的手脖，像傻子一样呆在那，一动也不动，眼里也没有泪水，面无表情。他又看看墓碑，手没了知觉，似乎脑子也没有了知觉。他过了好长时间，才哭了出来："美菱，你是让我死还是让我活？"他又用另一只手使劲地拍打着墓碑。

五十四

　　袁上草的办公室。

　　青台市商贸银行办公室主任刘利民正在向袁上草行长和张正彪书记汇报。"栾金堂说，他先找了法院，法院说过去十年了，为什么早不把证据拿出来，法院以栾金堂出具的证据迟缓为由不受理。栾金堂说，他就找市纪纪委，好像市纪检委态度也不积极，只说让他找商贸银行，栾金堂说他就来了。他的目的一是要求十年前归还商贸银行的三十万元钱返回给他，二是要求追责，申请国家赔偿。"张正彪说："申请国家赔偿与我们商贸银行有关系

295

么？"袁上草说："看来他是想把事情闹大，他原来是想着意气用事，坐了十年牢房后，现在又后悔了。"袁上草行长对他的案件已打听清楚了。

这时，张正彪的手机响了，张正彪出去接了一通电话后返回来，对袁上草说："他又找省纪委了。"

第二天，刘利民又找袁上草说，他急着想让商贸银行返回他原来归还的三十万元钱，不然他就起诉商贸银行。这时，《都市日报》记者也来了，要采访袁上草行长，袁上草行长一听不乐意了，说："事情还没有个眉目，你现在采访让我说啥？"记者也不多说话，只是在听。袁上草行长到了张正彪行长办公室，把刘利民叫了过来问："《都市日报》的记者是怎么知道的？"刘利民摇了摇头说："不知道。"

事情发展得非常紧凑，第三天，《都市日报》记者到了省行，要采访郭丙行长。郭丙行长让审计部门到青台市商贸银行来审计，省行审计处副处长亲自到青台进行督导，责成住青台审计办把事情查个水落石出。皮青山亲自出马，带着王跃东等人到长河区支行进行审计，审计正在进行，省行又派来了纪检副书记督促青台商贸银行纪检书记进行责任认定，并与审计部门组成联合调查组。

经过几天的审计与纪检检查，焦点都落在了钱红与李绪凡身上。当时钱红是副行长，李绪凡是风险经理，在办理栾金堂案件的时候，非常关键的证据发卡登记簿弄哪了？在银行的信用卡申办程序中，发卡登记是关键中的关键，它相当于借据，当时等于把借据给弄丢了，正因为这个借据——发卡登记簿丢失，致使商贸银行在对信用卡透支追索时没有追索真正的透支人，而是让别人冒名顶替。如果当时没有栾金堂的顶替，债务分散在三十五个人的身上，也不至于信用卡透支只收回三十万元。且因为收回这三十万元，现在还落下诟病，顶替人要求返还。

发卡登记簿丢失也不是那么简单，当时丢失，为什么时隔十年，又出现了，这显然不是简单的丢失，而是人为地做了手脚。当时的交接手续又是怎么交接的？如果交接遵守了制度规定，也不会造成如此大的漏洞。

这个消息迅速传播到了钱红与李绪凡的耳朵里。

联合检查组要找钱红与李绪凡谈话。

钱红如实地讲了当时的情况，并对自己工作中的疏漏进行了检讨。

李绪凡出现了情况。联合检查组通知李绪凡来市行审计办时，李绪凡答应得好好的，在去审计办的路上，忽然犯病了。他倒了下去，神志不清，过路的人赶紧把李绪凡送到医院。

经过医生的检查，诊断是脑梗。

谈话的事也不得不暂时告停。

直到检查就要结束了，还是无法与李绪凡谈话，他一直处于半昏迷状态。

实际上李绪凡没有多大责任，他不负责发卡这一环节，发卡环节虽然有风险防控的职责，但李绪凡只是风险管理岗，这事与风险防控有关，但与风险管理岗位没有多大关系。

青台检查情况反馈到省行，省行领导班子对此看法不一，主要集中在郭丙行长与王新悦副行长两种意见上。王新悦行长坚持以法院判决为准，如果栾金堂有异议，可到法院再起诉。郭丙行长认为这不是一个简单的上访事件，它涉及商贸银行舆情风险问题，一要查清问题形成的原因，研究平息对策；二是从严处理责任人。

郭丙行长也到了青台市商贸银行。刚坐下不久，来了一个市政府办公室的人，说是市政府秘书，秘书说市政府蔺秘书长要来商贸银行向郭丙行长汇报工作，问是不是得空。郭丙行长问袁上草行长：“我刚来，你们市政府怎么知道？”袁上草行长看了看刘利民主任，刘利民主任脸一红一红的。

袁上草行长正要解释，郭丙行长一摆手说：“不要说了，我去你们市政府。”刘利民赶紧到办公室把市政府来的秘书领了出来，见过郭丙行长。袁上草便陪同郭丙行长下了楼，与市政府秘书一起乘车去了市政府。市政府秘书把郭丙行长、袁上草行长领到蔺秘书长的办公室，蔺秘书长赶紧迎了上来，紧紧握住郭丙行长的手说：“哎呀，怎么让省里的领导亲自来了，我正说去你们商贸银行呢，你看看，又让郭行长亲自跑一趟。”郭丙行长也与蔺秘书长客套了一番。蔺秘书长说：“你们这省里的大领导来了，我一个秘书长可担当不起，来，咱们到姬市长那里。”蔺秘书长直接把郭丙行长、袁上草行长领到了姬丙章市长的办公室。

郭丙行长与袁上草行长一进门，姬丙章市长赶紧迎了上来，紧紧握住郭丙行长的手，亲切地说：“你看看，本来我说去拜访你，却让你这大行长亲自来登门，郭行长，你可是让我脸红了。”说罢又与袁上草行长握了握手。他们坐下后，秘书倒了茶水，退了出去，蔺燕妮秘书长坐在了下首陪同。

姬丙章市长说：“郭行长，咱们开门见山，这个事，说它大它也大，说它小它也小，按说，它就是一个一般的案件，可是现在这个事影响大了一点儿，刚才书记还打电话过问此事。它的难点在于一是他本来是诈骗案件忽然有向民事案件转化的性质，如果是一般的判轻判重的事，这也好办，该纠正纠正，但这个不同，他已坐了十年大牢，涉及国家赔偿的事。当然，这是咱们关门说话，也不是说当事人说赔就得一定赔。二是舆论问题，这个事情怕闹大，闹大对我们青台的影响不好，直接影响了我们青台市的招商引资和发展大局。"

"现在这个人的诉求看来有两点儿，一是他感觉冤枉，他要求惩办责任人，实际上他就是想出口气，惩办不惩办与他啥关系？是不是，他现在就像一头逗疯的牛，急红眼了。二是他想要求用钱对他补偿，能不能获得赔偿，我猜着他自己心里也没有谱，但有一点他是达不到目的誓不罢休的，就是他归还商贸银行的欠款，他认为他与商贸银行没有任何关系，他是借的别人的钱，商贸银行不该让他还款。"

"从国家赔偿这个事来说，郭行长，不用你们操心，我们市里边、法院，如果有错是我们的错，我们尽量想法，该捂事捂事，该赔钱赔钱，但我上边说的这两个问题，你们得自己想法了。你看看，郭行长，你们还有什么意见？"

"市里的思路，刚才我也与书记交换了意见，总体是以维稳为重中之重，事情不能闹大，闹大了对谁都不利。是不是？郭行长、袁行长，你们发表发表你们的看法，不要紧，有话就说，我们在这儿就是统一一下思想。"

袁上草行长看了看郭丙行长，说了自己的疑虑。"法院判决他归还商贸银行的钱，他归还三十万元，我们没有理由退给他呀，这不是钱的问题，这是我们是不是按章办事的问题呀。"姬丙章市长笑了笑说："哎呀，袁行长，你说这个问题太具体了，这个事有多大？还需要拿到我们几个人之间来讨论么？再说了，活人不能让尿憋死不是？"郭丙行长说："这样吧，从姬市长的意思来看，我们也听明白了，我们一定要尊重、听从青台市政府的意见，我们青台市商贸银行的发展还需要青台市政府的大力支持呢。"

姬丙章一听赶紧补充说："郭行长说的话我听了非常高兴，但有一点儿需要纠正，可不是听从，我们只是指导。"说罢，姬丙章市长笑了起来，郭丙行长也笑了笑。"对了，还有一个问题。"姬丙章说："我不懂你们那的业务，我听说这个事重新翻出来的关键点是那个什么'本本'，到底是怎么回事，一会儿没了一会儿又露出来了的，一个简单的'本本'就恁难管理么？"

郭丙行长又表了几句态后，站起身要走，姬丙章市长赶紧拉住说："怎么郭行长？是不是嫌我们的饭不好吃呀，不至于连饭不吃就走吧？"这时蔺秘书长站起来说："郭行长、袁行长，我们走吧，饭店已经定好了。"

到了饭店，依次坐定，蔺秘书长吩咐上菜。姬市长说："书记有事来不了，嘱咐我招待省里来的领导，来，品品这里的茶，这茶是从深山里采的野茶叶，这一般的客人来了是不舍得上的。"姬丙章说罢笑了起来。

饭间，蔺秘书长插话说："郭行长，有一件事还需要您帮忙，就是你们行的范丽娜，看看凑机会能不能再提一提，这是姬市长的——，姬市长老是不好意思说。"姬丙章赶紧补充说："哎哟，你看，我本来都不好意思在郭行长来到咱门里的时候提这个事，蔺秘书长既然提出来了，我就给郭行长说一声吧，范丽娜父亲，我们是老关系了，那人很义气，当时帮了我不少的忙，人，都得懂得感恩不是？所以呢，我想让郭行长把这事记在心上就行了，也不能勉强郭行长不是？来，来，尝尝这个菜，这个可是这家饭店师傅的一绝。"袁上草低声对郭丙行长说："范丽娜是我们青台市长河区支行的行长。"郭丙行长点了点头。

"钱行长被免职了！"

"啥？钱行长被免职了？哎呀！钱行长被免职了！

"钱红被免职了！"

"老钱被免职了！"

"嘻！免职不亏。人家陈梦寒才二十多岁，比陈梦寒大一倍，恁么大年龄了，玩弄人家的感情好几年，最后又不要人家了，我最知道他老底儿了！"

钱红被免职的事，像风一样传到青台市商贸银行干部员工的每一个人的耳朵里。有人惋惜，有人震惊，有人感慨，有人难过，有人焦急，有人幸灾乐祸。

钱红被免职成了青台市商贸银行的头条新闻。

五十五

钱红成了商贸银行一般职员。

钱红的工作需要重新调配，可是在分配钱红时，袁上草却犯了难。分配到哪个部室哪个部室不接收，分配到哪个支行哪个支行不接收，拒绝的理由相同，不知道让他干啥。这也可以理解，难为这些拒收的部门经理与支行行长们了，毕竟钱红原来都是他们的上级，现在忽然成了他们具体干活的职员，有哪位中层领导好意思使唤他？

钱红心里经常不是个滋味，不让他当行长无所谓，他能想得开，问题是他没有人愿意接收。他也不愿意与这些中层领导们接触，他感到有点儿无地自容一样，因为哪怕他自己与人见了面装作若无其事的样子，可人家总是躲着他，主要是别人总感觉不好意思，这一点儿最让钱红纠结。

就这样，钱红的工作长时间搁置，钱红也终于又明白了一个道理，没活干是最大的尴尬。

"哎！范丽娜升了，你知道不？"市行信用卡中心风险经理张迎凯找到钱红，先传递了范丽娜的信息。钱红一听心里不乐意：你来找我就是告诉我这个事？钱红最忌讳的就是这样的信息，他不想再听官场上的事。张迎凯说："你看看，我传给你一条新闻吧，你又烦咧。"钱红把他引到家里，坐下后，问张迎凯："说吧。其实知道你明白我对这事不关心。"张迎凯说："是呀，她当不当市行副行长与我与你都没有关系，她当她的副行长去，咱发咱的财。"

"发财？发什么财？"钱红问。接着，张迎凯把开办证券培训班的事说给钱红听，他是想利用钱红时间比较宽裕，尤其是钱红的口才在商贸银行说是数一数二毫不夸张，他是想利用这一点儿，发一点儿"洋财"。

钱红一听，问张迎凯："能行么？"张迎凯说："我感觉可以，你想想不行的理由。咱们再拉一个人，投资就不那么紧张了，其实投资也用不了多少，咱不是想分散风险么！"钱红问："能再拉谁入伙呢？"张迎凯说："我有一个人选，他在证券公司上班，因为感情纠葛问题，他不愿意在证券公司干了，他叫高祥。"

说干就干，张迎凯把高祥请了过来，高祥虽然不玩股票，但他有新股民入市的各个环节操作知识，由他来做基础工作，钱红讲理论。三人合计后，共同投资，成立了青台市证券业务培训班。

因为这样的培训班在青台市还不多见，旗帜竖立起来后，还真的迎来了客，报名的人还不算少。主讲人是钱红与高祥，张迎凯只是打打下手，因为张迎凯在商贸银行不能缺勤，出头露面的事不指望他。钱红虽然也在职，但鉴于他的特殊情况，相对比较自由。

钱红就是钱红，他虽然没有买过股票，但他讲得头头是道：

　　"选择股票时，不能盲目地看涨，因为当指数上涨时，盘中所有个股均会上扬，如果这时你随便买入一只也许都可以盈利，但我们考虑的是怎样把利益最大化。怎么实现最大化？前提是你要选好强势股，哪一只是强势股呢？一般来说，先于指数上涨的股票就是强势股。

　　"选择了强势股就有盈利的十分把握么？也不一定，这就需要我们对股票指数的顶部有一个较准确的判断。怎么分析股票指数顶部呢？从成交量的变化上分析，成交量的变化能反应出资金流动的方向。当指数到达了顶部的时候，往往会出现量价背离的现象，发现了这个端倪，你就应判断出资金开始了出货的操作。为什么呢？你想一想，如果资金没有逃离，它真的在盘中积极做多的话，怎么会不在高点儿追涨？所以，一旦发现在指数高点的K线形状与成交量的变化叉开的时候，就需要我们股民们谨慎了。这就是一个信号，甚至是一个生死攸关的信号。

　　"但是，大家要注意一个问题，成交量的变化是真实的，而K线只是体现了资金流向，庄家还可以利用K线形态造假——"

　　"昨天所有的荣誉，已变成遥远的回忆，辛辛苦苦已度过半生，今夜重又走进风雨——"钱红电话响了，他赶紧摁断铃声。钱红一看是老家来的电话，说了一声："不好意思，接个电话。"他便走了出去。

　　"哥，咱妈老了。"钱红一听妹妹带着哭腔，说母亲去世了，钱红赶紧叫来高祥，交代了一句，就匆匆下楼了。

　　钱红对母亲的去世，没有像父亲去世时那样悲伤。他把村里管事的请来，商议丧事。当天晚上，弟弟也从外地赶来，弟弟在回来的路上，已把通知发给了各路亲戚。

　　出殡当日，亲戚来了，哭路的来了，近门的来了。孝子、忙工、司仪、礼桌、主事等等，各就各位。

　　单位的人来了，钱红一看，是陈梦寒、刘利民，还有一个通信员，也许通信员是司机，要不然，通信员是不参加吊孝的，因为通信员都是临时工，他们与银行员工在礼仪上没有什么交集。

　　三人施过礼，向钱红说了一句安慰话转身要走，钱红送他们出了院门，到了街口，钱红与他们挥手道别。就在三人转过身开始走的时候，陈梦寒又转脸看了钱红一眼，随即把头又扭了过去。

不知道为什么，钱红的泪水滴了下来。路口的忙工、村里看殡的人都看到了钱红在哭，只是大家没有太在意，因为丧事本就是钱红哭的场合。

定好的十一点出殡，马上就到出殡的时辰了，单位的人为什么只来了一拨？钱红隐隐感觉到了一丝不安，他走出灵堂，到了礼桌上拿起《流芳百世礼簿》一看，陈梦寒的名字后边有一大串随礼的人名，啊！钱红明白了，都不来了！

出殡的路上，钱红哭了——

办完母亲的丧事，钱红回到青台市。他回到了青台市证券业务培训班，因为他已把这里看成了新的家。但是，他错了，他的单位不在这里，仍然是青台商贸银行。一日下午，商贸银行打来电话让钱红去一趟人事部。

钱红进了人事部，人事部的一个员工告诉他是吴经理找他，钱红进了吴洪生办公室。"哦，来，来，老钱！是这样，你现在的工作暂时也没有给你安排，具体分配你干什么，下一步再说。问题是你近一段时间，听反映你做的事有点过头，办了一个什么培训班，我们商贸银行不让经商，这规定你是知道的，行长的意思是让你注意一下，这样影响不好。行不？"钱红在想：他喊我"老钱"，是呀，他没有喊错，再喊行长我也不是了，他还能喊什么？只能喊老钱了，但听起来为啥就这么刺耳呢！

不管他怎么说，钱红还是我行我素，继续张罗着他的培训班。近几天，钱红心情不错，培训班报名的人越来越多，有的人说是专门来听钱老师讲课的。钱红的口才在这里得到了施展，名声打出来了，钱红有点儿春风得意。

一天，有一个听课的人问："钱老师，你讲得确实好，我们很受启发，我做了八年股票，听您这一讲，觉得心里一下豁然开朗了。"另一个听课的人又问钱红："钱老师，要是让您去选择股票，是不是准赢呀？"他这一问，问到了钱红的软肋，钱红没有买过股票。

钱红连夜里睡觉都在想那个听课人的问话，是呀，我要是买股票，能不能赚钱呀，如果不能，我就没有站在这讲台上讲课的资格。听他课的人大都是一些老股民，而他自己不是股民，这是典型的外行培训内行呀，这样的话，讲课的底气就不足，他的课程无异于纸上谈兵。

不行，钱红拿定了主意，他也要买股票。既是试试水，更重要的是想捞取讲课的"资本"。

钱红瞅准了一个机会，开始建仓。连续几天，钱红买的股连续上涨，且有两次涨停，钱红感觉时机差不多了，也不管是不是符合他自己讲的判断法则，跟着感觉走，果断出仓，他赚钱了。

钱红在跟学员聊天时，本想炫耀一下自己的业绩，可是一听学员们的话题，他自己投入的那些儿钱，根本没法与人相提并论，自己玩的这一点儿股票简直像小孩子过家家。

钱红又建仓，这次投入的多，把自己的所有私房钱都投进去了。大不了看着赔了赶紧出仓，赔一些就赔一些，舍不得孩子套不住狼。

这次钱红又看准了。虽然在买后的几天里，偶尔有下跌，但总体上是上涨的，钱红的脸上与大盘电子屏的色彩一样，一路飘红。

钱红讲课终于有了底气，他把自己买入时分析的心理过程分享给大家，结合着股市理论，钱红把每一节课都讲得绘声绘色。这一来，学员们对钱红佩服得五体投地，俸为神明，因为在学员的心里，其他人在股市中赚钱是"赌"的，只有钱红在股市中赚钱，是"推算"的。学员与老师相比，一个是偶然性，一个是必然性，用必然性获得赢利，才叫"股神"。

钱红的名气越来越大。

报名听课的越来越多。

正在这关键时期，商贸银行让钱红到大库报到，大库，就是钱库，这里的任务就是每天整理现金，出封包，入封包。哪个分理处需要调拨现金时，钱红还得负责押运任务。

这一下把钱红给绑死了。不是商贸银行领导有意这么做，而是银行的工作都很具体，让你自己随意挑，也挑不出"二大爷赶集随便游"的好活茬儿。

怎么办？钱红选择了辞职。

"钱红辞职了。"人们听了这个消息，没有什么奇特的反应，好像这个消息是大家预料中的事似的，人们该干嘛还干嘛，没有人感觉到地球离了钱红不转圈。

钱红真的辞职了！

钱红与薛鸿依从民政局出来后，钱红一直在沉思。"结婚证领了，你怎么不高兴？"薛鸿依问钱红。钱红在思考刚才薛鸿依签字的笔迹，似乎看出了什么端倪，似曾相识的笔画，自己在哪好像见过。现在他想起来了，但他又不敢肯定，他感觉有点儿不寒而栗。

钱红不敢多想，暂且把这事搁一搁，毕竟是大喜的日子，两个人成了合法夫妻。至于典礼怎么张罗，钱红不愿意多想，骑驴看唱本，走着瞧吧，两个人共同的心理：低调。

是的，结婚是大事，钱红怎么看得这么淡，淡得有点儿出奇，甚至连钱红自己都弄不懂自己的心态。

说是结婚了吧，两个人还是各是各的家，说是没有结婚吧，两个人常住在一起。这种常态，更突出不了他们举行结婚仪式的意义。所以，他俩谁都没有再提什么时候"拜天地"。

人也就怪，在他俩没有领取结婚证的时候，两个人幽会时感觉特别愉悦，一旦领取了结婚证，他们反倒缺失了原有的激情。天也不再蓝，生活变得平淡如水。

一日，钱红让薛鸿依写陈梦寒的名字，薛鸿依不知何意，便写下了"陈梦寒"三个字，钱红拿到里间，把说陈梦寒是小姐那封匿名信翻了出来，一对比，马上暴跳如雷："薛鸿依，你说，这封信是谁写的？"钱红认出了薛鸿依的笔迹。薛鸿依这时才明白钱红让她写陈梦寒名字的用意，她大意了，原来就不该自己亲笔写那封信，但问题是薛鸿依压根儿就不认为她与钱红有走到一起的一天，所以觉得钱红永远也不会识别出自己的笔迹。

薛鸿依不承认，但钱红抓住不放。最后，薛鸿依被逼得无奈，终于承认了。但薛鸿依眼里噙着泪说："我虽然不该用这样的手段拆散你们，但我信写的都是事实呀！"钱红说："你凭什么说你说的是事实？""我给你说实话吧，我把她的前世今生调查得一清二楚。""你为什么要调查陈梦寒，她需要你去调查么？"薛鸿依哭了起来，低着头说："因为我爱你，我不想让你们在一起。""那你这方法也太卑鄙了吧！""钱红，虽说我的做法不恰当，但我信上写的都是真的，我发誓。""什么真的？我信你个球！""她就是个小姐，我说的千真万确。""她是正儿八经的首都艺术学院的高才生，你呢？""咋了？高才生咋了？跟是不是小姐有关系么？""你再提小姐我——"钱红扬起了手要打人的意思，薛鸿依哭得更伤心了："钱红，咱俩才结婚几天了，你就想动手打我，给，你打吧！"

停了一会儿，钱红缓了一口气说："薛鸿依，你做的事真的伤我的心了。"薛鸿依说："对不起，我向你道歉，我以后再也不会做这样的事了。但是钱红，你想想，她是怎么与她现在这个爱人相识的，就是鬼混时两个人走到一起的。"钱红又站了起来，指着薛鸿依的鼻子说："你没完没了是么？"薛鸿依赶紧去了卫生间。

几天后，薛鸿依的婆婆去世了，谁也没有通知，拉到老家埋了。薛鸿依很贤惠，她是在人活的时候孝敬，人死后从简，因为人死了，花再多的钱，也没有任何意义。

"钱老师，你给我们推荐一只股呗。"一些学员看着钱红选择的股票总是一路飘红，心里直痒痒，想沾上钱红的好运气。可是钱红不推荐，他明白，赚钱了是别人的，赔钱的时候落埋怨。

天有不测风云，钱红的股票这次没有出仓，本来一直在涨，自从前几日开始往下掉，钱红本觉得这是正常的曲线爬升，但是，直到今日，仍然没有反弹的迹象。钱红在犹豫，最后决定，再耐心等等。

一直在往下掉，感觉应该探底了，为啥就没有反弹的迹象呢？出仓，晚了，赔老些钱了，怎么办？再赌一把，再等等。

又一日，不行了，钱红熬不住了，出仓，钱赔了八成。

钱红郁闷。

又选择了一只股，几天后，还是赔，钱红多年的积蓄所剩无几。

他不甘心，不信就没有翻盘的机会。他鼓足勇气，向一个学员借钱。这个学员说："钱老师，我钱都占着咧，我借你一个数你看行不？"钱红看了看这个学员说："一个数——，是——？""一百万。"钱红欣喜，说道："好，我看中一只股，这个应该赚钱，我敢肯定。"

一百万元的股票，再次看走眼了。钱红又被套牢了。

怎么办？怎么办？

钱红慌了。

五十六

香满人间大酒店。马中伟与段红丽正在商量事，有人敲门。"请进。"门

305

开了，一看是钱红。"唔，稀客，你今天怎么想到光顾我们这儿了？"段红丽热情地把钱红迎进来。钱红也不答话，开门见山地说："马行长，我是来借钱的。"马中伟这时才看到钱红手里拿着一个房产证，问道："咋着了，钱老弟，你缺钱了？"钱红把房产证往桌子上一撂，对马中伟说："这是我的房，押到你这儿，你看着借吧老哥。"马中伟与段红丽交换了一下眼神，段红丽说："哎呀，什么房不房的，互相帮忙这都是应该的，当时我们贷款的时候，虽说你钱行长卡住了我们，实际上反倒给我们帮忙了，要不是现在我们说不定也与你一样惨了。"马中伟不耐烦地对段红丽说："别搁那胡说八道了，中不中？"又转头问钱红："你需要多少钱呀？"钱红也不说数，沉默。马中伟说："这样吧，我现在能借给你的闲钱有二百万。你看行不？"钱红急忙说："咋不行呢？谢谢马行长，谢谢嫂子，我钱回过来，马上还你们。"马中伟说："你的房产证我先替你保管几天吧。"

钱红拿了钱立即回去，又选了几只股。钱红已经输红眼了，他一心想翻本。

说来也怪，钱红观察这几只股票好长时间了，他断定是要上涨的，怎么钱红一加仓，就往下跌呢，选择的几只股，竟然没有一只上扬的。

李绪凡的家里。

李绪凡的妻子正在照顾着李绪凡吃饭，这时听到敲门声，李绪凡妻子赶紧去开门。门打开，进来几个陌生人。走在前边的男士说："你好，这是李绪凡的家吧？"

"是的，你们是……？"

"哦，我们是市商贸银行的，是绪凡的同事，今天来看看绪凡，我是办公室的刘利民，这是我们市行的范丽娜副行长。"李绪凡的妻子赶紧让座，赶忙把那些扔得乱七八糟的东西收拾收拾。

范丽娜这时不再像以前喊'哥'了，直呼其名。"绪凡，你看看，你还认识我不？"李绪凡呆滞地看着范丽娜，嘴不停地嗫动着："你，你，你是，你是，梦，梦寒，梦寒——。"范丽娜皱了皱眉头，不解地说又像是自言自语："梦寒？他是说的陈梦寒？"李绪凡的妻子帮腔说："一会儿清楚一会儿糊涂，他老是嘴里嘟囔'梦寒，梦寒'，也不知道谁是'梦寒'，也不知道'梦寒'是个人名还是说的什么事，哎！没有办法！就这样了，你说，他，哎！"

范丽娜、刘利民心里都明白，他说的是陈梦寒，但为什么要提陈梦寒的名字，范丽娜与刘利民都不知所以然。鉴于陈梦寒还是个刚刚结过婚的女孩，一个大男人喊叫人家的名字，这事比较敏感，范丽娜也不敢轻易接话茬，只能把话题转移到别的事情上。

　　"范行长，我们绪凡不管怎么说，也是在工作中犯的病，他现在不能上班了，工资上的事，您看看能不能照顾一下？"范丽娜说："嫂子，这个事，不管他是不是在工作中犯病，我们该照顾的也得照顾，这样吧，我回去呢，商量一下，该照顾尽量照顾，你看好么？你提这个要求，我们理解，你放心，好吧！"李绪凡的妻子千恩万谢地把客人送走。

　　高祥对钱红向学员借钱的事有些情绪，他担心老师与学员万一产生了经济纠纷，会影响培训班的生意。高祥把意见说给张迎凯，两个人一起向钱红说了心里的担忧。钱红心里正是犯愁的时候，加上一些乱七八糟的事，心里甚是不痛快，他便索性拉住二人去了小酒馆，要了几个菜喝了起来，钱红想把心中的不快彻底吐一吐，他就不明白，这些年来，他的事怎么总是不顺，一直憋在心里，好好的人也会憋坏的。

　　钱红不知道高祥的酒量，他只知道张迎凯的肚子里能装几斤几两，钱红今天也放开量来喝，最后他们都喝高了。钱红的酒量虽然赶不上张迎凯，但钱红不管喝到什么程度，他的大脑始终是清醒的，而张迎凯不同，他一旦喝多，嘴就不把门了，心里到底清醒几分糊涂几分，只有鬼知道。今天，他又开始胡说八道起来。

　　"高祥，你、你股票赔、赔了，我、我丝毫不看、看你的、笑、笑话。"张迎凯喝得话都说不成句了，明明是钱红赔钱了，张迎凯却说成了高祥，高祥也没有及时反应过来。好长一阵子，高祥似乎意识过来，把张迎凯指向自己的手指推向钱红的方向，然后低着头不说话，嘴里还隐隐地流着口水。

　　钱红在想，不能喝了，再喝非出事不可。他正要准备劝二位酒局结束，张迎凯却指着钱红说："钱红，你不要以为你、你水平高，咱都是同、同学，不，你、你就是高、高家庄、实在是高。"钱红说："好了，好了，走，咱们走，不喝了，结束。"张迎凯白愣着眼瞪着钱红，嘴里嘟囔着："你、你以为你是谁呀？给你、你说吧，钱、钱红，钱红是谁？我不、不管他是谁，看不顺眼的，我、我就说，我、我这人耿、耿直。钱、钱红收、收人家的茶叶，长、长河区支行核销资、资料虚假，都、都是我反、反映上去的，这次他、他下台，没、没有我当军、军师，她范、范——有这、这本事？"

钱红惊得张大了嘴巴，呆在那半天没有动，像泥捏的人一样，太让他意外了。张迎凯可是自己的同学加老乡呀！不管猜想是谁找自己的麻烦他钱红也不敢往他张迎凯身上猜，钱红顿感浑身一阵发冷。

钱红选择的几只股票都被套牢，如果现在出仓，他外借的三百万加上自己套牢的股票只剩余三十多万元。钱红不得其解，眼看是一只只强劲股，为什么一旦买入就与自己的预期相背离呢？一次看走眼，为什么连续几次看走眼？他感觉有点儿走投无路了，他苦苦地思索着，他在思索是往前冲还是后撤。他想来想去想不出一个头绪，往前冲，没有钱可借，往后撤，欠人家的钱怎么还？又不是一个小数目。他望着若隐若现的满天繁星，找不到哪一颗属于自己的心灯。他又来到了香满人间大酒店，他进去后，上了五楼，走到了马中伟的办公室门口，正要敲门，听见里边有人说话。"红丽姐，你可不能再借给他了，我不知道你借给他钱，我要是知道，说啥也不让你借。"钱红一惊，这不是张迎凯的声音么？他怎么在这儿？他怎么叫段红丽叫姐？钱红正准备退回去，门开了，钱红与张迎凯碰了个正着。张迎凯一看是钱红，脸色多少有点儿尴尬，说道："钱红来了，你进去吧，我走了。"钱红走进马中伟的办公室，马中伟不在，只段红丽一人，钱红没有顾得与段红丽打招呼，劈头就问："你与张迎凯熟识？"段红丽说："哦，你可能还不知道，他是我妹夫。"

钱红惊讶。

张迎凯曾给自己介绍过青台市商贸银行的关系网，却没有说他自己，原来马中伟是他的连襟。

钱红正要说话，马中伟走了进来。马中伟见钱红过来了，也没有与钱红客套，直接就说："钱红老弟，你可不能再买股票了啊！你越买陷得越深。上次你借钱，我也没有问你干什么用，要知道你是买股票，我还真的不敢借你，因为我借给你钱说不定是害了你。"钱红无可奈何地说："马行长，我也知道，可不买，我指望什么还你账啊？"马中伟说："你不还我账，我也不会马上去法院告你，可是你若再买股票，你会赔得连衣服都没得穿的。玩股票就是赌博，你不会不懂吧？"

马中伟这一说，钱红潜意识里马上清醒了许多，对呀，玩股票就是赌博，我怎么走上了赌博这条路？竟然回想不起来自己是怎么一步步入了这个"套"。

段红丽说："兄弟，你要是不嫌弃，我劝你还是到我们这儿干个活吧，我们这儿虽然工资不高，但也足以养活得起你自己。你现在还是一个人吧？你不能这样在社会上漂着呀！"段红丽不知道，钱红已经结婚，但他与薛鸿依的账是分着的，谁是谁的钱，只有日常开销不那么严格界定，买油盐酱醋各人靠自觉。

但段红丽的话还真让钱红惦记在心里。"嫂子，我到你们这儿能干点儿啥呢？"段红丽说："我们这活儿可多了，只是没有你们商贸银行的活体面罢了，你看看，你任意选择，你可做一个管理员的角色。"

钱红不干了，培训班讲课他也没有了讲课的底气，他更不愿意与张迎凯合伙了，他发誓永远不与张迎凯再来往。钱红在想，即使与自己有深仇大恨的人，疙瘩说不定也有解开的一天，唯独张迎凯这类人，永远不会与他走在一条路上，这是典型的小人！

培训班的讲堂上，再也见不到了钱老师的身影。

钱红归到了马中伟的麾下。

五十七

袁上草的办公室，范丽娜正在向袁上草汇报市政府的会议精神。

"姬市长在会上特意表扬了粤广银行，说粤广银行从一家不知名的银行发展到现在可以与一些国有银行媲美的银行，现在是网点多，效益好，贡献大。"袁上草行长问："这个粤广银行近时确实上蹿下跳的，出尽了风头，他到底是用的什么魔法，即使用了魔法，也不该见效这么快呀！"范丽娜说："据说，我们好些退居二线的人都在他们那任着职咧。"袁上草说："即使退二线的人在那帮着忙，又能怎样，都是些岁数较大的老同志。他们也只是发点余热罢了，余热有多热呀？"范丽娜说："袁行长，主要是你太年轻了，你年轻，显得他们老了，实际上，四五十岁的人正是能干活的时候，你不要光听他们在职的时候嘴上总是说自己'老了'，实际上那只是不想出力的托辞而已。"

袁上草站了起来，在屋子里转了半圈，然后果断地说："查，看看哪个员工在外边任职，有在外边任职的一律处分。"范丽娜说："袁行长，没用的。一般员工天天在岗位上，没有那个机会，在外边任职的都是退二线的人，但你查能查出来么？查不出来的。你想想，他们有那么傻么？做生意的，不会用自己的名字出头露面，在其他单位任职的，也不会用自己的真名载册。你去找他们，他们也只是说在那里聊天、闲玩，你根本查不出来。"袁上草行长急了，说道："我都不明白，他是商贸银行员工，为什么胳膊往外拐呢？你拿着商贸银行的高管人员工资，不干活就已经够你的了，还去帮人家的忙，这不是典型的吃里爬外么！"范丽娜说："不干活可不是一种优待呀袁行长！你想想，如果现在不让你干活，工资待遇不变，你会怎么想？不好意思，我说得有点儿直哦袁行长！"

袁上草沉默。一会儿范丽娜又说："再说了，他们在那干活有利益呀，他们不会是白干的，不然，他们为什么把好些大户给挖走？好些户头都跟着这些退二线的人挪走了。比如海马集团，宫总原来与我们关系很好的，可是他们的关系往往关连到一些具体人身上，这些人一旦离开商贸银行，他们这些企业老板也很容易'移情别恋'，这就是所谓的人情、人脉。"

面对其他银行的竞争，尤其是粤广银行的竞争，袁上草心里已经隐隐感觉到有一股强大的压力。

这时，袁上草的电话响了。"谁呀？石垒的家属？什么事？"袁上草捂住电话筒向范丽娜说："石垒家属又来找事。"

"袁行长，我们老石，他死了，就这样就算了？"这是石垒的妻子，一进门就嚷嚷起来。袁上草行长让她坐下说，她坐下后那激动劲一点儿也没有减弱，说道："你说说，当初要是你们管他管咧严点儿，他也不至于去做什么生意，也不至于最后落个这么个下场。"说罢"呜呜"地哭了起来。范丽娜给她倒了一杯水，劝她不要激动。袁上草问："你的意思是想表达什么？""对，忘说了，我是石垒的妻子。我们老石是难为死的，借的钱还不上，欠了一圈儿的债。借的钱还有咱商贸银行的，我想给你们领导反映一下，欠的钱我们实在是还不上了。他死了，剩我们孤儿寡母的，我们往哪弄钱还账呀？"袁上草问："房子有多少没有卖出去？"石垒的妻子说："房子没有盖起来，净得半半拉拉的，就那还被人用粉笔作记号圈住了。欠的钱带利息现在越滚越多，我跳河的心都有！"袁上草说："你先回去，你们这事不是一句话就能解决了的，你反映的问题我知道了，等我们做下一步的研究，来决定这个事该咋办，行么？"石垒的妻子又"呜呜"地哭起来，一边哭还一边数落："他死了，你们行里连个人都不去，他给公家干了这么多年，死了还不如一条狗咧！"说罢放声哭了起来。

袁上草劝她不要哭了，说哭是解决不了问题的。她抬头看了看袁上草的眼神，可怜兮兮的，说道："我再问，老石是你们的员工，他没有退休就算在岗位上，他死在岗位上了，你们银行就不说赔些钱？本来不想打扰你领导，可我实在没有办法了。"范丽娜连忙拽住她的胳膊，连哄带劝地拽走了。

钱红正在打扫厕所，这时他憋了一肚子窝囊气。

他到了马中伟公司下辖的天涯知心娱乐城上班，说打工不好听，说任职也就是当了一个卫生组的负责人，但卫生组也就两个阿姨，其中有一个年龄还不算大，但胖得很，一干活还哮喘，三天两头请假。她一请假，钱红就得顶班，钱红打扫没有经验，费劲不小，打扫还没有阿姨干活利索，自己顶班干还不说，还得老挨吵。有时，他受不了这个气，就去天涯知心总经理那告状，可是总经理祝子民老是两边落好，钱红该挨吵还是挨吵。看着钱红啥时候实在是想发急了，祝子民就说副经理几句，让他说话注意点儿分寸。在人家屋檐下，钱红也懂得该低头还得低头。

一天，钱红正在拖地，忽然远远地看见段红丽正在大厅里坐着，像在等待什么人。钱红只顾瞧段红丽了，没有留意后边过来一群人，钱红的拖把不小心把人群里一个人的鞋弄脏了。那个人倒没有在意，旁边一个陪同的人吵钱红"没有眼色"，祝子民回头看了一下，没有吭声。这时陈梦寒的爱人过来了，钱红知道他的名字叫王建国，王建国说："那是市里来检查的。"又说，"别那么实在，打扫得差不多就行了。"

王建国回到家里，给陈梦寒聊起了娱乐城的事，当陈梦寒听说钱红在打扫卫生的时候，却发起了无名火。"你看你多有能耐！你给我说这些干吗？我不想听！"王建国不明就里，看着陈梦寒不解地问："你不想听不想听呗，发那么大的火干吗？"陈梦寒蓦地站了起来，瞪眼看着王建国说："我发火了么？我发火了么？我就说了一声我发火了么？嫌我说话不好听你滚出去，别听！""梦寒，自从钱红去了我们那上班，你不是总打听他的情况么？今天，你怎么了，我说了说，你却急成这样？"陈梦寒说："我今天让你说了么？我今天没有让你说你给我说干吗？"说罢，趴在沙发上哭了起来。王建国并没有发脾气，可是陈梦寒向王建国发罢火，自己还委屈得哭了起来，更让王建国一头雾水。

次日晚上，陈梦寒蹑手蹑脚地来到天涯知心娱乐城，她戴着帽子戴着口罩，把自己捂得严严实实的，远远地看见钱红在忙活，她停住了脚步，低着头，靠在墙边站了一会儿，又无声无息地走了。前些年一块在此打工的姐妹都走了，少有留下的人也没有认出来刚才那个孤零零的身影是陈梦寒。

日子就这样一天天地过着。

钱红说起来是一个部门的负责人，但天涯知心的走廊上常出现他打扫卫生的身影，累了，他就坐在墙角吸一支烟，他不管遇到谁，都无须再去礼节一番，似乎人们把他给忘了。那个借给他一百万元的学员，也不给他要账了，可能他觉得钱红也还不起，他知道了钱红的底细；马中伟也从不提欠账的事，只给他说你啥时候把你的房产证拿走，不过钱红也没有脸面去拿。

一天，王建国路过看见钱红，停下来，借钱红的火机。王建国也没有说话的意思，钱红反倒问了一句："没有回去？"王建国不经意地说："回去干吗？反正一个人。""梦寒呢？""调走了。"钱红一惊，问道："调哪了？""省里。"钱红还想继续问，王建国走远了。

钱红回到家里，开门就问薛鸿依："陈梦寒调到哪了？""调到省行了，怎么了？""啥时候调走的？你怎么不给我说？"薛鸿依不耐烦地说："为啥要给你说？陈梦寒调走不调走与你啥关系呀？"钱红一甩衣服，进了卧室。

是的，单位上的事薛鸿依什么都不给他说，也许是好意，也许是有别的用意。他们两个虽然是结婚了，但与没结婚时没有什么两样，不同的是多了一个红色的小本本。

钱红又出来问："她调到省行哪个部门了？""工会。""为什么去工会？""工会点名要她的。"钱红还想问什么，又一时想不起来。

陈梦寒的调走，钱红倍感失落。人在青台，虽然不见面，钱红心里还有一种踏实的感觉，陈梦寒一走，像抽走了他的魂一样，钱红感觉自己成了一具行尸走肉。

薛鸿依是爱钱红的，问题是钱红的心不在薛鸿依的身上，薛鸿依看得一清二楚，但薛鸿依很无奈，也偷偷地为此掉过眼泪。薛鸿依是一个通情达理的人，她认命，她觉得自己就这样的命，也不埋怨谁，她把钱红看成了一个过客。

忽一日，钱红神神叨叨地烧起香来，薛鸿依回到家里一看，吓了一跳。从不迷信的人忽然被发现行为诡异，会让人匪夷所思。薛鸿依问他："你干吗？"钱红说："我看到大神降临了。"薛鸿依心里一阵寒，说话声音都颤抖了。"钱红，你可别吓我，我胆子小！"钱红笑了笑说："大神是来保护我们的。"薛鸿依更害怕了，因为这时她不是仅仅害怕"大神"，她包括钱红都害怕起来。

钱红继续上班打扫他的卫生。

深夜，唱歌的人陆续退场，钱红一个房间一个房间地打扫，忽然发现一个房间的门反锁着，他感到奇怪。客人走了，房间从来是不锁门的，今天是怎么回事？钱红敲门，问"里边有人么？""稍等一等。"传出话音。一会儿，出来了一男一女，钱红一看，男的是王建国。

不知道哪根弦触到了钱红的末梢神经，钱红辞职了。

五十八

薛鸿依下班回到家里，发现桌子上有一张纸条，上边写的是："我去峨眉山修行了，你自己保重。钱红。"薛鸿依看了也不惊奇，嘟囔了一句："还修行啊，还能修行成个蛇仙？"走就走吧，反正他的心早就被狼叼走了。

钱红哪是去峨眉山？他是又去了青山寺。

他为了彻底断绝与青台的念想，他在当地办理了新的手机卡，然后把青台的手机号报停，断了与青台的所有联系。好在薛鸿依想得开，知道他思想有点儿"走偏"，也不计较，随他去吧！

经过一天多的长途跋涉，钱红第二次来到了青山寺。进了寺门，钱红找到上次讲课被称作慈恩的佛者，钱红说道："我这次来就不回去了。"慈恩叫来平安，对钱红说："这是平安师兄，你随他去吧，先安置住宿。你记住，称师兄就是了，除了出家的师父，所有的人都是师兄。"钱红随着平安师兄来到了南宿舍楼，走到楼前，钱红才发现进入宿舍楼还要下一个坡，拐两道弯，进入一层宿舍。刚才在院子里看到的平房，原来是三楼。钱红上次来是不是住在这里，他已记不清了，那次像做梦一样。

安顿好后，该吃晚饭了，钱红随着平安师兄来到斋堂，只见斋堂里已有好多师兄在端着碗盛饭。晚饭很简单，下的面条，钱红也盛了一碗，一会儿一碗面下肚，却没有吃出来滋味。

晚风吹拂，钱红在寺里顺着台阶来来回回走了几趟，他思考着、端详着夜幕下殿堂的庄严与肃穆，钱红望着这个陌生的"家"，他的心平静如水。他想起了从前，想起了孩童时期的自己，想起考上大学时的情景，想起了刚上班领到第一个月工资时的激动，想起了妻子美菱，想起了梦寒，梦寒之后却无法再想下去，那是一个断崖，在这个大断崖里，有一座宏大的殿宇，钱红向殿宇走去，烟雾缭绕，待烟雾散去，却发现陈梦寒在那坐着，钱红吃惊地叫了起来："梦寒，梦寒！""师兄，该回去了，九点半是必须熄灯的。"钱红被人喊醒，才发现自己刚才依着阶梯扶手睡着了。

钱红回到宿舍，平安师兄进门交代了明天的事宜，转身走了。钱红也没有了刷牙的心情，脱衣睡觉了。这时，正是九点半，听到了外边的鼓声，这时鼓楼上师傅在敲鼓，也是催眠的信号，鼓是敲的还是撞的，钱红不得而知，鼓楼与钟楼是严禁攀登的。只有在大山里，只有在这大山的寺庙里，才能听到这声声的晨钟暮鼓。

早晨五点整，钟声响起。钟声把钱红从睡梦中唤起，一声声的钟响，就像游离于世外的懵懂灵魂大彻大悟地觉醒，起床了。

钱红起了床，沿着台阶，登了上去，上边便是后高前低的寺庙大院。透过夜色，钱红隐约看到几个忙碌的身影，有师父、有佛者，佛者是钱红对他们暗自称谓，严格来说，这些皈依的人应称为居士，他们在这里互称师兄，钱红刚来，对师兄这个称呼还不习惯。

人开始向观音殿靠拢，钱红也跟着人流绕过观音殿，站在观音殿的正门前。人越聚越多，自觉地排成队分立在大门左右，人们迅速把胳膊中抱着的类似袈裟的长袍穿在身上，后来钱红知道这种褐色的长袍叫海青。一个个默不作声，像是害怕惊动了神灵一般，钱红的眼睛左看看右看看，不知道自己该干些什么。都忙活完毕了，肃然而立，大门徐徐打开，高大的观音展现在面前，里边站立的师父在观音的脚下显得那么瘦小，本来，她们也就是二十多岁至四十多岁的年轻女士，最靠近门口的师父才年方二十九岁，眉清目秀。如果她不是光头、身着出家人的衣服，那必定是一位亭亭玉立的妙龄女子，很难把她与佛联系在一起。

五点二十分，分两列入殿，入殿后分别立在观音菩萨的两边。师兄有男有女，无论男女，穿上这海青长袍，都是念佛的人，他们一个个都是异常虔诚，低着头，双手合十，与这大殿的庄严融为一体。钱红穿着他自己的便衣，站立在最后边，走在最后边，与这里的氛围略显不相衬。

　　接下来，礼佛三拜。别人叩首，钱红也跟着叩首，但别人在叩首时那些手势的变化，钱红还看不懂，他只能照猫画虎般地模仿了。

　　肃立片刻，随着师父手中的银磬一声清脆的响声，"嗯——嗳——哼——萦！"一声来自天籁的咏叹调飘进耳廓，这一缕嗓音，是那样的柔美，那样地空灵，又是那样地有净化力，一下震慑了人间繁杂的心。钱红的心被感染了。

　　接着，诵经开始。

　　师父师兄们念的声调很齐，速度很快，钱红像听天书，也听不清，也听不懂。他傻傻地看着其他人，手足无措，尽管嘴唇也跟着嚅动，却不知所云。

　　邻近的一个师兄看着钱红局促不安，立即递给钱红一本经书，为他揭开正读的页码，指给他大概行数，钱红便跟着默念了起来。念了几句，又念"丢"了，找不到念的地方了，本来这经书上的字，钱红好多都不认识，又加上钱红念不成句，把钱红难为得不轻。钱红感到奇怪，诵经的速度为什么这么快，大家朗诵时每句的最后一个字落地非常轻，简直比英语口述时最后一个元音字母发得还要轻。因为最后一字音发声轻得无法捕捉，换行诵读时在不知不觉中就"溜"走了，也许正是这个原因，钱红总是找不到读的位置。

　　又随着师父手里一声清脆的银磬响声，那一声摄人心魄的咏叹调再度哼出。接着，大家一齐跪在蒲团上，诵经的速度慢了下来，慢得比倒车还要缓。但这时不再是读经，成了吟经，大家一起的吟咏声，回荡在整个大殿。钱红看着经书，倒是能跟得上，但不会吟，曲调的七拐八折，早把钱红的喉舌给拐迷了。

　　银磬仿佛是一个信号，一会儿，银磬一响，大家又站了起来，这时，变成了拉长音式的诵读，就像小学生齐声读课文一般，这时，钱红跟上了趟。

　　观音菩萨妙难酬，清净庄严累劫修。

　　三十二应遍尘刹，百千万劫化阎浮。

　　瓶中甘露常遍洒，手内杨枝不计秋。

　　千处祈求千处应，苦海常做渡人舟。

南无普陀山琉璃世界，大慈大悲观世音菩萨。

……

接着，开始列一队绕观音菩萨走，低着头，双手合十，嘴里高声吟诵"南无阿米陀佛"，拖着长音调，反复吟诵，宏亮整齐，绕场三周。其中一位师父一直跪在法器前，敲着法器，声声谐调。之后，复原位。

大概到七点钟，诵经完毕。大家脱下海青长袍，出殿。然后沿着台阶走下山坡，绕了一段弯路，来到斋堂前，男女分开，两队站立。等师父列队进入斋堂大门后，两队师兄方可徐徐走入斋堂大门。

斋堂里的餐位，是一行行的实木长桌，一进门就闻到了桌木的松香，凳子也是低长凳，像桌子一样连成一体。师兄们按照次序走入就餐位置，静默站立。师父在对面的餐桌，已站立等待，双方的餐位当中隔着一条路。

人都已到位，师父们一起坐下。这时，师兄们看到师父坐下，便纷纷坐下。能容得下四百人的斋堂，这三四十人坐在这里，绰绰有余。

盛饭的师兄已准备就绪时，师父开始诵经，钱红听不懂诵的什么内容。师父手中的银磬有节奏地敲着，与诵经声水乳交融。与师兄们不一样，师父的海青长袍在吃饭的时候也不脱，他们在吟经后，其中一个师父把筷子、勺子举在头顶，从斋堂的一头走到另一头，再折回，往返三次，仪式完毕。

开始盛饭，盛饭的人端住一个方形的饭盆退着走向每个人的面前，依次盛饭。当然是先给师父盛，然后才走到路的另一边，为众多的师兄盛饭。

菜的样式很多，寺里的饭严禁肉食，但这些素食做得都很讲究、很精致，因为师父过午不食，这里是一日两餐，晚上有人饿了，可以简单做点儿饭食。两餐的菜谱每天必须由师父先过目，每顿饭必须有豆制品、有菌类、有根茎类，讲究营养搭配。

负责盛饭的有好几个人，一个人一样菜，当盛饭人来到跟前时，不能说话，只能把碗放在桌子靠前的位置，以示需要该饭或该菜品，如果不要，把碗收到自己胸前即可。每个人两个碗，一个是饭碗，一个是菜碗。不管有几样菜，只要你需要，所有的菜均盛在其中一个碗里。

师父的碗与大家的碗不一样，碗很大，钱红在猜想，那很可能叫钵。钵是浅黑色的，不像是瓷质的，但也看不出来它究竟是什么材质做的。

饭菜都已盛齐备了，这时，大家还不能吃，师父看一眼全场，然后，敲一声银磬，把法器放下，师父们一起端起了碗，开始吃饭。等师父们端起碗后，大家才能端起碗开始进食。

钱红像平时吃饭一样，趴在桌子上吃了起来。这时，相邻的师兄赶紧用胳膊肘碰了碰钱红，钱红一看，大家都是在端着碗吃，也赶紧把碗端了起来。进食时碗必须端在手中，不能放在桌子上吃。

在吃饭的过程中，不能说话。一会儿，一个个盛饭的人退着走到面前，钱红每每看着端来的菜品，想吃，也学着别人把碗往前放，与桌沿齐。不想吃，就收回来，继续端着吃自己碗里的饭。

吃完了，把两个碗摞在一起，放在靠前的位置，把筷子放在碗的旁边，放与桌沿齐，方向正前。等到大家都吃完了，师父环视全场，敲一声银磬，哼起经文。少顷，师父站立，大家也站立。师父依次退场，排着队向门口走去。远远目送师父走出大门口后，这时大家端着自己的碗筷，去厨房送还。这里不怕拥挤，要问厨房有多大，可以容得下一个小孩子在里边骑车玩耍。

吃过早饭，开晨会，晨会是布置上午的劳作安排。今天的晨会多了一项内容，就是要大家结识一下新来的师兄们。

新来的不只是钱红，还有另外三个人，只是另外三个人与钱红不同，人家都是已皈依的人，不然早晨诵经时穿便衣的就不是钱红自己了，没有皈依的人是不会穿海青长袍的。

师父讲了话后，让新来的人自我介绍。别人介绍都是说佛在心中，轮到钱红自我介绍时，他的话却与众不同。"我来自平原地区的青台市，我的家乡在千里之外。佛很伟大，但她像太阳一样离我非常遥远，今天，我来的目的就是想向她靠近一步。"钱红说罢，掌声骤起。在这里，不需要提你曾经的辉耀，不需要提你跌宕起伏的过往，来到这里，都是一个虔诚的佛教徒。怀着私心而来，最终是修不成正果的。

会后，有的做饭、有的洗床单被罩、有的擦洗堂殿阁宇、有的浇花、有的遛狗，钱红被分配到清扫组，就是打扫寺院内地面卫生。组长是平安，但这里即使你是事实上的总管，也不能以职位相称，统一称作师兄，这里排斥世俗的东西。

钱红与几个人分头扫过地，坐在休息房休息，这里有蛋糕、糖果、花生、瓜籽、水果、点心、瓶装水，林林总总，摆了一桌子。钱红第一天打扫卫生，不好意思大大咧咧的，看着有人在吃，也象征性地吃了几个花生。大家在闲聊着，说笑着，好像这个时候、这个地方，人的状态与寺院外的世界没有什么两样。钱红很会夸人，他发现一个被称作光明师兄的，大概有三十多岁，长得像一个姓蒋的女电影明星，就夸了她，这个女师兄笑得脸上像鲜花一样明艳。大家看了看，纷纷附和。只是她自己不好意思有点儿扭捏起来，旁边的一个中年女师兄劝说她："说你像那个姓蒋的明星，你就像呗。"

钱红走出去，转悠到了天王殿，一个女师兄也不歇息地打扫着香炉。看着她就是一个十七八岁的小女孩，钱红好奇，上前问她："师兄，你今年有多大？"她看了看钱红，犹犹豫豫地说："二十一岁了。"钱红又问："你到这来也皈依了，你爸妈支持你么？"她也不停下手头的活儿，对钱红说："我从小就不爱学习，有点儿调皮。我爸妈他们对我从来都不怎么管。""那你以后还准备结婚么？"她摇了摇头说："没有那个打算！"皈依的人是可以结婚的，可是在这里无论是结过婚的还是没有结婚的，往往都不看好或不再看好人生中这个环节。

十点五十分，平安师兄说，打扫结束，各自去禅修吧。钱红不知道什么是禅修，他问一个师兄禅修是做什么，这个师兄轻声说："自习。"钱红还是似懂非懂，喃喃地说："自习什么呢？"

"明念师兄，该午斋了。"钱红一看表，十一点五十分，才明白该吃午饭了。钱红的法名叫明念，这是师父起的，钱红心想得牢牢记住，不然人家喊自己，自己还不知道是喊的谁。

中午饭仍然是这个议程。

晚上，钱红坐在小共修教室，像一个初入学的小学生一样，学习起佛法来。

钱红的姊妹们，自从父母去世，联系得也不多了。倒不是丢失了亲情，因为各家有各家的事情，不年不节的，谁也顾不得特意向对方打电话寒暄，所以，钱红走了这么多天，也没有人知道他已去了千里之外。后来，二妹妹知道他去了山里，也以为他出差了，没有当一回事。

钱红的日子就这样一天天地过着，寺里没有电视，不常看新闻，外边的世界他了解得越来越少，他也不太想了解，因为他现在的心态与之前不同了，他现在已经明白，世界上无论发生什么重大事件，没有他钱红，该发生还是发生，即使没有他钱红，太阳还是照样东升西落。

陈梦寒调到省行工会，是因为她在省行春节联欢会上出色的表现征服了所有的观众，省行领导对她赞不绝口，自此，大家都记住了青台分行的陈梦寒。省行工会上缺人，工会领导点名要她。

陈梦寒借调到工会不久，她的工作又变动了。省行人事行长关天方调走，到外省任正职去了，王新悦接替分工，于是王新悦把陈梦寒调到了人事处，也许这里边多多少少有老乡情结所致，陈梦寒是外省人，但王新悦还是把她看作了青台人，这是顺理成章的事情。

陈梦寒到了人事处，仍然是科级干部待遇，任人事处档案科科长，实际上档案科也就两个人，两个人怎么了？两个人的科长也是科长。

刚调到省行的时候，每到周末，陈梦寒都回到青台的家，慢慢地，她也不回去了，因为她即使回去，王建国也往往忙得不着家。忙的什么？只有鬼知道！陈梦寒一个星期的孤单生活，周末回家想享受家庭的温暖，可是从百里之外赶回来，常常还是一个人独守空房，陈梦寒渐渐感觉回来的意义不大，于是，慢慢地也成了一两个月才回来一次。

人的感情大都是在距离中变淡的，陈梦寒与王建国的关系变冷了。用王建国的话说，陈梦寒是一个没有"心"的人，他解释说，陈梦寒嫁给他，心却没有嫁给她。

风儿说："陈梦寒，你与王建国不是一路人，分开吧！"

雨儿说："陈梦寒，你与王建国不是一路人，分开吧！"

陈梦寒说："王建国，咱俩不是一路人，分开吧！"

于是，陈梦寒与王建国领取了离婚证。

每天黎明，青山寺的钟声按时响起，浑厚的声音把这些佛者唤醒、把出家人唤醒、把大山唤醒，浑厚的声音向远方扩展、扩展、不断地扩展，飘了很远很远。

钟声后，那些厚厚的佛教经文每每化作美妙的音符传递到山坳、传递到峰巅、传递给每颗虔诚的心。

钱红的吟咏也柔和在这朗朗的诵经声里，他已是这里规整的一员。

佛教徒不消极悲观，他没有失去人生乐趣，没有从此成为另类。它不仅仅是老来无事的安慰，不仅仅是感情受挫后的疗伤之道，生活在人世间，只是每个人的三观不同，生活阅历不同，处世态度大相径庭而已。

每月的十日至十七日是打七的日子，在一个打七的日子里，钱红终于穿上了海青长袍。

学佛的人聚拢起来，每次都有三百多人，整个寺院人来人往，又井然有序。师父当众念佛，钱红礼佛三拜，穿上海青长袍，跪向佛祖。

钱红皈依了。

季节在这里轮回。

秋天走了，冬天又来了。

冬天在这里探了探头，又缩了回去。

春天重新光顾这个山麓的寺院。

钱红的心也一天天在这里扎根，像院落里的木樨树、细叶榕一样根深叶茂，又像钟鼓楼前的香樟树，豪迈坚韧。

"师父，我要出家！"住持师父问："想出家你就到四方山去吧！"

青山寺是女居士出家的地方，男人要想出家，得另寻他处。

钱红真的要出家。

钱红又回到青台市，与薛鸿依办理了离婚手续，看了看妻子美菱的墓地。又回到历山市横水县老家，看了看父母的坟头，为父母叩头，大哭了一场。与兄弟妹妹告了别，无牵无挂地走了。

但钱红没有去四方山，他又犹豫了，又回到了青山寺。

师父问："怎么又回来了？"钱红答："凡俗之心尚未泯灭。"师父说："堕入苦海，抓不住佛的手。"师父扭头走了。

五十九

又到了深秋，海南的天涯海角。

海滩上有一个女人，顶着太阳帽，戴着墨色眼镜，风韵楚楚。她百无聊赖地四处张望着，她浏览着每一个过往的人，这是陈梦寒。

陈梦寒像往年一样，每年的生日，她都来到这南海之滨，她已坚持好几个年头了。自从她联系不上钱红，她不知道为什么，总想起这个地方。原来他们约好的在失散的时候到天涯海角去寻找对方，意思是说无论对方到了哪里也要把对方找到，并不是说的固定地址。可是陈梦寒认定了这个地方就是他们约定的"天涯海角"，感觉在这块儿海的怀抱里准能寻到钱红的身影。

陈梦寒怨恨钱红，千不该万不该把联系方式掐断。她前几年也为此到青台问过薛鸿依，但薛鸿依说不知道。

钱红从来没有忘记陈梦寒的生日，他今天来了，他来到了这个天涯海角，尽管他们约定的天涯海角只是充满诗意的象征，但他总感觉在这里有他们的心灵契合，这片海的边缘，是他们情的归宿。他知道，他的这桩心愿也许是一片虚无的云彩，但只有这样，才能让约定搅拌着思念在此重叠。当然了，他如果真的想见陈梦寒去她单位寻找就行了，然而，钱红不是那个心态，他去上门约见的陈梦寒与在此相遇的陈梦寒远不是一个陈梦寒，他渴求的是在此相遇的旧人。

钱红第一次来到这个地方，他见到了大海，他今天见到的大海与从前见到的不一样，他也说不出来究竟是哪一点儿不似从前，不过，他也明白，只是心情不同而已。陈梦寒会不会在这里？他犹豫了，他知道自己也许是异想天开。

寺院的伙食讲究营养搭配、生活有规律，按理钱红在同龄人中显得格外年轻才是，但也许在无贪无欲的氛围下，反而让人松弛，扼杀人的朝气。几年的寺院生活，钱红反倒多了几分慵懒的状貌。

钱红老了么？钱红感觉自己老了，他从沙滩上那些红男绿女的眼神里，看出自己已经老了。当初，钱红也算是风流倜傥，无论到了哪里，都会引人注目。上大学时，因为文笔生辉，被戏谑为"风流才子"，他性格孤傲、气质典雅、话语抑扬顿挫、诙谐幽默、气场不凡，他举止洒脱，风度翩翩，常常倍受青睐。可是，今天，在这大海的边缘，人们没有发现他的存在，仿佛所有人都已把他忽略，他在这摩肩接踵的人海里酷似一团空气。

钱红转悠了一会儿，感觉百无聊赖，转身回去了，他踩着沙粒，就像踩着一粒粒的梦幻，就让这些林林总总的梦幻都被涨潮的海水冲走吧！

陈梦寒累了，坐在沙滩上休息，她猛然发现一个戴着一顶礼帽的人，酷似钱红。陈梦寒定睛地看着，只见那人稍微有点驼背，慢悠悠地踩着沙粒，唯恐踩死蚂蚁似的，从背影上看似是而非，陈梦寒无法确定。于是陈梦寒站起身，循着那人走去，走近了，陈梦寒又发现不对，折了回来。

陈梦寒又找了个地方坐下来，从包里掏出零食吃了起来，然后喝了点儿水，面对一望无际的大海，脑子在走神。她在想，人这一辈子太短暂了，人的一生只不过是大海里的一滴水，如果生命能重来，她就能挽住美好与铅华，挽住任何不愿流失的瞬间。她陈梦寒正值青春靓丽的岁月，还不到四十岁，事业有成，不管算不算豆蔻年华，说是如花似玉的年龄，并不为过。可是，她不知道为什么，她越来越感觉到孤独，越来越感觉到青春易老、韶华易逝，她面对大海浮想联翩，如果人生能重来该有多好，她就知道该怎样操控自己的人生轨迹。

实际上，她只是不甘心她那一丝缺憾罢了。

她又想起了钱红，多年不见，如果见面，他会是什么模样，他变了么？他变老了么？陈梦寒不相信钱红会变老，或者说陈梦寒不愿意让岁月的风雨把钱红摧残，可是，不愿意又能怎样？

"不对，刚才那个人就是钱红！"陈梦寒忽然明白了她还是用原来的相貌来套钱红，显然有出入，陈梦寒赶紧追了过去。

陈梦寒离开海岸，来到大路边，望着川流不息的车辆人群，她傻眼了。往哪里寻？她无目的地四处寻找，可是始终不见那人的身影。她正在四处张望，忽然发现路对面出租车里坐着刚才看见的那个人，这次她看清楚了，确定那就是钱红，她喊，大声地喊："钱红！钱红哥！钱红！"可是隔着玻璃，又加人声嘈杂，里边的人没有留意车窗外有人在喊。司机也没有留意，车开走了。

陈梦寒赶紧截停一辆出租车，可是车里有人，又接着截第二辆，还有人，第三辆，终于等到车了，上到车上，陈梦寒二话不说，就催师傅："快点儿师傅，快点儿，追上前边那辆车。"师傅也不管说的是前边哪一辆，开车就往前奔。陈梦寒坐在车里，仔细往前边瞧，可是出租车都是一样的颜色，陈梦寒蒙了。

没有追上。

陈梦寒让停下。师傅问："还追么？"陈梦寒没好气地说："你是挣钱挣不够是么？"陈梦寒付过费，下车。师傅隔着摇下的车窗撂下一句"傻逼娘们儿"，一登油门车蹿走了。

陈梦寒又去了渡口，可是她错了，渡口的船都是向大海的方向去的，但她还是认真地观察着每一个来去匆匆的过客，失望地站立在川流不息的人群中。

钱红回到青山寺，这次意已决。向师父告别，要到四方山去。临别，师父送给他一张名片大小的纸板，上边是师父手写的两句话，一面写的是：一念了自心，开佛诸如来；另一面写的是：居一切时，不起妄念。

六十

又一个春天回来了。

四方山的雪融化了，最近新来的那位老人，日作夜息，与佛为伍。今天，不知为何，他的目光却投向了那遥远的天空。

红日就要落山，太阳的光辉像无数道金丝撒满宇顶，殿檐下的风铃在微微摇摆，清脆的铃声在轻触着寺院的宁静。从寺院的殿宇间隙向远处眺望，一抹晚霞把天际染成了赤色，把山巅覆满了红韵，这一幅浑然天成的画卷，既衬托出脚下这方水土的庄严与肃穆，又弥漫出无限的空灵与悠远的飘然。那种圣洁、那种绚丽，不只是春的花明柳媚，反倒像烟雾缭绕中旖旎的秋阳，这种独特的氛围，让青山潜移默化得慈目低眉，这一切仿若从尘缘中凝练出来的一轮超凡脱俗的世界。

青台市商贸银行的一把手也记不清换了第几茬了。省行领导带着即将上任的新行长来到青台，要宣布新领导上任，同时宣布现任领导另有任用。

车进了市行大院。

青台市分行领导班子全体在办公大楼门口等着。车一停，行长们马上迎了上去。

"陈处长，辛苦了。"青台市分行一把手马上伸手打开了陈梦寒已半开的车门，陈梦寒第一个下车。

陈梦寒下来后与领导班子成员们逐一握手，然后扭头介绍身后的新行长。几个人便依次与新行长握手。

简单交流后，一干人等走进了六楼会议厅。陈梦寒走在最前边，身后是要调离的老行长，再后是新来的一把手，其次是人事处的科长，再其次是青台的领导班子。会议厅座无虚席，都在扭头看这一行人马。

上主席台的只有四人，陈梦寒、手下的科长，还有新老行长。

"请陈处长讲话。"下边掌声雷动——

只是为辞旧迎新象征性地宣布一下新来与调走的行长即可，会议很简短。

散会后，陈梦寒出了会场，表示要回省城。青台领导千方挽留，陈梦寒坚持要回去。全体领导班子送别，新来的行长赶紧为陈梦寒打开车门，陈梦寒带领人事处科长、青台原行长上了车，向外摆了摆手。

车出了大门，陈梦寒没有急着关车窗，向着青台市商贸银行大楼深情地望了一眼。

是的，又一个春天回来了。

四方山的雪融化了，房檐冰挂上缓慢地滴着水珠，那一粒粒的水珠滴得异常艰涩。

"明念师兄，有人好像是找的你。"一个和尚对钱红说。钱红扭头看了看来人，一男一女，男的还抱着个小女孩。钱红静止在原地一动也不动，仔细地端详着。忽然，钱红大步流星地迎了上去，是儿子。

"槌儿，你们怎么找到我了？""爸，好不容易找到你，你怎么能断了联系？"槌儿的眼睛湿润了。钱红不解，断了联系也不是一年半载了，忽然槌儿今天说出这样的话，莫非槌儿懂事了？"爸，我恨你，是因为我爱你。你风光的时候，我不答理你，是因为你不需要我；现在，你年龄大了，我牵挂你，你知道不？"钱红本想双手合十，却把合起来的手尖顶着自己的下颌，然后说道："不用牵挂我，我很好。"顿了顿又说："是呀，没有爱，哪来的恨？"

"快叫爷爷！"槌儿抱着的女孩在钱红爷俩说话的当儿一直盯着钱红看，一听爸爸让喊"爷爷"赶紧喊了起来。

"爷爷！"

钱红赶紧答应并把孙女儿接了过来，然后亲了亲孙女儿的脸颊。

"爷爷，你的头发咋没了？"

"我的头发掉了。"

"掉到哪里了？"

"掉到很远很远的地方。"

"我们幼儿园的小朋友都有爷爷，是不是我以后也有爷爷了？"

钱红点了点头说："是的，孩子，你也有爷爷。"

"爷爷，你咋不回家呀？"

钱红说："爷爷的家就在这里。"

"这是婉玉。"婉玉赶紧叫了一声："爸爸。"钱红看着婉玉点了点头。

　　等吃过了饭，槌儿一家三口要回去了。钱红说："你还有一个姐姐，小时走失了，她还活着。"槌儿急忙问："在哪？"钱红摇了摇头说："不知道，不过，也许你们哪一天还能见面，也许你们永远都不会相遇。"

　　槌儿怔怔地望着父亲。

　　钱红又抱起孙女儿亲了亲。

　　槌儿说："给爷爷再见吧！"孩子向爷爷摇了摇手。

　　在槌儿与婉玉转身要走的当儿，孩子又扭头对钱红说："爷爷，我们的家很近，你的家太远了！"

　　钱红弓了弓身，双手合十，然后目送三人走远。

　　已走了好远，女孩还在向钱红的方向看。

　　是的，爷爷的家太远了！

　　太远了！